Die Spur der Orchideen

Der vierte Fall
für Hauptkommissar Franck Metz

Ein *Apotheken*-Krimi

von

Ellys Meller

1. Auflage, September 2021

Herausgeber: Ines Riemay, Hermsdorfer Str. 28, 12627 Berlin
Harzsage „Reißaus“: http://www.harzer-sagen.harz-urlaub.de/landschaftsagen/bad-suderode-reissaus.htm

Lektorat: Sandra Krichling, www.text-theke.com
Korrektorat & Buchsatz: Petra Weymar, www.lektorat-ps.com
Cover: Henry Damaschke, www.sheep-black.com
Herstellung und Verlag: BoD – Books on Demand, Norderstedt

Bibliografische Information der Deutschen Nationalbibliothek:
Die Deutsche Nationalbibliothek verzeichnet diese Publikation in der Deutschen Nationalbibliografie; detaillierte bibliografische Daten sind im Internet über http://dnb.dnb.de abrufbar.

ISBN: 978-3-75434-444-6

»Wer nicht jeden Tag etwas für seine Gesundheit aufbringt, muss eines Tages sehr viel Zeit für die Krankheit opfern.«

Sebastian Kneipp
(Priester und Naturheilkundler)

Für T.

Hochsommer

»Wohin wollen Sie denn?«

Hauptkommissar Franck Metz stand einem Mann gegenüber, der aus einem Kleintransporter gestiegen war. Der Fahrer hielt den Stadtplan derart umklammert, dass dieser nun so gut wie unbrauchbar war.

»Ins Zentrum.«

Franck Metz schüttelte voller Bedenken den Kopf.

»Sie kommen nur mit einer Sondergenehmigung hier durch«, erklärte er. Bedauernd hob er die Hände, als wollte er sagen: Mann, dagegen kann niemand etwas ausrichten. »Heute beginnt das Swing-Wochenende«, fügte er hinzu. »Ohne die entsprechende Genehmigung führt kein Weg ins Zentrum. Alles dicht.«

Unauffällig musterte Metz den Mann. Diese Angewohnheit war dem Beruf geschuldet.

Sein Gegenüber besaß eine schlanke Statur und war sonnengebräunt. Er war ungefähr vierzig Jahre alt. Das braune, gelockte Haar lugte unter dem schwarzen Basecap hervor. Der Mann trug Jeans und ein verwaschenes T-Shirt. Auf der Brust prangte ein verblasster Aufdruck einer Firma, die Metz unbekannt war.

Mit den Händen abtastend fuhr sich der Mann über den Oberkörper.

»Scheiße. Ich hab den Wisch vergessen«, sagte er näselnd. Der Fahrer zog ein Taschentuch aus der Hosentasche, schob das Basecap in den Nacken und trocknete sein Gesicht ab. »Eine Hitze ist das wieder«, stöhnte er. Schweißflecken zeichneten sich unter den Achseln ab. Die Gesichtszüge waren von Falten und Furchen gezeichnet. Ein Mann, der sich viel im Freien aufhielt, mutmaßte Metz. Dem Dialekt nach kam er aus der hiesigen Region.

»Die Hitze ist drückend. Und kein Ende abzusehen.« Metz stimmte ihm zu. Nach drei langen Arbeitswochen genoss er seinen freien Tag. Am Abend wollte er mit Emilia zum Swing auf den Straßen von Quedlinburg tanzen.

»Aber ich muss zum Hotel Theophano«, beharrte der Mann. »Heute ist es das erste Mal, dass ich die dort beliefern soll.« Er klang niedergeschlagen. »Da kann ich den Job gleich an den Nagel hängen, wenn ich die Lieferung nicht rechtzeitig abgebe.« Der Fahrer wischte sich wieder mit dem Taschentuch den Schweiß aus dem Gesicht.

Metz hörte, wie neben ihm die Autotür aufgeschoben wurde. Aus den Augenwinkeln bemerkte er, dass jemand heraussprang.

Noch bevor der Kommissar reagieren konnte, fühlte er einen brennenden Stich im Hals. Um ihn herum verschwand die Welt in Dunkelheit.

Freitag

»Eine Pflanze wird immer über die Blüte bestimmt.« Mit ihrem hübsch manikürten Daumen öffnete Emilia Sander den Blütenkelch der Kamille. Nacheinander ließ die Apothekerin die um sie stehenden Frauen hineinsehen. »Das ist nicht die echte Kamille, sondern eine Artverwandte«, erklärte Emilia. »Diese wird auch Hundskamille genannt. Und ...«

»Wie erkenne ich denn die echte Kamille?«, unterbrach sie Charlotte Nussbaum, eine rüstige Rentnerin, ungeniert.

Die kleine Gruppe von freiwilligen Kräuterwanderinnen, die sich heute, Ende Juni 2010, getroffen hatten, zählte mit Emilia Sander vier weitere Frauen. Die Einladung zur Kräuterwanderung war der erste Versuch, eine an Pflanzen interessierte Gruppe zu bilden. Die laxen Zusagen in den letzten Tagen hatten Emilia nicht den Eindruck vermittelt, dass die Wanderung tatsächlich stattfand. Viel eher sah sie sich solo in brennender Sonne mitten auf dem Feldweg hinter der Taubenbreite stehen. Mit dermaßen viel Wissbegierde hatte sie an einem heißen Abend nicht gerechnet. War sie ganz ehrlich mit sich, hatte sie niemanden erwartet, der sich bei den Temperaturen von immer noch knapp dreißig Grad aus der kühlen Stadtwohnung, dem luftigen Garten oder aus dem Swimmingpool traute. Aber offensichtlich hatte sie sich in diesem Punkt geirrt.

»Dann wäre der Blütenboden hohl«, beantwortete sie souverän die Frage. Ihr Pharmaziestudium hatte ihr wertvolle Kenntnisse über die Botanik vermittelt.

»Das ist alles?« Charlotte Nussbaum verzog enttäuscht das Gesicht.

»Keineswegs.« Emilia zeigte auf die Pflanze. »Die echte Kamille wird nur einen halben Meter hoch. Diese hier ist viel größer.«

»Ich schätze sie auf achtzig bis neunzig Zentimeter«, mutmaßte Frau Pillard, eine zierliche Frau mit einer Brille, die ihre Präsenz unterstrich. Eindringlich musterte sie die Kamille. Marion Pillard arbeitete auf der Intensivstation im Quedlinburger Krankenhaus.

Erst letzte Woche hatte Emilia Sander sie kennengelernt, als sie sich beim Optiker, der neben der Marktapotheke sein Geschäft betrieb, eine passende Brille ausgesucht hatte. In letzter Zeit war es doch mühsam gewesen, das Kleingedruckte oder die Rezepturen nicht mehr zweifelsfrei lesen zu können. Machte sie einen Fehler, konnte das fatale Folgen haben. Denn aus einer 6 durfte keine 8 werden. Franck hatte sie begleitet. Ihre Wahl war auf die Brille mit einem Hauch von Blaugrün gefallen. Emilia hatte sie auf Anhieb gestanden. »*Eine aparte Entscheidung*«, hatte Herr Pillard ihr beigepflichtet. Abends im Bett hatte ihr Franck ins Ohr geflüstert: »*Chérie, die Brille steht dir so gut, weil sie deine Augenfarbe hat.*«

Emilia wurde aus ihren Gedanken gerissen, doch ein Lächeln blieb in ihren Mundwinkeln haften.

»Das ist korrekt«, stimmte sie Frau Pillard zu. »Die echte Kamille ist eher klein und hat einen hohlen Blütenboden. Kleiner sind auch die Blüten. Ein typisches Zeichen der echten Kamille ist zudem ihr Geruch.«

Emilia bat Frau Jendrich, an der aufgebrochenen Blüte zu schnuppern. Die Taxifahrerin kam einmal im Monat in die Apotheke, um für ihren Fahrgast, eine hochbetagte Kundin, die Tüte mit den Medikamenten abzuholen.

»Nix«, sagte Frau Jendrich enttäuscht. »Ich rieche nichts.«

»Genau.« Emilia ließ jede der Frauen an der Blüte schnuppern. »Echte Kamille duftet. Ihr haftet der typische Geruch an. Jeder von uns kennt diesen.« Emilia ließ die Blüte los. »Gehen wir ein Stück weiter.«

Sie wandte sich an Frau Ledder, die erst vor Kurzem ihr Baby bekommen hatte, und ging mit ihr ein Stück voran.

»Wenn es nicht mehr geht, können Sie jederzeit zurückgehen«, bot Emilia Sander an. Noch waren sie nicht allzu weit von ihren Autos entfernt. Die von der Schwangerschaft noch füllige Frau schüttelte den Kopf. Sie hatte ihre flachsblonden Haare zu einem langen Zopf geflochten. Sie trug ein weites Sommerkleid. An den Füßen Jesuslatschen. Emilia bemerkte, dass jeder ihrer Zehennägel verschiedenfarbig lackiert war.

»Keineswegs«, meinte Frau Ledder forsch. »Meine Mutter und meine Schwiegermutter kümmern sich um Midas. Ich will ihnen nicht die Freude nehmen.« Sie musste lachen, als sie sich umdrehte und die anderen Frauen zustimmend nicken sah.

Die Frauen aus der Runde wussten, wovon Frau Ledder sprach. Wenn auch von verschiedenen Standpunkten ausgehend. Alle waren sie Mütter. Frau Jendrich bereits Großmutter.

»Ich zeige Ihnen die Stelle, an der wir wilden Thymian finden werden«, stellte Emilia in Aussicht. Trotz der Begeisterung über die Kräuterwanderung sorgte sie sich wegen der immer noch enormen Hitze, die hier auf dem freien Feld wie eine undurchdringliche Mauer erschien. »Der Thymian wächst immer in der Nähe von Steinen.« Die Apothekerin wies auf eine Steinformation unweit des Weges. »Da vorn habe ich ihn im letzten Jahr gefunden.«

Der Thymian hatte sich einen sonnenverwöhnten Standort ausgesucht. Dort, wo die Steine aus der letzten Eiszeit eine flache Terrasse gebildet hatten.

»Ich wusste gar nicht, dass der Thymian«, Frau Pillard drehte sich einmal um ihre eigene Achse und öffnete ihre Arme dabei, »einfach hier wächst.« Sie wollte damit anzeigen, dass sie doch nur einen staubigen Feldweg entlang gegangen waren. Rechts und links von Feldern oder Böschungen begrenzt. In der Ferne war eine Baumformation zu sehen.

»Genau deswegen machen wir die Wanderung. Vieles haben wir vor unserer Tür und wissen es nicht einmal. Achtlos gehen die meisten von uns über die Wanderwege, ohne die Pflanzen des Weges zu betrachten. Schauen Sie, ich breche hier ein wenig ab, dann können wir die Pflanze genauer betrachten.« Emilia brach vorsichtig einen Stängel ab und ließ ihn die Runde machen. »Reiben Sie an den Blättern und riechen Sie«, forderte sie die Kräuterwanderinnen auf. »Das ist der unechte Thymian. Man nennt ihn auch Quendel. Er hat noch weitere Namen. Lassen Sie mich überlegen, ob ich noch einige aufzählen kann.« Emilia konzentrierte sich für den Moment. »Feld- oder Sand-Thymian, Wurstkraut, Türkischer Thymian. Daraus kann man ableiten, dass er durchaus in der Küche Verwendung findet.«

»Was kann man denn verwenden?«, fragte Frau Ledder.

»Ich würde alles davon benutzen«, äußerte Frau Nussbaum, noch bevor Emilia antworten konnte. Sie schnupperte noch einmal an den Blüten. »Kräuterbutter, sicher. Mit den Blüten, das sieht auch noch dekorativ aus. Oder auf einem Salat.«

»Man kann Blüten, Blätter und Triebe verwenden, da hat Frau Nussbaum recht.« Emilia stellte fest, dass dieses kleine Kraut, das in der Nähe eines Feldweges beheimatet war, für viel Interesse in ihrer Gruppe sorgte. »Doch er hat noch andere Namen. Zum Beispiel nennt man ihn auch Kinderkraut, Liebfrauenbettstroh, Marienbettstroh. Das verdeutlicht die Bedeutung als Frauenkraut. In früheren Zeiten wurde diese Pflanze zur Erleichterung bei der Geburt und im Wochenbett eingesetzt. Seine Inhaltsstoffe können auch in der heutigen Zeit bei vielen Frauenbeschwerden helfen. Doch die Hauptanwendung liegt in der Linderung von Atemwegsbeschwerden.« Emilia ließ ihre Worte wirken. »Er hilft bei Asthma, Blähungen, Bronchitis, Durchfall, Ekzemen. Bei Erkältungen, bei dem unangenehmen Sodbrennen, Gelenkentzündungen, Halsentzündungen, Hautentzündungen, Heiserkeit, Husten, Magenkrämpfen, Nervenschwäche, Schlaflosigkeit. Ich kann gar nicht alles aufzählen, womit er uns beschenkt.« Emilia hielt kurz inne. Sie musste aufpassen, dass es nicht zu informativ wurde. Manche Menschen schreckte eine Fülle an Informationen ab. Doch Emilia erkannte in keinem der Gesichter Desinteresse. »Allgemein kann man sagen, dass er bei Verdauungsbeschwerden hilft. Heute gehen wir in die Apotheke und können uns Hustensäfte aussuchen. Manchmal entscheidet der Geldbeutel oder die bessere Werbung. Viel zu leicht vergessen wir die Zeit, in der es noch nicht die modernen Mittel gab. In früheren Zeiten wurde zum Beispiel der Quendelhonig selber hergestellt.« Emilia nestelte an ihrer Sonnenbrille. »Der Quendel ist der wilde Bruder des Thymians. Heimisch ist er in Mitteleuropa. Er wächst, wo es trocken, steinig und sonnig ist. Der Quendel blüht im Sommer rosafarben und duftet herbwürzig.«

»Das können wir doch auch wieder machen«, schlug Frau Jendrich prompt vor. »Ich brauche einen Ausgleich. Wenn ich an meinen Nachbarn denke, der ist Imker. Er wird erstaunt sein, wenn ich ihm Honig abnehme.«

»Dem kann ich nur zustimmen«, lobte Emilia die Bereitschaft, heimische Imker zu unterstützen. »Doch an der Stelle muss ich weiter ausführen. Wir haben vor uns den unechten Thymian. Den echten Thymianhonig bekommen wir hier in diesen Breitengraden nicht. Dieser wird meines Wissens aus Kreta oder aus Südfrankreich eingeführt. Frau Jendrich hat recht, wir können den falschen Thymianhonig herstellen. Man kauft aus der Region oder von einem Imker aus der Nachbarschaft Honig, erwärmt diesen schonend. Nicht über vierzig Grad Celsius, sonst gehen die gesundheitsfördernden Inhaltsstoffe, Ingredienzien genannt, verloren. Fünf bis sechs Thymianzweige und eventuell einige Lavendelblüten dazugeben. Zurück in das Glas, wo der Honig an einem kühlen Ort einige Tage ruht. Dann abfüllen oder die Zweige herausfischen. Dann hat man das feine Thymianaroma im Honig. Den echten Thymianhonig erkennt man an der besonderen Farbe, wenn man das Glas ins Licht hält. Hellbraun mit einem rötlichen Schimmer.«

»So viele Gedanken habe ich mir bisher weder über den Quendel noch über den Thymian gemacht.« Frau Jendrich zog ein kariertes Taschentuch aus ihrer leichten Baumwollhose und fuhr sich damit über das Gesicht. »Ist das eine Hitze.«

»Wollen wir eine Pause einlegen?«, bot Emilia an. »Dort drüben haben wir Schatten.« Sie zeigte auf einen Baum unweit des Weges.

Die Gruppe nahm sofort den Vorschlag an und setzte sich in Bewegung. Als die Frauen den Platz erreichten, nahmen sie auf der verbrannten Grasfläche unter dem Kirschbaum Platz und packten die mitgebrachten Rucksäcke aus. Emilia förderte eine Picknickdecke ans Tageslicht und breitete diese aus. Vorsorglich hatte sie Frau Mandel gebeten, für das Picknick etwas vorzubereiten. »Tortillas mit Gemüse und Schinken«, las sie vom Zettel ab, den ihre Mitarbeiterin auf die Dose geklebt hatte. Eine weitere Dose war bis zum Rand mit Antipasti gefüllt. Außerdem holte sie eine Tüte mit in Scheiben geschnittenem Baguette aus dem Rucksack.

»Mein Beitrag«, sagte Frau Ledder bescheiden und stellte eine Dose gewürfelte Melone auf die Decke.

»Das sieht fast wie in einem Restaurant aus«, meinte Frau Nussbaum und kramte fünf Plastikbecher hervor. Außerdem entkorkte sie die mitgebrachte Flasche Apfelcidre. »Der Apfelcidre ist eine Sünde wert.«

»Wenn dem so ist.« Frau Pillard nahm den ersten Becher entgegen. »Ich habe heute im Krankenhaus keinen Dienst mehr. Dann werde ich mich jetzt um meinen Kreislauf kümmern.« Alle lachten.

Im Schatten des Kirschbaums, mit dem perlenden und kalten Apfelcidre, genossen die Frauen die Ruhe und labten sich am Essen. Sie plauderten über ihre Familien oder sprachen über ihre Berufe.

Kein Windhauch bewegte die Büsche oder die Zweige der Bäume. Kein Vogelruf war zu hören. Es war einfach zu heiß. Doch hier im Schatten konnte man es aushalten. Die Sonne war am Rand des Harzes zu sehen, bald berührte sie die Berge. Ihr glutroter Körper hatte die Menschen den ganzen Tag drangsaliert. Seit Wochen war es heiß. Keine Änderung in Sicht, so sagten es die Wetterfrösche. Auch die nächsten Tage sollte es heiß bleiben. Ungewöhnlich heiß. Obwohl auch ein Jahr zuvor eine Hitzewelle geherrscht hatte, die im Harz untypisch war.

Emilia erinnerte sich an die Zeit aus ihrer Kindheit. Sommerferien. Acht Wochen lang. Auch zu dieser Zeit war das Thermometer über dreißig Grad geklettert, doch die Hitze hatte nichts Erdrückendes gehabt, sondern hitzefrei für die Schüler bedeutet. Am Abend hatte es ein reinigendes Gewitter gegeben. Danach hatte die Stadt wie frisch gewaschen ausgesehen. Jetzt aber lag ein Dunstschleier über der Stadt und dem Land. Man meinte fast, der Feuerteufel tanzte über die Felder. Ja, sie mochte dieses Kunstmärchen von Theodor Storm. Oft hatte ihre ältere Schwester aus dem Buch vorgelesen. Immer dann, wenn Emilia zur Disco gewollt und nur halbherzig zugehört hatte. Trotzdem hatte sie manche Stellen im Kopf behalten.

Nach der Erholungspause stand die Apothekerin auf und gab das unausgesprochene Zeichen, dass es weitergehen konnte.

Emilia scheute sich nicht, die Teilnehmerinnen nach der zweistündigen Kräuterwanderung abzufragen.

»Wer kann mir die zwanzig Pflanzennamen aufzählen, die wir benennen können?Trauen Sie sich«, ermunterte sie die Gruppe.

»Der Natternkopf«, versuchte es Frau Ledder zuerst, »wilder Thymian oder Quendel. Estragon, Breitwegerich, Spitzwegerich, Hundskamille, etwas mit Rauch ...?« Sie zog die Stirn in Falten. Das Wort lag ihr auf der Zunge.

»Erdrauch«, half Frau Nussbaum. Emilia Sander nickte erfreut.

»Schafgarbe und den Breitwegerich, der bei Wanderungen ein Blasenpflaster ersetzen kann, und wenn man die Blätter dieser Pflanze zerquetscht, bis der Saft kommt, ist er nützlich bei Mückenstichen«, fügte Frau Ledder hinzu.

»Prima«, lobte Emilia anerkennend.

»Mauerpfeffer, Johanniskraut.« Frau Jendrich zählte und nutzte ihre Hände, um auf die Zahl 20 zu kommen. Frau Pillard wusste auch einige Pflanzennamen. Die letzten beiden steuerte Emilia bei.

»Vielen Dank für Ihr Engagement. Sie haben mich überrascht. Ich bin froh, die Kräuterwanderung nicht abgesagt zu haben. Wir wiederholen die Tour«, versprach die Apothekerin bei der Verabschiedung, »zu einer anderen Jahreszeit, an einem anderen Ort.«

Fröhlich plaudernd stiegen die Frauen in ihre Autos. Sie hupten kurz und lächelten Emilia an, als sie an ihr vorbeifuhren. Emilia winkte zurück. Sie überlegte bereits, welches Ziel sie als Nächstes für geeignet erachtete. Das Naturschutzgebiet, der Münchenberg, unweit von Quedlinburg. Es bot eine interessante Landschaft. Auf dem grünen Eiland, zwischen angrenzenden Feldern, war es umgeben von

Bäumen. Dort gediehen Pflanzen, die auf der Roten Liste stehen. Auf den Wiesen wuchs auch eine seltene Orchideenart. Leider war den Menschen gegeben, aus etwas Gutem auch etwas Schlechtes werden zu lassen. Es wäre nicht das erste Mal, dass besondere Pflanzen ausgegraben werden, nur um sie im heimischen Garten einzupflanzen oder zu verkaufen.

Wildpflanzen gingen bei einem Standortwechsel ein. Mit Recht bestrafte das Gesetz solch einen Frevel kategorisch. Mehr Menschen zu informieren, sie mit Spaß und Wissen zu überzeugen, nur so hegte Emilia Hoffnung für die bedrohte Flora.

Emilia lief zu ihrem Fahrrad, das sie am nahe liegenden Supermarkt angeschlossen hatte, und radelte los. Wegen der Hitze hatte sie sich entschlossen, das Fahrrad statt den Audi zu nehmen. Es gab wenig Verkehr. Nur ab und an ein Auto, das sie jetzt auf dem Heimweg überholte.

Auf den Straßen der Stadt lag der heiße Atem eines vergangenen Tages. Emilia bog in die Essiggasse ein. Jetzt hörte sie Musik, die im Stadtzentrum spielte. Sie sehnte sich nach einer kühlen Dusche, einem frischen Sommerkleid, um dann mit Franck über den Marktplatz zu schlendern. Ein Glas Wein zu trinken und der mitreißenden Musik zu lauschen.

Franck lag ausgestreckt auf einer Wiese. Er setzte sich auf und bemerkte, dass der Wind über die bunten Blumen wehte.

Er griff nach der im Sommerwind schaukelnden Blüte, die einen betörenden Duft verströmte. Immer wieder fasste er nach ihr, ohne sie zu erreichen. Zog er seine Hand zurück, strich der Wind sie in ihre Ausgangsposition zurück. Griff er wieder zu, wollte sie sich nicht pflücken lassen. Immer wieder spielte er das Spiel. Die rosa Blüte bekam einen Mund und ein Augenpaar, das sich öffnete. Franck lächelte dem Augenpaar freundlich zu, auch wenn er wusste, dass Blumen keine Augen hatten.

Irrte sich Franck oder schaute ihn das Blumengesicht auf einmal zornig an? Eine lila Blüte gesellte sich zu der rosafarbenen. Auch diese besaß ein hübsches Gesicht. Aus ihrem Mund dröhnten klirrende Geräusche. Franck hielt sich die Ohren zu. Eine dritte Blüte drängte sich angriffslustig an Franck heran. Sie stank entsetzlich. Er stand auf, um das Weite zu suchen.

Aber er konnte sich nicht bewegen. Etwas hielt ihn fest.

Traumfetzen tauchten auf und verschwanden wieder. Bunte Ringe kamen surrend auf ihn zu. Vorsichtshalber hob er die Hände zur Abwehr. Die grell leuchtenden Farben fielen kurz vor ihm zu einem schwarzweißen Häufchen zusammen. Eine Frau, sanft wie ein Engel aussehend, die eben erst von einem Skizzenblatt aufgestanden schien, kam auf ihn zu. Lächelnd reichte sie ihm die Hand. Verwundert und dankbar nahm Franck sie an. Wieder bemühte er sich, aufzustehen. Es gelang ihm nicht und das Gesicht des Engels beugte sich zu ihm herunter.

Erst als ihr Gesicht dicht vor ihm war, sah er, dass er sich geirrt hatte. Er blickte ins Auge eines knurrenden Wolfes. Das Fell sträubte sich, die Zähne waren gefletscht. Sabber lief aus dem Maul. Im gleichen Augenblick fielen dem Tier die gelben scharfkantigen Zähne aus dem offenen Maul heraus. Franck konnte den Anblick nicht mehr ertragen. Mit einem kräftigen Ruck stieß er sich ab. Das Wesen zerstob zu tausenden Ascheteilchen, die sich zu einer Wolke aus fliegenden Staren formierten und unterschiedliche Flugmanöver vollführten. Franck klatschte in die Hände. Die Vogelwolke fiel in sich zusammen.

Ziellos lief er weiter. Die Erde unter seinen Füßen bebte. Er drehte sich um und sah, dass eine Herde brüllender Einhörner auf ihn zu hielt. Die Köpfe gesenkt, nahmen sie Kurs auf ihn. Franck blickte ihnen mit offenem Mund entgegen. Es waren ihrer zu viele, weder konnte er ihren Lauf stoppen noch die Richtung wechseln. Er stand ihnen im Weg. Keinen Moment zu zeitig duckte er sich. Die donnernden Hufe flogen über ihn hinweg. Erleichtert atmete Franck aus. Eine Hand berührte ihn an der Schulter. Er wünschte sich, dass es Emilias Hand war, die ihn endlich aus diesem Albtraum befreite. Er hatte sich nicht getäuscht. Sie stand vor ihm. Er hob die Arme, um sie an sich zu drücken. Doch er konnte sich nicht bewegen. Etwas hielt ihn auf. Noch einmal hob er die Arme und dennoch gelang es ihm nicht. Das rasselnde Geräusch übertönte alles. Er wollte sich die Ohren zuhalten.

In dem Moment zog ihn der Abgrund in die Tiefe. Wie ein Stein fiel er in einen schwarzen Schlund, der nicht zu enden schien. Die Kehle war ihm wie zugeschnürt. Kein einziger Ton verließ sie.

Verschwitzt öffnete Emilia die Haustür ihrer Wohnung in der Essiggasse. Im Inneren des Hauses war die Hitze erträglich. Sie streifte ihre Schuhe von den Füßen und ließ sie achtlos in der Diele liegen. Leichtfüßig stellte sie sich auf die Glasplatte des Brunnens. Die Kühle belebte ihre gestressten Füße. Nach der kurzen Erholung lief sie ins Bad, zog sich aus und duschte. Froh, die Hitze aus ihrem Körper zu vertreiben. Erfrischt zog sie sich Unterwäsche und ein leichtes Sommerkleid an.

Emilia hatte Durst. Mit noch feuchten Haaren ging sie in die Küche zum Kühlschrank. Die Melonenstücke und der Becher Cidre waren köstlich gewesen, doch am Ende des Tages hatte sie wieder einmal viel zu wenig getrunken. Obwohl ihr Frau Mandel und auch Blanka unaufgefordert Gläser mit Mineralwasser und kaltem Tee hinstellten. Emilia vergaß einfach zu trinken. Immer war eine Entscheidung drängender oder es gab Wesentlicheres, was keinen Aufschub duldete. Irgendwer oder irgendetwas machte ihr einen Strich durch die Rechnung. War Franck zu Hause, blieb er unnachgiebig, was das Trinken betraf. Auf dem Küchentisch lagen die zwei Buttons, die Franck gekauft hatte. Damit war das Eintrittsgeld bezahlt und man konnte zu allen Konzerten gehen, die in der Stadt zum *Quedlinburger Dixieland- und Swingtage* stattfanden. Auf der diesjährigen orangegelben Plakette spielte ein Hund mit Sonnenbrille Trompete. Sie wollten durch die Stadt bummeln, ein Glas Wein trinken, mitten auf der Straße zur Musik tanzen. Emilia blickte auf die Zeiger der Küchenuhr. Franck schien sich zu verspäten.

Sie holte sich Eiswürfel aus dem Eisschrank und füllte sie mit einem klirrenden Geräusch in ein Longdrinkglas. Aus der Kühlschranktür nahm sie den selbstgemachten Eistee. Nachdem Franck übereilt am Morgen den Frühstückstisch verlassen hatte, war ihr Zeit geblieben, die schwarzen Teeblätter zu überbrühen. Nach dem Ziehen hatte sie ihn abgeseiht und abkühlen lassen. Dem abgekühlten Tee hatte sie eine Hand voll Basilikum, etwas Minze, Pfirsichsaft und Nektarinenwürfel zugegeben. Abgeschmeckt war er mit Zitronenabrieb. Emilia goss sich das Glas voll und trank es, ohne abzusetzen, leer – obwohl Ärzte und Apotheker eher dazu raten, bei Hitze nichts Kaltes zu trinken. Jetzt eben war es ihr egal. Außerdem war der Eistee köstlich. Aber sie wusste, dass es den Durst nicht effektiv löschte, wie es ein lauwarmer Kräutertee schaffte.

Das hätte Ole ihr auf den Kopf zugesagt. Und Leonie hätte ihm beigepflichtet. Ihr Sohn und ihre Nichte waren mit der unerschütterlichen Weisheit erzogen worden, dass lauwarme Getränke den Durst am besten stillten. Ein Lächeln überzog Emilias Gesicht. Sie war stolz auf Ole. Nächste Woche begannen die Semesterprüfungen. Insgeheim drückte sie ihrem Sohn die Daumen, aber sie wusste, dass sie das nicht brauchte. Noch weniger brauchte er die mütterlichen Ermahnungen und Ratschläge. Deshalb tat sie betont sachlich, wenn sie beide telefonierten. Emilia hoffte, dass Ole sie nicht durchschaute.

Sie schenkte sich ein weiteres Glas Eistee ein. Die Eiswürfel klirrten im Glas. Emilia nahm es mit auf den Balkon und setzte sich behaglich in den Korbsessel. Die Füße legte sie auf den Hocker, den sie unter dem Tisch hervorgezogen hatte. Es war windstill und noch immer sehr warm. Die Temperaturen erweckten den Anschein, nun angenehmer zu sein. Verträumt ließ sie den Blick schweifen. Gegenüber ihrem Balkon waren vor einigen Jahren neue Wohnhäuser entstanden. Sie wirkten modern. Hielten sich im Wesentlichen an den Quedlinburger Baustil. Dazwischen gab es einen großzügigen Parkplatz, umgeben von grünen Hecken und Bäumen, deren Kronen entspannend im Wind rauschten. Zumindest, wenn es nicht windstill war.

Das Glas in der Hand drehend ließ Emilia ihren Arbeitstag Revue passieren. Ihre erste Kundin war Frau Liebig gewesen, besser gesagt deren Tochter Hanne. Das siebenjährige bezopfte Mädchen hatte eine rasche Auffassungsgabe und war weder auf den Kopf noch auf den Mund gefallen.

»Frau Sander«, hatte sie neulich gesagt, »ich weiß jetzt, wie du zaubern kannst.«

»Ach ja«, hatte Emilia fröhlich entgegnet. »Verrätst du es mir?«

»Nö, heute nicht.« Dabei hatte ihr Lachen durch die ganze Apotheke geschallt.

Hanne litt unter einer heftigen Gräserallergie. Ihr juckten die Augen, die Nase lief und der ständige Husten nervte nicht nur sie. Zusätzliche Bauchschmerzen nahmen das Mädchen gesundheitlich mit. Seit vier Wochen besuchten Mutter und Tochter regelmäßig die Apotheke. Heute hatten sie ein Fläschchen mitgebracht, das 99 Tropfen 30%igen Ethanol und einen Tropfen Blut enthielt, den der Arzt aus Hannes Vene entnommen hatte.

Emilia dachte kurz an ihre erste Arbeitsstelle zurück. Dort hatte sie nach ihrer Ausbildung die Verantwortung für die Blutbank getragen. Sie hatte für über 40 Kinder die wöchentliche Herstellung der Eigenbluttherapie zu bewerkstelligen gehabt. Jedes Fläschchen war mit viel Energie und Liebe 20-mal in Richtung Erdmittelpunkt geschlagen worden. Dann war ein Tropfen herausgenommen und wieder mit 99 Tropfen Ethanol vermischt und geschüttelt worden. Natürlich immer mit dem gewissen Etwas. So waren nach und nach die Potenzierungen von D1 bis D15 entstanden.

Heute sollte für Hanne die D7 hergestellt werden. Emilia hatte Mutter und Tochter in die nahegelegene Eisdiele geschickt, um genügend Zeit und Ruhe für diese spezielle Aufgabe zu haben. Die Tür der Rezeptur war geschlossen worden. Die Mitarbeiter wussten, dass die Chefin jetzt keine Störung duldete. Emilia hatte sich die Haare zusammengebunden und einen neuen Kittel angezogen. Sorgfältig hatte sie die Arbeitsfläche desinfiziert, die Rezepturwaage eingestellt und sich alle Arbeitsgeräte bereitgelegt. Die sieben Fläschchen, die sie benötigte, hatte Emilia zunächst beschriftet und vor sich in eine Reihe gestellt. Jetzt hatte sie erst einmal durchatmen und ihre innere Ruhe finden müssen. Dann hatte sie mit den Potenzierungen begonnen und man hatte aus der Rezeptur ein gleichmäßiges Klopfen gehört.

Die Eigenblutbehandlung nutzen Mediziner für eine unspezifische Reiztherapie. Von außen werden Reize zugeführt, dadurch werden Selbstheilungsprozesse aktiviert und stimuliert. Bekannte Reize sind Klima- und Temperaturreize. Aber auch das eigene Blut kann solch ein Reiz sein, wenn es dem Körper wieder zugeführt wird. Die Behandlung geht auf den Chirurgen August Bier zurück. Dieser ging davon aus, dass Blut eines der natürlichsten und wirksamsten Reizmittel ist. In der naturheilkundlichen Praxis wird die Eigenbluttherapie vornehmlich bei der Behandlung von Allergien und zur Stärkung des Immunsystems und der Verbesserung des Allgemeinbefindens eingesetzt. 1898 entwickelte Bier mit seinem Assistenten die Rückenmarksnarkose. Sie erleichterte die Operationen und wird noch heute angewandt. Die Äther-Narkose war relativ gefährlich. Oft gelang die Operation, aber dennoch wachten die Patienten nicht mehr auf. Bier vertrat eine biologisch orientierte Medizin. Für ihn war der Mensch eine harmonische Einheit, bestehend aus Körper, Geist und Seele. Er wurde 1925 für den Nobelpreis nominiert, den er aber nicht bekam. Emilia Sander las gern Lebensgeschichten berühmter Apotheker, Chemiker und Ärzte. Einige davon standen in ihrem Bücherschrank.

Emilia lehnte sich zurück. Das Blätterdach der bejahrten Linde spendete auf dem Balkon nicht nur den heißersehnten Schatten. Abends hörte sie dem Rauschen der Blätter zu.

Die Nachbarn schienen entweder im Urlaub oder beim Swing zu sein. Emilias Augenlider gaben nach. Kurze Zeit später war sie eingeschlafen.

Ein Motorrad knatterte in der Nähe und ließ Emilia abrupt wach werden. Erschrocken setzte sie sich auf. Die Sonne war untergegangen. Dämmerung hatte sich über die Stadt gesenkt. Entfernt hörte sie Musikfetzen. Wo blieb Franck denn nur? Unruhe erfasste sie. Emilia stand auf, ging in die Küche und schaute auf ihr Handy. Verständnislos stellte sie fest, dass Franck sie weder angerufen noch eine Nachricht geschickt hatte. Sie ging wieder auf den Balkon. Die Wärme war hier erträglicher als in der Wohnung.

»N'Abend, Frau Sander.« Der Nachbar grüßte Emilia freundlich über den Holzzaun hinweg und vollführte eine entsprechende Geste zum Kopf. Als junger Mann war er bei der Marine tätig gewesen.

Fahrig grüßte sie zurück. Inzwischen hatte sich der Himmel dunkel gefärbt. Emilia ging erneut nach drinnen. Besorgt schaute sie auf die Küchenuhr, dann wieder auf ihr Handy. Es blieb stumm und bot keine Erklärung für Francks Verspätung.

Um sich abzulenken, schaltete sie den Fernseher ein. Ein Nachrichtensprecher. Er steckte in einer leichten Anzugjacke mit Krawatte. Der Mann vermittelte den Eindruck, dass ihm die Hitze nichts ausmachte. Sie zappte weiter. Werbung. Bunt, schrill, sowieso nicht ihr Ding, nur Zeitvergeudung. Noch ein Versuch. Eine Krimireihe. Das lag ihr nicht. Eine Talkshow. Es fehlte ihr die Konzentration, zuzuhören. Genervt schaltete sie den Fernseher aus. Doch die innere Unruhe blieb.

Barfuß lief sie durch das Haus, um sich zu überzeugen, dass Franck wirklich nicht da war. Irgendetwas stimmte nicht. Franck gehörte zu den zuverlässigsten Menschen, denen sie je begegnet war. Emilias Magen zog sich zusammen. Sie bekam einen trockenen Mund. Ihr Herz begann zu rasen. War das das Klingeln ihres Handys? Sie lief zurück in die Küche. Das Handy, das sie neben dem Kühlschrank abgelegt hatte, zeigte keine Nachricht für sie. Kein verpasster Anruf, keine SMS. Seltsam. Sonst teilte Franck ihr doch immer mit, wenn es später wurde.

Robin Jäger hatte für einige Tage in einer besonderen Angelegenheit zu ermitteln.

»Etwa geheim?«, hatte sie Franck vor einigen Tagen gefragt.

»Chérie, diesmal sag ich nichts!«

»Das glaub ich nicht.« Emilia brauchte nur wenige gezielte Fragen zu stellen, dann hatte sie die Richtung. Das wusste auch Franck. Nichts konnte er vor ihr verbergen. Sie rief ihn einfach an, das hätte sie bereits vor einer Stunde machen sollen, schalt sie sich. Sie tippte die entsprechenden Tasten. Und wartete. Dann schaute sie ratlos auf ihr Display. Kein Rufzeichen. Sie ließ die Hand sinken. Was jetzt? Im Revierkommissariat wollte sie es nicht versuchen, das klang ja, als stand der Hauptkommissar unter Kontrolle. Petersen und Adele waren zu einer Hochzeit gefahren. Auch das hatte ihr Franck vor einigen Tagen erzählt.

Dennoch versuchte sie es bei Jäger. Dieser nahm den Anruf auch nicht entgegen, doch wenigstens klingelte es. Er würde zurückrufen.

Erinnerungen an den gestrigen Abend kamen hoch. Beide hatten im Bett gelegen. Es war dermaßen heiß gewesen, dass sie ihre Glieder weit voneinander gestreckt hielten. Sie waren nur mit einem Betttuch bedeckt gewesen.

»Ohne Witz? Jäger undercover?«, hatte sie ihn geneckt, aber Franck hatte kein weiteres Wort gesagt. Dachte Emilia nach, musste Franck auch noch ein weiteres Geheimnis haben. Damit rückte er seit Wochen nicht raus. Vielleicht hatte die Heimlichkeit mit ihren Geburtstagen zu tun. Franck hatte am 11. Juli Geburtstag und sie im September.

Gegen ein raffiniertes Geschenk gab es nichts einzuwenden. Sie selbst sollte sich auch bald etwas Originelles für Franck ausdenken und nicht alles auf die letzte Minute verschieben. Bald kannten sie sich ein Jahr. Frau Grünberger hatte sie bereits an ein Geschenk erinnert. Emilias Antwort lautete auf solche Fragen, die noch weit vor ihr lagen: »Ach, da bin ich noch nicht.« Manche Dinge müssen wachsen, um zu werden. Sie vertraute darauf, dass ihr bis dahin noch etwas einfiel. Doch jetzt gab es Drängenderes.

Wo war Franck?

Sie öffnete noch einmal den Kühlschrank, um die Lebensmittel zu inspizieren. Es bestand keine Notwendigkeit dafür, sondern diente dazu, ihre Gedanken zu ordnen. Für heute Abend standen Antipasti im obereren Fach. Eine Dose Fisch lag im Gemüsefach. Frau Mandel hatte eine weitere Tupperdose in den Kühlschrank gestellt. Auf dem Zettel stand: gefüllte Tortillas-Schinken und Hühnchenfleisch. Alles in allem ein übersichtlich befüllter Kühlschrank. Emilia schloss ihn und lehnte sich mit dem Rücken an. Sie musste eine Entscheidung treffen. Egal, ob sie sich lächerlich machte oder nicht. Die Ungewissheit hielt sie nicht länger aus.

Sie machte die Balkontür zu. Die nassen Haare waren längst ohne Föhn trocken geworden. Mit den Händen fuhr sie sich schnell hindurch und band ihr Haar mit einem Gummi zusammen, an dem eine tiefrote Samtrose befestigt war. Sie schlüpfte in die Sommersandalen.

Verzweifelt und doch voller Hoffnung schaute sie zum wiederholten Mal auf das Handy. Nichts. Entschlossen griff sie nach dem Hausschlüssel und ließ die Tür hinter sich zufallen.

»Guten Morgen, die Herren. Das Fiebermessen ist wieder dran.« Die rundliche Schwester Ida erfuhr als Gegenleistung für ihre gutgemeinten Worte nur ein mürrisches »*Morgen*«.

Das Zimmer, auf dem Robin Jäger inkognito lag, war ein typisches Krankenhauszimmer. Die nüchtern aussehenden Betten, der dazu gehörende Nachttisch. Ein Tisch mit drei Plastikstühlen. Für jeden Patienten ein Stuhl. Eingebaute Wandschränke. Es gelang dem Kunstdruck, das den Anblick einer Harzlandschaft zeigte und eine Wand verzierte, das ausdruckslose Zimmer zu beleben.

»Ob das denn überhaupt etwas bringt. Schließlich haben Sie das doch erst gestern gemacht. Ich habe kein Fieber.« Das zumindest hatte der junge Kerl, der noch feucht hinter den Ohren war, gleich nach seiner ersten Nacht auf Station bei ihr anbringen müssen. Müde hatte sie zurückgelächelt. Wenn der wüsste, wie oft sie diesen Satz zu hören bekam.

Jäger war erst vor Kurzem eingeschlafen. Er musste seine miese Laune loswerden. Ihm war es vorgekommen, als habe er keine einzige Minute Schlaf abgekriegt. Seit drei Tagen lag er auf der Lauer und ermittelte undercover. Das Krankenhaus wurde nicht mehr Herr der Lage. Wöchentlich, täglich, manchmal stündlich wurde das Krankenhaus und damit die Patienten zur Zielscheibe von Diebstählen.

Die Kollegen der Diebstahlabteilung kamen mit dem Anzeigenaufnehmen kaum hinterher. Außerdem waren sie mittlerweile im Krankenhaus allseits bekannt. Für Jäger bedeutete es, herauszufinden, wo der Hund sprichwörtlich begraben lag. Er führte Gespräche mit den Patienten. Er quatschte das Personal an, belauschte Gespräche, er sah sich im gesamten Krankenhaus um. Er war hundemüde, als Schwester Ida die Tür aufriss und laut einen guten Morgen wünschte. Auf seinen Laptop konnte er nicht zurückgreifen. Das hätte ihn verraten. Wer kommt schon mit technischem Schnickschnack ins Krankenhaus. So schrieb er mit der alt bewährten Methode seine Berichte, versandte SMS und telefonierte viel, wenn er im Krankenhauspark unterwegs war. Die Berichte holte einer seiner Kollegen, Reeh oder Rükken, in Zivil ab, wenn er einen Spaziergang im Krankenhauspark machte. Sie verabredeten sich über das Handy. Kaum hatte er in den frühen Morgenstunden das Licht an seinem Bett heruntergedreht, war er in einen tiefen, aber kurzen Schlaf gefallen.

Nach dem Fiebermessen war die Morgentoilette zu verrichten. Das Zimmer teilte er sich mit zwei weiteren Männern. Jäger ließ ihnen den Vortritt. In der Zwischenzeit nickte er ein, bis ihn der Patient, dessen Bett am nächsten stand, rüttelte.

»Mach schon. Gleich ist Visite.«

Schlaftrunken streckte und reckte sich Jäger. Er gähnte. Mit geröteten Augen und wirrem Haar schlurfte er mit dem Waschbeutel in der Hand ins Bad. Kurze Zeit später lag Jäger angezogen mit Sporthose und einem T-Shirt, das einen wenig originellen Spruch trug, wieder im Bett. Warum die Krankenhausbetten immer zu kurz waren, konnte er sich nicht erklären. Augenscheinlich waren sie lang genug. Lag man darin, konnte man sich nicht ausstrecken. Leise fluchend drehte er sich hin und her, bis sich der Patient im Nebenbett räusperte und die Brille abnahm, die ihm das Zeitunglesen erleichterte.

»Mensch, Junge. Sei doch nicht dermaßen ungeduldig. Kannst froh sein, wenn se dich rauslassen. So ein junger Kerl muss ackern und nicht den hübschen Schwestern nachstellen.«

»Ach, das glaub ich nicht.« Jäger schaute den Bettnachbarn irritiert an. Er wurde nicht entlassen. Das fehlte ihm noch, dass seine Tarnung nach wenigen Tagen aufflog. Es war eine Sache, nachts durch die Gänge des Krankenhauses zu patrouillieren und am Tage Informationen von Patienten, Schwestern, Pflegern, vom Hausmeister und nicht zu vergessen von den Besuchern einzusammeln, um diese dann weiterzuleiten. Die Legende musste er leben. Beim Pflegepersonal genauso wie bei den Patienten. Keinesfalls sollten sie ihn durchschauen. Einen Fehler durfte er sich nicht erlauben, die ganze Mission war gefährdet.

»Was glaubste nicht?« Herr Neumann hatte seine Brille wieder aufgesetzt und blätterte die Zeitungsseite um. »Dass du den Schwestern hinterherstierst? Oder dass du meiner Meinung nach hier bald rauskommst?« Jäger wurde rot. Sein Bettnachbar ließ nicht locker. »Na meinste nicht, dass ich nicht gesehen habe, wie du Schwester Julia hinterhergaffst?« Herr Neumann legte die Zeitung zusammen. »Na, ick war ja och mal jung.« Seine Mundwinkel zuckten amüsiert. »Aber jetzt, siehst doch. Lieg ich hier, hatte einen Magendurchbruch und werde in Zukunft mit Schonkost zurechtkommen müssen. Jedenfalls sagen das die Ärzte.« Herr Neumann seufzte. Offensichtlich bedauerte er die Einschätzung der Ärzte. »Keine deftigen Speisen soll ich essen. Von den alkoholischen Getränken muss ick die Finger lassen.« Herr Neumann verdrehte die Augen. »Nicht mehr rauchen soll ick och. Wie die Herren Ärzte sich das vorstellen, das sagen se einem nicht. Ick weeß das doch och nicht. Und du, Junge, ne Frau hab ick och nicht mehr, die mir das alles machen würde. Ach, die hat mir das ihr Lebtag lang vorgehalten. Halte Maß, hat se gesagt. Wollte ick aber nicht. Ick sach dir nur: Wenn sich ne Gelegenheit ergibt, dann, Junge, mach.«

Jäger schluckte eine Erwiderung hinunter. Die Tür öffnete sich und eine Armada in weißen Kitteln füllte das ganze Patientenzimmer aus. Dem Chefarzt folgte der Stationsarzt. Ein Assistenzarzt und zwei Doktoranden standen dicht gedrängt dahinter. Im Gegensatz zu den vorherigen Visiten begleitete eine resolut wirkende Frau die Ärzte. Das Schlusslicht der Formation bildete Schwester Ida.

»Guten Morgen, die Herren.«

Die Männer grüßten leise zurück.

»Herr Neumann. Wie geht es Ihnen?« Chefarzt Professor Doktor Mai schenkte dem Patienten die volle Aufmerksamkeit.

»Danke der Nachfrage. Wann werde ich denn entlassen?« Herr Neumann ließ sein Gegenüber nicht aus den Augen.

»Ihnen gefällt es wohl nicht bei uns?«

»Was heißt gefallen«, Herr Neumann zuckte mit den Schultern, »zu Hause ist eben zu Hause.«

»Das kann ich nachvollziehen. Doch zuerst werden Sie mit unserer charmanten Diätassistentin einen Termin ausmachen, um ...« Der Professor winkte die resolut wirkende Frau zu sich. Unter ihrem geöffneten Arztkittel trug sie ein zartblaues Kostüm. Ihre feuerroten Haare zierte ein akkurater Kurzhaarschnitt. Streng blickte sie den Patienten an, als verstehe sie keinen Spaß, wenn es ihr Fachgebiet betraf. »... einige Kochstunden miteinander zu verbringen.« Der Professor holte den verblüfften Patienten in die Realität zurück. »Außerdem werden wir Ihre Medikation ein weiteres Mal umstellen. Das dauert seine Zeit.«

Jäger verkniff sich das Grinsen, als der Chefarzt sich ihm zuwandte.

»Und nun zu Ihnen, Herr ...« Der Chefarzt tat, als war ihm der Name entfallen. »... Michel Martin.« Ein flüchtiges Lächeln huschte über des Professors Gesicht. »Ah, ja. Na, wir werden noch weitere Tests mit Ihnen machen müssen«, erklärte er großzügig. Der Professor kniff ein Auge zu. »Ein wenig sind Sie unser Sorgenkind, wenn ich das in dieser Weise formulieren darf.« Jäger merkte, wie der Patient im Nebenbett zuhörte und lange Ohren machte. »Wir sind uns laut der Analysen nicht sicher. Stimmt's, Herr Lücke?« Dabei schaute er den Assistenzarzt an, der nervös an seinem Hemdkragen nestelte. »Sie waren es schließlich, der uns darüber informierte.«

Herr Lücke räusperte sich, bis der Frosch im Hals beseitigt schien. »Ähm. Ja, Herr Professor.«

»Bisher wurden Sie durch unseren Assistenzarzt betreut«, fuhr Prof. Doktor Mai fort. »Er hält noch weitere Behandlungspläne für Sie bereit, da die Ergebnisse der Blutuntersuchungen nicht zueinander passen. Wir werden Sie noch eingehender untersuchen müssen. Zunächst, denke ich, werden wir eine Magen-Darm-Spiegelung veranlassen.« Er klopfte dem sprachlosen Jäger auf die Schulter. »Schwester Ida, sagen Sie bitte Schwester Julia, sie soll sich um alles Weitere kümmern.«

Dann wünschte er den Patienten reichlich Gesundheit. Der dritte Patient hatte Glück, er wurde entlassen. Schwester Ida schloss als Letzte die Tür.

Neumann versteckte sein Grinsen nicht.

»Alles Weitere wird mit Ihnen besprochen, Schwester Julia kümmert sich«, äffte er den Professor nach. Erst als er Jägers Blick bemerkte, biss er sich auf die Lippe.

»Viel Freude mit der Diätassistentin«, entgegnete ihm Jäger. »Sie sieht aus, als hätte sie Haare auf den Zähnen«, wies er den Bettnachbarn in die Schranken.

Genau das fehlte Jäger noch. Ausgerechnet Schwester Julia. Zwei Tage reichten aus, dass sie ihm den Kopf verdreht hatte. Schon als sie das erste Mal das Patientenzimmer betreten und Jäger mit ihren tiefschwarzen Augen angesehen hatte, war es um ihn geschehen. Schwester Julia, das stand auf ihrem Namensschildchen. Vorgestern hatte sie ihm die Blutdruckmanschette angelegt. Sie hatte sich die Ohrbügel in die Ohren gesteckt. Während sie die Stellschraube am Manometer mit einem Handgriff geschlossen hatte, hatte sie Jäger durch ihre dunkelgerahmte Brille herausfordernd angeschaut.

»Dann wollen wir mal.« Mittig hatte sie ihm das Stethoskop auf seine Ellenbeuge gelegt. Zügig hatte sie die Manschette mit Luft aufgepumpt, bis kein Blutfluss mehr zu hören gewesen war. Jäger hatte sie beobachtet, wie sie geringfügig die Stellschraube am Manometer geöffnet hatte. Langsam war die Luft entwichen. Ihm war, als entweiche ihm ebenfalls die Luft. Keinen Blick hatte sie von der Uhr gelassen und Jäger die Gelegenheit gegeben, kein Auge von ihr zu lassen. Sie hatte den Manschettendruck weiter abgelassen. Die Stellschraube weit genug geöffnet, um die restliche Luft entweichen zu lassen. Die Messwerte hatte sie ins Patientenprotokoll eingetragen.

»Ihr Blutdruck ist am Überkochen«, hatte sie spöttelnd gemeint und dabei eine Reihe ebenmäßiger gesunder Zähne gezeigt. Rechts und links hatte Jäger die Grübchen bemerkt, wenn sie lachte. Ihre schwarzen Haare hatte sie zu einem Pferdeschwanz gebunden. Ihr Teint war ebenmäßig, nur die Augen hatte sie mit Kajal umrundet und Wimperntusche dezent aufgetragen. Schwester Julias Kinnpartie und ihre Wangenknochen waren deutlich zu erkennen gewesen. An der Tür hatte sie sich kurz umgedreht. Ihr Lächeln glich der Mona Lisa, davon war Jäger überzeugt, obwohl er niemals das Gemälde gesehen hatte. Die Tür hatte sich geschlossen und Jäger hatte sich rücklings auf sein Bett geworfen. Zwei Stunden war er nicht ansprechbar gewesen. Später sollte er sich erinnern, dass das der Moment war, als er sein Herz verlor.

Bevor nun sein Blutdruck gleich durch die Decke gehen würde, musste er handeln. Mit dem Professor hatte er ein Wörtchen zu reden.

»Ich brauche frische Luft.« Ein Vorwand. Bettnachbar Neumann nickte und steckte seine Nase wieder in die Zeitung, die er vor der Visite zu lesen begonnen hatte.

Auf dem Gang erfasste Jäger mit einem schnellen Blick, dass sich der Pulk in Weiß auflöste. Wehende Kittelschöße und eifriges Kopfnicken waren Indiz dafür. Die Ärzte gingen in Richtung Fahrstuhl. Nur der Professor lief den Flur entlang. Sein Arztzimmer lag am Ende des Ganges.

Kaum hatte der Professor die Tür geschlossen, klopfte Jäger an und trat ein.

»Ah, unser eingeschleuster Arm der Gerechtigkeit.«

Den Spott in der Stimme überhörte Jäger.

»Musste das sein mit, mit ...« Jäger erinnerte sich nicht des ärztlichen Wortes. Unhöflich wollte er nicht klingen. Schließlich hatten Staatsanwalt Ahrens, Dienstgruppenleiter Petersen und der Professor diesen Einsatz ausgeheckt. Doch sein heutiger Plan sah nicht vor, sich einer Spiegelung, wo auch immer die sein sollte, zu unterziehen.

Als Franck wach wurde, war er schweißgebadet. Sein Herz raste. Ihm war hundeelend und speiübel. Rings um ihn war alles dunkel. Alles drehte sich um ihn. Das verdammte Karussell sollte endlich stillstehen! Ob er wollte oder nicht, Angst umklammerte ihn. Langsam und beharrlich schlich sie sich an ihn heran. Unausweichlich. Dieser Druck wurde unerträglich. Doch er musste ihn ertragen. Tief einatmen, langsam ausatmen. Noch mal. Los, noch einmal, motivierte er sich selber. Streng dich an. Du darfst nicht aufgeben. Denke nach.

Bewegungslos und mit offenen Augen blieb er liegen. Ein rotes Lämpchen starrte ihn von oben an. Franck starrte zurück und zog die Stirn in Falten. Wenn er bei Emilia aufwachte, erkannte er den Holzschrank, die Umrisse der beiden Nachttischlampen, die an ihrem Bett standen. Die Tür, das Fenster, die wehenden Gardinen. Im Schlafzimmer gab es keine rote Lampe an der Decke. War er in einem weiteren Albtraum gefangen? Sein Herzschlag beschleunigte sich wieder. Der Atem ging stoßweise. Er keuchte. Wo war er? Aufkommende Panik durfte er nicht zulassen. Er musste sie unterdrücken, sonst konnte er nicht denken. Atme langsam ein und ebenso aus, befahl er sich. Los, mach schon, spornte er sich an. Kümmere dich nicht um die Lampe, sagte sein Innerstes, schließ die Augen. Nach endlos erscheinenden Minuten beruhigte er sich wieder.

Er versuchte sich an einer Bestandsaufnahme. Kopfschmerzen plagten ihn. Doch den Kopf konnte er bewegen. Die Beine ließen sich strecken und anziehen. Er hörte nichts außer seinem eigenen Atem. Mit den Händen tastete er den Körper ab. Und da vernahm er es wieder: das klirrende Geräusch aus dem Albtraum. Starr blieb Franck liegen. Erst als er Mut gefasst hatte, bewegte er die rechte Hand. Das ging. Jetzt die linke. Das funktionierte auch. Er registrierte nun, dass sein Handgelenk das Geräusch mit sich zog. Irrte er sich oder war das eine Kette? Mit der freien Hand betastete er sie. Heftig atmete Franck ein. Abrupt öffnete er die Augen. Das rote Licht starrte ihn an. Ansonsten war es stockdunkel. Er lauschte. Den eigenen Atem und die rasselnden Kettenglieder hörte er jedoch nur, wenn er sich bewegte. Wo war er nur hineingeraten? Seine Gedanken rasten hin und her.

Der zähe Kopfschmerz ließ ihn laut aufstöhnen.

Nach einer langen Zeit ebbte der Schmerz ab. Erschöpft von seinen Gedanken und den körperlichen Qualen traf ihn die Erkenntnis wie ein Schlag. Wie bin ich hierher gekommen? Wer beobachtet mich und warum? Allmählich begriff er, dass er in einem dunklen

Loch eingesperrt, an einer Kette gefesselt war und niemand seinen Aufenthaltsort kannte.

Er erinnerte sich. Langsam fügten sich die Bruchstücke zusammen. Wieder war ein sonniger und heißer Tag vorhergesagt worden. Der blaue Himmel trug keine Wolke am Firmament. Seit Wochen ging das so. Am Freitag sollte es bis zum Mittag über dreißig Grad sein. Laut der Wetterlage hatte das Hoch Europa fest im Griff. Es machte keine Anstalten, sich durch ein Tief, das weit über dem Atlantik lag, vertreiben zu lassen. Es war unerträglich schwül, trotz der moderaten Temperaturen.

Das letzte Mal hatte es am 1. Juni geregnet. Das war der Tag, an dem Franck den Bully in Hajo Biedermanns Werkstatt gefahren hatte. Die Idee war ihm Anfang des Jahres gekommen. Seine Großmutter hatte ihm einen Brief geschrieben und Emilia und Franck eingeladen. Er hatte mächtige Sehnsucht. Zunächst war es ein kleiner Gedanke gewesen, der ihn beschäftigt, den er entwickelt hatte. In aller Verschwiegenheit hatte Franck einen alten VW gekauft. Es hatte einige Monate gedauert, bis er einen gebrauchten, aber fahrtauglichen Bulli auftreiben konnte. Es sollte eine Überraschung für Emilia werden. Er hielt sie auch vor Petersen und Jäger geheim. Die Überraschung sollte vollständig auf seiner Seite sein. Durch keine Umstände wollte er die Idee torpedieren lassen.

Der Bus musste noch instandgesetzt und restauriert werden. Die Autowerkstatt seiner Wahl war auf moderne Autos spezialisiert, doch der Chef hatte mit der Zunge geschnalzt, seine Augen hatten aufgeleuchtet, als Franck fragte, ob er es sich zutrauen würde, diesen Bus umzubauen. Ohne Umstände hatte sich der Werkstattleiter darauf eingelassen, sich persönlich um den Umbau des alten VW zu kümmern. Hajo war gelernter Tischler. Ein Meisterbrief hing eingerahmt in seinem Büro, genau hinter dem wuchtigen Sessel. Kein Besucher kam umhin, den Meisterbrief zu übersehen. Franck war überzeugt, dass Hajo ihn aus strategischen Gründen genau an diesem Platz aufgehängt hatte.

In den letzten Wochen war der Hauptkommissar einige Male in der Werkstatt gewesen, um Details abzuklären. Er war mehr als überrascht, dass der Umbau so flott vonstattenging. Hajo war in seinem Element und Franck war glücklich darüber. Die Überraschung würde gelingen.

Sein freier Tag hatte unbeschwert am Frühstückstisch neben Emilia begonnen.

Die Berichte waren geschrieben gewesen und an die Staatsanwaltschaft weitergeleitet worden. Allerdings musste er die nächsten Tage ohne Jäger auskommen. Sein Kollege hatte einen Spezialauftrag und war seit Mittwoch versetzt.

»Was machst du heute?« Emilia biss von ihrem gebutterten Toast ab. Franck beobachtete, wie sie einen Krümel, der an ihrem Mundwinkel festhing, mit der Zungenspitze erhaschen wollte. Sie versuchte es so lange, bis er über den Tisch langte und ihn mit einer Serviette fortwischte. Auf die Frage war Franck zwar vorbereitet, doch tief in ihm wuchs das Unbehagen. Er hasste Lügen und auch kleine Unwahrheiten.

»Ich werde mich wegen eines eigenen Autos umsehen und verschiedene Autohändler aufsuchen«, erklärte er mit fester Stimme.

Eine Ausrede zwar, aber eine direkte Lüge war es nicht gewesen.

Bittersüß erinnerte Franck sich an den flüchtigen Kuss, den er Emilia zur Verabschiedung gegeben hatte. Viel zu sehr war er damit beschäftigt gewesen, ihr nicht in die Augen zu sehen, weil er fürchtete, sich auf den letzten Metern zu verraten.

Dachte man wirklich an so etwas Banales oder Triviales, wenn man sich an solch einem schrecklichen Ort befand? Er konnte es nicht glauben, doch es war so. Gedanken kamen und gingen.

Der rot-beige VW-Bus aus den Sechzigern hatte abseits auf dem Hof gestanden, als Franck am Vormittag dorthin kam. Er sah ihn, als er das hintere Gelände der Werkstatt betrat. Die Türen des VW waren geöffnet. Zwei Männer in Arbeitskleidung werkelten im Inneren des Volkswagens und flachsten gutgelaunt dabei. Eine Frau Mitte vierzig drohte den Mitarbeitern scherzhaft mit erhobenem Finger. »Macht das ja ordentlich. Fürs Lachen werdet ihr nicht bezahlt. Los, der Kunde will ein fertiges Auto haben.« Die Männer winkten gutmütig ab. Hajo hatte die Sitze frisch bezogen, die Technik auf den aktuellsten Stand gebracht. Die hinteren Sitze konnten umgeklappt werden für ein gemütliches Bett. Das Bettzeug ließ sich darunter verstauen. In einer kleinen Küchenzeile konnte man Kaffee oder Tee aufbrühen, ein Nudelgericht war unkompliziert herzustellen. Stauraum für persönliche Kleidung. Ein Kühlschrank. Was gebraucht wurde, war vorhanden. Mit diesem Gefährt konnten sie unabhängig reisen. Es gab immer die Möglichkeit, auf einem Campingplatz, in einer Pension oder einem Hotel zu übernachten. Hajos Ehefrau hatte für weiblichen Flair gesorgt. Gardinen zum Zuziehen, ein Rollo, Sitzbezüge, Kissen. Ein eingerahmtes Bild.

Nachdem Franck in der Autowerkstatt alles geregelt hatte, ging er auf dem kürzesten Weg zum Markt.

An den Transporter, der mit überhöhter Geschwindigkeit nach rechts in die Seilergasse einbog, erinnerte er sich nun auch wieder. Ein leidenschaftlich klingelnder Fahrradfahrer überholte ihn auf dem Bürgersteig. Franck hatte sogar zur Seite springen müssen.

Lag es an dieser Erinnerung oder am gespritzten Cocktail? Sein Kopf dröhnte erneut unerträglich. Ihm wurde schlecht. Stöhnend drehte er sich auf die Seite. Alles verschwamm vor seinen Augen. Die stille Seite war zum Greifen nah und er sehnte sich nach dem Ruck, nach dem Fall ins Bodenlose.

Vor ihrer Haustür umfing Emilia immer noch drückende Wärme. Sie lief die Breite Straße entlang, bog an ihrer Apotheke nach rechts in den Kornmarkt. Früher stand am Fachwerkhaus im Kornmarkt 7 die Ratswaage. Hatte man Zeit und schaute sich die Gebäude intensiver an, waren immer noch die klassischen Verzierungen eines Hauses aus dem 17. Jahrhundert zu erkennen. Aber diese Zeit nahm sie sich heute nicht.

Sie lief weiter und bog in die Straße Marschlinger Hof ein. Glücklich aussehende und lachende Menschen kamen ihr entgegen oder überholten sie. Durch die Türen der geöffneten Gaststätten drang Swingmusik. Tische und Stühle standen davor. Jeder Platz war besetzt. Emilia hörte Kinderlachen. Die Kellner und Kellnerinnen liefen geschäftig mit den übervollen Tabletts hin und her. Es wurde geraucht, gelacht, getrunken und gegessen. Soweit Emilia das einordnete, waren alle in ausgelassener Stimmung.

Ihr rollte der Schweiß Tropfen für Tropfen an der Wirbelsäule hinab. Tatsächlich machte ihr Hitze nicht viel aus. Doch was sie in Atem hielt, nannte sich pure Angst. Was konnte Franck passiert sein? Warum um Himmels willen war Franck denn nicht da?

Emilia fühlte sich aufgewühlt und fahrig. Ihr Herz klopfte bis zum Hals und sie wünschte sich, dass es nur ein Missverständnis war. Dass sie vergessen hatte, dass Franck heute wegfahren wollte oder kein Saft mehr auf dem Handy war. Er es verloren hatte oder bestohlen wurde oder dass das Handy kaputt gegangen war. Trotzdem kannte sie die Antworten, sie liefen alle auf das Gleiche hinaus. Etwas war mit ihm passiert. Die Polizei hätte sie doch verständigt, sagte sie sich.

Aber konnte sie sich darauf verlassen? Jäger war in geheimer Mission unterwegs, Petersen bei einer Familienfeier. Und die anderen Kollegen waren mit dem Swingwochenende voll ausgelastet. Wen sollte sie denn fragen? Das Krankenhauspersonal gab keine Auskunft, wenn es sich nicht um ein Familienmitglied handelte. Sie war kein Mitglied der Familie und genau an diesem Punkt merkte sie, wie Übelkeit aufstieg. Emilia stolperte. Im letzten Moment fing sie sich wieder. Sie blieb stehen und rieb sich den Zeh.

»Frau Sander, schön, dass ich Sie sehe.« Herr Rundecker stand vor Emilia. »Ist das Swing- und Jazzwochenende nicht wieder auf das Beste organisiert?« Er drehte sich um und offerierte Emilia mit einer weiten Geste das Geschehen. Fast, als wäre er der Organisator. »Zum achten Mal, wenn mich nicht alles täuscht, hat der Freundeskreis das Programm wieder organisiert. Zwölf Bands sind eingeladen und gekommen«, merkte er mit erhobenem Finger an. »Sogar über die Landesgrenzen hinaus ist der gute Ruf gedrungen. Bemerkenswert. Und nicht nur Swing, auch Jazz ist zu hören.« Als er Emilias gehetzten Blick bemerkte, wurde er still. »Frau Sander, ich will Sie nicht langweilen, aber in meiner Jugend nach dem Krieg haben die Amerikaner die in Europa noch nicht dagewesene Musik mit rübergebracht. Und mir, und ich war nicht der Einzige, hat es nach all den schlimmen Jahren gutgetan.«

»Ja«, hauchte Emilia, sie vermochte keinen Satz zu bilden.

Ihr Mund war ausgetrocknet. Sie ärgerte sich, dass sie nicht an eine Wasserflasche gedacht hatte. Was ihr sonst gefiel, dafür hatte sie im Moment nicht eine einzige Sekunde den Nerv. Mit Franck wollte sie dem Musikfestival zuhören und bei dem vergnügten Treiben der Quedlinburger mitmachen. Doch für Emilia war es diesmal nur bunt, schrill und viel zu laut.

»Diese Spielfreude, das müssen Sie erleben, Frau Sander.« Herr Rundecker versuchte, sie mitzureißen. Er war ein gern gesehener Kunde in der Apotheke, er hatte es nicht verdient, dass sie wie ein Stockfisch vor ihm stand.

»Wie geht es Ihnen denn?«, brachte sie mit Mühe hervor. Es war einige Wochen her, dass der ältere Herr die wöchentliche Sauerstofftherapie besucht hatte. »Sie sehen erholt aus«, wagte sie anzumerken. Wenn sie ihn betrachtete, sah er entspannt und gepflegt aus.

»Wissen Sie, Frau Sander«, dabei kam der ältere Herr etwas dichter an Emilia heran, »es geht mir bestens. Ich vermute, dass nicht nur Ihre Therapie damit zusammenhängt.«

»Wie das?«, fragte sie mit gerunzelten Augenbrauen nach. Eigentlich wollte sie nur weiter. Doch sie war nicht unhöflich.

Herr Rundecker senkte die Stimme verschwörerisch.

»Ich habe doch jetzt eine Freundin.« Mit einem Auge zwinkerte er. »Ich treffe sie gleich.«

Ihr Mund fühlte sich noch trockener an als vor einer Minute.

»Sie ist genauso alt wie ich«, fuhr Herr Rundecker erklärend fort. »Und fährt noch Auto. Wir haben uns beim Kartenspielen und Scribbeln kennengelernt. Im Heim, dort, wo sie wohnt. Nächste Woche wollen wir mit meinem Mercedes nach Bayern fahren«. Emilia erinnerte sich, dass seine Kinder dort wohnten. »Und das mit offenem Verdeck, Seidenschal und Sonnenbrille.« Dabei kniff er wieder ein Auge zu.

Es fehlte nur noch, dass er sich auf die Schenkel geklopft hätte.

»Dann wünsche ich alles Gute und passen Sie auf sich auf«, ergänzte Emilia angespannt.

»Aber Ihnen scheint es nicht gut zu gehen?« Herr Rundecker schaute Emilia prüfend an.

»Ach, eine kleine Unpässlichkeit«, wiegelte Emilia ab, »wegen der Hitze.«

Herr Rundecker sah ihre Halsader pochen und bemerkte die Schweißperlen, die ihr den Halsansatz hinabrollten. Skeptisch sah er sie an.

»Ich muss jetzt los.« Ihr Zeh tat nicht mehr weh.

»Passen Sie auch auf sich auf.« Er gab ihr die Hand und schaute der Apothekerin nachdenklich hinterher.

Mit pochendem Herzen lief Emilia weiter bis zum Revierkommissariat. Kurz vor 22 Uhr drückte sie die schwere Tür auf.

»Ihren Namen und Ihr Anliegen. Bitte!« Die tiefe Stimme des diensthabenden Polizisten verschluckte das Wort »bitte«. Der aufrecht sitzende Mann musterte sie kritisch. Seine buschigen Augenbrauen saßen fest auf dem Brillengestell. Die Polizeischirmmütze lag neben der Tastatur. Sein angebissenes Brötchen schob er zur Seite. Mit einer rigorosen Handbewegung schubste er Krümel von der Uniformjacke, die am Bauch spannte.

Mit zitternden Händen kramte sie ihren Ausweis aus der Tasche. Es gab ihr die Zeit, ruhiger zu werden und ihre Gedanken zu ordnen, was ihr gründlich misslang.

Zwischen ihnen gab es die Glaswand.

»Mein Name ist Emilia Sander.« Sie legte den Ausweis, der wie unbenutzt aussah, vor sich.

Der Polizist, an dessen Schulterklappe Sterne glänzten, stand auf. Prüfend schaute er auf den Ausweis. Und dann auf sie.

»Und Sie kommen wegen ...?«

»Ähm.« Wie sollte sie das jetzt sagen? »Hauptkommissar Metz ist nicht nach Hause gekommen. Ich möchte sein ...«, erklärte Emilia.

»Sie sind Frau Sander?«, unterbrach Keiler sie.

Emilia nickte. Sie brachte kein Wort heraus.

Gesehen hatte Keiler die Freundin vom Hauptkommissar noch nie. Er hörte dem Flurfunk nur bedingt zu. Jetzt verstand er, dass keinesfalls übertrieben wurde. Eine gutaussehende Frau in den besten Jahren in einem leichten Sommerkleid stand vor ihm. Die Sonnenbrille hatte sie in ihr Haar geschoben. Er bemerkte ihre pochende Halsschlagader. Ein leichter Schweißfilm bedeckte ihr Dekolletee und ihre sonnengebräunten Arme. Unkonzentriert fuhr sie sich durch die Haare. Keiler drückte auf den Einlasssummer.

»Nehmen Sie bitte Platz«, bat er sie und zeigte auf einen Besucherstuhl neben dem Schreibtisch.

Emilia schenkte dem diensthabenden Polizisten einen dankbaren Blick. Lange konnte sie sich nicht mehr auf den Beinen halten. Immer noch nicht wissend, wie sie genau ihr Anliegen beginnen sollte. Durch eine zweite Tür kam ein Polizist, der einen Stapel Akten trug. Diese Tür führte in Bereiche, die keinem Besucher zur Verfügung standen. Hauptkommissar Reeh erkannte sie.

»Frau Sander.« Er legte den Aktenstapel ab. »Der Hauptkommissar Metz hat doch seinen freien Tag! Was machen Sie denn hier?« Reeh kam gleich auf den Punkt. Dann sah er Emilia an und begriff. »Ist etwas passiert?« Vor einigen Monaten hatte er die Apotheke besucht, um für seine geplagten Muskeln Abhilfe zu schaffen.

»Ich weiß es nicht«, gab sie zu. »Es ist nicht seine Art, sich nicht zu melden, wenn es später wird.«

»Das ist nicht seine Art«, wiederholte er und gab ihr damit recht. Nachdenklich massierte Reeh sein Kinn. Er warf einen kurzen Blick zu Keiler. Vergebens bemühte er sich, diesen vor Emilia Sander zu verbergen.

»Sonst meldet er sich immer, wenn es später wird«, flüsterte sie, als sie Reehs Blick folgte. Beunruhigt fuhr sie mit der Zunge über die trockenen Lippen. »Kein Ruf geht durch. Die Mailbox springt auch nicht an.« Ihre Stimme klang einen Ton schriller. »Es scheint, als ob es funktionsuntüchtig ist, aber er es nicht mehr benutzen kann.« Leiser fragte sie: »Wissen Sie etwas Genaueres? Hatte er einen Unfall?«

Ob er verletzt war, diese Frage ersparte sie sich. Sie konnte auch nicht warten, bis die 24 Stunden um waren, um Franck als vermisst zu melden. Die beiden Polizeibeamten sahen ratlos aus.

»Erst einmal ist es sachdienlich, dass Sie hergekommen sind ...«, begann Keiler.

Reeh verdrehte die Augen. »Erzählen Sie uns von Ihrem Tag«, mischte sich der Polizeihauptkommissar ein. Sein Blick hielt mit Emilias Kontakt.

»Normal.« Ihre Stimme funktionierte erst nach einem Räuspern. Sie wusste, dass diese Fragen gestellt wurden, um abzuklopfen, ob ein Streit vorgelegen hat. Oder ob Metz etwas gesagt hatte, was annahm, dass er heute nicht nach Hause kam. »Franck hat heute einen freien Tag. Gemeinsam sind wir gegen sieben aufgestanden. Wir haben uns fertig gemacht und dann gefrühstückt.« Natürlich war sie wieder zu spät in die Apotheke gekommen, aber ihre Mitarbeiter kannten sie. »Ich war in der Apotheke arbeiten. Zur Mittagszeit bin ich für eine Stunde zu Hause gewesen. Um 18 Uhr war ich an der Taubenbreite verabredet. Ich habe mit vier Frauen eine Kräuterwanderung unternommen. Das dauerte zwei Stunden. Also war ich gegen 20.30 Uhr zu Hause. Franck, äh, Herr Metz, hatte ja frei und ich habe gedacht, dass er da ist. Aber die Wohnung war leer. Keine Nachricht. Ich habe ihn angerufen, aber sein Handy scheint außer Betrieb zu sein. Hier, sehen Sie.«

Emilia holte das Handy aus der kleinen Handtasche. Wiederholt rief sie Franck an. Keiler trat unruhig von einem Fuß auf den anderen. Reehs Blick war nichts zu entnehmen. Er machte sich seine Gedanken. Offenbar hatte Metz den gewohnten Lebenskreis verlassen. Sein aktueller Aufenthaltsort war Frau Sander unbekannt. Zusätzlich kam erschwerend dazu, dass er ein aktiver Polizeibeamter war. Nicht ausgeschlossen, dass eine Gefahr für ihn und sein Leben angenommen werden musste.

»Wir werden alles tun, um Informationen zu erlangen«, versprach Hans Keiler, »aber es nützt nichts, wenn Sie hierbleiben. Gehen Sie nach Hause. Wir brauchen auch jemanden vor Ort, der uns anruft, falls der Hauptkommissar wieder auftaucht.« Keilers Stimme klang ernst und eindringlich.

Auftaucht? Was dachte sich der Mann mit dem Stern auf der Schulterklappe eigentlich? Es klang, als wäre Franck untergetaucht. Warum, weswegen? Emilia war sicher, dass Franck etwas passiert war.

»Wir kümmern uns darum. Versprochen. Aber hier nützen Sie niemandem etwas, da hat der Kollege recht«, griff Reeh ein. Er konnte nachvollziehen, dass Frau Sander nicht nach Hause geschickt werden wollte. »Wir melden uns.« Reeh stand mit gerunzelter Stirn vor Emilia. Er versuchte ein Lächeln, aber es blieb bei dem Versuch.

Endlich stand sie auf, weil sie nichts gegen Keilers Vorschlag einwenden konnte. Am Ende hatten die zwei Polizisten natürlich recht. Hier nützte sie niemandem. Emilia sah ein, dass der Trotz nicht half. Doch zu Hause war sie allein. Sich selbst und ihren Gedanken überlassen, die sie quälten.

»Sie werden das Richtige veranlassen«, murmelte Emilia nervös. »Sie rufen an?«, versicherte sie sich. Ein Kloß lag auf ihrer Stimme. Sie bot ihre ganze Konzentration auf, um ihre Handynummer zu nennen, damit Reeh sie aufschreiben konnte.

»Sie können sich darauf verlassen«, versprach er. »Wir rufen Ihnen ein Taxi?« Reeh wollte sie nicht einfach gehen lassen.

Emilia lehnte das Angebot mit tränenverschleiertem Blick ab.

»Danke. Das ist kein weiter Weg. Und bei dem Betrieb da draußen bekommen Sie eh keines.«

Keiler öffnete ihr die Tür. »Das stimmt allerdings. Sie können sich auf uns verlassen, Frau Sander.« Emilia drehte sich kurz um. Aufrecht standen die Männer vor Keilers Schreibtisch.

Unsanft fiel die massive Holztür hinter ihr ins Schloss. Die Nacht umfing sie trotz ihres persönlichen Leids und ihrer Sorgen jetzt mit lauen Temperaturen. Die Nachtluft roch würzig. Die Sterne leuchteten am Himmel zusammen mit dem Mond um die Wette. Von weiter her kamen grölende Rufe. Sie hörte leise Musik. Emilia lief die Schillerstraße entlang, überquerte den Stauffenberg Platz und bog in die Rosa-Luxemburg-Straße ein. An den Häusern gab es mit Zäunen umgebene kleine Vorgärten. An einem der Gärten blieb sie stehen. Es duftete herrlich in der lauen Nacht. Tief atmete sie ein. Es roch nach Vanille, Zimt und Nelken. Direkt am metallenen Gartenzaun lugte das Gemshorn hervor. Emilia bückte sich und nahm einen tiefen Atemzug. Es duftete nach Orangen. Eine Nachtkerze mit geöffneten gelben Blüten stand hinter dem Gemshorn. Ein Nachtphlox verbreitete den Geruch nach Bittermandel. Die Düfte erinnerten sie an letzte Woche. Sie wünschte sich, neben Franck auf dem Balkon zu sitzen. Jeder ein Glas Wein in der Hand haltend und in den Nachthimmel schauend. Leise würden sie sich unterhalten.

Sie erhob sich und musste sich an dem metallenen Zaun festhalten. Ihr war schwarz vor den Augen geworden. Durchatmen. Klar denken, gebot sie sich. Noch war gar nichts verloren, fand sie. Sie hatte nur die Hoffnung und diese diente ihr als Schutzschild. Durch nichts und niemanden sollte es durchbrochen werden, das schwor sie sich in diesem Moment.

Eine Haustür öffnete sich. Ein Mann und eine Frau traten heraus.

»Danke für den Abend. Wir sollten das öfter machen«, sagte verabschiedend der Mann.

»Du willst doch nur die Revanche für das Spiel.«

Eine fröhliche Frauenstimme, die ihr warmes Lachen nicht unterdrückte, antwortete:

»Genauso ist es. Das nächste Mal bringen wir das Grillfleisch mit.« Ein gutmütiges Männerlachen folgte.

Emilia hörte nicht mehr hin. Zügig lief sie weiter. Sie überquerte die Schmale Straße. Mit schwerem Herzen und voller Sorge erreichte sie die Essiggasse. Die Hoffnung, dass Licht in ihrer Wohnung brannte, erfüllte sich nicht.

Samstag

Was hatten die Polizeibeamten auf dem Revierkommissariat gestern gesagt? Sie erinnerte sich nicht mehr genau. Emilia drehte den Kopf, um die Uhrzeit auf dem Wecker zu erkennen. Doch wozu? Um dem Sekundenzeiger zuzusehen, dass er gnadenlos weiterlief? Der Minutenzeiger stand ihm in nichts nach. Der Stundenanzeiger blieb ebenso ungerührt, ob Freude oder Leid den einzelnen Menschen plagten. Die Zeit verging. Ohne Skrupel, ohne schlechtes Gewissen. Emilia riss sich los vom Anblick der Uhrzeit. Es war egal, sinnlos, wie spät es war.

Wo war Franck?

Das fragte sie sich zum wohl tausendsten Mal. Ging es ihm gut? Warum schickte er ihr keine Nachricht? Wann kam er wieder? Kam er überhaupt wieder?

Jäger hatte sie mitten in der Nacht zurückgerufen und sich erkundigt, ob der Chef wieder da sei. Mit knappen Antworten setzte sie ihn ins Bild. Auch er versuchte sie zu beruhigen, was aber ebenso misslang wie im Revierkommissariat. Vor fünf Stunden war sie heimgekommen. Voller Hoffnung. Doch das Haus blieb dunkel und einsam.

Vorsichtig tastete sich die Sonne in ihr Schlafzimmer. Emilia drehte sich auf die Seite, damit sie nicht geblendet wurde. Sie dachte an gestern. Natürlich hatte sie die mitleidigen Blicke bemerkt, die Reeh dem Kollegen zugeworfen hatte. Keiler, der sie gebeten hatte, Platz zu nehmen und ihr ein Glas Wasser in die Hände gedrückt hatte. Beide hatten aufgepasst, dass sie davon trank.

In der Zwischenzeit hatte Reeh telefoniert. Sein Gesichtsausdruck war besorgter geworden, je länger das Telefonat gedauert hatte. Zu spät hatte er ihren Blick mitbekommen. Er hatte sich an einem aufmunternden Lächeln versucht, das sie höflich erwidert hatte.

Sie zog das Bettlaken fester um ich. Trotz der karibischen Nacht, die hinter ihr lag, fror sie. Es musste etwas Gravierendes passiert sein. Es gab nur einen einzigen Grund, dass Franck nicht nach Hause kam: Er konnte es nicht.

Sie hatten sich gefreut, nach der vielen Arbeit endlich zwei Tage gemeinsam freizuhaben. Franck hatte zwei Karten für das Swingwochenende gekauft. Sie fragte sich, wessen Idee es gewesen war, die Karten zu organisieren. Ihre oder seine? Machte das einen Unterschied? Nein.

Über eine Affäre brauchte sie nicht einmal nachzudenken. Diesen Gedanken schob sie von sich.

Suchend glitt ihre Hand über den leeren Platz in ihrem Bett. Sie griff nach Francks Kopfkissen und zog es zu sich. Es roch nach ihm. Tränen stiegen in ihr hoch. Sie war nicht dazu in der Lage, diese Flut aufzuhalten.

Später, als der Tränenfluss versiegt und auf ihrem Gesicht getrocknet war, starrte sie an die Zimmerdecke. Scheinbar der einzige Ort, der ihre Gedanken festhielt, sie bündelte und an einem ihr unbekannten Ort ablegte.

Sie sah ihre Mutter vor sich, die ihr klipp und klar zu verstehen geben würde, dass es ein Gesichtsverlust darstellte, den Tag im Bett zu verbringen, egal, was passiert war. Sie wurde gebraucht.

Kraftlos schob sie die Decke von sich und stand auf. Ihr Körper fühlte sich doppelt so schwer an. Ihr Geist wie nicht zu ihr gehörend. Als sie nach Hause gekommen war und die Wohnung leer vorgefunden hatte, hatte sie keine Kraft gehabt, sich ihr Nachthemd anzuziehen. Ihre Kleidung hatte sie vor ihrem Bett fallen lassen. Wie betäubt war sie nur noch unter das kühlende Laken gerutscht. Das Handy hatte sie neben sich gelegt.

Sie musste mal. Nackt stand sie auf und griff nach Francks T-Shirt, das ordentlich gefaltet auf dem Sessel neben dem Bett lag. Sie zog es an und musste tief durchatmen. Nach quälenden Sekunden beruhigte sich ihr Magen wieder. Nach der Toilette ging sie durch die Küche und öffnete das Fenster. Unentschlossen blieb sie im Durchzug stehen. Der kühlende Windzug streifte ihren Körper und ließ sie frösteln. Konnte sie einfach zu einem normalen Tagesplan übergehen? Diese Ungewissheit quälte sie zutiefst. Niemals in ihrem Leben hatte sie eine derartige Situation erlebt. Weitermachen. Das vielbeschworene Prinzip Hoffnung. Nicht aufgeben. Nur sagte keiner, wie das wirklich funktionierte. Unvermittelt würgte Emilia und erbrach sich in der Spüle.

Um den sauren Geschmack zu vertreiben, trank sie aus der hohlen Hand Wasser aus dem Hahn und spülte ihren Mund gründlich aus. Nachdem sie alles gesäubert hatte, öffnete sie ihren Küchenschrank mit dem kleinen, übersichtlichen Teevorrat. Sie nahm den viereckigen Karton, in dem sie verschiedene Teemischungen, aber auch Arzneitees aufbewahrte, und durchsuchte ihn.

Sie zog die verschlossene Dose mit der Aufschrift *Johanniskraut* hervor. In einer ihrer Fachzeitschriften hatte sie gelesen, dass an der Universität von Melbourne die Wirkung dieser Pflanze untersucht worden war. Soweit sie sich erinnerte, bewies die Studie die Wirkung gegen Angst oder Angststörungen und wurde als äußerst effektive Arznei klassifiziert. Sie entschied sich für diesen Tee. War es nicht erst gestern, als sie die Vorzüge dieser Pflanze gerühmt hatte? Ihr kam es wie ein Jahrhundert vor, das zwischen gestern und heute lag.

Sie brühte den Tee und seihte ihn in eine Kanne ab. Mit ihrer Lieblingstasse, dem Honigglas, einem Löffel und der Teekanne balancierte sie das Tablett auf den Balkon. Sie wartete, bis der Tee so weit abgekühlt war, dass sie ihn mit einem Löffel Honig süßen konnte. Unvermittelt kam ihr ein Gedanke dazwischen.

Die letzten Monate hatte Franck ihr fast jeden Morgen das Frühstück vorbereitet. Manchmal sogar ans Bett gebracht. An ihren freien Wochenenden, wenn Franck keinen Einsatz und sie keinen Notdienst hatte, frühstückten sie im Bett, um danach miteinander zu schlafen und den Tag zu planen. Manchmal taten sie auch beides in umgekehrter Reihenfolge.

Der warme Tee benetzte und belebte ihre Schleimhaut, die vom Erbrochenen aufgekratzt war. Ungewollt hoffte sie, dass Franck keinen Durst litt. Gestern war es extrem heiß und es sollte auch heiß bleiben. Emilia verscheuchte den Gedanken wieder, er half nur dabei, sie mürbe zu machen. Unter keinen Umständen war Aufgeben eine Option.

Bis zwölf Uhr arbeiteten die Mitarbeiter in der Apotheke. An diesem Wochenende war für die Marktapotheke der Notdienst nicht vorgesehen. Emilia stellte die Überlegung an, ob sie Ole, der noch in Leipzig war, anrief. Doch sie verwarf den Gedanken. Sie wollte ihn nicht beunruhigen.

Ole hatte bald das Semester geschafft. Er brauchte die Nerven für die Prüfungen. Der letzte Unitag war am 2. Juli. Ab dem 3. Juli begannen die schriftlichen Prüfungen. Auf Samstage nahm die Uni dabei keine Rücksicht. Zwei Wochen sollte die Prüfungszeit sein, erst ab dem 19. Juli gab es Semesterferien. Doch wie formulierte es Ole:

»Semesterferien sind keine Ferien, Mutti.« Bei diesem Gedanken zauberte sich ein kleines Lächeln auf ihr Gesicht.

Bei ihrem letzten Telefonat hatte er ihr mitgeteilt, dass er sich im *Kaufland* in Quedlinburg als Kassierer beworben hatte. Sie hatte ihm angeboten, zusätzlich Medikamente auszufahren, wenn er wollte. Studenten brauchten immer Geld, das kannte sie aus ihrer Studienzeit. Oder sollte sie ihn doch anrufen? Etwas seelischen Beistand hatte sie bitter nötig. Nein, entschied sie. Das hier war ihr Leben. Ole wollte sie raushalten. Zumindest vorerst. Schaffte er die Prüfungen in diesem Zeitfenster nicht, warf ihn das zurück. Letzten Winter hatte er sich ernstlich Sorgen um sie machen müssen. Sie wollte ihn nicht wieder ängstigen.

Ihre Gedanken nahmen einen kleinen Bogen. Leonie hatte ihr Studium beendet. Die Abschlussprüfungen hatte sie bereits im Frühjahr absolviert. Selbstsicher hatte sie Emilia von ihrem ausgezeichneten Ergebnis berichtet. Es war das pure Glück, was aus ihrer Stimme zu hören gewesen war. Leonie Sander würde ab August für einige Monate nach Quedlinburg kommen, um Stadtführungen durchzuführen. Emilia wollte sie, genau wie Ole, nicht belasten. Ihre Schwester? Die würde sich gleich auf den Weg machen, um sie zu trösten. Doch sie war mit ihrem Schwager im Ausland. Urlaubszeit eben. Ihre Eltern weilten auf einer Kreuzfahrt. Sie hatten Franck kennen- und schätzengelernt. Tess, ihre Freundin, konnte sie zu dieser frühen Morgenstunde mit ihrer Angst nicht behelligen. Gestern hatte Tess die Kräuterwanderung ausschlagen müssen, weil sie für einen Mandanten Überstunden in Kauf genommen hatte.

Emilia starrte in den Himmel. Trotz des blauen Farbtons konnte er sie nicht erheitern. Wieder schien es, ein heißer Sommertag zu werden. Die Vögel lärmten im Baum, der vor ihrem Balkon stand und Schatten spendete. Eine Katze schlich träge vorbei. Ein Fahrradfahrer, der sein Gefährt abschloss, ein Mann in Jogginghose, der einen Eimer mit Wasser trug und sich dann an seinem Auto zu schaffen machte. Der Nachbar grüßte Emilia, als er sie zu Gesicht bekam.

»Einen zauberhaften Morgen, Frau Sander. Das wird wieder ein heißer Tag«, prophezeite er. Emilia nickte langsam. »Die Vögel zwitschern und Sie wissen ja ...« Er machte eine kleine Pause und grinste sie zwanglos an. Oder kam es ihr nur so vor? »Nur der frühe Vogel fängt den Wurm.« Er kniff ein Auge zusammen.

Als wenn mich der frühe oder späte Vogel irgendwas angeht, dachte sie entnervt. Fast beneidete sie den Mann mit seiner offensichtlich guten Laune und seines momentan sorgenfreien Lebensgefühls. Sie wollte ihm antworten, da hörte Emilia das Telefon klingeln. Fast hätte sie das Tablett umgestoßen. Sie lief ins Wohnzimmer. Wer rief denn auf dem Festnetz an und nicht auf dem Handy?, wunderte sie sich. Ihr Puls schnellte in die Höhe. Franck? Meldete er sich? Gab es etwas Neues von ihm?

»Ja?«, keuchte sie. Ihre Stimme gehorchte ihr kaum. Sie hörte zu. »Danke, Herr ...« Sie hatte seinen Namen nicht parat. In ihrer Stimme schwang Enttäuschung mit, als sie merkte, dass es nicht Franck war. »Legen Sie die Schlüssel bitte auf den Tisch in der Küche.« Es war der Hausmeister, seit zwei Monaten half er in der Apotheke aus. Er hatte gestern ein Türschloss ausgewechselt und wollte wissen, wo er die Reserveschlüssel hinlegen sollte. »Ich hole sie mir nachher ab.« Die Worte waren ihr entschlüpft, bevor sie es verhinderte. Es war gesagt.

Obwohl für sie heute kein Dienst vorgesehen war, tat es ihr vielleicht besser, wenn sie etwas zu tun bekam. Sie legte auf. Ihre Hand blieb gedankenverloren auf dem Telefonhörer liegen. Würde jetzt ihr Alltag in dieser Weise aussehen, dass sie ihre Hoffnung kommen und wieder schwinden lassen musste? Emilia schluckte. Kurz darauf klingelte es erneut. Diesmal an der Haustür.

Sie fuhr auf und rannte die Treppe nach unten, in der Hoffnung, Franck würde vor ihr stehen und sagen, dass er die Schlüssel und das Handy verloren hatte.

Sie riss die Tür auf.

Vor ihr stand Petersen. War er etwa der Überbringer unheilvoller Nachrichten? Eine Mischung aus Grimm und Sorge zeichnete sich auf seinem Gesicht ab. Der helle Leinenanzug trug Knitterfalten. Das Jackett hielt er mit dem Zeigefinger über der Schulter. Die drei oberen Knöpfe des kurzärmeligen Hemdes waren aufgeknöpft. Sein schwarzes, leicht lichter werdendes Haar stand ihm ungekämmt vom Kopf ab. Er holte ein Taschentuch aus der Hose und fuhr über das Gesicht und anschließend über den Nacken. Die Augenringe erzählten von einer langen Nacht ohne Schlaf. Er sah blass aus.

»Ich muss mit dir reden.« Petersen machte nicht viel Federlesens. Emilia entglitten die Gesichtszüge. »Aber nicht hier draußen«, fügte er sanfter hinzu, als er sah, welche Wirkung seine Worte hatten.

»Komm mal her und lass dich drücken.« Er nahm Emilia in die Arme, als sie die Haustür ins Schloss gedrückt hatte. Sie ließ es mit sich geschehen. Franck und er waren seit Jahren beste Freunde. Mehrmals hatten sie sich gegenseitig aus einer Notlage herausgeboxt.

»Ich bin seinetwegen in ernstlicher Sorge«, begann Petersen und schob Emilia leicht von sich, um sie anzuschauen.

»Ich bin ratlos.« Emilia schniefte und wischte sich über ihr Gesicht.

»Genau deswegen bin ich hier. Lass uns hinsetzen.«

»Du kennst den Weg.« Emilia wies mit der Hand nach oben.

Petersen war mit seiner Frau vor kaum drei Wochen zum Abendessen eingeladen gewesen. Adele hatte über den Brunnenschacht gestaunt. Es war ein angenehmer Abend gewesen. Emilia hatte verschiedene Salate, frisches Baguette und Kräuterbutter angeboten. Bis in den späten Abend hatten sie zu viert auf dem Balkon gesessen. Bei Rotwein und Kerzenschein hatten sie sich Anekdoten aus ihrem Leben erzählt.

»Willst du einen Kaffee?«, fragte Emilia in der Küche und bot ihm einen Stuhl an.

»Nein. Keinen Kaffee mehr, ich hatte die letzten ...«, Petersen schaute auf die Armbanduhr, »die letzten acht Stunden mehr als genug davon.« Seine Gesichtszüge waren vor Sorge verzerrt. »An jeder Raststätte, die Adele ansteuerte«, fügte er erklärend zu. Emilia sah es in seinen Augen. Genau wie sie wusste auch Petersen, dass Franck nicht einfach verschwand. Etwas war passiert.

Petersen setzte sich an den Esstisch. Sie füllte Eistee in ein Glas und schob es ihm zu. Sie selbst trank den warmen Tee weiter.

Auch ihr waren die Stunden der Nacht anzusehen. Emilia trug ein dünnes Sommerkleid, das bis zu ihren Knien reichte, und war barfuß. Die Haare hielt halbherzig eine Spange. Eine dicke Haarsträhne fiel ihr dauernd ins Gesicht.

Sachte stellte Petersen das leere Glas auf dem Tisch ab.

»Magst du noch eins?«

Petersen schüttelte den Kopf.

»Erzähl mir von euch und den letzten Stunden.« Das klang dermaßen abschließend, dass es ihn anekelte. Die letzten Stunden! Als ob mir nichts Besseres einfällt, dachte er düster. Emilia ignorierte es und Petersen war dankbar. »Du weißt, dass ich das fragen muss«, fügte er in einem weicheren Tonfall hinzu.

»Ich hatte in der Apotheke Dienst und Franck freute sich auf den freien Tag.« Emilia riss sich zusammen. »Um zehn Uhr war ich in der Apotheke.« Sie schaute auf die Küchenuhr. Eine Armbanduhr besaß sie, trug diese aber sehr selten. Sie kam ins Stocken. Und hatte den Faden verloren.

Petersen half ihr. »Du warst also den Tag über in der Apotheke?«

»In der Apotheke, meine Mitarbeiter können das bestätigen ...«

»Nicht doch, Emilia«, beschwichtigte er. Er vertraute ihr. Natürlich musste alles zu Protokoll gebracht werden. Aber nicht jetzt. »Erzähl mir alles.«

»Bis abends 17.30 Uhr habe ich gearbeitet und dann bin ich zur Kräuterwanderung gefahren.«

»Wo war die?«

»An der Taubenbreite. Den Feldweg weiter raus.«

Petersen nickte. Er wusste, wo das war.

»Wer alles?«

»Vier Frauen und ich.«

Petersen nahm es unkommentiert hin. »Hast du mit Franck am Vormittag telefoniert? Oder hat er dich angerufen?«

»Nein, wir hatten uns ausgemacht, nur in Notfällen. Er hatte seinen freien Tag.«

»Hast du eine Ahnung, wohin er wollte oder was er vorhatte?«

»Das weiß ich nicht. Er schien ein Geheimnis daraus zu machen.«

»Ein Geheimnis? Inwiefern?« Petersen wurde hellhörig.

Emilia zuckte leicht mit den Schultern. »Ich dachte an meinen Geburtstag.« Sie wünschte sich, es würde nicht selbstsüchtig bei Petersen ankommen.

Er fasste sich ans Kinn. Seit er von Francks Verschwinden gehört hatte, das war gestern Nacht kurz vor Mitternacht, als er im Begriff gewesen war, sich ein weiteres Glas Champagner zu genehmigen, um auf Adeles Nichte anzustoßen, war nichts mehr, wie es sein sollte.

»Aber du weißt nichts Genaues über das Geheimnis?«

»Nein.«

»Was war nach der Kräuterwanderung?« Petersens Stimme blieb sachlich.

»Ich bin mit dem Fahrrad nach Hause gefahren, habe geduscht und auf Franck gewartet. Es war dann 21 Uhr. Er war immer noch nicht da. Dann habe ich ihm eine Nachricht geschrieben, die aber nicht angekommen ist. Immer noch nicht. Hier, siehst du?« Emilia schob ihm das Handy hin, damit Petersen sich davon überzeugen konnte. »Einige Minuten später rief ich ihn wieder an. Nichts, keine Mailbox, die angesprungen ist. Nichts. Vielleicht ist das Handy hingefallen oder gestohlen. Was weiß ich, was ich gestern gedacht habe. Es war einfach zu viel.« Emilia schniefte und zerrte sich ein Papiertaschentuch aus der Verpackung. »Dann habe ich es mit der Angst zu tun bekommen. Robin hat einen Auftrag, ich hab ihm eine SMS geschickt ...«

Petersen wusste davon. Er selbst hatte in der Nacht Jäger gesprochen und ihm den Befehl erteilt, seinen Auftrag nicht abzubrechen.

»Hat dir Franck etwas über Jägers Auftrag erzählt?«, wollte Petersen wissen.

Emilia schüttelte den Kopf. »Nein, das hat er nicht.« Sie putzte sich die Nase und nahm sich ein neues Taschentuch. »Du warst mit Adele bei einer Hochzeit?« Emilia legte den Kopf leicht schief. »Das hat mir Franck erzählt. War sie schön?«

»Ja. Bis zu dem Anruf, den die Kollegen kurz vor Mitternacht machten, war es eine schöne Hochzeit«, gestand Petersen mit einem leichten Seufzen. »Dann hast du dich entschlossen, zu den Kollegen zu gehen und eine Anzeige zu machen?« Sanft führte er das Gespräch wieder auf den Weg zurück.

Emilia nickte. »Die haben mir in etwa die gleichen Fragen gestellt.«

»Emilia«, Petersen suchte ihren Blick, »jemand, den man liebt, der nicht mehr nach Hause kommt ..., das ist eine extrem belastende Situation für die direkten Angehörigen. Ich kenne das aus der Polizeiarbeit.« Petersen holte tief Luft und schaute Emilia direkt an.

Emilia blickte an ihm vorbei. Stimmt, du kennst es aus der Polizeiarbeit, aber du kennst es nicht, weil es dir passiert ist.

»Wir werden alles tun, was wir können«, versprach er und ließ Emilias Blick nicht los. »Auch wenn das, was passiert ist, selten vorkommt. Mit dieser Unsicherheit kann man als Mensch ganz schlecht umgehen. Wir verstehen diese Situation nicht. Wir wissen nicht, was geschehen ist, warum es geschehen ist. Das ist schwer zu ertragen.« Er kannte von der jährlich erhobenen Statistik die Zahl der Vermissten im Jahr 2009. Als Polizeibeamter war ihm bekannt, dass jeder Vermisste in der Statistik einer zu viel war. Jeder dieser Fälle hinterließ Angehörige, die voller Sorgen und Ängste zurückblieben. Er verschwieg das lieber. Petersen schob das leere Glas noch ein Stückchen beiseite. »Bitte denk an dich, damit du nicht krank wirst.«

Tränen liefen über ihr Gesicht und fielen auf das Sommerkleid. Emilia schluckte, schniefte, dann wischte sie die Tränen ab und putzte ihre Nase. Sie wusste selber, dass Tränen nicht halfen. Doch sie konnte nichts dagegen tun.

»Suchst du mir ein Foto von Franck heraus?«, bat Petersen. Sie hatten zwar eins in seiner Personalakte, doch eben kein aktuelles.

Emilia stand auf. Im Grunde froh, etwas tun zu können. Zu helfen. Sie holte eine quadratische Pappschachtel aus dem Schlafzimmer.

Diese war mit einem lila Band verschlossen. Aus einer Unmenge von Bildern, in der Emilia suchend kramte, zog sie ein Foto heraus. Sie hielt es prüfend vor sich.

»Hier, das ist erst vor drei Monaten gemacht worden.«

Petersen sah auf dem Foto seinen Freund unbeschwert an den Stamm einer Weide gelehnt. Neben ihm erkannte man den Lenker des Sportrads.

»Ist das die nachgeholte Radtour?« Petersen erinnerte sich, dass Emilia und Franck die im April geplante Radwanderung arbeitsbedingt in den Mai verschoben hatten. Von Magdeburg bis Quedlinburg hatten sie den Jakobsweg befahren. Glücklich sah er darauf aus. Entspannt und erholt. »Du bekommst es wieder«, versprach Petersen. »Du kannst sicher sein, dass wir alles tun, um ihn zu finden«, wiederholte Petersen. »Damit das klar ist, lebend.« Er legte Kraft in seine Worte, damit Emilia Trost finden konnte. Noch einmal wischte sich Emilia die Augen ab. Sie versuchte, tapfer zu erscheinen, doch Petersen las die Not darin. »Ich muss jetzt. Erreichbar bist du ja in der Apotheke und hier.« Nicht nur eine Frage, sondern zugleich Feststellung.

Emilia nickte leicht.

»Ich gehe in die Apotheke.«

Im Stillen bezweifelte Petersen, ob das eine hilfreiche Idee war, doch alles war besser, als in den eigenen vier Wänden zu sein. Er drückte Emilia zur Verabschiedung und lief die Treppe nach unten, als ihm noch etwas einfiel und er umkehrte.

Auf Emilias fragenden Blick bat er sie um einen Gefallen.

»Jäger hat einen Spezialauftrag.« Er wusste nicht recht weiter. »Franck wollte sich um den Kater kümmern.« Er ließ die Worte stehen und sah Emilia hilfesuchend an.

Emilia verstand ihn sofort. »Du möchtest, dass ich mich darum kümmere?«

»Ja.«

»Und Jäger? Wie wird er reagieren?«

»In erster Linie geht es um den Kater«, stellte er klar. »Und dir wird die Abwechslung guttun. Komm heute Nachmittag doch noch mal im Revier vorbei. Ich gebe Keiler die Anschrift und den Schlüssel. Kannst du bei ihm abholen. Und ...«, setzte Petersen nach, »danke, dass du diese Aufgabe übernimmst. Du weißt, wenn dir etwas einfällt, dann melde dich bitte.« Petersen lief die Treppe erneut nach unten.

Sie hörte die Haustür ins Schloss fallen. Sie hatte vergessen, Petersen zu fragen, ob sie etwas tun konnte.

Kaum stand Petersen auf der Breiten Straße, steckte er sich eine Zigarette an. Der Stress forderte seinen Tribut. Er wusste, dass er nicht ohne diese vermaledeiten Glimmstängel auskam. Einige Monate hatte er es geschafft, nikotinfrei zu leben, aber jetzt ging es nicht ohne. Noch in der Nacht beim Tanken hatte er sich die erste Packung gekauft. Lange ließ sich sein erneutes Rauchen vor Adele nicht geheimhalten, dessen war er sich bewusst. Die Packung Zigaretten nahm in der zerknitterten Sommerjacke neben den Fotos von Franck und Emilia Platz. Er hatte sich auch eins von ihr erbeten. Petersen hatte sich keine Zeit für das Umziehen genommen. Er trug immer noch den hellen Anzug, die Knitterfalten waren ihm egal. Die malvenfarbene Fliege, die er extra zur Hochzeit umgebunden hatte, allerdings nicht mehr. Ihm fiel ein, dass er sie im Auto abgemacht und in den Fahrzeugfond geworfen hatte. Adele war die gesamte Fahrstrecke zurückgefahren. So hatte er Zeit gewonnen, um im Auto zu telefonieren. Umgehend hatte er die notwendigen polizeilichen Einsatzmaßnahmen eingeleitet. Hauptkommissar Reeh hatte diesmal ohne Rükken Dienst. Eine Seltenheit, doch es herrschte überall im Land Personalknappheit. Petersen hatte Rükken aus dem Bett holen lassen. Es war ihm egal gewesen. Sollten sie Überstunden schreiben. Der Auftrag lautete, das Handy von Metz zu orten. Wie Petersen die Lage sah, war Gefahr in Verzug und den Beschluss, darauf hatte er gepfiffen. Nach zwei Stunden hatte er die Vollzugsmitteilung bekommen. Reeh und Rükken hatten das Handy geortet. Besser gesagt, wo es sich zuletzt eingewählt hatte.

»Und?«, hatte er Reeh angebrüllt. Adele hatte beruhigend eine Hand auf sein Knie gelegt. »Sagt doch endlich, wo und lasst mich nicht raten!«, hatte er den Kollegen angeherrscht.

»Im Zentrum der Stadt«, hatte Reeh ungerührt geantwortet. »Das kann alles und nichts heißen«, hatte er beschwichtigend fortgeführt.

Petersen wusste das selber, das musste ihm der Kollege nicht unter die Nase reiben. Die Polizei besaß Möglichkeiten, Handys anhand der IMEI-Nummer und der Standortregistrierung zu orten. Die zuletzt bekannten Verbindungen bei verschiedenen Mobilfunkmasten werden geprüft und anschließend decodiert. Auch ein ausgeschaltetes Handy hat noch eine Verbindung zu einem Mobilfunkmast.

»Gibt es sonst irgendetwas Neues?« Petersen war außer sich gewesen und hatte sich nur mit Mühe beherrschen können. Er hatte gedacht, diese ungewollt stressige Zeit würde längst hinter ihm liegen.

»Den letzten Anruf hat er mit einer Autowerkstatt am Neuen Weg getätigt«, hatte Reeh ihn informiert.

Petersen wusste nicht, was Franck dort gewollt hatte. Bisher war er in der Stadt mit 21.120 Einwohnern ohne eigenes Auto zurechtgekommen.

»Ihr kümmert euch gleich morgen früh darum!«, hatte er den Befehl ins Handy gebrüllt. »Gibt es eine Lösegeldforderung? Können wir einen Unfall ausschließen? Lass dir doch nicht alles aus der Nase ziehen.«

Wieder hatte Adele ihre Hand auf sein Knie gelegt. Hauptkommissar Reeh, die Ruhe in Person, hatte dem Dienstgruppenleiter versichert, dass alles in die Wege geleitet wurde.

»Ihr Okay vorausgesetzt, habe ich bereits das LKA in Magdeburg und das BKA in Wiesbaden per E-Mail unterrichtet.« Papier hatte geraschelt. »Montag früh wird jemand aus Magdeburg bei uns sein.«

»Und die werden die Ermittlung an sich reißen«, hatte Petersen gestöhnt. Er hatte sich nur noch schwer im Griff gehabt. Diesmal war ihm Adeles Hand auf seinem Knie nicht wie sonst willkommen, sondern ausgesprochen im Weg gewesen.

Nun trat Petersen die Kippe aus und setzte sich ins Auto. Auf dem kürzesten Weg fuhr er zum Revierkommissariat. Entgegen Metz' Art, täglich zu Fuß zu gehen, verzichtete Petersen nur ungern auf sein Auto.

Wenige Minuten später drückte er die Tür auf zu seinem Büro in der zweiten Etage. Er öffnete das Fenster, weil er das Gefühl hatte, keine Luft zu bekommen. Adele hatte ihm zwar die Instruktionen gegeben, bei Hitze nicht das Fenster aufzureißen. Aber Petersen schlug den Ratschlag in den Wind. Wie vieles in den letzten Stunden. Schließlich machte er sich am Kaffeeautomaten zu schaffen. Nachdem er doch noch einen Espresso in einem Zug hinuntergestürzt hatte, setzte er sich an den Schreibtisch und fuhr den Computer hoch. Bevor die Damen und Herren aus Magdeburg kamen, wollte er sich eine Übersicht verschaffen.

Für alle Delikte gab es eine Art Leitfaden, der abzuarbeiten war. Dennoch war es etwas anderes, wenn man persönlich involviert war. Zu Recht wurde man von einem Fall abgezogen. Doch Petersen wollte sich keinesfalls ohne Weiteres ausbooten lassen. Er wusste aber auch, dass er ohne ein Team nicht viel ausrichten konnte. Es schadete mehr, als es nützte und sie waren auf Unterstützung angewiesen.

Das, was er jetzt tun konnte, war eine präzise Vorbereitung. Petersen zündete sich im Dienstraum verbotenerweise eine Zigarette an. Aber wer sollte ihm Vorhaltungen machen? Jäger und Metz waren nicht in ihren Büros, das Fenster war offen und es war Samstag.

Stunden später hatte Petersen einen vorläufigen Bericht verfasst, in dem er festhielt, wie der Sachstand war. Das Handy war geortet worden. In der Marktstraße befand sich einer der Funkanlagenstandorte, die in Quedlinburg für die gesamte Telekommunikation verantwortlich waren. Dieser trug die Standortbescheinigungsnummer 882109. Demzufolge was das letzte Gespräch mit Francks Handy um 8.57 Uhr mit der Autowerkstatt von Hajo Biedermann geführt worden. Petersen konnte sich keinen Reim darauf machen. Wollte er sich wirklich ein Auto kaufen? Und warum hatte Emilia den Eindruck, dass Franck ein Geheimnis um irgendetwas gemacht hatte? Nochmals las er den Bericht von Hauptkommissar Reeh durch. Das Handy war zum letzten Mal in der Essiggasse aktiv gewesen. Am 25.06.2010 um 9 Uhr. Die Auswertung der Telefonlisten dauerte an.

Kurzentschlossen rief er Emilia an. Sekunden später nahm sie das Telefonat entgegen.

»Was willst du wissen?«

Petersen hörte, dass ihre Stimme zitterte.

»Von wem ist Franck am Freitag gegen 9 Uhr morgens angerufen worden?«, fragte Petersen, in der Hoffnung, dass sie es wüsste.

»Das kann ich dir nicht sagen.«

»Die Autowerkstatt Biedermann, sagt dir das etwas?«

»Nein.« Die Antwort kam ohne Zögern.

Die unausgesprochene Frage, ob es Neuigkeiten gäbe, stellte Emilia nicht. Dafür war Petersen ihr dankbar. Aber er ärgerte sich. Er hatte auf mehr gehofft. Mit dieser Aussage konnte er nichts anfangen. Was wollte Franck dort? Doch ein Auto kaufen? Petersen schaute auf die Uhr. Er war mit sich und der Arbeit derart beschäftigt, dass er nicht bemerkt hatte, dass es bereits nach 1 Uhr war. Er drückte die Zigarette im Aschenbecher, den er noch im Schreibtisch verwahrte, aus.

Mit den Händen in den Hosentaschen ging er ins angrenzende Büro. Dort hing seit Kurzem ein Whitebord an der Wand. Es hatte einiger Schreiben bedurft, bis sie es genehmigt bekommen hatten. Haushaltssperre war das große Wort. Jäger war wie ein Fuchs erpicht darauf gewesen. Bisher hatte das Flipchart ausgereicht, aber nach den gelösten Fällen hatte sich Petersen erweichen lassen und es beantragt. Petersen begann kurz und zusammenfassend, mit dem Stift auf dem Whiteboard aufzuschreiben, welche Fragen ihm durch den Kopf gingen. Die Fotos von Franck und Emilia befestigte er mittels kleiner Magnete.

Es klopfte kurz an der Tür seines Büros, und noch bevor er antwortete, traten die Hauptkommissare Reeh und Rükken ein. Petersen ging zurück in sein Büro und schloss die Zwischentür.

Flankiert von Reeh und Rükken stand ein Mann, etwa Anfang zwanzig, vor ihm. Er hatte längere ungepflegte Haare und einen blonden Schnauzbart, der ihm aber nicht stand. Zwischen den Polizisten schaute er hilflos drein. Mit dem Trio war ein älterer Herr mit graumelierten Schläfen eingetreten. Er trug ein Poloshirt und eine leichte Leinenhose.

»Das sind die Herren Hanisch. Vater und Sohn«, stellte Reeh vor. Der ältere Mann nickte zustimmend. »Sie sind zu uns gekommen, weil der Sohn ein Handy gefunden hat«, fuhr Reeh erklärend fort.

»Nehmen Sie Platz.« Petersen wies auf die Stühle vor seinem Schreibtisch.

»Stimmt.« Vater Hanisch übernahm sofort die Gesprächsführung. »Bevor mein Sohn damit Unfug anstellt, hab ich verlangt, es bei der Polizei abzugeben.« Der ärgerliche Blick auf seinen Sohn war unübersehbar.

»Stimmt nicht«, entrüstete sich dieser. Doch es klang eher kleinlaut.

»Hast schon genug angestellt. Kannst auch mal helfen«, wetterte der Vater zurück.

Reeh hielt Petersen das in Plastik eingetütete Handy hin. Petersen wendete es um. Irrtum ausgeschlossen. Er wusste, wem es gehörte. Auf der Rückseite hatte sich ein minimaler Farbklecks verewigt. Es war dunkelblaue Metallfarbe. Petersen selbst hatte Franck gebeten, ihm beim Streichen von einigen Heizkörpern zu helfen, als das Malheur passiert war. Franck hatte noch Farbe an den Händen gehabt, als er einen Anruf entgegengenommen hatte. Eindeutig war das Francks Handy. Ein Siemens SXG75, ein älteres Modell. Er selber besaß ein Smartphone, die waren seit vergangenem Jahr der letzte Schrei.

Franck hielt nichts davon, nur weil es neu auf dem Markt war, dieses sofort zu kaufen. Er konnte an alten Sachen festhalten. Es leistete bisher noch wertvolle Dienste.

»Wo haben Sie das Handy gefunden, Herr Hanisch?« Petersen blickte den Spross an.

»In der Seilergasse.«

»Wo genau?«

»Na, am Rinnstein.« Hanisch Junior zuckte gelangweilt mit den Schultern.

»Sie zeigen uns das genau.« Petersen ließ keinen Einwand gelten. An Hauptkommissar Reeh gewandt sagte er: »Wir fahren hin.« Hauptkommissar Rükken erhielt die Order, die Spurensicherung zu informieren und nachzukommen.

Eine Viertelstunde später hielt der Funkstreifenwagen am Neuen Weg, am Abzweig in die Seilergasse.

Kaum waren Vater und Sohn Hanisch aus dem Polizeiauto gestiegen, verlangte Petersen, den genauen Fundort gezeigt zu bekommen.

»Ich höre.« Petersens Stimme klang kalt. Ungeduldig trat er von einem Fuß auf den anderen. Die Hitze machte ihn nicht umgänglicher.

»Da lag es.« Mit dem Zeigefinger wies der junge Mann Petersen auf die Stelle hin. »Am Rinnstein an der Mauer.«

»Wo der Abfalleimer steht?« Hanisch Juniors Nicken war ihm Antwort genug.

Wo die Seilergasse vom Neuen Weg abbog, befand sich rechter Hand eine mannshohe Mauer, an dieser Abzweigung war ein Abfalleimer in den Fußweg eingelassen. Unter ihm wuchsen Grashalme zwischen den kleinen Pflastersteinen.

»Wir warten auf die Spurensicherung«, ordnete Petersen an. »Setzen Sie sich bitte wieder in den Streifenwagen«, wies er die zwei Zeugen an.

Mittlerweile standen einige Menschen ungeachtet der Hitze an der Stelle, an der der Funkstreifenwagen mit Blaulicht auf sich aufmerksam machte.

»Mach aus.« Petersen deutete auf den sich drehenden Lichtkegel.

Reeh tat ihm den Gefallen. Zudem holte er die Wasserflasche aus dem Fahrzeugheck und brachte gleichzeitig das Absperrband mit. Dankbar nahm Petersen die Flasche Wasser entgegen und löschte seinen Durst. Hauptkommissar Reeh begann mit der Errichtung der Absperrung.

Dienstgruppenleiter Petersen half ihm unaufgefordert, als er die Wasserflasche verschlossen und sich den Schweiß vom Nacken gewischt hatte. Keiner der beiden wollte sich einen lautstarken Rüffel abholen, wenn die Spurensicherung später verärgert feststellte, dass die Spurenlage zertrampelt oder verunreinigt war. Gerade rechtzeitig waren sie damit fertig, als sie sahen, dass das Fahrzeug der KTU in die Straße einbog. Mit einem Ruckeln kam es zum Stehen. Hauptkommissar Rükken verließ das Fahrzeug und gesellte sich zu seinem Kollegen Reeh. Frau Weber stieg aus der Fahrerseite und knallte die Tür des Transporters hörbar zu. Sie trug bereits den Anzug der Spurensicherung, in der jeder unvorteilhaft aussah, nur die Kapuze hatte sie noch nicht aufgesetzt. Mit Riesenschritten nahm sie Kurs auf Petersen.

»Ist das wahr, was ich gehört habe?« Ihre Stimme klang besorgt.

Er wusste nicht, was Frau Weber gehört hatte. Petersen ging von der Annahme aus, dass die Gerüchteküche am Überkochen war. Er war sich bewusst, dass sich ein Ereignis von dieser Tragweite im Revier wie ein Lauffeuer ausbreitete. Mit zusammengebissenen Zähnen nickte er.

»Ich möchte es gern verneinen, doch es ist an dem.«

»Unvorstellbar.« Frau Weber schüttelte den Kopf, als könne sie es einfach nicht glauben.

»Heute allein?« Petersen reckte das Kinn vor und wollte sich doch nur ablenken.

Die Damen Weber und Müller galten als die besten Spurensicherer des gesamten Harzes. Zuverlässig, akribisch und effizient. Frau Weber wischte sich mit dem Handrücken über das schweißnasse Gesicht.

»Ich hab' Dienst. Frau Müller hat Jahresurlaub. Ab Montag sind wir wieder zu zweit.« Sie verschwieg, dass sie ihre Kollegin telefonisch unterrichtet hatte.

Eine unerträgliche Schwüle herrschte, die das ganze Land fest im Griff hatte. Schweißperlen standen Petersen auf der Stirn. Mit einem Taschentuch wischte er sie ab und schnaufte nach Luft. Kein gesprochenes Wort mehr als nötig kam über seine Lippen. Er suchte in der Jackentasche und beförderte die zerknautschte Packung Zigaretten zutage.

»Dienstgruppenleiter! Sie werden doch nicht wieder mit dem Rauchen anfangen?« Frau Weber zeigte sich echauffiert und zog die Stirn in Falten.

»Schon passiert.« Mehr schien er zu dem Thema nicht sagen zu wollen. Er wusste selber, dass es nur eine schwache Sekunde bedurft hatte. Rückgängig konnte er es im Moment nicht machen. Wenn sie Franck gefunden hatten, zwang er das Monster Zigarette noch einmal in die Knie. Das hatte er sich bereits an der Tankstelle geschworen, wo er die erste Packung gekauft hatte.

Frau Weber schüttelte über diese Unvernunft den Kopf. Sie fasste den Griff um ihren Spurensicherungskoffer fester und ließ sich von Petersen das Absperrband hochheben. Sie wusste, was zu tun war, um wertvolle Spuren zu sichern.

Petersen ging zum Polizeifahrzeug, in dem die Zeugen Hanisch saßen.

»Gibt es außerdem etwas, sei es ein noch so unbedeutendes Detail, was Sie mir erzählen wollen?« Petersen ließ den jungen Mann nicht aus den Augen. Reeh hatte Mitleid gehabt und die Klimaanlage angestellt.

Hanisch Junior war anzusehen, dass es ihm unbehaglich war, von Petersen und seinem Vater angestarrt zu werden.

»Nein«, murmelte er kleinlaut vor sich hin. Sein Vater stieß ihn an. »Wirklich nicht«, beteuerte der Sohn. »Ich war doch nur auf dem Weg zur Arbeit.«

»Stimmt«, ergriff der Vater für ihn Partei. »Um 12 Uhr hat er unsere Wohnung verlassen. Seine Schicht beginnt um 13 Uhr.«

Die Wohnung der Familie Hanisch war in der Florian-Geyer-Straße, die unweit von hier lag. Reeh hatte Petersen bereits über den Hintergrund der Familie informiert. Gegen Mutter und Vater lag nichts vor. Dagegen schien der Sohn ein richtiges Früchtchen zu sein. Polizeibekannt. Mit seinen zweiundzwanzig Jahren konnte er zwei Haftbefehle und diverse Aufenthaltsermittlungen vorweisen. Hatte bereits im Jugendknast gesessen, war nach verbüßter Strafe seit einem Dreivierteljahr wieder raus. Einbruch, Diebstahl, Hehlerei. Das zog sich wie ein roter Faden durch seine Akte.

»Mein Fahrrad hatte einen Platten und ...«, druckste Hanisch Junior herum.

»Seit Wochen. Deshalb muss er ja zu Fuß gehen«, vervollständigte der Vater mit grimmiger Miene ob seines fehlgeratenen Sohnes den Satz.

»Moment mal. Warum sagen Sie dann 12 Uhr?«, warf Petersen ein.

»Na gestern ...«

Petersen schnappte nach Luft.

»Sie wollen damit tatsächlich sagen, dass Sie das Handy bereits am Freitag gefunden haben?« Er konnte es nicht fassen.

Hanisch Junior schrumpfte zusehends zusammen.

»Jetzt rede richtig, Junge«, mischte sich der Vater wieder ein und gab seinem Spross einen derberen Stoß. »Die kriegen das sowieso raus. Allein deswegen, weil du in ihrer Datenbank bist.«

»Wir sind über Sie bestens im Bilde.« Petersen schickte einen barschen Blick in Richtung Hanisch Junior. »Hören Sie auf Ihren Vater.«

»Als ich die Straße überquert habe.« Endlich fand er die Sprache wieder. Sein mürrischer Gesichtsausdruck blieb aber. »Da habe ich es liegen gesehen. Eher war es so, dass ich darauf getreten bin.« Er klang maulig. Mit einem Blick auf seinen Vater ergänzte er: »Ich bin zu Fuß gegangen. Jeden Tag laufe ich die Strecke. Bin immer in Eile, weil ich meistens verschlafe. Gestern auch. Ich bin mit dem Fuß dran gestoßen. Da hab ich mich gebückt.«

»Und was hat dein Spatzenhirn dann gedacht?« Der Vater verlor fast die Geduld.

»Dass ich Mikki und Basti frage, wie viel Zaster sie mir dafür geben wollen«, gestand er.

»Vor zwei Stunden hab ich ihn erwischt«, riss der Vater das Gespräch an sich. Er machte eine Bewegung der Hände, als wollte er den Himmel anflehen, diesem Nichtsnutz von Sohn doch endlich ein Gehirn zu geben. »Ehe er das Handy in seiner Hosentasche verschwinden lassen konnte, hab' ich den Braten gerochen. Bevor die Polizei wieder in unserer Wohnung auftaucht, weil irgendwelche Hehlerware im Keller versteckt wurde und wieder eine Anzeige ins Haus flattert und er seine Mutter an den Rand der Verzweiflung bringt, hab ich mir gedacht, wir bringen das vorher in Ordnung.«

»Da haben Sie recht daran getan.« Petersen fand die Aussage glaubwürdig. »Ich entlasse Sie jetzt. Seien Sie bitte am Montag im Revierkommissariat. Ihre Aussage muss noch protokolliert werden.«

»Ich werde dafür sorgen«, erklärte der Vater. Er warf einen strengen Blick zu seinem Sohn, als sie aus dem Streifenwagen stiegen und sich verabschiedeten.

Petersen beobachtete, dass der Vater auf den Sohn einredete, bis sie um die Ecke bogen und aus seinem Gesichtskreis verschwanden.

Er ging zu Frau Weber, die gerade ihren tragbaren Spurensicherungskoffer verschloss. Sie zog sich die Handschuhe aus und setzte die Kapuze ab. Mit den Händen fächelte sie sich Luft zu. In dem Plastikanzug musste die Hitze unerträglich sein.

»Gibt es etwas, was Sie mir jetzt schon sagen können?«, fragte Petersen.

»Alles staubtrocken.« Frau Weber schüttelte den Kopf. Den abgesperrten Tatort hatte sie in allen Details fotografiert. Das von ihr eingesammelte Fremdmaterial an dieser Straßenecke war verpackt und beschriftet. »Keine Spuren, die offensichtlich sind. Den Inhalt des Abfalleimers habe ich mitgenommen und auch den Unrat, der im Rinnstein lag. Aber ich fürchte, dass die Spuren nicht ergiebig sein werden.«

Petersen nahm es kommentarlos zur Kenntnis.

»Sie informieren mich!« Es klang wie ein Befehl.

Sie nahm ihm nicht übel, dass er so kurz angebunden war. Sie hob die Hand zur Verabschiedung und ging zu ihrem Fahrzeug.

Petersen schaute hinterher, bis es aus seinem Sichtfeld verschwunden war. Er wusste, dass er eben zu harsch gewesen war. Er sollte sich entschuldigen.

Rükken war neben ihn getreten und unterbrach seine Gedanken.

»Konntet ihr den letzten Anruf bereits ausmachen?« Petersen hoffte auf eine bessere Antwort als von der Spurensicherung. Doch er tat Frau Weber unrecht. Aus den kleinsten Partikeln vollbrachten Spurensicherer wahre Wunder. Natürlich bedurfte es der Zeit, die Analysen eben benötigen. Doch Petersen stand nicht der Sinn danach, irgendetwas Zeit zu geben, wenn er selbst das Gefühl hatte, die Zeit liefe ihm davon.

»Der letzte Anruf kam von der Autowerkstatt dort«, meinte Rükken und wies hinter sich.

»Es ist Samstagnachmittag. Die haben sicher längst geschlossen«, wand Petersen unzufrieden ein.

»Ja«, pflichtete ihm Rükken bei. »Haben sie. Aber der Inhaber ist ein ehemaliger Schulkamerad meines Vaters. Er wohnt über der Werkstatt. Ich hab ihn angerufen. Er ist zu Hause.« Ein Funkspruch traf ein und beorderte Reeh und Rükken zu einem Autounfall. »Hajo Biedermann. Dreimal kurz und einmal lang klingeln«, gab ihm Rükken mit auf den Weg.

Die Spatzen zwitscherten und flogen in ihrer Unbekümmertheit über Petersens Kopf. Die kleinen gefiederten Gesellen hatten sich in den alten Bäumen, die den Neuen Weg flankierten, ihre Domizile gebaut. Ihnen schien die Hitze nicht viel auszumachen. Sie machten solch einen Radau, dass es in Petersens Ohren wehtat. Die Straße allerdings lag jetzt wieder wie ausgestorben vor ihm. Die Polizeifahrzeuge waren davongefahren, die Absperrungen aufgehoben. Die Neugierigen waren weitergelaufen. Es gab nichts mehr zu glotzen.

Petersen wusste selber, dass er eine unerträgliche Laune hatte.

Er sah keine Menschenseele, keinen Hundebesitzer, keine Fahrzeuge. Es lag an der Hitze, die an diesem Nachmittag unangenehm heiß und ungewöhnlich schwül auf die Häuser und das Kopfsteinpflaster knallte. Petersen, der sich immer noch nicht umgezogen hatte, klebte die Zunge am Gaumen. Er verfluchte sich, dass er die Flasche Wasser wieder ins Polizeifahrzeug gelegt hatte. Es würde zwar warm schmecken, doch wenigstens den Mund befeuchten. Petersen holte sich das Taschentuch aus der Hosentasche und wischte sich den Schweiß ab.

Drei Minuten später klingelte er an der Werkstatttür von Hajo Biedermann. Ein großes Schild ließ ihn nicht daran zweifeln, hier richtig zu sein. Dreimal kurz und einmal lang. Die Tür wurde aufgerissen, als wenn der Besitzer des Hauses nur auf ihn gewartet hätte.

Petersen stand einem Mann Mitte fünfzig gegenüber. Er hatte raspelkurzes graues Haar und ein gepierctes Ohrläppchen. Der Mann trug eine enge Lederhose, ein kurzärmeliges Hemd und darüber eine Lederweste. Ein knallrotes Halstuch hatte er sich umgebunden. Eine nicht angezündete Zigarette hing ihm im Mundwinkel. Petersen bekam bei dem Anblick Appetit und wünschte sich, die beruhigende Wirkung der Zigarette zu spüren.

»Ja?«, fragte der Mann barsch.

»Kriminalpolizei Quedlinburg. Dienstgruppenleiter Petersen.« Den Dienstausweis hielt er ihm entgegen.

Biedermann taxierte Petersen. Dann reckte er das Kinn nach vorn und kniff die Augen zusammen.

»Hm, haben die Jungs extra den Chef geschickt, was?«

Petersen fand ihn übertrieben forsch und hatte keine Lust auf Spielchen, er wollte Antworten. An Petersens Miene war all das abzulesen.

»Habe Sie bereits erwartet«, lenkte Biedermann ein. »Will noch los zum Swing. Ich zeig Ihnen was.«

Der Mann zog die Tür hinter sich zu und bedeutete Petersen, ihm zu folgen. Im Hof, der zur Werkstatt gehörte, standen geparkte Autos. Zerbeulte, verrostete, ausgeschlachtete. Ein Auto wartete auf die Lackierung des Kotflügels. Doch Hajo Biedermann ging an ihnen vorbei. Am Ende seines großzügigen Areals stand im Schatten zweier Bäume ein rot-beiger VW.

Vor dem Bus blieb er stehen und öffnete beide Türen mit einer einladenden Geste.

Biedermann nötigte Petersen, einzusteigen und sich alles genauestens anzusehen. Eine kleine Teeküche, ein Kühlschrank, Einbauschränke. Petersen entdeckte eine Sitzgarnitur mit einem Tisch in der Mitte. Das Gefährt besaß ein ausfahrbares Dachzelt. Sogar an Fliegenschutzgitter war gedacht.

Petersen verstand nicht viel vom Campen, aber wenn es denn sein würde, dann in genau einem derartigen Fahrzeug. Er hörte kaum mehr dem technikbegeisterten Hajo Biedermann zu.

»Schauen Sie sich das in Ruhe an. Ich hab mir rundweg Mühe gegeben.« Darauf bestand der Werkstattchef deutlich. Sein Gesicht glühte vor Eifer und Stolz. »Da ist alles eingebaut, was es an technischen Besonderheiten gibt. Modern und funktional.«

Dass die Materialien aus Holz, Leder und in geschmackvollem Stil eingerichtet waren, schätzte Petersen auch als Laie ein. Gerade erzählte ihm der Mann mit dem knallroten Halstuch, dass seine Frau für die Inneneinrichtung ihr Herz gäbe. Und dass sie noch zwei Wochen bräuchten, bevor sie wirklich fertig seien.

»Warum zeigen Sie mir das alles?«, fragte Petersen. Bis jetzt war er nicht dazu gekommen, zu ergründen, warum der letzte Anruf von Metz' Handy von hier gekommen war.

Herr Biedermann stutzte.

»Sie wollten das doch wissen?« Angespannt nestelte er an seinem Halstuch, als wenn es ihm zu heiß darunter wurde. »Mein Kunde ist euer Hauptkommissar.« Er räusperte sich und fuhr unter Petersens frostig blickenden Augen fort: »Der Junge von Rükken hat nichts gesagt?« Das Halstuch schien ihm zu eng zu werden. »Herr Metz war am Freitagvormittag da. Kurz vor zehn kam er. Wir haben einige technische Details besprochen. Das Geld muss ja am Ende auch stimmen, stimmt's?« Als er keine Reaktion bei Petersen bemerkte, erklärte er weiter: »Ich hatte ihm eine SMS geschickt und gefragt, ob es beim Termin bliebe. Es kam schon mal vor, dass er einen Termin kurz vorher absagen musste, weil er voll drin war, irgendeine Befragung, Sonstiges. Na, euer Job eben.«

Petersen strich mit der Hand über das polierte Holz im VW. Es erinnerte ihn an Segelschiffe.

»Das ist der letzte Schrei. Dieses Holz.« Biedermann war selbst verliebt in den VW, den er restauriert hatte, doch unter Petersens Blick war ihm erkennbar unwohl.

»Und weiter. Ich höre Ihnen immer noch zu.« Petersen hatte nicht so viel Ruhe.

»Na, das war alles. Er hat bestätigt. War pünktlich. Wir haben das Geschäft konkretisiert. Dann hat er einen Blick in seinen VW geworfen und war sehr zufrieden und hat die Werkstatt verlassen.«

»Und?«

»Und? Nichts.« Biedermann zuckte mit den Schultern und schaute Petersen verständnislos an. »Falls Sie meinen, wohin er dann gegangen ist, kann ich Ihnen nur sagen, dass er wieder zurück ins Zentrum wollte. Ob er aber nach rechts oder links gegangen ist«, wieder zuckte er mit den Schultern, »das weiß ich nicht.«

Petersen dankte. »Seien Sie bitte am Montag auf dem Revierkommissariat. Wir benötigen Ihre Angaben für das Protokoll.«

Biedermann versprach es.

Nachdem Petersen das Grundstück verlassen hatte, stellte er seine eigenen Vermutungen an. Franck musste nach rechts abgebogen sein, sonst hätte Hanisch Junior das Handy nicht im Rinnstein gefunden, davon war er überzeugt. Petersen folgte dem Weg, den Metz offensichtlich genommen hatte, und stand an der Nebenstraße, die den Namen Seilergasse trug. Das war eine teilweise Einbahnstraße, höchstens dreißig Stundenkilometer waren angezeigt. Was war hier an dieser Stelle passiert? Es ließ keine andere Schlussfolgerung zu. Franck war entführt worden.

Petersen stand in der prallen Sonne. Schweiß rann ihm nicht nur am Rücken entlang. Er fingerte das karierte Herrentaschentuch zum wiederholten Mal aus der Hosentasche, um sein Gesicht abzutrocknen. Die Aussagen der Zeugen Hanisch und Biedermann passten zusammen. Zeitlich konnten sie Metz' Verschwinden auf circa 11 Uhr festlegen. Petersen erinnerte sich an die Einsätze mit Franck. Niemals hätte er sich davongeschlichen. Früher, bei ihren verdeckten Einsätzen, hatte es immer eine Sicherung gegeben. Beide hatten sich blind vertraut und gemeinsam gearbeitet.

Petersens Auto war am Revierkommissariat geparkt. Er hasste es, dass er bei dieser Affenhitze durch die Stadt laufen musste. In gereizter Stimmung lief er los. Er sah zu, dass er auf der Straßenseite lief, die im Schatten lag. So konnte er der Hitze ein wenig entkommen. Wie gern hätte er sich in sein Auto gesetzt, den Zündschlüssel gedreht und die Klimaanlage hochgefahren.

Spät kam er nach Hause. Schuhe und Socken streifte er in der Diele ab, wusch sich die Hände und das Gesicht. Im Wohnzimmer warf sich Petersen in den geliebten Ledersessel. Kein Wort brachte er über die Lippen.

Adele ließ sich nicht aus der Ruhe bringen.

»Magst du einen Weißwein?« Adele kannte ihren Mann. Dieses Szenario machte ihm zu schaffen. Mehr, als er je zugeben würde.

An seinem Gesichtsausdruck sah sie, dass er keinen Ansatzpunkt gefunden hatte. An ihm und seiner Kleidung bemerkte sie schwachen Zigarettengeruch. Dass er erneut mit dem Rauchen angefangen hatte, bereitete ihr Sorgen. Drei Monate lang hatte er es geschafft, den Glimmstängeln zu entsagen. Nach einem langen Kampf. Doch sie war lebensklug genug, nicht in dieser Wunde herumzustochern. Ihr Mann hatte es einmal geschafft, dann bekam er das auch wieder in den Griff.

Adele hatte ihnen beiden ein Glas Weißwein eingeschenkt. Unmissverständlich verkorkte sie die Flasche und stellte sie zurück in den Kühlschrank. Sie wollte nur ein Minimum an Alkohol, der nicht vom Schlafen abhielt.

Petersen saß niedergeschlagen im Sessel und drehte gedankenverloren das Glas in der Hand. Zum Anstoßen gab es keinen Anlass.

Adele nippte am kühlen Wein.

»Ich weiß nicht, wo er ist.« Petersen ließ den Kopf hängen. »Ich bin heute die Fälle, an denen Jäger und Franck ermittelt haben, durchgegangen. Ich habe keinen Fehler oder irgendeinen anderen Anhaltspunkt gefunden.« Petersen seufzte bei seiner Selbsteinschätzung. »Und diese verfluchte Hitze.« Er knöpfte sein Hemd auf. »Nichts! Er ist spurlos verschwunden.«

Petersen hatte auch überlegt, ob er in diesem Stadium Francks geschiedene Frau Cecilia anrufen sollte, doch er hatte es vor sich hergeschoben. Er kannte Francks Ex nur flüchtig. Franck hatte ihm erzählt, dass sie immer noch einen wohlwollenden Umgang miteinander pflegten. An Francks Psychotherapeutin, die ihn jahrelang nach dem Burnout begleitet hatte, war bereits eine E-Mail versandt. Er erwartete ab Montag Antwort. Wegen der Prognose und ob es erklärbar sei, dass sein Freund einfach nicht auffindbar war. Seine verfügbaren Mitarbeiter, und das waren nicht viele, machten Überstunden. Reeh und Rükken hatten in allen Gaststätten ein Foto von Franck zurückgelassen.

»Ob er vielleicht doch einen Unfall hatte?« Adele schaute ihren Mann über den Rand des Weinglases an.

»Dein Prinzip Hoffnung.« Zweifelnd schaute er seine Frau an. Er selber blieb hoffnungslos.

»Was sagt Emilia?«

»Franck hat seinen Polizeiausweis bei sich.« Petersen nippte vom Wein und stellte das Glas auf dem Couchtisch ab. »Bei einem Unfall kontaktiert uns jede Rettungsstelle, jedes Krankenhaus. Im Umkreis von einhundert Kilometern sind alle Krankenhäuser informiert. Außerdem sind die verpflichtet, wenn unbekannte Patienten auftauchen, die Polizei zu informieren.«

»Und Emilia?« Adele war hartnäckig, wenn es sein musste.

»Sie hatte am Freitag eine Kräuterwanderung, die ging bis 20 Uhr. Dann ist sie mit dem Fahrrad nach Hause gefahren. Nach einer Stunde des Wartens hat sie Franck angerufen. Kein Ruf, keine Mailbox. Keinen Anruf den ganzen Tag. Er scheint wie vom Erdboden verschluckt.« Den letzten Satz sagte er leise. Mehr zu sich, als dass er für Adele bestimmt war. »Jäger hat einen Spezialauftrag, den kann ich nicht abziehen.«

»Ich möchte nicht in ihrer Haut stecken«, stellte Adele fest. »Wenn ich denke, dass du ...« Weiter kam sie nicht. Adele musste schlucken. Ihr Weinglas stellte sie halbleer vor sich ab.

Petersen starrte die Aquarellbilder im Wohnzimmer an. Auch er wollte sich nicht ausdenken, wenn Adele nicht mehr nach Hause kommen würde.

»Es gibt immer ein Motiv, man muss nur suchen und das Richtige finden, das hast du oft genug gesagt«, meinte Adele ruhig.

Petersen nahm noch einen Schluck des gut gekühlten Weißweins.

»Als ich Keilers Anruf entgegennahm, hab ich nicht im Traum gedacht, dass ich zu hören bekomme, dass Franck verschwunden ist. Erst dachte ich, es sei ein miserabler Scherz. Obwohl ich wusste, dass sich niemand der Kollegen oder Mitarbeiter etwas Derartiges erlauben würde.« Petersen trank den Rest in einem Zug aus. »Adele«, er schaute sie fest an, »du hast sehr schön ausgesehen. In deinem langen silbernen Kleid mit zwei champagnergefüllten Gläsern in deinen Händen.«

Er sah sie zärtlich an. Ihre Augen waren der Spiegel seiner selbst gewesen. Dann hatte er den Anruf entgegengenommen. Er sah seine weit aufgerissenen Augen in ihren, die Stirn voller Sorgenfalten zusammengezogen. Er hatte gesehen, wie Adele ihre Hände sinken ließ. Der Champagner floss ins Gras. Die Gläser fielen fast lautlos auf den gut getrimmten Rasen. Ein weiß befrackter Kellner eilte heran und hob sie kommentarlos auf. Höflich und leise fragte er, ob er zwei weitere Gläser bringen dürfe. Adele hatte den armen Kerl wie eine lästige Fliege weggescheucht. Petersen hatte sein Handy sinken lassen. Sein Blick war auf Adele gerichtet gewesen.

»Franck ist weg«, hatte er geflüstert. Seine Stimme tonlos. Von der ausgelassenen Feierstimmung war binnen Sekunden nichts mehr übrig gewesen.

»Ingvar.« Selten nannte Adele ihn bei seinem zweiten Vornamen. Sein erster Vorname war Achim, aber auch diese Anrede stellte eine Ausnahme dar. »Das kann nicht sein.«

Petersen hatte den Kopf geschüttelt und sich abgewandt. Kurze Zeit später waren sie in Richtung Quedlinburg losgefahren. Seit Freitagnacht war nichts mehr wie vorher. Er erinnerte sich, wie er versucht hatte, Adele die Situation zu schildern.

»Umsonst ruft mich ja Keiler nicht an«, hatte er begonnen, sich zu ereifern. »Er und Reeh haben die Anzeige aufgenommen. Sie ist vor ...«, Petersen hatte auf seine Armbanduhr geblickt, »vor zehn Minuten aufgenommen worden. Emilia hat das getan. Und sie wird ihren Grund dafür haben ...« Wie ein gefangener Tiger war er hin und her gelaufen. Er hatte die Sache von Anfang an für Besorgnis erregend gehalten, weil er Franck kannte. Aus Erfahrung vertraute er, dass Franck sich nicht davonschleichen würde. Das sah ihm überhaupt nicht ähnlich. »Das kann er doch nicht einfach machen.«

»Was meinst du damit?« Adele hatte einen Schritt auf Petersen zugemacht und ihn festgehalten. »Du kannst doch nicht glauben, dass sich Franck, dein Freund ...«, sie hatte innegehalten und ihren Mann fixiert, »... du bist doch nicht überzeugt, dass er sich aus dem Staub gemacht hat? Nie und nimmer.« Adele hatte ihm fest in die Augen geschaut. Sie hatte ihre Überzeugungen und konnte sich als Direktorin einer Schule auch aus einem vollen Fundus Menschenkenntnis bedienen.

Petersen hatte die Luft ausgestoßen und den Kopf geschüttelt.

»Ich weiß, das sieht ihm nicht ähnlich. Da ist etwas passiert.«

Die Nacht war warm und trocken gewesen. Der Himmel mit Sternen übersät. Es war die perfekte Nacht zum Feiern gewesen.

»Wir packen unsere Sachen, wir verabschieden uns bei dem Hochzeitspaar und dann fahren wir nach Hause.« Adele hatte die momentane Führung übernommen. Petersen, ein Mann, der immer wusste, was zu tun war, war Adele dankbar gewesen, dass sie die Zügel in die Hände genommen hatte.

»Was willst du unternehmen?«, fragte Adele und riss ihn aus seinen Gedanken.

»Staatsanwalt Ahrens ist heute im Revierkommissariat angekommen. Er war vergangene Woche auf einem Seminar in Rostock. Das dazugehörige Wochenende wollte er sich mit seiner Ehefrau an der Ostsee versüßen. Ich habe ihn in seinem Luxusbett im Luxushotel geweckt.« Er hatte es an der verschlafenen Stimme, mit der sich Ahrens gemeldet hatte, gemerkt.

Adele nahm ihr Glas zur Hand und trank einen winzigen Schluck. Sie hatte die Flügeltür im Wohnzimmer weit geöffnet, sodass die immer noch warme Nachtluft ins Zimmer drang.

»Dass Emilia nichts weiß, ist besorgniserregend«, stimmte ihm Adele zu.

»Ich wollte wissen, ob sie sich gestritten hatten.«

Adele stellte das Glas mit einem harten Ruck ab. Entschlossen stand sie auf und schloss die Tür. Außer der Nachtluft zog es auch Nachtfalter und Mücken an.

»Sie haben sich nicht gestritten. Franck hatte auch keinen Kontakt mit Cecilia und er wollte nicht wieder zurück.«

»Woher weißt du das?« Petersen sah sie verständnislos an.

Doch sie beantwortete die Frage nicht.

»Sag mir lieber, was du denkst, was ihm passiert ist.« Adele nahm ihn in die Zange. Manchmal dachte er, sie hätte auch bei der Polizei arbeiten können.

»Wir haben sein Handy.«

Nach langen Sekunden der Stille fragte sie:

»Aber nicht ihn? Stimmt's?«

»Wir müssen abwarten.« Petersen wog seine Worte sorgfältig ab. »Das Handy ist zerstört. Ein Hehler hat es gefunden und dank seines Vaters ist es in unsere Hände gelangt. Wir konnten feststellen, dass Franck den letzten Anruf mit einer Autowerkstatt tätigte.«

»Und?« Adele ergriff ihr Glas wieder. Sie ließ ihren Mann nicht aus den Augen.

»Franck hat seit Monaten eine Überraschung für Emilia geplant. Einen VW, den er aufrüsten ließ. Mit jedem Schick, den du dir vorstellen kannst.«

Ein breites Lächeln legte sich über ihr Gesicht.

»Einen eindeutigeren Beweis, dass er nicht einfach abgehauen ist, kann es nicht geben«, argumentierte Adele. »Was weißt du noch?«

»Wir wissen, dass das Handy von dem jungen Mann am Freitag gegen 12 Uhr gefunden wurde. Die Werkstatt hat Franck kurz vor 11 Uhr verlassen. Seit dieser Zeit wissen wir nichts mehr von ihm.« Petersen öffnete erschöpft seine Hände. »Lass uns ein paar Stunden schlafen. Ich bin hundemüde«, bat er Adele. »Weck mich bitte um vier«, trug er ihr auf und ging ins Bad.

Das wäre in drei Stunden. Kaum hatte Petersen Adele einen Kuss, der nach Wein und Pfefferminze roch, auf die ihm dargebotene Wange gehaucht und den Kopf auf das Kissen gelegt, schlief er ein.

Während ihr Mann neben ihr leicht schnarchte, ließ sich Adele das Gehörte durch den Kopf gehen. Bevor sie sich in ihre Schlafposition kuschelte, stellte sie den Wecker auf 6 Uhr.

Sonntag

Franck erwachte wieder. Ihm war kalt und er zitterte wie Espenlaub. Er strich sich über die Arme, damit ihm wärmer wurde. Franck trug nur Unterwäsche. Er nahm an, dass es die Auswirkungen der Droge waren, die man ihm gegeben hatte und er noch unter Schock stand. Er schüttelte an der Kette, doch vergebens. Ein unsinniger Versuch und dennoch zerrte er an ihr.

Lieber sollte er geduldig warten. Mittlerweile hatte er kapiert, dass bald Licht durch die Glasbausteine fallen würde. Er vermutete, dass Fensterläden geöffnet würden, dass er in einem Haus gefangen gehalten wurde. Sein Kopf schmerzte seit dem Tag der Entführung, aber nicht mehr mit dieser Intensität. Diese war einem leicht verdrängbaren Schmerz gewichen. Übel war ihm weiterhin. Bei jeder Bewegung fürchtete er, sich übergeben zu müssen. Ihm war wie nach einer durchzechten Nacht.

Gestern war er etwa um die gleiche Zeit aufgewacht, er schätzte, es war 3 Uhr oder 4 Uhr in der Früh. Alles war dunkel. Nur das rote Auge blinkte immerzu. Die Zunge klebte am Gaumen. Er hatte einen trockenen Mund und unbändigen Durst. Die Angst, die in ihm hochkroch, durfte nicht die Oberhand bekommen.

Reiß dich zusammen, sagte er sich wie eine Parole immer wiederholend. Es nützt nichts, aufzugeben. Ich lebe noch und die Kette verrät mir, dass irgendwer etwas mit mir vorhat. Also, versuche zu denken. Los, mach eine Bestandsaufnahme, mahnte ihn sein Hirn.

Er öffnete noch einmal die Augen, diesmal versuchte er die Dunkelheit zu durchdringen. Nichts, er sah einfach kein Licht.

Verzweifelt fuhr er sich mit den Händen über das Gesicht. Für den Bruchteil einer Sekunde wünschte er sich, nur einen wiederkehrenden Albtraum zu haben.

Die Kette klirrte. Noch einmal zog er daran und umfasste sie fest. Metall. Ringe. Kettenglieder. Er betastete die Kette. Auf allen vieren kriechend fand er das Ende der Kette. Es war im Fußboden aus grobkörnigem Beton eingelassen. Vorsichtig richtete sich Franck auf. Die Decke erreichte er mit ausgestreckter Hand. Sie besaß ebenso eine grobkörnige Struktur. Knappe zwei Meter hoch. Mit den Händen tastete sich Franck weiter. Die Wände fühlten sich uneben und kratzig an. Es roch nach Mörtel. Leicht ätzend, etwas bissig. Und er roch nach Schweiß und Adrenalin.

Weiter tastete er die Wand ab. So weit die Kette reichte. An der nächsten Wand geriet er an ein Hindernis. Er ertastete eine Art Lagerstatt. Eher ein schmales Bett. Ein Kissen, eine dünne Matratze, eine Wolldecke. Langsam gewöhnten sich seine Augen an die Dunkelheit. Er hatte einen Radius von zwei Metern zur Verfügung. Franck hatte keine Schuhe, keine Strümpfe. Kein Hemd mehr an. Nur Unterwäsche, das war alles. Jemand hatte ihm die Uhr abgenommen. Sein Handy nicht auffindbar. Er setzte sich und legte den Kopf an die Knie. Sein Kopf dröhnte. Hoffnungslosigkeit begann sich in ihm breitzumachen. Seit wann war er in diesem Loch? Wie spät war es? Ohne Uhr, ohne Tageslicht, nicht zu wissen, wie lange er schon hier war. All diese ungeklärten Fragen quälten ihn zusätzlich. Was für ein Zeug hatten sie ihm gespritzt?

Verzweifelt berührte er sein Gesicht. Freitagfrüh hatte er sich wie jeden Tag sorgfältig rasiert. Seine Hände tasteten über das Gesicht. Zog er die Länge des Bartes in Betracht, war er seit mindestens vierundzwanzig Stunden in der Gewalt von wem auch immer.

Franck schnaufte und versuchte, sich besser hinzusetzen.

Werde ich Emilia, meine Töchter, meine Freunde je wiedersehen? Erschöpft lehnte er sich an die Schlafstelle. Die Augen hielt er geschlossen. Doch seine Gedanken liefen ihre eigenen Wege. Was muss Emilia denken, welche Sorgen und Ängste steht sie aus? Tränen liefen aus seinen Augenwinkeln. Er biss die Zähne aufeinander. Niemand sollte hören, dass er weinte. Trost in sich finden.

Er dachte an den Freitag. Den Freitag, als Unbekannte ihn entführt hatten.

Franck war voller Vorfreude gewesen. Bald konnte er Emilia das ausgebaute und restaurierte Fahrzeug zeigen. Zu seinem Geburtstag sollte es fertig sein, ihren Geburtstag wollte er mit ihr unterwegs feiern. Natürlich stand ihm noch eine Schwierigkeit bevor. Emilia brauchte für ihre Vertretung eine Apothekerin. Er wusste, dass Frau Grünberger

Emilia für vier Wochen vertreten konnte, diesen Zeitraum hatte er für ihren gemeinsamen Urlaub geplant, eher sogar länger. Nicht nur die Dordogne wollte er ihr zeigen, sondern ihr auch seine Großeltern vorstellen. Seine Eltern waren vor vielen Jahren bei einem Autounfall umgekommen. Zu dem Zeitpunkt hatte er die Polizeilaufbahn begonnen. Dieses tragische Ereignis hatte ihn fast aus der Bahn geworfen. Petersen hatte ihm Halt gegeben. Dafür war er ihm ewig dankbar. Das war der Beginn ihrer Freundschaft gewesen.

Franck zwang sich, weiter an Emilia zu denken. Verflucht noch mal. Wenn er hier nicht mehr rauskam, konnte er mit Emilia nirgendwo hinfahren. Franck packte die Wut. Er boxte sich auf die Oberschenkel.

Alles, was er besaß, war ihm abgenommen worden. Wollte derjenige, dass er starb? Bald? Sicher nicht, dann hätte er eine Kugel bekommen.

Franck drehte sich auf die Knie und erkundete den Rest des Gefängnisses. Er tastete über den Fußbodenbelag, bis die Kette keinen Raum mehr gab. Diesmal in die andere Richtung. Etwas fiel mit einem leisen Ploppen um. Suchend fuhr seine Hand den Boden ab. Bis er fand, was er umgestoßen hatte. Im Bruchteil einer Sekunde erfasste er, dass es eine Plastikflasche war. Er drehte den Verschluss und roch. Er trank, bis er sich verschluckte und husten musste. Wasser. Einfach Wasser. Den Durst hatte er lindern können. Doch mehr konnte er nicht tun.

Er hockte sich mit dem Rücken an die Wand und wartete. Die Decke der Lagerstatt hatte er sich als Unterlage heruntergezogen. Er starrte in die Dunkelheit, bis die Augen schmerzten. Warten, denken und keinesfalls in Panik verfallen. Der rote Punkt der Kamera. Schau nicht hin, ermahnte er sich. Sein Hals tat weh. Er betastete ihn und fand den Schmerzpunkt. Sicher ein blauer Fleck. Was für ein teuflisches Zeug hatte man ihm in den Hals gespritzt? Es hatte ihn schlagartig ausgeknockt. Er erinnerte sich an den Transporter, an einen Mann, der nach dem Weg gefragt hatte. Die Tür des Transporters war aufgeschoben worden. Und dass er keine Zeit gehabt hatte, sich umzudrehen. Er war im Begriff gewesen, die Straße zu überqueren, als der Fahrer ihn angesprochen hatte – hilflos vor der Beifahrertür stehend mit einer Straßenkarte in der Hand. Ein schlanker Mann mittleren Alters, mit einem Baseballcap auf dem Kopf. Franck erinnerte sich, gewohnheitsmäßig einen Blick auf das Nummernschild geworfen zu haben. HZ für Harzvorland. Und überdeutlich sah er Jäger vor seinem geistigen Auge auftauchen. Dieser hatte mit einer Spur Ironie bei einem ihrer ersten Fälle erklärt, dass die wahre Bedeutung des

Nummernschildes HZ *Hinterm Zaun* heiße. Dabei hatte er sich auf die Lippen gebissen, um nicht laut auflachen zu müssen. Franck selbst hatte es nicht verstanden. Aber Jäger verband das Kennzeichen mit der ehemaligen innerdeutschen Grenze und fand es passend.

Der Mann mit dem Basecap hatte Franck gebeten, ihm den Weg auf der Karte zu zeigen. Sein Dialekt hatte ihn nicht als Quedlinburger ausgewiesen. Seine Körperhaltung hatte von Unruhe, Nervosität und Unsicherheit gezeugt. Doch bevor Franck sich ernsthaft darüber wundern konnte, ebenso wie über das beinah Entschuldigende im Gesicht seines Gegenübers, hatte er das Geräusch einer sich öffnenden Autoschiebetür gehört. Jemand war ausgestiegen und mit einem schnellen Schritt hinter ihn getreten. Ein Stich in den Hals und alles war in Dunkelheit verfallen. An mehr erinnerte er sich nicht. Wegen dieser Unaufmerksamkeit an einem sonnenverwöhnten Tag, an dem sein Herz vor Vorfreude einen Hüpfer gemacht hatte, saß er hier. In Ketten, in einem dunklen Raum, kaum zwei Meter gehend, mit Kopfschmerzen und Hunger. Er konnte nur auf Hilfe hoffen.

Wie es schien, hatte niemand bisher seine Spur aufgenommen. Wie auch? Am Freitag war er in der Werkstatt gewesen. Emilia, Jäger und Petersen wussten nichts von seinem so glorreichen Plan. Er hatte versprochen, auf Jägers Kater zu achten und ihn zu versorgen. Er überlegte. Auf jede Entführung reagierten die offiziellen Stellen schnell. LKA und BKA sicherten jedwede Unterstützung zu. Unerheblich, ob es sich um Personal, Technik oder Geldmittel handelte. Die Hundestaffel und der Hubschrauber wurden eingesetzt. Er selber hatte bei nicht nur einem Entführungsfall mit ermittelt. Er wusste, dass man sich auf das Zusammenspiel aller Einsatzkräfte verlassen musste. Aber es gab dennoch dermaßen viele Unabwägbarkeiten und die Ermittler standen unter erheblichem Druck. Der Führungsebene, der Familie, den Medien gegenüber. Jede Entführung wirbelte viel Staub auf. Franck drehte sich wieder. Ihm war übel.

Sein Handy war zu orten. Der Ort von Hajos Werkstatt. Franck ging davon aus, dass es von den Entführern zerstört worden war. Die Kollegen waren in der Lage, seinen letzten Anruf zurückzuverfolgen. Ohne Weiteres würden sie auf die Werkstatt stoßen. Der entsprechende Funkmast gäbe Aufschluss darüber, mit wem er zuletzt gesprochen hatte und wie lange. Die Kollegen würden die Werkstatt aufsuchen, Hajo Biedermann und seine Mitarbeiter befragen.

Viel zu wenige Anhaltspunkte. Sicher würde ein Mantrailer angefordert und auch ein Hubschrauber würde über Quedlinburg und

Umgebung fliegen. Nicht auszuschließen, dass er hilflos im Gelände liegt. Wenn man ihn nicht fand, dann wäre das letzte Mittel der Wahl eine öffentliche Fahndung, doch das war die Ultima Ratio. Kein Ermittler gab diesen Punkt vorschnell aus der Hand. Die kriminologische Abgrenzung zwischen Entführung, Geiselnahme und Verschleppung war nicht immer einheitlich und eindeutig. Von Entführung wird jedenfalls dann gesprochen, wenn das Opfer in ein Versteck oder an einen Aufenthaltsort verbracht wird, der nur den Tätern bekannt ist. Ziel einer Entführung ist es überwiegend, ein Lösegeld zu erpressen. Doch wer wollte für ihn Lösegeld fordern?

Franck wollte nur noch schreien, als ihm diese Gedanken durch den Kopf schossen. Doch wem würde das helfen? Dem, der hinter dem roten Lämpchen saß? Davon war Franck überzeugt. Jemand sah zu. Das rote Lämpchen an der gegenüberliegenden Wand starrte unbeeindruckt.

»Bert, wach auf.«

»Was denn?« Jemand rüttelte ihn an der Schulter. Unwillig warf er sich im Bett herum. »Hör endlich mit dem Schütteln auf.« Die kehlige Stimme klang unangenehm.

»Du hast doch gesagt ...«, verteidigte sich Carl, der neben dem Bett stand. Gestern Abend hatte er eindeutige Anweisungen erhalten. »Du hast gesagt, wenn sich irgendetwas tut, dann soll ich dich wecken. Ansonsten zur Frühstückszeit.«

Carl hatte getan, was von ihm verlangt war. Er hatte den Mann beobachtet, den sie gefangen hielten. Außerdem brauchte Bert nicht dermaßen übertreiben, er hatte ihn nur kurz und nahezu sanft an der Schulter berührt.

»Mach das Frühstück!«, herrschte er Carl an. Im Zimmer war es dunkel. Die Fensterläden waren geschlossen. Bert schob die Bettdecke von sich und setzte sich auf. Er trug eine kurze Hose und ein schmuddeliges T-Shirt. Dann knipste er die Nachttischlampe an. »Hat er sich gerührt? Hat er rumgejammert?« Er schabte mit den nackten Füßen über den Fliesenboden und suchte nach den Schuhen. Zum Schluss legte er sich auf den Fußboden, um nach ihnen zu suchen. Fluchend holte er die Hausschuhe unterm Bett hervor. »Sag mal, schubst du die immer unters Bett?« Sein Blick bohrte sich in Carl Schäfers Gesicht. »Mach endlich einen Kaffee!«, befahl er ihm.

Sein Ton nervte Carl seit Tagen. Früher war ihm das nicht aufgefallen. Carl war froh, aus dem Zimmer zu kommen. Zügig lief er durch den schmalen Wirtschaftsraum, dessen eine Seite zwei Fenster hatte. Auf der gegenüberliegenden Seite begrenzte eine Wand aus Glasbausteinen den Raum. Er lief durch das Wohnzimmer, an Berts Heiligtum, dem Technikraum, vorbei und bog nach rechts in Richtung Küche.

Das Tageslicht flutete das Zimmer. In den letzten beiden Nächten hatte Carl darauf verzichtet, die Fensterläden zu schließen. Es war Sonntag früh, acht Uhr. Die Uhrzeit und auch sein knurrender Magen signalisierten ihm, dass es nach einer schlaflosen Nacht endlich Zeit war, etwas zu essen.

Er setzte Wasser auf und ließ die Kaffeebohnen in der Kaffeemühle mahlen.

Carl war vierzig Jahre alt und arbeitete als Gärtner. Sein lockiges Haar hatte den Farbton von brauner Gartenerde. Sein Gesicht durchzogen Falten und Furchen, wie oft bei Menschen, die viel Zeit an der frischen Luft verbrachten. Er war ein eher geduldiger Mensch, der gerne lachte – zumindest vor langer Zeit, als er noch eine Familie gehabt hatte. Um seine Augenwinkel hatten sich in dieser Zeit viele Lachfältchen verewigt. Doch er wusste nicht, wann und wie es passiert war, da unterschrieb er Scheidungspapiere. Seine zwei Kinder sah er nur von Zeit zu Zeit. Wenn eine Fee auftauchen würde und sich nach seinem sehnlichsten Wunsch erkundigen würde, dann wünschte er sich seine Familie zurück. Er seufzte. Natürlich kam keine Fee und seine geschiedene Frau hatte bei diesem Wunsch auf jeden Fall auch eine Meinung. Stets hatte sie ihn angespornt, mehr aus seinem Leben, seiner Arbeit zu machen, um ihr und den Kindern mehr bieten zu können. Doch irgendwie schaffte er es nicht. Er war ein ehrlicher Mann und arbeitete hart, aber er stand sich selbst im Weg. Der Vorgesetzte übersah ihn bei Beförderungen. Carl war immer da, auf ihn war immer Verlass. Mit dem Gedanken, dem Nachwuchs mehr zu bieten, hatte er sich selber in den Schlamassel gebracht.

Carl werkelte in der Küche herum. Er brühte den Kaffee auf. Stellte Tassen und Teller auf den Tisch. Butter, Käse, Brot. Hoffentlich hatte Bert sich nach dem Frühstück mehr unter Kontrolle, ansonsten konnte er seine schlechte Laune stundenlang versprühen. Wieder ein Tag, an dem er aushielt, was er sich selber eingebrockt hatte. Eine unabänderliche Tatsache.

Das Frühstück war schweigend verlaufen. So mochte es Carl Schäfer. Es brachte ihn in keine Erklärungsnöte. Er stand auf, um alles in die Spülmaschine zu räumen. Eines musste er Bert lassen, er hatte beim Umbau an so manche Annehmlichkeiten gedacht.

»Ich werde mich jetzt mal selber um alles kümmern. Wie sonst auch.« Bert drückte den um zehn Zentimeter kleineren Mann einfach an die Wand und ging an ihm vorbei.

Carl ließ es über sich ergehen. Er kannte Bert erst einige Monate und er war froh, wenn alles bald ein Ende fand.

Bert zog sich im Technikraum den Stuhl an den Computerbildschirm heran. Gebannt starrte er darauf.

»Komm her!« Berts Stimme ließ keine Ausreden gelten. Er zog seine Nase hoch, die durch Schlägereien mehrfach gebrochen gewesen war.

Reflexartig hatte man das Bild eines Boxers oder Schlägers vor Augen, wenn man ihn ansah. Bert Trojan war von kräftiger Statur, muskulös und am Oberkörper tätowiert. Seine bereits ergrauten und schütteren Haare, die mit einem Gummi gehalten wurden, waren sicher in früheren Zeiten sein ganzer Stolz gewesen. Mangelnde Pflege, Fürsorge oder eine schlechtere Datenbank hatten ihn mit diesem dünnen Pferdeschwanz belohnt.

Carl kam dazu und setzte sich mit Abstand hinter Bert. Seine Haare waren immer noch gelockt und dicht. Carl war gerade in Gedanken. Er fragte sich, warum Berts Gang wie einer der Seemänner war. Immer wiegend. Soweit es ihm bekannt war, war Bert niemals zur See gefahren. Doch was wusste er schon von Bert, dachte Carl zum wiederholten Male. Er verfolgte, wie Bert sich an dem ergötzte, was er sah. Carl war das nicht geheuer.

»Endlich wach, Herr Hauptkommissar«, sagte Bert verächtlich in die Stille hinein und zog die Mundwinkel nach unten.

Der Mann hockte an der Wand. Die Knie hatte er hochgezogen. Der Kopf lag auf seinen Armen.

»Wie fühlt sich das denn an? Vierundzwanzig Stunden eingesperrt zu sein?« Berts Stimme tropfte vor Hohn.

Carl wurde es siedend heiß. Er hatte das Mikrofon ausgestellt und vergessen, es wieder einzustellen.

»Hey, du Bulle. Ich rede mit dir.« Bert stützte die muskulösen Arme auf die Tischplatte und lehnte sich nach vorn. Metz zeigte weiterhin keine Regung. Erst jetzt bemerkte Bert Trojan, dass das Mikrofon nicht eingeschaltet war.

»Du Ratte«, sagte er verächtlich und drehte den Kopf zu Carl, »hast dir wohl ins Hemd geschissen.« Ein Grinsen von oben herab überzog sein Gesicht. »Nur weil der Bulle ein paar Geräusche macht, die dir auf dein zartes Gemüt gehen.« Bert lachte hämisch auf und schüttelte voller Hohn den Kopf. »Jeder, der eingesessen hat, kennt das. Mach dir bloß nicht in die Hose.«

Carl fand es abstoßend, jemanden auf diese Weise zu überwachen. Mit Berts bissigen Bemerkungen konnte er auch nicht umgehen. In der Nacht hatte er einfach das Mikrofon ausgeschaltet und vergessen, es wieder einzuschalten, bevor er Bert geweckt hatte. Die Kamera auszuschalten, hatte er sich nicht getraut.

»Los, mach mir noch einen Kaffee.« Genervt wandte sich Bert dem Bildschirm zu. Er schaltete das Mikrofon ein, hatte jedoch die Lust verloren, die Worte zu wiederholen. Lieber beobachtete er seinen Gefangenen. Er war der Kater, sein Gefangener die Maus. Mit dem Joystick war er in der Lage, das gesamte Verlies bis in jede Ecke einzusehen.

Eine Menge Geld steckten in diesem Objekt. Bert Trojan hatte das Verlies mit eigenen Händen gebaut. Der Raum, in dem Metz saß, war durch eine doppelte Wand schalldicht isoliert worden. Eine zweite Wand Rigipsplatten hatte er hinzugefügt, die er auf ein Holzgestell geschraubt hatte. Den Hohlraum dazwischen hatte er mit Dämmwolle ausgefüllt. Sorgsam waren die Kabel verlegt, er hatte für eine effiziente Ton- und Kameratechnik gesorgt. Bert hatte versucht, keine Hinweise zu hinterlassen. Weder konnte man ihm durch das Internet folgen noch den Bargeldtransfers von seinem Konto. Der Plan hatte sich langsam entwickelt, nachdem er Metz zum ersten Mal im Harz erkannt hatte. Bernd Trojan erinnerte sich an einen Wintertag, wie er im Buche stand. Knirschender, frisch gefallener Schnee, der die Augen blendete. Blauer Himmel und eine fahle Wintersonne. Die Luft war schneidend kalt gewesen und er auf der Suche nach Arbeit. Sein Bewährungshelfer hatte ihm geraten, sich an der Einhornhöhle vorzustellen. Ein Job als Einlasser wäre sicher drin. Ein Liebespaar hatte Berts Aufmerksamkeit erregt. Die beiden konnten die Augen nicht voneinander lassen. Sie waren an ihm vorbeigelaufen. Bert hatte die Stimme des Mannes gehört und sich an jemanden erinnert vor seiner Zeit im Knast. Einen Moment lang war er erstarrt gewesen. Diese Stimme hatte er erkannt. Sofort waren die Bilder wieder aufgetaucht. Mindestens zehn Jahre waren vergangen, seit sich ihre Wege verhängnisvoll gekreuzt hatten. Die

Bullen hatten ihn damals am Haken gehabt. In einer Vernehmung sollte er seinen Kumpel verraten. Der Vernehmende hatte nichts in der Hand und am Ende musste er Bert wieder gehen lassen. Doch bevor es dazu gekommen war, hatte er einen Kollegen zu sich gerufen. Er hatte ihm einen Stapel Akten in die Hände gedrückt und gesagt: »Kannst du weiter bearbeiten.« Der hereingerufene Polizist hatte einen langen Blick auf Bert geworfen, den Aktenstapel genommen und den Vernehmungsraum verlassen.

Bert erinnerte sich aufs Neue, dass er an diesem verschneiten Wintertag stehen geblieben war und ihnen verdutzt nachgesehen hatte. Er hatte beobachtet, wie der Mann sich eine Sonnenbrille an einem der Verkaufsstände aussuchte. Und er war wie elektrisiert gewesen. Lange hatte er nicht gezaudert und die beiden verfolgt. Er hatte sich im Hintergrund gehalten bei der Schneeballschlacht. Er hatte sie auch noch beobachtet, als sie im Dachsbau ein Quartier genommen hatten. Er hatte sich heißen Tee besorgt und die Nacht im Auto verbracht. Einen Schlafsack hatte er immer dabei. Er hatte weitaus unkomfortablere Nächte hinter sich gebracht. Am nächsten Morgen hatte er seinen grauen unauffälligen alten Volvo angelassen, als der Audi wegen der Witterungsbedingungen vorsichtig weitergefahren war. Er hatte den Audi verfolgt und wusste nun, wo Metz zu Hause war. Ein Plan hatte begonnen, sich festzusetzen. Vorerst eine Rohfassung, an der er täglich gearbeitet hatte.

Trojan, der bisher in Wernigerode ungelernt als Reinigungskraft im öffentlichen Nahverkehr gearbeitet hatte, kündigte und suchte Arbeit in Quedlinburg. In der Zeitung stand, dass händeringend Friedhofsgärtner gesucht würden. Der Zentralfriedhof, die Friedhöfe Gernrode und Bad Suderode unterlagen der Quedlinburger Zuständigkeit. Er konnte einen Hauptschulabschluss vorweisen, Natur und Pflanzen zu schätzen, gab er vor. Seine körperliche Fitness wurde durch ein ärztliches Attest gestützt. Dass er sich gern im Freien aufhielt, konnte er bei der Einstellung aus vollstem Herzen bezeugen. Nach den Jahren im Knast war das die Wahrheit. Da das gesamte Land und jede Region sparen musste, war ein Quereinsteiger, der nicht nach Tarif bezahlt wurde, Gold wert. Bert Trojan war schnell von Begriff. Er wusste, wie man sich lieb Kind machte. Er arbeitete rationell. Innerhalb weniger Wochen war er unentbehrlich. Und da er sich handwerklich nicht ungeschickt anstellte, jedes Gerät zum Laufen brachte, trug ihm der Chef höhere Tätigkeiten auf. An seine Seite bekam er Carl Schäfer gestellt. Einen langjährigen Kollegen, der genügend Erfahrung mitbrachte.

Niemand kannte ihn in dieser Gegend, er hatte keine Familie. Freunde hielt er sich vom Leibe. Er blieb ein Einzelgänger. Eine kleine Wohnung hatte er sich in Bad Suderode gemietet. Sein Bewährungshelfer war mit ihm zufrieden und die Bewährungszeit wurde erfolgreich beendet. Die Akte wurde geschlossen. Kein Mensch wusste vom Beutegeld, das aus diversen Drogengeschäften und illegalem Waffenbesitz stammte. Bert Trojan besaß ein Konto wegen des Arbeitsvertrages. Die Gesellschaft forderte es ein. Das Beutegeld hatte niemals eine Bank gesehen. Und es war sauber. Nicht zurückzuverfolgen und alles in kleineren Scheinen. Sein Grundsatz lautete: immer auf Nummer sicher gehen. Hatte ihm zwar nicht in jeder Situation genutzt, aber sei's drum. Was passiert war, war passiert. Nach seiner Freilassung 2006 hatte er sich den Geldbetrag aus Saarlouis abgeholt. In dieser Gegend kannte er sich aus. Er war am ersten Tag des Jahres 1969 im Jahr der Mondlandung auf einem Bauernhof in einem kleinen Dorf in der Nähe von Saarlouis geboren worden. Er war eine Hausgeburt gewesen, nichts Ungewöhnliches auf dem Dorf.

Mit einem Teil des Geldes kaufte er sich ein Grundstück. Unglaubliche zehntausend Quadratmeter für einen Spottpreis. Mit der Ausnahme eines Nachbarn lag es total isoliert vor neugierigen Blicken. Das Grundstück war nur umgeben von Äckern und einem Nachbarn. Er kaufte es von einem Rentnerpärchen, das das Grundstück nicht mehr bewirtschaften konnte. Sie hatten das Grundstück als Investition gesehen. Erschwerend für das Finden von Käufern war die Tatsache, dass das Grundstück nicht weiter bebaut werden durfte. Es lag am Rande eines Naturschutzgebietes. Ein ebenerdiger Bungalow aus früheren Jahren stand auf dem Areal sowie die Reste von einer ehemaligen Gärtnerei mit ihren Glas- und Metallverstrebungen. Ein geschickter Handwerker konnte den Bungalow wieder in Schuss setzen. Mit den Resten der maroden und verlassenen Gärtnerei verhielt es sich genauso. Der einzige Nachbar, dem das Grundstück daneben gehörte, war alt und stocktaub. Mehr als die Hälfte des Jahres verbrachte dieser die Zeit auf Mallorca. Der Verkäufer gab Bert Trojan den Vorzug, weil er seine gewinnbringende Art aufleuchten ließ, das Geld in bar floss und er glaubhaft versicherte, aus der verlassenen und faktisch nicht mehr existenten Gärtnerei eine neue entstehen zu lassen. Durch den Arbeitsvertrag, den er vorzeigte, klang alles glaubwürdig. Das Paar zog zu den Kindern nach Norderney. Glücklich in dem Wissen, alles richtig gemacht zu haben. Freunde, Bekannte hatten die beiden nicht mehr. Sie hatten ein Alter erreicht, in dem die

Freunde starben. Zunächst hatte Bert Trojan nichts weiter vor, als sich abgeschieden vom Rest der Gesellschaft dort aufzuhalten.

Aber der, der ihm die zehn Jahre seines Lebens eingebrockt hatte, dem konnte er zeigen, wie das ist. Nach Monaten der Vorbereitungen begann sich die Anstrengungen auszuzahlen.

Trojan war Metz oft gefolgt. Eine Überwachung war kräftezehrend und schlauchend. Er hatte eine Vierzig-Stunden-Woche, Überstunden fielen auch an. Er benötigte Zeit, das Grundstück so vorzubereiten, dass er jemanden gefangen halten konnte. Seine Vergeltung auskosten, bevor er mit der restlichen, nicht unerheblichen Kohle irgendwo ein neues Leben anfangen konnte. Er arbeitete am Bungalow und gleichzeitig an der Ausspähung. Allmählich ging ihm die Puste aus. Einzig und allein hielt ihn der Hass auf den Bullen auf den Beinen, der ihm die längsten zehn Jahre seines Lebens aufgebrummt hatte. Dafür wollte er sich bedanken. Auf seine Art.

Bert Trojan suchte jemanden, der sich die Überwachung und das Ausspähen mit ihm teilte. Doch er konnte kaum in eine Kneipe gehen oder im Internet nachfragen.

Er hatte unverschämtes Glück. Sein Arbeitskollege Carl Schäfer leistete sich eine Ungeheuerlichkeit. Zumindest aus der Sicht eines unbescholtenen Bürgers. Er hatte diesen Hasenfuß in der Hand. Der musste ihm gehorchen, wenn er nicht wollte, dass er sich von seinem gut bezahlten und unkündbaren Job verabschieden wollte.

Ein süffisantes Lächeln erschien auf seinem Gesicht, als er bei diesem Punkt der Überlegungen angekommen war. Besser hätte es für ihn nicht laufen können.

Wenn Carl an den Tag zurückdachte, an dem er sich den Schlamassel eingebrockt hatte, wollte er ihn komplett aus dem Kalender streichen. Es war ein kalter Januarmorgen des Jahres gewesen ...

Zusammen mit dem Neuen, Bert Trojan, arbeitete er auf dem Gernröder Friedhof. Dessen erster Arbeitsauftrag lautete, Grabschmuck zu entfernen, der länger als zwei Wochen auf den frischen Gräbern lag. Carl hatte ihm eine Liste übergeben. Er selber sah zuerst nach dem Rechten und lief über den Friedhof. Er bemerkte einen alten Mann auf einer der Friedhofsbänke sitzen. Das war eigentlich nichts Besonderes.

Doch bei dieser Kälte sollte niemand lange auf einer der steinernen Bänke verweilen. Er nahm sich vor, den Mann anzusprechen, wenn er von seiner Runde zurückkehrte. In einem winzigen Augenblick änderte sich das Leben eines Einzelnen. Der alte Mann saß nicht mehr auf der Bank. Er sah ihn zügig dem Ausgang zustreben.

Carl ging an der Bank vorüber, als er einen Beutel bemerkte, den der Mann offenbar vergessen hatte. Carl rief ihm hinterher. In dem Moment blickte Bert Trojan fragend auf. Carl Schäfer rief und schrie mehrmals. Dann lief er dem Mann hinterher. Doch der Mann drehte sich nicht um. Er war bereits aus dem Eingangstor gegangen und Carl sah noch, dass er in ein wartendes Taxi stieg. Nach Luft japsend sah er nur noch die Rücklichter. Er senkte den Arm mit dem Beutel in der Hand, mit dem er gewunken hatte. Schäfer zog sich seine Fellmütze vom Kopf. Aus seiner Hosentasche holte er ein Taschentuch. Es war einige Jahre her, dass er in dieser Schnelligkeit hinter jemandem hergelaufen war.

Carl ging zurück. In der Friedhofsverwaltung konnte er erfahren, wer am Grab gesessen haben mochte.

»Die Laubblätter können zusammengefegt werden«, sagte er unter Spannung zu Bert Trojan, der mit seiner ersten Arbeitsaufgabe fertig war und ihm nun regelrecht im Weg stand. Die Laubblätter waren für Carl stets ein Ärgernis. Trotz des Windes und der Jahreszeit verwehrten sie sich hartnäckig, zusammengefegt zu werden. Sie verbargen sich zwischen Sträuchern, lagen auf den Gehwegen und unter Bäumen.

Trojan war ein ausgezeichneter Beobachter. Ihm war klar, dass sein Chef etwas gefunden hatte. Er hatte von seinem Standort aus erkennen können, dass Carl Schäfer in den Beutel geschaut hatte. Deutete er Schäfers Körpersprache richtig, handelte es sich um etwas Bedeutendes. Kopflos hatte er sich umgesehen. Wie gehetztes Wild. Dann war ihm auch noch der Beutel auf den Boden gefallen. Viel zu hastig hatte er sich gebückt und sich dabei nach allen Seiten umgesehen. Erst beim zweiten Versuch hatte er den Beutel zu fassen bekommen. Trojan wusste, dass er hier Beute machen konnte.

Schlendernden Schrittes ging er Carl Schäfer entgegen. Vorbei an alten Gräbern mit Grabfiguren, die bemooste oder angeschlagene Engelsgesichter hatten. Eine Walnuss fiel vor ihm auf den Weg. Er schaute in den Himmel. Eine Krähe hatte die Nuss aus der Luft fallen lassen, in der Hoffnung, dass sie auf einen harten Gegenstand fiel und zerbrach. Bert Trojan trat auf die Walnuss und gab die Mahlzeit für die Krähe frei.

Carl Schäfer hatte ihn bemerkt. Kraftlos stand er mit hängenden Schultern vor ihm.

»Lohnt es sich?« Bert hatte nur sein Kinn nach vorne geschoben.

»Weiß nicht«, stammelte Carl.

»Verflucht noch mal, zähl nach, dann weißt du es«, befahl ihm Bert Trojan.

»Ich werde das melden. Mein Beruf ... Das kann ich sonst vergessen.« Es klang mehr für sich als eine Rechtfertigung. So viel Geld auf einmal hatte er niemals in den Händen gehalten.

»Du willst doch nur mal nachzählen. Mehr nicht.« Berts Stimme war warm, einlullend und überzeugend.

Mit zittrigen Händen zog Carl das Lederbändchen auf. Lauter Geldscheine kamen zum Vorschein. Es waren einige dicke Geldscheinbündel. Hilfesuchend schaute er Bert Trojan an.

»Schau mich nicht an. Zähl es lieber!«

»Aber«, Carl wagte einen lahmen Versuch, der Versuchung nicht zu erliegen, »aber ... ich kann nicht. Ich gebe den Beutel im Verwaltungsgebäude beim Zentralfriedhof ab. Oder bei der Polizei.«

»Deine Entscheidung«, meinte Trojan schulterzuckend. »Aber ich würde es wenigstens zählen«, sagte er. »Dann hättest du immer ein reines Gewissen.« Er suchte Carl Schäfers Blick und hielt ihn fest. »Ich meine«, er ließ Schäfer nicht aus den Augen, »... wenn du den Beutel abgibst.« Seine Stimme klang tiefer, sonorer, fast hypnotisch. »Würdest immer ein Held sein, in der Zeitung stehen.« Bert Trojan neigte den Kopf zur Seite. »Oder du zählst es und steckst es ein. Verbrauchst es für dich und was du immer wolltest.« Berts Stimme klang ausdruckslos. Der Mann war aalglatt.

»Aber ich kann den alten Mann ausfindig machen, anhand der Grabinschrift, der Grabnummer, vor der er saß.« Schäfer suchte für sich eine Entschuldigung.

Bert Trojan ging einfach weg. Wissend, dass er mit Carl Schäfer Katz und Maus spielen konnte.

Zwei Tage später hatte Carl Schäfer bei ihm angerufen. Das war der Beginn ihrer gemeinsamen Sache gewesen. Der Tag, den Carl Schäfer am liebsten aus seinem Leben streichen wollte.

In Emilias Welt gab es seit Francks Entführung eine neue Zeitrechnung: die Zeit vor seinem Verschwinden und die seit diesem Zeitpunkt.

Es war der zweite Tag ohne Franck. Und der versprach, genauso trostlos zu werden wie der Tag zuvor endete.

Mitten in der Nacht ließ sie ein Albtraum schweißgebadet auffahren. Er war so bizarr, dass sie ihn nicht vergessen hatte.

Franck lief ihr entgegen. Ihr Herz machte vor Freude einen Satz. Ihre Beine bewegten sich von alleine auf ihn zu. Bevor er sie mit einem Lächeln erreicht hatte, löste sich seine Gestalt auf. Sie sah es und konnte nichts dagegen machen. Wie eine Pusteblume, die Kinder anpusten und zusahen, wie die kleinen Flugschirme in alle Winde trieben. Zurück blieb nur ein leerer Blütenstand.

Klopfendes Herz und der Angstschweiß waren die Dinge, die ihr von dem Traum geblieben waren.

Der Wecker auf Francks Bettseite zeigte die Uhrzeit. Zwei Uhr in der Früh, noch dunkel. Emilia gehörte zu den Menschen, die normalerweise durchschliefen. Sie begann zu verstehen, wie es war, wenn Menschen rastlos nach Schlaf suchten und dieser sich nicht einstellen wollte. Ihr Herz klopfte und drohte auseinanderzuspringen, bis sie beruhigend eine Hand auf ihr Herz legte, gleich ob sie es festhalten wollte. Minutenlang verharrte sie in dieser Position.

Noch vorgestern lagen sie eng aneinandergeschmiegt zusammen, wie zwei Schüsseln. Tief und fest schlafend. Mit der Gewissheit, dass keiner ihren Schlaf bedrohte. Kaum achtundvierzig Stunden später lag ihr Nervenkostüm am Boden und ihre Seele stand nackt einem Albtraum gegenüber.

Emilia wagte es noch nicht, sich zu bewegen. Ihr Herz schlug dumpf. Viel zu schnell und es schmerzte in ihrer Brust. Tief atmete sie in den Bauch. Und wieder aus. Bei Franck hatte sie gesehen, dass es ihm guttat. Bei ihr tat es das eben nicht. Nach einiger Zeit gab sie auf und schob die Decke von sich. Lieber blieb sie im Durchzug liegen. Nur bedeckt mit ihrem seidigen Nachthemd. Es war ihr egal, ob sie sich eine Erkältung holte. Was war das schon, gegen die quälende Ungewissheit, dachte sie trotzig. Die schlimmen Gedanken, die sie hartnäckig verscheuchte, kehrten immer wieder. Sie kreisten, mit Ausnahme der wenigen Stunden Schlaf, die sich ihr Körper einfach nahm, um zwei Fragen: Wo in Gottes Namen war er? Ging es ihm gut? Ihre Besorgnis wuchs methodisch. Dass Franck die letzten Wochen etwas vor ihr verborgen hatte, hatte sie gespürt. Öfter war er mit den Gedanken abwesend gewesen. Doch sie wollte ihn nicht darauf ansprechen. Und außerdem war es stets nur ein Moment gewesen, in dem es ihr so vorkam. Jedenfalls war sie nicht so voller Neugier, dass sie ihm die kleine Heimlichkeit nicht ließ. Stets trug er um den Mund einen verzückten Ausdruck. Emilia grübelte weiter: War es mal vorgekommen, dass Franck nicht nach Hause gekommen war? Emilia erinnerte sich an zwei Vorfälle. Einmal hatte eine Jugendbande Elektroschrott geklaut, mit dem sie sich aus dem Staub machen wollten. Ein aufmerksamer Bürger hatte sich ihnen in den Weg gestellt. Seine Einsatzbereitschaft mit dem Leben bezahlt. Und beim zweiten Mal hatte eine Ehefrau ihren Ehemann erschlagen, weil er nicht vom Alkohol lassen konnte. Ihre Gedanken gingen fremd. Tat das auch Franck? Verlangte sie zu viel von ihm? Emilia rief sich gemeinsame Stunden im letzten Jahr zurück. Ihr fiel der Abend ein, als sie spät noch Medikamente ausgefahren hatten. Nach der Rückfahrt hatte Franck den Audi eingeparkt. In der Zwischenzeit hatte sie Wasser in die Wanne gelassen. Und nicht nur das. Das Bad hatte nach Rosen geduftet. Nackt hatte sie Franck in der Wanne erwartet. Umgeben von Schaumbergen. Gegenseitig hatten sie sich eingeseift. Emilia kam nicht umhin, daran zu denken, dass sie sich in der Wanne vorsichtig geliebt hatten, dennoch war Wasser ausgeschwappt. Später hatte sie sich auf Francks Bauch gelegt. Sie hatten Rotwein in kleinen Schlucken getrunken. Emilia erschauerte bei dem Gedanken, als Franck an ihrem Hals geknabbert und seine Fingerkuppen über ihren Körper gestrichen waren.

Sie erinnerte sich an die Radwanderung auf dem Jakobsweg zwischen Magdeburg und Quedlinburg. Oder als sie im Schnee herumgealbert und sich den Unmut einiger Mitmenschen eingehandelt hatten. An ihre erste gemeinsame Kanufahrt auf der Bode. Heilpflanzen, die sie ihm gezeigt hatte. Das Parfüm, das er ihr zu Weihnachten geschenkt hatte. Es duftete nach Orange, Bergamotte, Yang-Yang, Sandelholz und Vanille.

Behutsam strich der Wind über ihren heißen Körper und kühlte ihn ab. Endlich beruhigte sich ihr Herz. Emilia bedeuteten diese Erinnerungen sehr viel. Sie sollten ein Quell fortwährenden Trostes sein.

Am gestrigen Abend hatte Emilia die Schlüssel für Jägers Wohnung im Revierkommissariat abgeholt. Keiler hatte sie ihr wortlos ausgehändigt. Petersen hatte ihr versichert, dass Jäger genug Futter und Wasserstellen für den Kater bereitgestellt hatte. Franck hätte ihr doch erzählen können, dass er die Verantwortung für Jägers vierbeinigen Freund übernommen hatte. Nein, sie verwarf den Gedanken. Sicher war er nicht mehr dazu gekommen. Emilias Leben war durcheinandergeraten. Ihre Sicherheit tanzte am Rande eines Vulkans. Ihre Liebe war nicht auffindbar. Die Hoffnung zerrann mit jeder Stunde. Tränen bahnten sich ihren Weg aus den Augenwinkeln und verloren sich auf dem Kopfkissen. Sie schniefte und suchte nach dem Taschentuch. Außerdem musste sie mal. Schnell stand sie auf. Doch das rächte sich.

Ihr Kreislauf sackte zusammen und unangenehme Übelkeit stieg auf. Die Hände fest auf den Mund gepresst, lief sie ins Bad und übergab sich. Noch über der Kloschüssel gebeugt, verwünschte sie ihre seelische Verfassung. Mit jeder Faser ihres Körpers und ihres Herzens sehnte sie sich nach Franck. Ihre Psyche rebellierte und ihr war klar, dass sie einen Ausweg finden musste, sonst ging sie zugrunde. Mit der holen Hand schöpfte sie sich kaltes Wasser ins Gesicht und spülte den Mund aus. Als sie ihr Spiegelbild betrachtete, erschrak sie.

Aus einem kreidebleichen Gesicht starrten sie riesengroße blaugrüne Augen an. Selten hatte sie selbst die Farben so intensiv wahrgenommen. Die dunkelblonden Haare mit den helleren Strähnen, noch feucht vom Schweiß und der unruhigen Nacht, hingen ungekämmt und genauso kraftlos wie sie selbst herab. Noch immer hielt sie sich auf den Waschbeckenrand gestützt, als sie eine neue Welle des Unwohlseins überrollte.

Nach diesem Brechanfall setzte sie sich mit zitternden Armen auf den Toilettenrand. Sie wollte nicht riskieren, wegen des niedrigen Blutdrucks und des momentanen Allgemeinzustandes im Bad zusammenzubrechen. Nach langen Minuten ebbten die Beschwerden ab.

Während sie auf der Toilette saß, kreisten ihre Gedanken. Sie wollte sich an etwas erinnern, das sie geträumt hatte. Etwas Wichtiges, meldete sich ihr Unterbewusstsein. Doch ihr Gedächtnis war blockiert. Es war etwas, das zum Greifen nahe lag. Emilia schloss die Augen und sah die Krankenschwester in der Notfallaufnahme vor sich. Sie erinnerte sich, dass diese etwas in das Heft eintrug. Wieder huschte der Gedanke durch ihr Gehirn. Emilia fühlte sich zu mitgenommen, um nach ihm zu greifen. Stattdessen umklammerte sie immer noch den Beckenrand. Sprich es laut aus, sagte sie sich, los, sag es:

»Claire Fontaine.« Nur Emilia hörte ihre Stimme, die aus ihrer kratzigen Kehle drang. Mehr als ein Flüstern war es nicht. Die grünen Claire-Fontaine-Hefte. Franck benutzte sie für jeden aktuellen Fall.

Waren die Fälle abgeschlossen, kamen sie in Emilias Safe. Vielleicht fanden sich nützliche Informationen darin? Zumindest konnte sie es versuchen.

Sie löschte das Licht, bevor sie das Bad verließ und sich zurück ins Bett schleppte. Sie konnte etwas tun. Zumindest vielleicht. Was sollte Franck denken und sagen, wenn sie sich wiedersahen? Sie musste irgendetwas tun, was auch immer.

In dem Moment gab sie sich das stumme Versprechen, Franck zu suchen. Wenn es sein musste, auch auf eigene Faust. Doch dafür musste ihr Seelenheil ins Gleichgewicht kommen. Nach dem letzten Blick in den Spiegel lag die Vermutung nahe, dass sie es nicht lange durchhielt. Und allein auch nicht. Sie brauchte Hilfe. Jede Hilfe, die nötig erschien. Doch wo bekam sie einen Plan, Hilfe oder zumindest Ideen her? Petersen kümmerte sich mit dem gesamten Polizeiapparat um das rätselhafte Verschwinden seines Freundes. Doch ihr half es nicht. Sie wollte selber tätig werden.

Sie stand wieder auf und steuerte die Küche an. Aus einem Schubkasten nahm sie einen Schreibblock. Den Schreibstift steckte sie sich hinters Ohr. Aus ihrem Safe holte sie Francks grüne Hefte. Mit einer Flasche Wasser und einem Glas kehrte sie zurück ins Bett. Sie stopfte sich zwei Kissen in den Rücken und nahm eine bequeme Haltung ein. Sie nahm den Block und den Stift in die Hand. Minutenlang starrte sie auf das unbeschriebene Blatt. Einsatzbereit schwebte der Stift über dem Papier. Doch ihr fiel kein vernünftiger Gedanke ein. Weder ein Satz noch ein Wort oder das Vorgehen. Kraftlos ließ sie den Stift sinken. Entmutigt schob sie den Block von sich. Sie griff nach Francks Heften. Sie blätterte und las darin. Doch es nützte ihr nichts, kannte sie doch die Vorgänge nicht und auch nicht deren Zusammenhänge. Sie kam sich leer wie der Blütenstand der Pusteblume in ihrem Traum vor.

Emilia rollte sich zusammen, rutschte tiefer ins Bett und zog Francks Kopfkissen zu sich. Noch bildete sie sich ein, seinen Geruch in sich aufzunehmen. Es dauerte, bis sie nach unzähligen Tränen in einen tiefen Schlaf fiel.

Das Frühstück und der Tagesproviant lagen ordentlich verpackt in Tupperdosen auf der Kücheninsel. Adele trug eine buntgedruckte Sommerhose mit einem passenden Oberteil. Leise lief sie auf den flachen Sommersandalen mit Riemchen ins Schlafzimmer, um Petersen zu wecken. Fluchend warf er die dünne Decke von sich, als er feststellte, dass es später war, als er sich das ausbedungen hatte. Flüche ausstoßend, eilte er ins Bad. Adele, die manchen Sturm erlebt hatte, in der Schule, in ihrer Ehe, saß diesen hier einfach aus. Sie fühlte sich für ihren Mann verantwortlich. In solchen Angelegenheiten echauffierte er sich gern. Die Wogen glätteten sich spätestens dann, wenn er Adeles Weitsicht erkannte. Und das würde er, Adele war sich sicher.

Nach einem zehnminütigen Aufenthalt im Bad und dem Espresso im Stehen saß Petersen im Auto. Adele hatte bereits das Tor geöffnet. Als er anhielt, um vom Grundstück zu fahren, legte sie den Proviant mit einem zuckersüßen Lächeln durch das geöffnete Beifahrerfenster auf den Sitz.

Petersen gab Gas und fuhr zum Revierkommissariat in der Schillerstraße. Den Ärger mit Adele hatte er bereits vergessen. Er wusste, dass sich seine Frau um ihn sorgte. Es war kurz vor sieben Uhr morgens, als er durch die beschaulichen Straßen der Stadt fuhr. Spontan kam ihm ein Film in den Sinn, den er als Heranwachsender mit den Eltern gesehen hatte. Morgens um sieben ist die Welt noch in Ordnung, hieß der. Die Quintessenz, die er damals aus dem Film gezogen hatte, war, dass die Welt des kleinen Gaylord inmitten seiner chaotischen Familie keinesfalls in Ordnung war. Seine Welt war hier in Quedlinburg morgens um sieben Uhr ebenfalls nicht in Ordnung. Verdammt, nirgends war sie in Ordnung. Petersen parkte im Bereich, der für Mitarbeiter der Polizei vorgesehen war. Noch am Auto stehend, kramte er aus der Zigarettenschachtel einen Glimmstängel heraus und zündete sich diesen an.

Tief inhalierend, stieß er den Rauch wieder aus. Im Revierkommissariat war striktes Rauchverbot, das seit dem 1. Januar 2008 in ganz Sachsen-Anhalt durchgesetzt worden war. Nach sechs Monaten drohte sogar ein Bußgeld. Er mochte es, wenn er mit Adele in einer Gaststätte saß und nach dem Essen, zu einem Bordeaux eine Zigarette rauchte. Aber er verstand auch, warum es dieses Gesetz gab. Adele hatte seiner Lust am Rauchen noch nie etwas abgewonnen. Ihr tränten in einer verqualmten Gaststätte die Augen.

Petersen hatte zu Ende geraucht. Er trat die Kippe aus und bückte sich, um sie zum Abfalleimer zu tragen.

Das Revierkommissariat betrat er durch den Personaleingang. Grüßte die wenigen Kollegen, die er beim Betreten des Dienstgebäudes sah, und ging in sein Büro. Er fuhr den Computer hoch. Bisher hatte er keine Fehler finden können. Nichts anderes hatte er erwartet. Und gleichzeitig war es der rettende Strohhalm, den er suchte. Diese verdammte Nadel im Heuhaufen. Er brauchte sich als Dienstgruppenleiter nichts vorzuwerfen. Und nun das. Er schluckte und starrte auf die E-Mail, die eingegangen war. Es stand fest, dass das plötzliche Verschwinden seines Freundes und Mitarbeiters weite Kreise zog. Das LKA war bereits in der Nacht zum Samstag informiert worden. Prompt hatte seine vorgesetzte Behörde reagiert. In der Nachricht hieß es, eine fähige Mitarbeiterin sei abgestellt, um das Verschwinden von Hauptkommissar Franck Metz aufzuklären und die Umstände zu erklären. Das BKA, das selbstverständlich informiert war, erwartete ebenso eine vollständige und restlose Aufklärung über das Verbleiben des Mitarbeiters Franck Metz.

Petersen fuhr sich durch die Haare. Wie sollte er jemanden finden, der sich vielleicht nicht finden lassen wollte? Er schloss das kategorisch aus. Dennoch würde die Mitarbeiterin vom LKA dies zunächst infrage stellen. Oder soll niemand Franck finden? Doch warum? Eine Lösegeldforderung lag nicht vor. Petersen hatte die Mitarbeiter und Kollegen angewiesen, ihn zu jeder Zeit sofort zu informieren, sollte ein Erpresserschreiben eingehen. Doch nichts war passiert. Er wusste nicht, ob er das gut oder schlecht finden sollte.

Der Schlüssel im Schloss wurde gedreht und die schwere Tür geöffnet. Die Luft, die hineinströmte, duftete nach frisch gebackenen Croissants. Franck lief unbewusst das Wasser im Mund zusammen.

Er stand in der Mitte des Raums. Locker hing die Kette am Handgelenk. Bei diesem Erstkontakt wollte er seinem Entführer nicht sitzend oder liegend gegenübertreten.

Ein maskierter Mann betrat den Raum. Der Mann trug schwarze Jeans und ein dunkles Muskelshirt, ansonsten war er barfuß. Franck maß den Typen mit einem Blick und schätzte ihn auf 1,80 m. Kräftig gebaut, muskulös. Kräftemäßig schienen sie sich ebenbürtig, dachte Franck. Doch unter den Umständen hatte der Typ einen Vorteil. Eine Demonstration von Stärke. Das war Franck klar.

»Endlich bereit, mir zuzuhören?« Die Stimme, die durch die dünne Maske verfälscht klang, verriet eine gewisse Angespanntheit. »Wie gefällt es dir hier drinnen?«, fragte der Mann gehässig.

Franck wusste nicht sicher, wie lange er hier drin war. Seit zwei oder drei Tagen vermutete er. Den täglichen Ablauf hatte er zwei Tage erlebt. Wenn er seinen Bartwuchs mit einbezog, dann konnte er nicht länger hier sein. Franck antwortete nicht. Er zog es vor, sich hinter einem ungerührten Gesichtsausdruck zu verschanzen. Das war seine Stärke.

»Du hast es doch schön in diesem Loch?« Der Mann mit Maske verzichtete darauf, näher an Franck heranzutreten. Im Knast war es ihm deutlich vor Augen geführt worden, wie bedrohlich eine Kette in den Händen eines Kämpfers werden konnte. Und für gefährlich hielt er potenziell jeden Menschen, der in einem Loch wie eine Ratte gefangen gehalten wurde.

Franck stand immer noch ungerührt in der Mitte seines Aufenthaltsortes. Nicht zu reagieren, war eine Waffe. Es wurmte den Entführer, wenn er nicht wie erhofft reagierte.

»Pff.« Der Mann stieß einen verächtlichen Pfiff aus. »Was is denn mit dir los? Stolz? So was Altmodisches? Stehst wohl drauf?« Er lehnte sich an die Glasbausteine. In sicherer Entfernung des Gefangenen und der Kette.

Der Typ vor ihm sollte nicht denken, dass man ihn nur einsperren musste und er fing wie ein junger Hund zu winseln an. Doch Angst hatte er. Im tiefsten Innern seines Selbst. Nicht um sich. Nein, um Emilia, wegen der beiden Töchter, seiner geschiedenen Frau, seinen Freunden und Kollegen. Er konnte sich ausmalen, was sie empfanden und was in ihren Köpfen vor sich gehen musste. Keinesfalls wollte er das seinem Entführer zeigen. Später, wenn alles vorbei wäre, wollte er sich noch im Spiegel anschauen. Jeden Morgen und jeden Tag. Franck wusste aber auch, dass eine gewisse Kooperation mit den Entführern lebensverlängernd sein konnte. Aber doch nur, wenn Lösegeld gefordert wurde. Aber er war nicht reich. Einen Teil seines angesparten Geldes hatte er für den Kauf des VW-Busses ausgegeben. Schon für die Restaurierung hatte er einen zinsgünstigen Kredit aufgenommen.

Am Tag seiner Entführung war die Sonne kurz vor 5 Uhr aufgegangen. Emilia hatte fest an seiner Seite geschlafen, als er sich aus dem Bett gestohlen hatte, um nach seinem Toilettengang ein Glas Wasser in der Küche zu trinken. Durch das Fenster hatte er gesehen, dass die ersten roten Sonnenstrahlen Stück für Stück die Welt eroberten. Durch nichts aufzuhalten. Der Anblick war wunderschön gewesen. Danach hatte er sich zurück ins Bett geschlichen. Emilia hatte sich nicht einen Zentimeter bewegt. Weiterhin hatten nur ein Fuß und die obere Gesichtshälfte aus der Sommerbettdecke hervorgelugt. Franck wunderte sich jeden Tag aufs Neue, wie tief und fest sie schlafen konnte. Er kannte keine Frau, die sich dem Schlaf dermaßen erfolgreich hingab. Franck war wieder unter die Decke geschlüpft und hatte sich an Emilias Rücken geschmiegt. Eine Hand locker auf ihrer Hüfte positioniert, war er auch sofort wieder eingeschlafen. Das Bild und die Empfindungen von diesen letzten Stunden mit ihr brannten ihm in der einsamsten Zeit ein Loch in sein Herz. Dieses Bild vor Augen war sein Anker. Der Anker, den er brauchte, um die Zeit zu überstehen.

»Ich weiß, dass du mich verachtest.« Der Typ löste sich von der Glasbauwand. »Auch wenn du mir nicht antworten willst und so tust, als ob ich dir egal bin. Ich habe eine Ansage zu machen.«

Der vor Franck stehende Mann hatte leise gesprochen. Verstanden hatte er jede Silbe.

»Nach einem Polizisten wird um jeden Preis gefahndet.« Francks Stimme klang brüchig. Er gab sich gelangweilt.

»Ah, Herr Kommissar geruhen, mir zu antworten. Ich bin kein studierter Typ. Ich habe gelernt, dass man auf eine Frage auch eine Antwort bekommen sollte. Und ich gebe dir auch eine Antwort.« Eine Pause. »Du hast mich in den Knast gebracht.«

Franck hatte keine Antwort erwartet. Seine Verwunderung ließ er sich nicht anmerken.

»Es gehört zu meinem Beruf, Verbrechen aufzuklären und Verbrecher dem Gericht zu übergeben.«

»Pft.« Der Mann mit Maske stieß wieder verächtlich einen Ton heraus. »Ihr hattet keine Beweise, nur Indizien.«

»Wie oft ich diesen Satz gehört habe.« Francks Zunge fühlte sich dick an. Er zuckte mit der Schulter, als wollte er sagen, dass ihn das nicht interessierte. »Wie lange bin ich hier?«, fragte er stattdessen.

»Ach, das interessiert dich, eh?« Der Unbekannte ging einen Schritt auf seinen Gefangenen zu. »Zwei Tage«, ließ sich der Maskierte herab, zu antworten. »Aber das ist erst der Anfang.«

»Und weshalb bin ich hier?«, stieß Franck hervor. »Weil du dich rächen willst?« Franck konnte es nicht fassen. Wut stieg in ihm auf. Seine blauen Augen wurden dunkler, sein Blick drohender. »Mann, da gibt es Institutionen, die sich deiner annehmen, wenn du denkst, du warst ungerechtfertigt im Knast.« Mit geballten Fäusten stand Metz dem Mann mit Maske gegenüber. Er brauchte Informationen, um später darüber nachdenken zu können. Weil er kein anderes Mittel zur Verfügung hatte, setzte er auf Provokation. Er musste eine Basis schaffen, mit Worten. Ohne diese konnte er nicht nachdenken. Er musste auch die Stimme noch einmal hören. Irgendetwas kam ihm bekannt darin vor. »Wer sind Sie?«, fragte Franck, obwohl er keine Antwort erwartete.

Er hatte recht, die Frage wurde nicht beantwortet. Das maskierte Gesicht kam gefährlich nah an ihn heran. Immer die Länge der Kette im Auge.

»Wie soll ich mich erinnern, wenn ich nicht deinen Namen kenne oder dein Gesicht sehe?« Blitzschnell griff Franck nach der Maske des Mannes.

Mit katzenhafter Gewandtheit bog der Mann seinen Oberkörper nach hinten, sodass Francks Griff ins Leere ging. Der Mann entglitt ihm. Der Typ war auf alles gefasst gewesen.

»Komm mir nicht so. Ich habe dich gewarnt.«

Franck kannte die Stimme. Doch woher? In seinem Berufsleben hatte er viele Stimmen gehört. Er musste sich an diese Stimme erinnern. Und er hatte noch etwas bemerkt. Diese zwei Tage hatten ihn bereits geschwächt. Er hatte Mühe, sich aufrecht zu halten. Diese Erkenntnis traf ihn hart.

»Versuch das ja nicht noch einmal!«, warnte er Franck. Abrupt drehte sich der Mann um. Krachend fiel die schwere Brandschutztür hinter ihm ins Schloss.

Wem war er auf die Füße getreten? Gab es Ermittlungsfälle, die nicht ordentlich zum Abschluss gebracht worden waren? Wie weit reichte die Zeit zurück, mit der er sich auseinanderzusetzen hatte? Er kam zu keinem Ergebnis. Franck gab sich keiner Illusion hin. Wenn die Entführer, er war sich sicher, dass es zwei waren, das bekämen, was sie wollten, wäre es vorbei mit ihm. Aber was wollten sie? Die Tage zuvor war er mit einem Minimum an Schlaf ausgekommen. Das konnte er nur wenige Tage durchhalten. Der Körper holte sich, was er brauchte.

In den Stunden seiner Gefangennahme prägte er sich die rauen Betonwände ein, beobachtete die ewig blinkende Kamera. Die ihm signalisierte, dass er pausenlos überwacht wurde. Er wusste, dass jemand die Aufnahmen speicherte. Nur einmal, in einer Zeitspanne für etwa drei Stunden war sie dunkel geblieben. Franck konnte nur Vermutungen darüber anstellen. Ein Versehen, technischer Fehler oder Absicht. Nummer eins und zwei schieden aus. Der Entführer wusste, was er tat. Franck sah die Möglichkeit, dass der zweite Mann die Kamera ausgestellt hatte. Außerdem war er sicher, dass ein leistungsfähiges Mikrofon jedes noch so kleine Geräusch aufnahm. Franck, der immer noch stand, begann sich zu bewegen. Aus dem Regal nahm er sich eine Flasche Wasser und trank in langen Zügen. Je später der Tag war, desto wärmer wurde es hier drinnen.

Franck setzte sich in den Schneidersitz und atmete tief ein. Wieder war er allein mit den Gedanken, Ängsten und mit seinen nagenden Fragen. Nachdenken war das Einzige, was er tun konnte.

Die Glaswand ließ Licht herein. Über dem Raum war ein Oberlicht von geringer Größe erkennbar. Offensichtlich war es nur von außerhalb des Raumes zu öffnen. Heute Morgen war es wieder für eine Stunde aufgegangen. Metz hatte die morgendliche Kühle und den Sauerstoff herbeigesehnt. Das rote Auge der Kamera blieb unerreichbar für ihn.

Er hatte nur die Kette, um sich zu verteidigen.

Er war barfuß. Außer Unterhose und Unterhemd hatte er nichts an. Mit einer Hand an einer Kette gefesselt, die ihm einen Radius von zwei Metern gab. Damit erreichte er das Waschbecken und das Klo. Über dem Klo war eine Entlüftung angebracht. Immer beobachtet von dem roten Licht, das ihm folgte.

Nach einer Weile öffnete sich die Tür wieder. Diesmal betrat der kleinere und schmächtigere Mann den Raum. Auch dieser trug eine Maske. Trotzdem kam es Franck vor, als kannte er ihn. Das war nicht die Statur, eher war es die Gestik. Wie er den Arm hob, um Wasserflaschen und Vorräte auf dem Regal zu lagern. Wie er seine Schultern bewegte.

»Sie sind der Mann, der mich am Freitag nach dem Weg gefragt hat«, sagte ihm Franck auf den Kopf zu.

Abrupt hörte der Mann mit seiner Tätigkeit auf. Wie eingefroren blieb er stehen. Das war Franck genug Antwort.

»Und wenn?«, fragte er verblüfft. Das Näseln klang durch die Maske nur schwach.

»Helfen Sie mir hier raus. Oder Sie rufen einfach die Polizei an. Egal. Alles wird strafmildernd sein.«

Der Mann rührte sich nicht vom Fleck. Immer noch Franck den Rücken zugewandt.

»Verstehen Sie mich?« Franck gab nicht auf.

Endlich kam wieder Bewegung in den Mann. Er schob den Wasservorrat mit einer gewissen Endgültigkeit ins Regal. Dieses war fest eingelassen in die Wand. Niemand hatte eine Chance, ohne Werkzeug etwas abzumontieren und es als Waffe einzusetzen. Franck beobachtete, dass sich die Schultern des anderen anspannten. Für den Moment schien es, als ob er die Luft anhielt. Rang er mit sich? Eine Hand stützte er auf dem Regal ab. Bedächtig drehte er sich dann um und sah Franck an. Die Maske verdeckte das Gesicht, doch die Augen prägte sich Franck ein. Ein helles Braun, cognacfarben. Schlupflider, an denen sich kleine Fältchen verewigt hatten. Noch bevor er eine Antwort erhielt oder sonst eine Regung zeigte, wurde die Brandschutztür erneut aufgerissen. Der muskulöse Mann stand im Türrahmen.

»Versuch ja nicht, meinen Kompagnon gegen mich aufzuhetzen!«, brüllte er Franck aufbrausend an. Nicht minder wütend wandte er sich an den kleineren Mann. »Verschwinde!«, blaffte er ihn an.

Dieser hatte nichts Eiligeres zu tun, als sich aus der Schusslinie zu bringen.

Der Chef des Ganzen stand fuchsteufelswild vor Franck.

»Du denkst wohl, mit deinen Spielchen kommst du weiter? Da hast du dich geschnitten.« Sein Atem roch nach Croissants, Kaffee und Adrenalin. »Das wird dir eine Lehre sein!«, brüllte er und holte aus. Der Faustschlag traf Franck unvermittelt und so hart am Jochbein, dass er wankte. »Ein kleiner Vorgeschmack.« Die schwere Tür fiel hinter dem Entführer ins Schloss.

Montag

Punkt 7 Uhr in der Frühe war Petersens Büro voller Polizeibeamter. Die Tür zum angrenzenden Büro von Metz und Jäger stand offen. Die Fenster waren weit geöffnet. Sie ließen die Vogelstimmen und die warme Luft gleichermaßen herein. Vier Kollegen, darunter eine Frau, waren vom LKA abgestellt. Sie saßen an Metz' und Jägers Schreibtisch und auf den jeweiligen Besucherstühlen.

»Werte Kollegin und Kollegen, bevor ich um Ihre Aufmerksamkeit bitte, lassen Sie uns auf Ihren Chef warten.«

Petersen schob die Aktenordner, die pedantisch übereinandergestapelt vor ihm lagen und die er am Wochenende durchgearbeitet hatte, zur Seite. In den vergangenen letzten achtundvierzig Stunden hatte er das Whiteboard benutzt, um grafisch die bisherigen Ermittlungsergebnisse zu verdeutlichen. Es war ziemlich wenig. Er hatte einen Bericht von der Spurensicherung, der nichts ergeben hatte. Er hatte Francks letzten Anruf und den letzten Zeugen, der ihn gesehen hatte. Sie hatten sein Handy, das zerstört war und keine weiteren Spuren offenbarte. Diese waren vom Zeugen Hanisch Junior akribisch abgewischt worden.

Hauptkommissar Lemprecht saß in Petersens Büro. Er mochte nicht im Vordergrund stehen, lieber agierte er im Hintergrund. Er war drahtig und mit einem Durchschnittsgesicht ausgestattet, das ihm bei Beschattungen dienlich war. Seit fünf Jahren leitete er erfolgreich die Abteilung Diebstahl und Einbruch. Sein junges Team bestand aus sieben Beamten, die sich alle in Petersens Büro gequetscht hatten.

Das Telefon klingelte. Ruhe kehrte auf einen Schlag ein. Jeder der Kollegen verfolgte Petersen, wie er in sein Büro ging und den Hörer abhob. Mit gerunzelter Stirn hörte er zu.

»Danke«, bellte er kurz und knapp ins Telefon.

Sein Blutdruck begann zu steigen und er bekam unvermittelt einen Jieper auf eine Zigarette.

Nicht nur er vernahm das Klacken von Absätzen auf dem Holzboden des Revierkommissariats. Sie trat in Petersens Büro und reichte ihm die Hand.

»Wie ich vermutet habe, sind bereits alle versammelt«, erklang eine warme Altstimme, die nicht verbarg, dass ihre Inhaberin von der Küste kam.

Petersen kannte nicht nur die Stimme. Es war Elvira. Einst seine Sandkastenliebe aus Rostock, wo beide eine ähnliche Kindheit verbracht hatten. Kinderkrippe, Kindergarten, Einschulung, Pionier, FDJ-Zeit. Erst als ihre Eltern nach Greifswald gezogen waren, hatten sich ihre Wege getrennt. Briefe beantworten, lag Petersen nicht. Und er hatte Adele kennengelernt. Es war viele Jahre her, doch Elvira war für Petersen unverkennbar. Ihre mandelförmigen braunen Augen standen zu eng beieinander in ihrem schmalen Gesicht. Das verlieh ihr einen leichten Silberblick. Die langen braunen Haare waren nicht mehr in Zöpfen mit Zopfhaltern in Kirschenform zusammengehalten. Nun trug sie diese in einem kunstvollen Knoten gebunden. Ein eleganter Ehering glänzte unübersehbar an ihrer rechten Hand, mit der sie eine schwarze Collegemappe umschloss. Sie trug einen dunklen Hosenanzug, komplettiert mit einer beigefarbenen Bluse. Sie sah attraktiv aus, das musste er zugeben. Die Karte an ihrem Revers wies sie als Gast aus. ›Bostner‹ stand darauf.

»Bevor wir die Arbeit als Sonderkommission aufnehmen, möchte ich einige persönliche Worte an Sie alle richten«, begann Elvira Bostner. Sie schaute in die Runde und bedachte jeden Einzelnen mit ihrem Blick. »Ich wünsche mir eine gute Zusammenarbeit. Es geht um ein Menschenleben.« Dann wandte sie sich an Petersen: »Wie geht es dir, Achim? Du bist der Dienstgruppenleiter der Mordkommission?« Damit war für alle klar, die beiden kannten sich von früher. Ohne Gram schaute sie ihm direkt in die Augen.

»Und du die fähige Mitarbeiterin vom LKA?«, konterte Petersen und musterte sie mit schräg gelegtem Kopf. »Vielleicht finden wir nach unserem Fall Zeit, um mit unseren Partnern etwas trinken zu gehen und zu reden.«

»Das können wir im Auge behalten.« Elvira ging über die Bemerkung gekonnt hinweg, indem sie ihm nicht offen eine Abfuhr erteilte.

Langsam beruhigte sich sein Herzschlag. Es würde keine Komplikationen geben.

»Fangen wir an, es ist keine Zeit zu verlieren.« Damit hatte sie recht.

Nach einer kurzen Vorstellung jedes Einzelnen unterwies Petersen die gebildete Sonderkommission, was vom Zeitpunkt des Verschwindens von Hauptkommissar Metz bis zu dieser Minute veranlasst worden war.

»Ist die zentrale Datenbank der Polizei mit Verdächtigen, deren Vorstrafen, durchgearbeitet worden? Wie sieht es mit Zeugen aus? Der ...«, Elvira blätterte die Akte durch, bis sie den Eintrag fand, »... der Lebenspartnerin Emilia Sander?«

»Wir sind dabei, aber ohne die Verstärkung wird es nicht gehen«, gab Petersen zu. »Zeugen haben wir nicht. Vielleicht wird es sich ändern, wenn die Kollegen sich die Arbeit teilen.« Ein zustimmendes Gemurmel war Antwort genug.

»Wer kümmert sich um die Konteneinsicht? Hat Hauptkommissar Metz Kredite laufen oder Schulden? Wer ermittelt in dieser Sache?«

»Ich habe den Beschluss angefordert.« Staatsanwalt Ahrens trat durch die Tür. Sein Auftreten war das eines Schauspielers würdig. Alle Blicke waren ihm zugewandt. Heute trug er eine helle Leinenhose und ein schwarzes, seidiges Hemd. Die oberen Knöpfe waren geöffnet. Jeder der Anwesenden war in der Lage, das Goldkettchen auf seiner blanken Brust zu sehen und zu vermuten, dass der Staatsanwalt möglicherweise am ganzen Körper sonnengebräunt war. Der sonstige Bartschatten war einem Rasierer gewichen. Die Haare militärisch kurz geschoren. Er sah erholt aus, obwohl er sein Luxuszimmer an der Ostsee lange vor seinem Urlaubsende hatte aufgeben müssen.

Der Staatsanwalt hielt Elvira Bostner die Hand entgegen, die sie ergriff und schüttelte. Es schien fast so, als wollte Ahrens die Hand nicht mehr loslassen. Elvira reagierte souverän und ließ sich nicht aus der Ruhe bringen.

»Hubschraubereinsatz ist auch angefordert?«, fragte sie. Nicht zum ersten Mal leitete sie einen Einsatz in dieser Größenordnung. Endlich ließ er ihre Hand los.

»Ist beantragt.« Petersen verdeutlichte mit einer Geste, dass bisher keine Freigabe erfolgt war.

»Ich werde veranlassen, dass wir umgehend einen erhalten«, sagte Elvira Bostner routiniert. »Wie sieht es mit einem Fährtenhund aus?«

»Den haben wir sofort zum Einsatz gebracht. Leider vergebens. Der Hund blieb an der Stelle stehen, an der man Hauptkommissar

Metz vermutlich verschleppt hat. Reifenspuren waren bei der langen Trockenheit nicht zu ermitteln. Wir haben Fotos gemacht und diese vergrößert. Es hat sich leider keine Spurenlage ergeben.«

»Ich habe mich auf der Herfahrt bereits mit dem Fall auseinandergesetzt. Fassen wir zusammen, was wir haben, was wir brauchen und wie wir uns die Arbeit teilen.«

Ein zustimmendes Murmeln ging durch den Raum. Die Hitze kroch unaufhaltsam in das Büro. Nach und nach griffen alle zu den Wasserflaschen, die auf den Tischen standen. Die Kollegin vom LKA benutzte zusätzlich einen Fächer. Die Handflächen wurden an der Kleidung abgewischt, Taschentücher trockneten Gesichter ab. Die Hitze blieb klebrig zurück.

»Wir wissen, dass Metz seit Freitag, den 25. Juni, als er die Werkstatt von Hajo Biedermann verlassen hat, exakt 10:30 Uhr, nicht mehr gesehen wurde. Das Handy wurde eine halbe Stunde später gefunden. Wir haben es untersuchen lassen. Die Simkarte war nicht mehr im Handy, das Display durch einen Schuhabdruck zerstört. Die Möglichkeit, den Abdruck zu nehmen, gibt es leider nicht. Der Zeuge hat das Display sorgsam abgewischt. Wir werden nochmals alle Zeugen befragen, vielleicht gibt es doch noch Erinnerungen.«

»Einverstanden.« Elvira Bostner und Ahrens nickten im Duett. »Dann sollten wir uns mit seiner Lebensgefährtin befassen. Soweit ich es aus der Akte herausgelesen habe, ist Hauptkommissar Metz geschieden. Ist es eine Option für ihn, wieder zu seiner Frau zurückzukehren? Diese Ermittlungsschiene dürfen wir nicht ausschließen.«

»Das würde ich übernehmen.« Hauptkommissar Reeh meldete sich zu Wort.

»Gut, wenn niemand etwas einzuwenden hat?« Elvira Bostner schaute in die Runde. »Wir müssen die Spur des Täters finden. Egal, was es uns kostet. Was ist mit dem Motiv?«

»Derzeit ist das Motiv für die Entführung noch völlig unklar«, gab Petersen zu. »Es ist kein Bekennerschreiben eingegangen, keine Lösegeldforderung. Er ist einfach wie vom Erdboden verschluckt.«

Der Staatsanwalt schüttelte leicht den Kopf. Mochte er sein, wie er wollte, doch jemanden zu entführen, dagegen würde er mit der ganzen Härte des Gesetzes vorgehen. Das Handy in Ahrens Hemdtasche vibrierte. Das Gespräch nahm er entgegen, darauf folgte eine kurze Entschuldigung, mehr eine Geste. Der Staatsanwalt verließ den Raum mit dem Handy am Ohr.

»Ich möchte dennoch den Tatort mit eigenen Augen sehen. Das werden wir machen.« Elvira schaute Petersen unvermittelt an. Er nickte. »Ein Vorschlag meinerseits, den ich aus verschiedenen Einsätzen beherzige, ist folgender: Ein hiesiger Kollege arbeitet mit einem Kollegen aus dem LKA zusammen?«

Ein allgemeines Kopfnicken zeigte das Einverständnis dazu.

»Die Spuren am Tatort sind gesichert. Die Auswertung dauert an.« Petersen gab es für alle bekannt.

»Für das erste Zusammentreffen der Sonderkommission sind die drängendsten Arbeitsaufträge verteilt. Ich kümmere mich um den Hubschrauber und die anderen machen sich bitte mit ihrer Arbeit vertraut. Ich glaube, jeder weiß, was zu tun ist. Morgen früh um die gleiche Zeit treffen wir uns wieder hier.« Ein Seitenblick auf Petersen, in dessen Büro sie stand, dann fuhr sie fort: »Sollte sich etwas ereignen, dann sofort eine Mitteilung an mich, den Staatsanwalt«, ein mildes Lächeln mit blitzenden Zähnen, »und Dienstgruppenleiter Petersen.«

Stuhlbeine scharrten über den Fußboden. Jeder war mit einem anderen Kollegen ins Gespräch vertieft. Petersens Büro leerte sich. Elvira Bostner griff nach ihrem Handy. Nach einem knappen Wortwechsel beendete sie das Gespräch. »Der Hubschrauber ist unterwegs.« Sie steckte das Handy zurück in ihre Jackentasche.

Petersen hantierte an der Espressomaschine. Er hatte sie bei dem Telefonat beobachtet und die kleine Falte auf der Stirn gesehen, die sich während des Telefonats über ihrer Nasenwurzel zusammengezogen hatte. Genau wie früher. Damals hatte er schnell kapiert, wenn sich diese Falte zeigte, war Ärger im Anmarsch.

»Für einen Espresso reicht die Zeit, dann gehen wir zum Tatort«, entschied Petersen.

Frühmorgens um 5 Uhr hatte sie den Wecker ausgedrückt, anschließend war sie einfach liegen geblieben. Mit der Hand strich sie über das leere Bettlaken. Der Duft von Francks Kopfkissen suggerierte ihr, dass er eben erst aufgestanden sei. Nur kurz weggegangen war, um Brötchen und Croissants zu holen. Gleich würde er mit einer Schale Kaffee vor ihr stehen. Nach dem petit-déjeuner würden sie sich lieben. Ungeduldig würde Jäger anrufen und nach ihm fragen. Doch weder holte Franck etwas vom Bäcker noch rief Jäger an. Es war ein Wunsch. Konnte sie jemals wieder unbeschwert aufstehen? Ohne Angst vor der Dunkelheit, vor der Einsamkeit, die sich in ihr ausbreitete?

Heute war Montag und das schrecklich einsame Wochenende zog an ihrem inneren Auge vorbei. Musste sie wirklich aufstehen, nur weil Montag war? Der Welt ihr von Tränen gezeichnetes Gesicht zeigen? Die Fragen ihrer Mitarbeiter beantworten? Jetzt sollte sie in das reale Leben zurück? Laut aufstöhnend warf sie den Kopf herum.

Wo war Franck? Die Frage, mit der sie morgens aufstand und mit der sie am Abend einschlief. Lag er verletzt in der Umgebung und litt an Durst, weil ihn niemand fand? Er lebte, das glaubte sie tief in ihrem Innern.

»Wo bist du?«, schrie sie in ihrem leeren Schlafzimmer. Es gab keine Antwort. Verzweifelt presste sie ihre Faust auf den Mund.

Endlich raffte sie sich auf. Kraftlos schob sie die Sommerdecke beiseite und fühlte sich, als habe ein Fremder die Decke zur Seite geschoben. Jemand anderes stand auf und schlich ins Bad, während sie selbst im Bett liegen blieb.

Mit Mühe ging sie unter die Dusche. Das Haarewaschen, die Körperpflege, alles fiel ihr unendlich schwer. Sie fühlte sich, als ob über Nacht das Leben zwanzig Kilo schwerer geworden war. Zerschlagen und fremdgesteuert.

Später in der Küche stellte sie den Wasserkocher und das Radio an. Die Nachrichten bekam sie kaum mit. Der Sprecher verkündete mit unaufgeregter Stimme, dass wieder ein heißer Tag auf Deutschland zukommen würde. Sie goss sich ein Glas Wasser ein und trank es Schluck für Schluck aus. Sechzehn Stunden Sonnenschein würden erwartet und heißer als gestern, sagte der Sprecher und verkündete mit sonorer Stimme, dass Temperaturen von achtundzwanzig Grad erwartet würden, wie am 10. Juni, dem bisher heißesten Tag. Emilia erstarrte. Sie erinnerte sich, dass Franck und sie am Abend zum nahe liegenden See geradelt waren. Einfach um sich abzukühlen und raus aus der heißen Stadt zu kommen. Franck hatte den Abend freigehabt und ein Picknick vorbereitet. Im Rucksack war eine Flasche Rosé, zusammen mit zwei Käsesorten und einem Pfund Weintrauben verstaut. Er kannte Emilia lange genug, um zu wissen, dass sie eine Vorliebe für mineralischen Wein hegte. Das Baguette hatte er in Emilias Küche aufgebacken. Es war ein unkompliziertes Picknick gewesen. Nach dem Schwimmen hatten sie im Gras gelegen und in den blauen, wolkenlosen Himmel geschaut.

Ein Pärchen, Emilia kannte die beiden aus der Apotheke, hatte unweit von ihnen ebenfalls eine Auszeit genommen und sie zu einer Grillwurst eingeladen. Die Einladung war bereits angenommen gewesen, als Francks Handy gebrummt hatte. Es hatte einen Toten gegeben und sie mussten den Abend vorschnell beenden. Nach dem Heimweg hatte Jäger bereits in der Breiten Straße auf den Chef gewartet. Franck hatte ihr das Fahrrad und den Rucksack übergeben, bevor er sich zu Jäger ins Auto gesetzt hatte. Dieser hatte den Dienstwagen gestartet und grüßend eine Hand gehoben, als er an ihr vorbeigefahren war.

Emilia schniefte. Nein, nicht schon wieder wollte sie sich den Tränen hingeben. Das Klicken des Wasserkochers holte sie in die Realität zurück. Sie überbrühte das Kaffeemehl. Hunger hatte sie keinen, aber sie sollte etwas essen. Im Brotschrank befand sich ein alter Brotkanten. Emilia begutachtete ihn, ob er bei dieser Witterung keinen Schimmel angesetzt hatte. Dann griff sie zum Messer. Wie in Trance setzte sie die Pfanne mit Butter auf und briet die Brotwürfel von jeder Seite an. In einer Tasse schlug sie zwei Eier auf, gab einen Schluck Milch dazu, verrührte und würzte mit Salz, Pfeffer und Muskat. Behutsam goss sie die Eiermilch über die gebräunten Brotwürfel. Emilia stellte die Energie klein, legte einen Deckel auf die Pfanne und wartete, dass die Eier stockten. In der Zwischenzeit schenkte sie sich den Kaffee ein. Sie pustete und probierte vorsichtig. Nach einigen Minuten rüttelte sie an der Pfanne. Die Eimasse war noch nicht vollständig gestockt.

Noch vor drei Tagen hatte Franck ihr mit einem strahlenden Lächeln das Frühstück ans Bett gebracht. Ihr französische Worte in ihr Ohr geflüstert. Sie hatte es sich nicht übersetzen lassen, denn sie las die Botschaft in seinen Augen: Er war verrückt nach ihr. Nach dem Frühstück hatten sie sich behutsam geliebt. Mit Schmetterlingen im Bauch war sie beschwingt und glücklich in die Apotheke gelaufen.

Es roch nach verbranntem Brot. Schnell riss Emilia die Pfanne vom Herd. Dennoch breitete sich in der Küche der unangenehme Geruch unaufhaltsam aus. Sie öffnete die Balkontür, um ihn loszuwerden.

»Das kann doch nicht wahr sein.« Mit dem nötigen Schwung wendete sie das Omelett in der Pfanne. Prüfend schaute sie, ob irgendetwas an ihrem Frühstück zu retten war. Sie begann, die verbrannten Brotwürfel herauszupuhlen. Doch nach dem dritten Versuch gab sie auf. Es hatte keinen Zweck. Die Mahlzeit war ruiniert. Seufzend schob sie den Teller von sich.

Am Ende stand sie auf mit nicht mehr als zwei Tassen Kaffee im Bauch. Ohnehin war sie nicht hungrig gewesen. Sie hatte sich entschlossen, ihren Mitarbeiterinnen reinen Wein einzuschenken.

Im Aufenthaltsraum der Apotheke werkelten Frau Grünberger und Blanka. Eine war mit Kaffeekochen beschäftigt, die andere räumte die Spülmaschine aus.

»Guten Morgen, Frau Sander«, sagten beide fröhlich im Duett.

»Guten Morgen, das wünsche ich Ihnen auch. Frau Weiß kommt noch?« Emilia blickte sich suchend um.

»Sie hat bereits einige Rezepturen fertig. Sie sagt, wenn es erst wieder so heiß sei, gehe es ihr nicht von der Hand.«

»Verstehe.«

Emilia stand in ihrem leichten Baumwollkleid und Sandalen an den Füßen in der Tür und fühlte sich deplatziert. Die frisch gewaschenen Haare waren an den Spitzen feucht. Eine emaillierte Haarspange in Form einer Schleife hielt sie zusammen. Emilia hatte das Erste gegriffen, was sie in ihrer Haarbüchse fand. Einige Strähnen hatten sich gelöst.

»Möchten Sie einen Kaffee?«, fragte Blanka. Sie war mit heiterer Laune gesegnet.

Emilia schüttelte den Kopf.

»Ich muss Ihnen allen etwas sagen. Bitte holen Sie Frau Weiß. Und auch Frau Mandel.«

»Ich hole alle beide.« Blanka war so schnell wie ein Wiesel aus der Tür hinaus.

»Setzen Sie sich. Sie sehen aus, als fallen Sie gleich um.« Frau Grünberger hatte genügend Erfahrung und war Emilia Sanders langjährigste Mitarbeiterin. Sie hatte das bleiche Gesicht ihrer Chefin längst bemerkt. Irgendetwas war passiert.

Emilia wehrte ab, erst als alle Mitarbeiter zusammen waren, setzte sie sich an die schmale Seite des Tisches.

»Ich muss Ihnen etwas Ernstes mitteilen«, begann sie und stockte gleich wieder.

»Müssen Sie jemanden entlassen?«

»Müssen Sie die Apotheke schließen?«

»Haben wir ein falsches Medikament abgegeben?«

»Ist etwas mit Violett?«

»Haben Sie Ihr Auto zu Schrott gefahren?«

Alle redeten durcheinander. Emilia konnte sich kaum der Fragen erwehren, die auf sie einprasselten. Sie wusste sich keinen Rat mehr, als sich die Ohren zuzuhalten. Es trat sofort Ruhe ein.

»Franck ist nicht mehr da«, sagte sie leise, doch alle hatten verstanden. Das Entsetzen, das Unverständnis, dass sie ihren Ohren nicht trauten, sah Emilia wie in ihrem eigenen gespiegelten Gesicht.

»Das glaub ich nicht.« Frau Mandel, immer couragiert und auf das Wohl der Kolleginnen und der Chefin bedacht, sagte als Erste etwas. Eine Floskel, aber sie durchbrach die Mauer der Fassungslosigkeit.

»Es ist aber so.« Emilia ließ mutlos den Kopf sinken.

Sie hatte Stunden gebraucht, um die Worte zu verstehen. Und sie begriff es immer noch nicht. Sie mochte es kaum glauben und doch blieb es die Wahrheit. Sie sah ihren Mitarbeiterinnen an, dass sie genau wie sie entsetzt, fassungslos und sprachlos gegenüber dem Gesagten waren. Wie auch sollten sie sich hineinversetzen? Emilia hatte sich seit drei Tagen mit Francks Verschwinden auseinandergesetzt und konnte es immer noch nicht kapieren.

Athena Grünberger setzte sich betont aufrecht hin. »Was haben Sie vor?«

Verständnislos schaute Emilia auf. Frau Weiß saß neben Frau Grünberger. Ihr bleiches Gesicht wirkte noch zarter als sonst. Blankas Zopf wippte nicht mehr von einer Seite auf die andere. Stocksteif saß sie auf dem Stuhl. Rosa Bach fingerte nervös an ihrer Halskette herum. Frau Mandel strich sich immer wieder mit den Händen über die Oberschenkel. Ihren Blick hielt sie starr auf den Eimer mit dem Wischwasser gerichtet, den sie mit in die Küche gebracht hatte.

»Was soll ich denn vorhaben?« Emilias Augen füllten sich mit Tränen. Ein Kloß, der sie am Sprechen hinderte, saß ihr im Hals.

Frau Grünberger zog ein unbenutztes Taschentuch aus ihrem Arbeitskittel und bot es der Chefin an.

»Sie werden das doch nicht«, sie rang um das angemessene Wort, das sich nicht auf Anhieb finden ließ, »... so stehen lassen?« In Frau Grünbergers Gesicht stand Kampfgeist geschrieben.

»Die Polizei kümmert sich darum.« Emilias eigene Stimme klang kraftlos, genau wie die hilflose Geste, die sie ausführte.

In diesem Moment knatterte ein unheilvolles Geräusch über der Apotheke. Einen Herzschlag lang dachte Emilia, die Apotheke stürze ein. Blanka schaute aus dem Fenster und entdeckte den Hubschrauber am Himmel. Die anderen Kolleginnen drückten Blanka zur Seite, um sich selbst ein Bild zu machen. Die Einzige, die starr wie eine Salzsäule sitzen blieb, war Emilia Sander. Sie bekam einen trockenen Mund und schweißnasse Hände. Ihr Herzschlag schien sich mit dem Tempo der Rotorblätter zu verbinden. Wutsch, wutsch, wutsch. Viel fehlte nicht mehr, bis sie umfiel.

Zwei Patienten, die dem Eingang zu den Praxisräumen gegenüber des Apothekenhofes zustrebten, hielten sich die Ohren zu und blickten verärgert in den Himmel. Minuten verstrichen zäh, bis sich der Hubschrauber, seine Kreise immer größer ziehend, so weit entfernte, dass man wieder die eigenen Worte verstand.

»Wegen Herrn Metz?«, fragte Frau Weiß und deutete mit der Hand noch oben.

»Ich denke, ja.« Emilias Stimme blieb dünn.

»Das kommt wieder in Ordnung«, versuchte sich Frau Mandel als Orakel. Doch für Emilia sah das nicht danach aus.

Blanka stand auf. Sie holte eine Tasse aus dem Schrank und füllte diese mit Kaffee. Dazu legte sie ein Stück vom Käsekuchen, den sie von zu Hause mitgebracht hatte, und stellte Emilia den Teller hin.

»Wie können wir helfen?«, fragte Camilla Weiß.

Emilia Sander, die sonst immer wusste, wie man eine Situation meistert, zog ihre Schultern hoch.

»Ich weiß es nicht«, gab sie flüsternd zu.

Jede Mitarbeiterin versuchte, sie auf ihre Weise zu trösten, doch helfen konnte ihr niemand. Durchstehen musste sie das allein. Aber Athenas Frage setzte sich in ihrem Inneren fest. Emilia konnte noch nicht sagen, in welche Richtung der Samen aufging, doch er verankerte sich tief und fest in ihr. Nein, ich werde es nicht so stehen lassen.

»Trotzdem muss das Leben weitergehen. Ob mit meinem Zutun oder ohne«, sagte Emilia Sander und schnäuzte sich in Athenas Taschentuch. Es war blau umhäkelt. Die Farbe der Treue, ging es ihr durch den Kopf. Emilia legte den Kopf schräg und schaute auf Blankas Armbanduhr. »Die Apotheke muss geöffnet werden.« Als wenn alle Mitarbeiter nur auf dieses geheime Stichwort gewartet hatten.

Blanka räumte das Geschirr in die Spülmaschine ein. Frau Mandel nahm den Eimer mit dem Wischwasser auf, um ihre Arbeit zu beenden.

»Ich kümmere mich mal weiter ...«, sagte sie unergründlich.

»Ich bin im Labor. Die Salben sind nicht alle fertig geworden.« Camilla Weiß, ihres Zeichens pharmazeutisch-technische Assistentin, war die Akkuratesse und die Beständigkeit in Person. »Und danach bin ich im Lager. Die Lagerkontrollen und die Stichproben sind durchzuführen.«

»Vergessen Sie bitte nicht die Bestellungen und überwachen Sie den Warenbestand!«, rief Emilia ihr hinterher. Doch es war unnütz. Erstens war die Tür bereits ins Schloss gefallen, andererseits war Frau Weiß mit dem Prozedere vertraut.

Emilia Sander blieb allein in der Küche zurück. Eine dicke Fliege surrte über dem Teller mit dem Käsekuchen. Das gleichmäßige Ticken der Wanduhr hörte sich laut und herausfordernd an. Noch nie war ihr das Geräusch aufgefallen. Sie schaute aus dem Fenster. Das Apothekenauto stand unter dem Vordach und wartete darauf, dass die bestellten Medikamente von Rosa Bach eingeladen und anschließend ausgeliefert wurden. Was machte sie jetzt nur? Die Apotheke lief auch ohne ihren momentanen Einsatz. Jede Mitarbeiterin kannte die aufgeteilten Aufgaben.

Der Kater! Den Schlüssel hatte sie am Samstagabend abgeholt und vergessen. Den gestrigen Tag hatte sie weinend verbracht. Und heute Morgen hatte sie keine Handtasche gebraucht. Wo hatte sie nur den Schlüssel hingelegt?

Emilia verließ die Küche und ging zur Offizin. Im Verkaufsraum der Marktapotheke war es zu Beginn der Öffnungszeiten ungewöhnlich voll.

»Schaffen Sie denn die Kunden ...?«, murmelte Emilia bedauernd Frau Grünberger zu, mit einem Blick auf die sich füllende Apotheke. Sie fühlte sich nicht in der Lage, zu helfen.

»Natürlich«, beteuerte Frau Grünberger. »Blanka hilft mir. Die Kunden wissen, dass es heute wieder heiß sein wird, deshalb ist es voll. Und das Swingwochenende ist vorbei. Gehen Sie nur.« Die Pharmazieingenieurin, die in ihrer Freizeit Taschentücher umhäkelte und die Vertreterin der Apothekerin war, hatte Verständnis.

Emilia Sander war dankbar. Frau Grünberger hatte recht und schon mehrmals darauf hingewiesen, dass die Apotheke eine weitere Apothekerin oder Apotheker braucht. Emilia Sander sollte sich ernsthaft darum kümmern. Seit einiger Zeit war es ein dringendes Anliegen. Und wenn sie Franck finden wollte, dann musste sich etwas ändern.

»Zuerst kümmere ich mich um den Kater«.

Frau Grünberger blieb mit einem fragenden Gesichtsausdruck zurück. Emilia hatte weder den Käsekuchen gegessen noch den Kaffee angerührt.

⁂

Emilia suchte Jägers Wohnung in der Süderstadt auf. Der Schlüssel hatte in Emilias Handtasche gesteckt. Sie lüftete die Wohnung, säuberte das Katzenklo und stellte den Müll neben die Tür, damit sie ihn beim Verlassen der Wohnung nicht vergaß.

Aus sicherer Entfernung beobachtete der Kater Emilias Treiben. Sie stellte frisches Wasser für ihn bereit und erneuerte das Trockenfutter. Das Tier blieb auf Abstand und ließ sie doch nicht aus den Augen.

Emilia beschlich unsagbare Müdigkeit und Jägers Couch wirkte anziehend. Sie machte es sich bequem. Nur für ein paar Minuten.

Es war still in der Wohnung. Die Nachbarn waren arbeiten oder es waren ältere Leute. Kinderstimmen, die durch die Fenster der Wohnung zu hören waren, waren die einzigen Geräusche.

Emilias Augenlider wurden schwer und ihr Körper gab nach. Sie schlief ein.

Als sie erwachte, hatte sie kein Zeitgefühl mehr. Seit Freitag hatte sie nicht mehr so tief und fest geschlafen. Sie realisierte, dass es nicht ihre Wohnung war, und ihr fiel ein, dass sie bei Jäger war. Etwas Warmes lag an ihrem Rücken. Vorsichtig tastete sie. Sanft strich sie über Jägers Kater, der ein sanftes Brummen von sich gab. Emilias Gesichtszüge wurden weicher und die Anspannung der letzten Tage ließ nach. Sie setzte sich auf. Der Kater tat es ihr gleich und streckte sich. Dann gähnte er und begann, mit den Augen zu blinzeln. Mit leisen Koseworten streichelte Emilia das Tier ausgiebig. Sie dachte seufzend an den Kater Hufeland, der bei ihren Eltern gelebt hatte. Vor ein paar Monaten hatten ihre Eltern ihn tot vor ihrer Haustür gefunden.

Emilia stand auf und holte ihr Handy. Sie hatte es am Eingang auf einem Schränkchen abgelegt. Fassungslos starrte sie auf die Uhrzeit. Drei Stunden waren vergangen.

Sich vergewissernd, dass der Vierbeiner alles hatte, streichelte sie ihn verabschiedend, schloss die Tür von außen ab und schnappte sich den Müllbeutel. Das Miauen, das durch die verschlossene Tür drang, ignorierte sie. Sie entsorgte den Müll und fuhr mit ihrem Audi zurück zur Apotheke.

»Alles in Ordnung?«, fragte sie, als sie kurze Zeit später die Apotheke betrat.

»Kein Problem, was es nicht zu lösen galt.«

Mehr wollte Emilia Sander nicht hören. Frau Grünberger hatte viele Jahre Berufserfahrung und war versiert.

Emilia fuhr den Computer in ihrem Büro hoch. Sie lud das Foto hoch, das auch Petersen erhalten hatte, und zog es auf ihren Stick. Nach weniger als zehn Minuten lief sie an Frau Grünberger vorbei.

»Komme gleich wieder!«, rief sie noch. Sie sah nicht, wie ihr Frau Grünberger besorgt nachschaute. Hinter Emilia Sander schloss sich die Außentür der Apotheke.

Eine schwüle, klebrige Hitze empfing sie und wich nicht mehr von ihrer Seite. Sie blinzelte in die Sonne und schob die Sonnenbrille auf die Nase. Emilia hatte bis zum Drogeriemarkt nicht weit zu gehen. Sie überquerte den Marktplatz der Länge nach. Der Platz bot keinen Schatten. Außer, man war Gast und saß unter den aufgespannten Schirmen der Gaststätten, die sich rings um den eigentlichen Marktplatz seit Jahren etabliert hatten. Trotz der drückend heißen Temperaturen begegneten ihr viele Touristen. Touristenführer hielten Schilder in die Höhe, um die Aufmerksamkeit ihrer Schützlinge nicht zu verlieren.

Emilia trat durch die Tür des klimatisierten Drogeriemarktes. Am Automaten druckte sie das Foto hundertfach aus. Emilia war nicht in der Lage, sich den Stapel anzusehen.

Sie erinnerte sich schmerzlich, dass solche Plakate aufgehängt wurden, wenn Haustiere verschwanden. Manchmal ging es bei den verschwundenen Vierbeinern gut aus. Sie waren in einem fremden Schuppen aus Versehen eingesperrt worden oder hatten sich verletzt. Eine mitleidige Seele hatte sich ihrer angenommen. Es gab aber auch Fotos, die Monate hingen, denen Wind, Regen und Sonne derart zusetzten, dass sie unleserlich wurden. Daran wollte Emilia gar nicht denken. Sie wunderte sich über ihre kruden Gedanken. Diese sollte sie bändigen.

Unter dem Foto hatte sie Platz für den Text gelassen:

Wer hat diesen Mann gesehen? Bitte melden Sie sich in der Marktapotheke oder bei der Polizei.

Diese Fotos wollte sie verteilen und an allen Straßen und Plätzen aufhängen, an denen sie mit Franck gewesen war. Es lag im Bereich des Möglichen, dass es half. Nur Nichtstun, das half ihr nicht. Sie ging den gleichen Weg zurück und trat durch die Tür der Apotheke.

»Frau Grünberger, ich werde heute nicht in die Apotheke zurückkommen«, offerierte sie ihrer Pharmazieingenieurin. Frau Sander war mit hochrotem Kopf und einem Schweißfilm auf dem Gesicht durch die Tür getreten. In der Hand hielt sie zwei Tüten.

»Sie sind in eigener Sache unterwegs gewesen?« Frau Grünberger musterte ihre Chefin. Es passte ja, dass die Chefin wieder die Kontrolle übernehmen wollte, aber sie schien gerannt zu sein. Bei der Hitze und um diese Zeit, das gefiel ihr nicht. »Nichts anderes haben wir erwartet. Wollen Sie das nicht auf heute Abend oder morgen früh verschieben?«

»Das geht schon«, meinte Emilia und ging in ihr Büro, um Klebematerial und ein Tütchen mit Nägeln zu holen.

»Und? Tut sie es?« Frau Weiß war aus dem Labor gekommen. Sie stand neben Athena und schaute der Chefin nach.

Athena Grünberger nickte nachdenklich.

»Pst«, meinte sie, als sie sah, dass Emilia Sander die drei Stufen herunterkam. Sie wollte nicht erklären, dass die Kolleginnen untereinander eine Wette abgeschlossen hatten. Sie waren zu hundert Prozent sicher, dass sich Frau Sander auf die Suche nach Herrn Metz machen würde.

»Wenn Sie unsere Hilfe brauchen«, bot Camilla Weiß an, »wir stehen alle hinter Ihnen.«

»Das weiß ich doch.« Emilia Sander legte ihre Hand kurz auf Frau Weiß' Schulter. »Sie sind mir Hilfe genug, wenn die Apotheke läuft. Ich werde jetzt die Fotos verteilen. Ab morgen bin ich wieder hier vor Ort. Ich kann mich nicht ewig verstecken.«

Emilia ging durch den Hinterausgang. Im überdachten Hof war es angenehmer als in der Stadt. Die alten Mauern der Apotheke hielten die Wärme fern. Emilia wusste, wenn sie durch das Tor auf die Breite Straße fuhr, umschloss die Hitze sie wie ein Kokon. Sie schloss das Apothekenfahrrad ab. Ein rot-weiß lackiertes Citybike. Jeder Mitarbeiterin stand es frei, das Fahrrad zu benutzen. Aber nur die Chefin und Blanka taten es. Manchmal war es zu umständlich, mit dem Audi zu fahren, um Medikamente abzuliefern.

Mit dem Fahrrad war sie wendiger und effektiver, die Punkte anzufahren. Sie saß bereits auf dem Sattel und war im Begriff, in die Pedale zu treten, als sie Blankas Stimme hinter sich hörte.

»Warten Sie.« Blanka reichte ihr eine Flasche Wasser und eine Tupperbüchse. »Nur Obst und Gemüse«, erklärte sie. »Sie werden doch nicht bei dieser Hitze ohne etwas zu trinken gehen. Und Ihren Sonnenhut.« Blanka drehte diesen etwas verlegen in den Händen. »Einen Hammer für die Nägel brauchen Sie auch noch.«

Emilia schossen die Tränen in die Augen. Nicht nur wegen der Fürsorglichkeit, mit der sich die Mitarbeiterinnen um sie kümmerten, auch wegen des Sonnenhutes. Franck hatte ihr diesen auf dem Elbe-Rad-Weg gekauft, nachdem sie ihren Hut im ersten Hotelzimmer liegen gelassen hatte.

»Danke.« Emilia wischte sich über ihr Gesicht. »Gehen Sie wieder rein, hier wird es bald viel zu heiß.« Damit hatte Emilia recht.

Emilias erstes Ziel war das Hotel *Hoken*. Franck hatte vor dem Umzug zu ihr in diesem kleinen Gasthof für einige Wochen gewohnt.

Emilia sah Christine Berger, die Chefin des romantischen Hotels und gleichzeitig auch die Tante von Blanka, unschlüssig vor dem Blumenkasten stehen. Sie hielt die Gießkanne in den Händen. Sie grüßte Emilia, bevor diese mit dem Fahrrad zum Stehen kam.

»Die Blumen tun mir unendlich leid. Aber bei der Hitze kann ich sie ja nicht gießen. Ich werde sie reinnehmen und nur Lavendel und Rosmarin pflanzen«, sagte sie missbilligend. »Was führt Sie zu mir? Doch nicht wegen Blanka?«, fragte sie besorgt.

Emilia schüttelte den Kopf und versicherte, dass Blanka eine ausgezeichnete Auszubildende sei.

»Ich bin auf der Suche nach Franck. Er ist nicht mehr da.« Es hätte keinen Sinn ergeben, drumherum zu reden oder sich Worte zurechtzulegen, nur in der Annahme, dass sie weniger verhängnisvoll klangen. Die Tatsache wog schwer genug.

Die Gießkanne fiel auf die Pflastersteine und kippte um. Wasserspritzer trafen nicht nur Emilias Füße. Das Wasser schwappte heraus und suchte sich seinen Weg. In Kürze würde die Sonne alle feuchten Spuren beseitigt haben.

Mit offenem Mund wurde Emilia angestarrt. Frau Berger drückte beide Hände in ihr Gesicht.

»Was ist passiert?«, fragte sie verdattert. »Jetzt bin ich ja platt wie ne Flunder.«

»Offenbar hat man ihn entführt.« Emilias Stimme klang tonlos.

Frau Berger trat einen Schritt auf Emilia zu und nahm sie trotz der Hitze in die Arme. Beruhigend strich sie ihr über den Rücken. Erst als ein junges Pärchen einen Kinderwagen an ihnen vorbeischob, gab sie Emilia wieder frei. Ein Kind mit einem Roller machte sich einen Spaß daraus, auf die Rufe seiner Mutter keinesfalls zu reagieren. Die Mutter schrie mit hochrotem Kopf hinterher, doch der Junge rollerte einfach weiter.

Emilia setzte Frau Berger kurz und knapp in Kenntnis. Frau Berger hatte Mühe, sich zu fassen.

»Kann ich ein Foto auslegen?«, fragte die Apothekerin.

»Natürlich. Geben Sie mir gleich zwei Fotos«, sagte sie, als sie endlich ihre Sprache wiederfand. »Dann kann ich es auch auf der anderen Fensterseite platzieren«, erklärte sie sich bereit. »Was tut die Polizei?«

»Sie ermitteln in alle Richtungen. Aber sie wissen genauso wenig wie ich, warum er einfach weg ist.« Emilia schniefte und suchte gleichzeitig nach ihrem Taschentuch.

»Deswegen auch der Hubschrauber?«, fragte Frau Berger. Mit ihrer Vermutung lag die Hotelchefin richtig, Emilia nickte. »Ein Verbrechen!« Für die resolute Frau Berger stand das fest. Erschrocken hielt sie die Hand vor den Mund. Das hatte nicht schroff klingen sollen. Aber etwas hatte sich in Emilias Gesicht verändert. »Sie wissen schon«, versuchte sie, zu beschwichtigen. Sie hatte es nicht so gemeint. »In den Großstädten kommt das öfter vor, aber hier in dieser Stadt, wo fast jeder jeden kennt«, Frau Berger schüttelte den Kopf, »ist das unvorstellbar.« Auf jeden Fall nahm sie sich vor, am Abend mit Blanka zu telefonieren, ob sie Genaueres wusste.

»Ich muss weiter.« Emilia gingen viele Gedanken durch den Kopf und keiner davon war logisch.

»Passen Sie auf sich auf. Nicht, dass Ihnen auch noch etwas passiert.« Frau Berger sagte es voller Sorge.

»Wie meinen Sie das?« Emilia war viel zu erschöpft, um logisch zu denken.

»Na, das liegt doch auf der Hand«, antwortete Frau Berger, »irgendwer muss mächtig sauer auf Ihren Kommissar sein, sonst würde sich das doch gar nicht lohnen, ihn einfach verschwinden zu lassen.«

»Sie meinen ...?« Daran hatte Emilia noch gar nicht gedacht. Rächte sich jemand und hatte Franck aus diesem Grund entführt? Denn eines wusste sie genau, tief in ihrem Herzen: Franck wäre nie gegangen, hätte sie nie verlassen, ohne ihr in die Augen zu sehen und es ihr zu sagen. Er war ein Mann, der genau wusste, was er wollte. »... ich könnte auch in Gefahr sein?« Entsetzen malte sich in Emilias Gesicht.

»Das ist nicht auszuschließen«, bekräftigte Frau Berger. »Schließlich entführt man nicht einfach jemanden. Man muss ihn vorher beobachtet haben. Man muss seine Vorkehrungen getroffen haben. Vielleicht ist es auch nicht nur eine Person.« Bedeutungsvoll schaute Frau Berger sie an. »Und wenn denen die Rache nicht ausreicht, schweben Sie auch in Gefahr.«

Instinktiv schaute sich Emilia um. Doch das *Hoken* lag wie ausgestorben da. Es war Nachmittag und die Sonne knallte erbarmungslos auf das Straßenpflaster. Jeder, der nicht auf die Straße musste, blieb in seinen vier Wänden oder hatte den Luxus, einen Garten zu besitzen, wenigstens einen Balkon. Das stattliche Rathaus gegenüber dem Hotel bot um diese Uhrzeit keinen Schatten mehr. Das Telefon im Hotel klingelte und riss beide Frauen aus ihren Überlegungen.

»Entschuldigen Sie, Frau Sander.«

»Danke für Ihre Hilfe.« Emilia wies auf die Fotos, die Frau Berger in der Hand hielt. Die Hotelchefin entschuldigte sich mit einer knappen Geste und eilte zum Telefon.

Emilia stieg auf das Fahrrad und fuhr quer über den Marktplatz. Sie fragte im Hotel *Theophano* nach, ob sie ein Foto dalassen könne. Die Besitzerin hatte nichts dagegen. In diesem Hotel checkten viele Touristen ein. Tagesgäste und Touristen saßen draußen im gleichnamigen Café unter den Sonnenschirmen. Sie entspannten bei erfrischendem Bier, bei Eis oder Kuchen.

Emilias nächstes Ziel war das Theater am Marschlinger Hof. Zwei Minuten später schloss sie das Fahrrad davor ab.

In ihrer Kindheit und Jugendzeit war sie hier ins Kino gegangen. Ihre Schwester, die etwas älter war, hatte hier den feierlichen Akt der Jugendweihe begangen. Ihr Vater hatte Emilia erzählt, dass es nach dem Krieg zunächst ein Musiktheater gewesen war. Bis 1984 war es durch ein Schauspielerensemble bespielt worden. Doch wie immer spielte das Geld eine wesentliche Rolle. Weil es an diesem Mittel fehlte, verfiel das Gebäude aus der Gründerzeit. In den achtziger Jahren wurde es geschlossen. Erst kurz vor der Jahrtausendwende eröffnete das Theater wieder. Das Foyer und der Eingangsbereich des Hauses waren größtenteils im Original erhalten geblieben. Emilia wusste, dass viele theaterbegeisterte Bürger dazu beigetragen hatten. Mit Franck hatte sie eine fantastische Ballettaufführung gesehen. Nach dem Schlussapplaus hatte sie mit ihm Hand in Hand den Rückweg angetreten. Bis es sie überkommen hatte und sie ihm davongerannt war. Franck hatte sich das nicht lange angeschaut. Mit einem schnellen Sprint hatte er sie eingeholt. Emilia musste, trotz ihres tränenverschleierten Blicks lächeln. Zu Hause hatten sie zwei Gläser Roséwein unter dem Sternenhimmel getrunken und sich später mit Hingabe geliebt.

Tränen der Erinnerung standen in ihren Augen. Resolut wischte sie sich übers Gesicht und schnäuzte sich. Sie war die wenigen Treppenstufen hochgelaufen, öffnete die Eingangstür und trat hindurch. Sie befand sich im halbdunklen Foyer. Der Mann an der Kasse, der von einer Glasscheibe beschützt wurde, sah auf. Emilia glaubte, an seinem Mienenspiel abzulesen, dass sie zu früh für den Einlass war. Mit wenigen Worten erklärte sie ihr Anliegen. Einzelne Haarsträhnen, die sich aus der Spange gelöst hatten, klebten am Nacken und der Stirn.

»Frau Sander?« Sie nickte unsicher. »Ich habe Sie gar nicht so schnell erkannt.« Der Herr wurde umgänglicher. Ohne viel Aufhebens nahm er ein Foto entgegen und befestigte es an der Glasscheibe der Abendkasse.

Wieder draußen in der prallen Sonne merkte sie, wie ihr Herz schlug. Sie bekam Kopfschmerzen und wünschte sich an den Strand, egal, wo auf der Welt. Sie schob den Gedanken beiseite, schloss das Rad ab und fuhr weiter in die Wallstraße. Sie befuhr die Einbahnstraße in falscher Richtung und auf dem Fußweg. Sie musste an Jäger denken, der eine Abneigung gegen Falschfahrer mit allen möglichen Ausreden entwickelt hatte. Bei ihm drohten Erziehungsmaßnahmen und Bußgelder. Er hatte es ihr selber einmal anvertraut. Doch Jäger lief ihr nicht über den Weg, denn er war unabkömmlich. Sie fragte sich, was er von Francks Verschwinden hielt. An jedem zweiten Baum hielt Emilia an und befestigte ein Foto.

Fast am Ende der Wallstraße gab es einen Fußgängerweg, der eine Abkürzung in die Altetopfstraße darstellte. Diesen befuhr sie. Am denkmalgeschützten Haus *Weißer Engel*, das aus dem frühen 17. Jahrhundert stammte und jetzt einem gemeinnützigen Verein gehörte, bog sie scharf nach rechts ab, um über den Finkenherd zum Schlossberg zu fahren. Emilia erinnerte sich schmerzlich an einen Abend im Restaurant auf dem Schlossberg. Dieser Abend hatte ein jähes Ende gefunden, als Franck von Jäger zu Hilfe gerufen worden war, um mit ihm die Bärlauchdiebe zur Strecke zu bringen. Was ihnen auch gelungen war. Sie stellte das Rad ab und schloss es bei dem kleinen Geschäft an, das zu den Öffnungszeiten von Touristen regelrecht belagert wurde. Es gab Mitbringsel, die die Touristen gerne kauften.

Senf, Öle und dergleichen. Sie bat die Eigentümerin, einige Fotos an der Kasse auslegen zu dürfen. Auch hier wurde ihr das Anliegen nicht verwehrt. Sie beschloss, ihr Fahrrad nicht auch noch den Schlossberg hinaufzuschieben. Es blieb vor dem Geschäft angeschlossen.

Emilias nächstes Ziel war der Schlossberg. Dort wollte sie im Park und am Museen Fotos verteilen. Einige Touristen bummelten an Emilia vorbei. Alle mit einer Kopfbedeckung und alle über sechzig Jahre alt. Die meisten davon waren ins Gespräch vertieft.

»Junge Frau, vergessen Sie nicht, zu trinken«, empfahl ein drahtiger Mann und blieb vor Emilia stehen. Er lüftete kurz seinen Sonnenhut, wie um sich vorzustellen. »Sie sehen aus, als fallen Sie gleich um!«

Ohne weiteres kam Emilia an diesem Mann nicht vorbei, so wie er sich vor ihr aufgebaut hatte. Sie hatte auch keine Kraft. Sie verstand nicht, was er sagte. Ihre Kopfschmerzen nahmen zu. Emilia griff sich an den Kopf und massierte die Stirn.

»Haben Sie einen Spiegel?«, fragte der Mann noch einmal und deutete auf Emilias Gesicht.

Es war heiß, ihre Zunge klebte am Gaumen. Sie hatte keine Spucke mehr, um zu antworten. Sie schaute der Touristengruppe von eben hinterher. Die meisten der Leute trugen eine Flasche Wasser in der Hand. Ihr Kleid fühlte sich am Rücken nass an. Sie hatte großen Durst. In ihrem Rucksack befand sich alles, dank Blanka.

»Ich habe einen.« Der Mann zog aus der Hosentasche einen Handspiegel hervor und stellte sich so neben Emilia, dass sie keine andere Wahl hatte, als hineinzublicken. Sie sah sich und erschrak. Ihr Gesicht war hochrot. Schweißtropfen standen auf der Stirn. Sie erinnerte sich vage, dass der Sonnenhut im Fahrradkorb lag; nach dem Besuch beim Theater hatte sie ihn dort abgelegt. Was viel schwerer wog, war die Tatsache, dass sie keinen Tropfen Flüssigkeit seit dem Kaffee am Morgen mehr zu sich genommen hatte. Sie merkte, wie ihr übel wurde. Sie schwankte. »Hoppla.« Der Mann, dessen Gruppe weiterging und ihn nicht zu vermissen schien, hakte Emilia ungefragt unter. »Wir gehen jetzt bis zum Café. Dort bringen wir Sie wieder ins normale Leben zurück.«

Emilia ließ es geschehen. Sie musste ihre Kraft aufwenden, nicht umzufallen. Glücklicherweise waren es nur einige Schritte zum Café mit dem besten Käsekuchen. Der Mann führte sie zum Eingang. Die wenigen Leute, die einen Platz im Café bekommen wollten, versuchten zu murren, weil es schien, als wolle er sich vordrängeln, doch er antwortete unaufgeregt:

»Sie möchten doch auch, dass Ihnen geholfen wird, wenn Sie zum Arzt gehen!«

Eine Kellnerin, die ein vollbeladenes Tablett nach draußen bringen wollte, setzte es ab und half ungefragt.

»Im Garten, da ist es kühl«, entschied sie und ging voraus. Sie hatte nicht übertrieben. Im Garten unter dem Geäst eines weit auslaufenden Kastanienbaumes stand ein Tisch mit Stühlen und einer Couch. Der Garten war eine Oase für das Personal. Emilia ließ es zu, dass der Mann sie auf die Couch dirigierte.

»Ich hole was zu trinken«, sagte die hilfsbereite Kellnerin und verschwand im Haus.

»Und was zum Kühlen!«, rief ihr der Mann mit dem Sonnenhut und den vielen Lachfältchen nach.

Emilia war alles egal. Ihr Kreislauf war am Boden, wie in der Nacht zuvor. Oder der davor. Sie wusste es nicht mehr. Es ging ihr schlecht, das war alles, was sie denken konnte.

In kürzester Zeit war die Kellnerin zurück. In der einen Hand trug sie einen Eimer mit Wasser, in der anderen Hand hielt sie einen Krug mit einem Trinkglas. Über ihrer Schulter lagen einige Tücher, die aussahen, als hätte die Kellnerin sie im Vorbeigehen geschnappt.

»Sie haben an alles gedacht«, lobte sie der Mann, der Emilia sofort zu trinken gab.

»Soll ich den Notarzt rufen?« Unschlüssig stand die Kellnerin vor dem Personaltisch und ließ kein Auge von ihren unfreiwilligen Gästen.

»Lassen Sie nur«, meinte der Mann mit Blick auf Emilia. »Wenn ich mich vorstellen darf. Doktor Neuwiede. Ich praktiziere seit zwei Monaten in Ballenstedt. Das, was die Patientin braucht, ist Flüssigkeit, raus aus der Hitze, Elektrolyte und Ruhe.«

»Dann gehe ich jetzt wieder meiner Arbeit nach«, kommentierte die Kellnerin und war unverkennbar erleichtert. »Ich dachte, Apfelschorle ist nicht schlecht?« Mit dem Kinn wies sie auf den Krug.

»Danke, das ist perfekt.«

Auf dem Tisch stand ein Salzgefäß, das Doktor Neuwiede zu sich heranzog und aufschraubte. Er füllte das Glas mit der Apfelschorle und tat eine Prise Salz hinein. Etwas zum Verrühren hatte er nicht.

»Das wird jetzt nicht so gut schmecken, aber es hilft«, versicherte er Emilia und bat sie, zu trinken. »Darf ich Ihren Puls fühlen?« Wortlos reichte Emilia ihm das Handgelenk. »Das wird wieder«, versicherte ihr der Doktor. »Legen Sie sich bitte hin und ...« Er sah sich um und entdeckte ein Holzscheit. Diesen legte er ans Fußende und drapierte die Tagesdecke darauf. »Bitte Ihre Füße.« Emilia gehorchte.

»Wird man Sie nicht vermissen?« Emilia dachte an die Gruppe von Touristen.

Der Doktor überlegte. »Nein, das war nicht meine Gruppe. Ich war auf dem Weg, einen Kollegen zu besuchen.«

»Sie können ruhig gehen. Ich bleibe freiwillig liegen.«

»Das ist keine lobenswerte Idee«, tadelte er mit freundlichem Gesicht. »Und Sie würden mich in Erklärungsnöte bringen, warum ich einen Patienten allein lasse. Um Ihren Kreislauf ist es nicht gut bestellt.«

Die Holztür wurde geöffnet und die Kellnerin kam noch einmal herein. Diesmal mit einem Bier und zwei Tellern, auf denen je ein Stück des über die Grenzen der Stadt berühmten Käsekuchens lag.

»Geht aufs Haus.« Sie stellte alles ab und verschwand, bevor Doktor Neuwiede Protest einlegen konnte.

Die Tücher, die die Kellnerin mitgebracht hatte, tauchte er in den Eimer mit dem Wasser und Emilia ließ es geschehen, dass der Arzt ihre Waden und Arme damit umwickelte.

»Mal kurz den Kopf hoch«, bat er und legte ein zusammengefaltetes feuchtes Tuch in Emilias Nacken. Erst als er mit seiner Arbeit zufrieden war, griff er nach dem Bier und trank genussvoll einen Schluck. »Und wer sind Sie?«, fragte Doktor Neuwiede.

»Emilia Sander, Apothekerin der Marktapotheke.«

»Und was lässt eine Frau Ihres Berufsstandes und Ihres Intellekts am heißesten Tag mit dem Fahrrad durch die Stadt rasen, jeglichen Selbstschutz vergessend?«

Emilia sagte zu dem berechtigten Vorwurf zunächst nichts. Sie war keinesfalls beleidigt. Hatte er doch recht. Frau Grünberger hatte ebenfalls versucht, ihr das Unterfangen zu dieser Zeit auszureden. Still lag sie auf der Couch. Über ihr die von beachtlichem Ausmaß und Schatten spendende Kastanie. Sie brachte die ersehnte Kühle. Ihre Beine und Arme waren von nassen Tüchern umwickelt. Sie sollte unter Aufsicht Apfelsaftschorle mit Salz trinken. Ein ihr unbekannter Arzt zählte ihren Puls und wollte eine Erklärung für ihr Verhalten. Ja, was hatte sie sich bei dieser Aktion gedacht?

»Ich ...«, begann Emilia. Doch es war nicht leicht auszusprechen, was in ihrem Geist und ihrem Herzen vor sich ging.

»Ich höre zu. Ganz gleich, wie lange es dauert.« Doktor Neuwiede hatte eine tiefe, freundlich klingende Stimme. Anhand seines Dialekts vermutete Emilia, dass er aus dem Raum der Magdeburger Börde stammte.

»Alles begann am letzten Freitag, nach einer Pflanzenexkursion ...«

Die Zeit verrann, bis Emilia den wildfremden Menschen eingeweiht hatte. Im Verlauf des Nachmittags hatte der Arzt weitere zweimal ihren Puls gefühlt und sie musste noch zwei Gläser Apfelsaftschorle mit einer Prise Salz trinken. Nach einer ihr vorkommenden Unendlichkeit erhielt sie die Erlaubnis, sich aufzusetzen. Doktor Neuwiede bestand freundlich darauf, dass sie den Käsekuchen probierte. Gehorsam folgte sie der Aufforderung. Zufrieden mit ihr, schob er sein Stück auch zu ihr, mit der unausgesprochenen Aufforderung, Eiweiß und Kohlenhydrate zu sich zu nehmen. Und zugehört hatte er auch.

»Wenn Sie Ihren Mann wiederfinden wollen, ist es von Nutzen, dass er Sie nicht im Krankenhaus oder auch auf dem Friedhof besuchen muss.« Mit einer bedeutungsvollen Geste zeigte er auf sie. »Sie wären nicht die Erste, die einem Hitzekollaps erliegt. Das Alter spielt dabei keine Rolle. Bei jungen Leuten geht auch eine Anstrengung mit einher.« Der Doktor hatte seinen Zeigefinger nicht erhoben. Er sprach, als handele es sich um etwas Banales.

Emilia, deren Füße im Eimer mit dem abgestandenen Wasser steckten, fühlte sich besser. Auch der Puls lag wieder im Normalbereich, verkündete der Doktor nach einer wiederholten Messung.

Die Kellnerin betrat das abgeschottete Gartenparadies und sah nach dem Rechten.

»In dreißig Minuten schließen wir.« Mit einem Blick auf Emilia. »Wirds denn gehen?«

»Ich denke, ja«, erklärte der Arzt. »Vielen Dank für Ihre Hilfe«, versicherte er der Kellnerin. »Was bin ich schuldig?«

Die Kellnerin wiegelte mehrfach ab, also ließ Doktor Neuwiede Emilia Sander den Vortritt, um durch das Café zu gehen.

Sie sah nicht, dass der Mann ein großzügiges Trinkgeld in die Dose an der Kasse steckte.

Sie standen jetzt beide auf dem gepflasterten Platz vor dem Café. Gegenüber gab es ein weiteres Café mit der Werbung für den weltbesten Käsekuchen. Die Sonne versank hinter den Dächern der Stadt. Ihre glutroten Strahlen zauberten ein atmosphärisches Licht in die engen Gassen. Um diese Uhrzeit war die Hitze nicht mehr so erdrückend.

»Ich möchte, dass Sie mich anrufen, wenn Sie nach Hause gekommen sind und sich auf die Couch legen.« Doktor Neuwiede hielt

Emilia Sander die Hand zur Verabschiedung hin. »Ab morgen nehmen Sie Hilfe an und suchen sich auch Hilfe. Ich wünsche Ihnen viel Erfolg.«

Emilia versprach es und verstand, dass es keine Bitte war. Der Doktor kam die wenigen Schritte mit, wo Emilias Fahrrad stand. Sie schloss das Rad ab und fuhr davon. Nachdenklich sah er ihr nach. Er selbst nahm seinen unterbrochenen Weg wieder auf. Sein Freund sollte den Wein aus den Quedlinburgern Weinbergen nicht weiter allein genießen dürfen.

Jäger saß im Café des Harzklinikums *Dorothea Christiane Erxleben*. Vor ihm stand ein Becher Kaffee. Sein zweiter wohlgemerkt. Ein leerer Teller stand ebenfalls vor ihm. Die Bratkartoffeln mit den Spiegeleiern hatten ihm geschmeckt. Er war sich nicht sicher, ob Schwester Ida ihm gestern Abend aus Versehen das Schonkostessen anstatt Herrn Neumann hingestellt hatte. Vor Hunger hatte er nicht einschlafen können. Sich an einem Automaten Süßigkeiten oder Chips zu ziehen, kam nicht infrage. Seine Tarnung flog noch auf. Nachdem er das obligatorische Fiebermessen und die Visite überstanden hatte, hatte er sich angezogen und war ins Café gegangen.

Er saß abseits und hatte den Ein- und Ausgang im Blick. Die nüchterne Atmosphäre wirkte auf ihn nicht abschreckend. Tische und Stühle waren aus Plastik hergestellt, es gab eine steril wirkende Auslage für die kalten Speisen und eine Ausgabe für die warmen Gerichte. Bockwurst mit Brötchen ging in jeder Tankstelle und Kantine. Maschinen, die Filterkaffee, Tee oder heiße Milchgetränke zur Selbstbedienung auf Knopfdruck produzierten, standen auch hier. Die ausgewählten Tassen waren ordentlich nach den verschiedenen Größen aufgereiht. Vor der Kasse ein Regal mit Süßigkeiten, Keksen und Nüssen. Abgepackt in bequeme Einzelportionen. Im Prinzip war es genau wie in der Kantine des Revierkommissariats, hätte Jäger geantwortet, wenn man ihn gefragt hätte.

Jäger, alias Michel Martin, hatte den morgigen Lagebericht geschrieben. Es gab keine besonderen Vorkommnisse. Petersen hatte er bereits angerufen. Dass er hier durchzuhalten hatte und nicht an den Ermittlungen teilhaben durfte, wurmte ihn. Er lag hier nur rum und versuchte, jemanden aufzuspüren, der sporadisch zuschlug. War er nicht besser im Revierkommissariat aufgehoben? Jäger trank einen Schluck Kaffee. Der schmeckte nicht einmal schlecht. Er war heiß und stark. Konnte er überhaupt als einzelner Feuerwehrmann einen Brand bekämpfen? Petersen und Ahrens schienen davon überzeugt zu sein. Er sollte und musste ein Phantom zur Strecke bringen. Wenn das alles wäre. Aber er musste sich der Untersuchungen erwehren, die der uneingeweihte Assistenzarzt auf die Liste gesetzt hatte.

Er erinnerte sich nur ungern daran, als er ins Büro des Chefarztes gerauscht war wie Erzengel Michael. Der Chefarzt hatte ihn mit einem selbstgefälligen Lächeln erwartet. Natürlich hatte Jäger keine Nahtoderfahrung machen müssen, weil niemand eine Magen-Darm-Spiegelung an ihm vorgenommen hatte.

»Wir werden Schwester Julia einweihen.«

»Wieso denn das?«, hatte Jäger gereizt gefragt.

Professor Mai hatte ihn gebeten, Platz zu nehmen und die Atmung unter Kontrolle zu bringen.

»Mein Assistenzarzt ist ein ausgezeichneter Mann. Ich kann ihn nicht über Gebühr strapazieren. Er kommt uns sonst auf die Schliche. Unser Plan soll ja gelingen.« Er hatte die sonnengebräunten Hände gegeneinandergedrückt. Sein Schmunzeln war wie eingestempelt geblieben. »Sie sollen ja unerkannt bleiben.« Professor Mais Halbglatze hatte geglänzt. Die goldgefasste runde Brille war makellos sauber gewesen, ebenso wie die Hose, das dünne T-Shirt und der offene Arztkittel. Das einzige Farbliche an ihm waren die Socken gewesen; bunt geringelte, die zwischen dem Hosensaum und den weißen Slippern zu sehen waren.

»Undercover«, hatte Jäger mit verdrossener Miene eingeworfen. Drei Wochen Zeit hatte er für den Einsatz bekommen. Bisher hatte er nichts in der Hand. Hatte nichts Ungewöhnliches gesehen, obwohl er sich die Nächte um die Ohren schlug.

»Haben Sie Informationen für mich?« Als wenn der Professor Gedanken gelesen hatte. Jäger hatte den Kopf geschüttelt. »Sehen Sie«, hatte Professor Mai jovial gemeint. »Ich brauche einen Grund, warum Sie drei Wochen das Bett hüten und wir Untersuchungen machen, die wir nicht machen. Ihre Krankengeschichte muss stimmig sein. Mein Assistenzarzt ist enthusiastisch, den müssen wir ablenken. Meine Wahl fiel auf Schwester Julia. Sie ist eine taffe und im Krankenhaus angesehene junge Frau. Kompetent. Kennt sich bestens im Krankenhaus aus. Sie wird Sie schadlos durch alle Untersuchungen, die mein Assistenzarzt anordnet, bringen. Und die Blutproben und die

Urinabgaben werden doch einen Mann wie Sie nicht aus den Schuhen hauen?«

Jäger hatte die rhetorische Frage herausgehört. Fraglos hatte er sich vorstellen können, dass sie kompetent genug war. Trotzdem war ihm unwohl. Nicht wegen der Proben, nein, wegen Schwester Julia. Er konnte Professor Mai kaum sagen, dass er sich verliebt hatte. Mit einer freundlichen Verabschiedung hatte er Jäger aus dem Büro hinauskomplimentiert. Jäger blieb keine Wahl, als sich mit der Lage abzufinden.

Gerade erwärmte und ertappte er sich bei dem Gedanken an eine Art Unterstützung. Hatte er sich nicht Rückendeckung gewünscht? Doch wie sollte die aussehen? Darüber sollte er sich Klarheit verschaffen. Er hatte sich auch verdünnisiert, um in der Cafeteria zu versuchen, einen vernünftigen Plan zu erarbeiten. Er wollte die Zeit nutzen, die Gedanken zu ordnen, die ihm sonst in der Nähe von Schwester Julia wie ein Orkan auseinanderwirbelten.

Jäger überlegte weiter: Seit der letzten vierzehn Tage waren keine Diebstahlsanzeigen bei den Kollegen angezeigt. Laut der Ermittlungen stellten mindestens einmal in der Woche Geschädigte oder deren Familienmitglieder in der Vergangenheit eine Anzeige ein. Ein Klugscheißer aus Lemprechts Truppe hatte ihn mit einer witzigen SMS informiert, über die Jäger nicht lachen konnte. »Der Dieb hat Urlaub, schon mal dran gedacht?« Waren etwa Informationen durchgesickert? War er aufgeflogen?, fragte sich Jäger. Diese Befürchtung hatte er auch. Es gab so viel Unabwägbarkeiten. Den Dieb hatte die Polizei woanders oder wegen etwas anderem gefasst. Er war krank, hatte wirklich Urlaub, hatte familiäre Verpflichtungen, war weggezogen. Jäger starrte die vor ihm hochragende Wand an. Im Revierkommissariat hätte er am neuen Whiteboard arbeiten können. Hier kam er nur in Versuchung, die Wand vollzukritzeln. Seine bisherigen Recherchen hatten eine Unmenge an Daten ergeben: Er kannte die Namen der Patienten, die einen längeren Aufenthalt auf der Station über sich ergehen lassen mussten. Dann die Eintagsfliegen, die nur eine Nacht verblieben, zur Beobachtung, hieß es. Säuberlich hielt er alle Informationen fest. Er erstellte sich ein Profil, ein Muster, wenn man so wollte. Wann erhielten die Patienten ihre Medikamente, wer kam zu Besuch und wann? In welchem familiären oder beruflichen Zusammenhang? Wann brachten die Schwestern oder Pfleger die Patienten zu Untersuchungen oder holten sie nach den Operationen ab? Er war beschäftigt und quatschte mit vielen Patienten. Nachts drehte er auf den Fluren seine Runden.

Nur der Chefarzt war über den Undercover-Einsatz informiert. Mehr konnte er nicht tun.

Jäger stand auf, um sein Geschirr wegzuräumen. Er wollte sich einen weiteren Kaffee und eine Süßigkeit aus dem Regal holen.

»Vier Euro, zehn«, verlangte die Kassiererin.

Jäger kramte fünf Euro aus seiner Hosentasche und verzichtete großspurig auf die Rückgabe des Kleingeldes. Als er sich umdrehte, erblickte er Schwester Julia, die auf seinem Platz saß. Er steuerte darauf zu. Jägers Mund wurde trocken. Sofort tummelten sich die Schmetterlinge in seinem Magen. Sie führten sich auf, als zettelten sie eine Revolution an.

»Hallo.« Mehr wollte ihm nicht einfallen, als er sich setzte. »Kaffee gefällig?«

»Danke«, ungeniert griff Schwester Julia zu, »ich hatte heute noch keinen.« Sie blies auf die heiße Flüssigkeit und sah Jäger amüsiert über den Tassenrand an.

Dieser Blick traf ihn bis ins Mark. Nervös wippte er mit dem Bein und wischte sich unauffällig seine Hände an der Hose ab. Doch ihrem Blick wollte er dennoch nicht ausweichen.

»Nun mach mal Butter bei die Fische«, forderte sie ihn mit ihrer etwas dunklen Stimme auf. »Dir fehlt doch nichts. Was tust du hier?«

»Willst du auch den Riegel?« Jäger konnte diesem direkten Blick nicht ausweichen. Hoffentlich verschaffte ihm das Ablenkungsmanöver Zeit. Der markige Spruch wies Schwester Julia keineswegs als Norddeutsche aus. Nach ihrer Sprachmelodie war sie in der Harzregion beheimatet. Längst hatte sich Jäger einen Plan zurechtgelegt, wie er sie nach dem Einsatz ansprechen würde. Seit dem ersten Sehen stand das für ihn fest.

»Der Professor hat mit dir gesprochen?«, fragte er, obwohl er sich wunderte, dass das so schnell geklappt hatte.

Schwester Julia schaute Jäger verständnislos an.

»Nö. Sollte er?« Sie trank weiter vom Kaffee und öffnete den Energieriegel. Jäger rang mit sich. Fest stand, dass Schwester Julia in die Ermittlungen involviert werden sollte. Dass sie Jäger auf den Kopf zusagen konnte, dass er hier ohne Krankheit lag, gab darüber Aufschluss, dass sie eins und eins zusammenzählen konnte. Und dass sie nichts ausgeplaudert hatte, zeigte ihm, dass er sich auf sie verlassen konnte.

»Der Professor wird dir alles erklären.«

Jäger lehnte sich in dem Plastikstuhl zurück.

Schwester Julia hatte den Riegel aufgegessen und leckte sich Zeigefinger und Daumen ab.

»Ich will aber von dir hören, was du vorhast.« Der Kaffee war ausgetrunken. »Und ...«, sie schenkte ihm ein unverfängliches Lächeln, »ich will deinen richtigen Namen wissen. Mach keine Ausflüchte. Michel Martin habe ich dir vom ersten Tag an nicht abgenommen.« Schwester Julia schaute Jäger undurchdringlich an. »Klingt zu sehr nach Michel von Lönneberga«, stellte sie lakonisch fest.

Jäger verzog schmerzhaft das Gesicht, worauf Schwester Julia laut loslachte. Alle, die in der Cafeteria saßen, drehten sich um.

»Robin Jäger«, sagte er, nachdem er sicher war, dass sie wieder ungestört reden konnten.

»Echt jetzt?« Julia gluckste. »Wie Robin Hood?«

Jäger blies Luft aus. »Das habe ich meiner Mutter zu verdanken«.

»Kannst mich Julia nennen.« Sie reichte ihm die Hand.

Jäger drückte sie und hoffte, dass es nicht zu fest war. Wenn er Glück hatte, bemerkte sie seine Schmetterlinge nicht. Priorität hatte der Diebstahl auf den Stationen.

Jäger senkte verschwörerisch den Kopf und erklärte den Plan.

Dienstag

Wie versprochen hatte sich Emilia gestern Abend telefonisch bei Doktor Neuwiede gemeldet, als sie nach Hause gekommen war. Sie hatte noch zwei Gläser Apfelsaft verdünnt mit Wasser getrunken. Auf das Salz hatte sie verzichtet. Nach einer kurzen Dusche hatte sie sich ins Bett gelegt und war eingeschlafen. Der Doktor war gestern der Meinung gewesen, dass sie eine Tätigkeit brauchte, um sich abzulenken. Nach der durchschlafenen Nacht fühlte sie sich tatsächlich besser.

Sie machte sich fertig und ging in die Apotheke. Sie begann für Franck ein Fotoalbum zu erstellen. Zum Geburtstag. Dieser Tag lag in nicht mehr allzu weiter Ferne. Sie hatte alle Fotos aus der Essiggasse mit ins Büro genommen. Hier hatte sie die Muße, hier hatten sie sich kennengelernt. Hier liefen alle Fäden, die sie verbanden, zusammen. Außerdem hatte sie die Zeit genutzt, sich einen Plan zu erarbeiten, wo die Fotos verteilt werden sollten. Nur den *Weinberg* wollte sie selber aufsuchen.

Langsam kamen die Mitarbeiter zum Dienst. Sie wunderten sich, dass sie ihre Chefin bereits erwartete. Sie konnten sich nicht entsinnen, wann sie Emilia zuletzt so zeitig in der Apotheke gesehen hatten.

Bei der morgendlichen Besprechung saßen ihre Mitarbeiter im Aufenthaltsraum beisammen. Frau Grünberger hörte auf, sich ihr Brötchen mit Butter zu bestreichen, als Frau Bach zögernd eine Frage stellte.

»Gibt es was Neues, Frau Sander?«

Emilia schüttelte den Kopf. »Nein. Aber etwas anderes. Ich brauche Hilfe.«

»Selbstverständlich«, antwortete Frau Weiß. »Sie können auf uns zählen.« Sie sprach für alle. Emilia Sander bemerkte das beifällige Nicken aller. »Sagen Sie uns, was wir für Sie erledigen können.«

»Wer möchte die restlichen Fotos verteilen?«

»Ich kann gleich damit anfangen«, meldete sich Blanka zu Wort. Gestern Abend hatte ihre Tante sie gehörig ausgefragt. Doch mehr als das, was Emilia Sander ihr erzählt hatte, wusste Blanka schließlich auch nicht. Sie vermutete, dass ihre Tante ihr nicht geglaubt hatte.

»Vielen Dank für Ihre Hilfsbereitschaft. Ich lege die Fotos auf meinen Schreibtisch. Dazu die Anweisungen, wo ich mir vorstelle, sie zu verteilen.«

Emilias Handy klingelte. In der Küche wurde es mucksmäuschenstill, bis auf die Tropfen, die gleichmäßig ins Spülbecken fielen. Jemand hatte den Wasserhahn nicht vollständig zugedreht. Tropfen für Tropfen. Doch alle schauten Emilia erwartungsvoll an. Sie wurde aschfahl.

»Die Polizei«, flüsterte Emilia, als sie auf das Display schaute. Sie atmete tief durch, erst dann drückte sie auf die entsprechende Taste.

»Ich wollte dich in Kenntnis setzen, dass wir bisher nichts haben.« Petersen meinte damit, dass sie kein Lebenszeichen von Franck hatten und keine Lösegeldforderung oder ein Erpresserschreiben. Aber auch keine Leiche.

»Danke dir.« Emilias Stimme klang belegt. »Du meldest dich?« Sie strengte sich an, die Fassung zu wahren. Dieses Auf und Ab der Gefühle setzte ihr zu. Früher war ihr Leben immer in einer schnurgeraden Bahn verlaufen, stetig, gleichmäßig. Doch jetzt entglitt es ihr und sie konnte nichts dagegen tun.

»Die Polizei hat ihn noch nicht gefunden«, setzte sie ihre Mitarbeiter in Kenntnis.

»Gott sei Dank«, äußerte sich Frau Weiß. Ihre schmale Hand drückte sie an den Hals. »Dann ist noch nicht alles verloren.«

»Können die nicht noch einmal mit dem Hubschrauber fliegen?«, fragte Frau Mandel.

»Nein, das hat keinen Sinn.« Emilia wusste, dass die Polizei es tun würde, wenn sich eine Möglichkeit auftat. Petersen hatte ihr gestern Abend noch eine Mitteilung geschickt. Doch erst heute Morgen hatte sie diese gelesen. »Der Polizeihubschrauber ist das gesamte Umland abgeflogen. Es wurde keine hilfebedürftige Person aufgefunden«.

Das Tröstende an der von Petersen versprochenen täglichen Information war, dass sie auch keinen Toten gefunden hatten. Sie erinnerte sich, wie der Hubschrauber dicht über die Häuser von Quedlinburgs Altstadt geflogen war. Das Geräusch war ohrenbetäubend gewesen.

»Ich geh dann mal und kümmere mich.« Frau Mandel erhob sich, drehte den Wasserhahn zu und verließ die Küche.

Frau Weiß ging ins Labor. Sie hatte die Bestellungen abzuarbeiten. Frau Bach war heute für die Warenanlieferung zuständig. Die Küche leerte sich. Frau Grünberger strich Emilia Sander beim Verlassen der Küche kurz über die Schulter.

»Ich komme gleich mit in Ihr Büro. Dann können Sie mir die Fotos geben.« Blanka hatte das Geschirr in die Spülmaschine eingeräumt. Sie wollte gleich Nägel mit Köpfen machen. Emilia lächelte ein wenig ob des Tatendrangs.

»Ja, natürlich.«

Emilia Sander war um 6 Uhr im Büro gewesen und hatte Bestellungen abgearbeitet und Rechnungen geschrieben. Alles, was sie gestern nicht erledigt hatte. Während der Schreibtisch mustergültig aussah, glich der Fußboden einem wilden Muster, das nur Emilia Sander verstand. Auf dem gesamten Boden lagen Fotografien. Blanka achtete auf die freien Flächen und wohin sie ihre Füße setzte. Sie enthielt sich einer Äußerung zu der momentanen Unordnung im Büro der Chefin. Blanka kannte Emilia gut genug, um zu wissen, dass hinter dem Durcheinander ein sorgsamer Plan lag. Am Abend war das Büro wieder aufgeräumt.

»Sie haben nichts dem Zufall überlassen«, meinte Blanka erstaunt, als sie sich die Liste durchlas.

»Jede Straße, jeder Platz in Quedlinburg.« Emilia versuchte sich an einem Lächeln. »Jedes Café oder Restaurant, in denen wir gegessen haben, ist darauf vermerkt.« Das Lächeln entglitt ihr. »In Francks Lieblingsbuchladen in der Heiligegeiststraße geben Sie bitte auch ein Foto ab«, bat sie Blanka und entließ sie.

Keine zehn Minuten später klopfte es an der Bürotür. Frau Grünberger öffnete und ließ einen Besucher eintreten.

»Mit dem Geld ist bereits alles geregelt. Aber ich dachte, unter den Umständen benötigen Sie ... jede Art von Kraft. Ganz besonders, wenn sie nicht von dieser Welt ist.«

»Nehmen Sie Platz, Pfarrer Klein.« Emilia Sander bot ihm den Sessel vor dem Schreibtisch an.

Mit vorsichtigen Schritten und aufpassend, dass kein Foto Schaden nahm, setzte er sich. Im Gegensatz zu seinem Namen war der Pfarrer ein stattlicher Mann, nahe der sechzig. Er hatte krauses, dunkles, von etlichem Grau durchwirktes Haar. Die vielen Lachfalten ließen das Gesicht gütig und jünger erscheinen. Die dunklen Augen strahlten Ruhe aus.

»Kann ich Ihnen etwas anbieten?« Suchend blickte sie sich um. Sonst stand auf ihrer Anrichte immer eine Dose mit Keksen. Diesmal nicht. Im Kühlschrank lag eine Packung Pralinen, das wusste sie.

»Bitte, bei dieser Hitze ist mir Süßes zuwider.« Pfarrer Klein schien Emilias Gedanken zu lesen. »Wenn ich um ein Glas Wasser bitten dürfte, das reicht. Was für den Herrn gut war, tut es auch für mich.« Pfarrer Klein liebte Anspielungen aus der Bibel.

Auf dem Schreibtisch stand eine Flasche Mineralwasser. Emilia nahm zwei Gläser und füllte diese. Eines reichte sie Pfarrer Klein. Es war ihr etwas unangenehm, das abgestandene Wasser anzubieten.

»Wo drückt der Schuh?« Pfarrer Klein legte den Kopf schräg und wartete auf eine Antwort.

Emilia seufzte. »Franck ist verschwunden.« Innerhalb der letzten sechsunddreißig Stunden war es das dritte Mal, dass sie es laut aussprach.

Pfarrer Klein zeigte zunächst keine Regung. Er ließ den Satz in sich wirken. Er kannte Frau Sander erst seit einigen Monaten. Nach Weihnachten hatte er sie kennengelernt. Es war eher eine Geschäftsbeziehung, die sie beide verband. Jeden Dienstag nahm er pünktlich um 10 Uhr seine Kollekte und brachte diese gezählt in die Apotheke. Dort wurde sein Kleingeld dringend erwartet. Er bekam das Geld gewechselt und konnte es auf das Konto der Gemeinde einzahlen. Das war eine Win-win-Situation. Mit der Zeit ergab es sich, dass Pfarrer Klein alle Mitarbeiterinnen kannte und auch Herrn Metz. Prüfend sah er Frau Sander an.

»Geben Sie mir Ihre Hand.«

Emilia stand auf und tat ihm den Gefallen. Ihre langgliedrige Hand verschwand nahezu in der Pranke des hünenhaften Mannes.

»Ich glaube, dass es einen Grund für das gibt. Verzagen Sie nicht. Unser aller Herr hat auf jeden ein Auge. Er passt auf ihn auf. Das weiß ich.« Die Stimme des Pfarrers klang überzeugend.

Dennoch entzog ihm Emilia die Hand. Womöglich, weil sie nicht glaubte oder weil es sie unangenehm berührte, dass sich die Menschen in ihrer Umgebung Gedanken machten und helfen wollten.

»Kann ich auch ein Foto bekommen? Ich habe gesehen ...«, erklärte der Pfarrer, als er Emilias fragenden Blick sah, »dass an jedem Arbeitsplatz ein Foto von Herrn Metz liegt.« Emilia langte nach der Ledertasche, in der sie die restlichen Fotos seit gestern verwahrte. »Geben Sie mir zwei«, bat Pfarrer Klein. »Eines befestige ich an der Kirchentür und das andere stelle ich am Altar auf.« Emilia tat ihm den Gefallen. Aufmerksam betrachtete Pfarrer Klein die Aufnahme. »Hören Sie auf Ihr Herz und vertrauen Sie!« Die Botschaft gab ihr der Pfarrer tröstend, bevor er sich aus dem Sessel emporstemmte.

»Wissen Sie, jemanden zu vermissen, kann krank machen. Passen Sie auf sich auf. Der Herr«, fügte er hinzu, »wacht über die Seinen. Vertrauen Sie ihm.« Wieder passte er auf, dass er Emilias Fotopuzzle nicht durcheinanderbrachte.

Zurück blieb eine verwunderte Emilia, die die Geräusche ihres eigenen Herzens vernahm und ein Rauschen in den Ohren. Ein Sturm der Gefühle brach sich Bahn in einer wahren Tränenflut. Schluchzer stiegen aus der Kehle, ohne dass sie es verhindern konnte. Nach Minuten versiegten die Tränen. Vor dem Spiegel, der im Büro hinter der Eingangstür hing, sah sie ihr verquollenes Gesicht mit den roten Augen. Sie schnäuzte sich kräftig in ein Taschentuch mit Spitze. Das Weinen brachte sie nicht weiter. Es riss sie nur in ein tiefes, dunkles Loch. Bevor sie sich nicht mehr selbst helfen konnte, sollte sie endlich etwas tun.

Emilia hörte die Kirchturmglocken der Marktkirche *St. Benedikti*. Es war 12 Uhr und eine passende Gelegenheit, im *Weinberg* zu essen. Sie steckte Geld ein, nahm die Sonnenbrille und gab den Mitarbeiterinnen Bescheid, dass sie heute auswärts essen werde. Dann verließ sie die Apotheke. Sie traf auf Blanka, die das Fahrrad anschloss.

»Schon alles erledigt?«, fragte sie erstaunt.

»Ja. Von jedem auf Ihrer Liste sind mir die Fotos abgenommen worden. Alle versprachen, sie auszulegen.«

Emilia Sander erinnerte sich, dass ihr Blanka gestern nachgegangen war und für Proviant gesorgt hatte. »Danke, wegen gestern.«

»Ach, das ist schon in Ordnung«, wehrte Blanka das Lob ab und ihr Pferdeschwanz wippte wieder von rechts nach links. »Drehen Sie sich mal kurz um.«

»Warum?«

Emilia Sander trug blaue Pumps, eine weiße Jeans und eine apricotfarbene Bluse.

»Ihr Kragen ist nicht richtig umgeschlagen.« Blanka nestelte an Emilia Sanders Blusenkragen, bis er ordentlich aussah. »Sonst tuscheln die Leute und sagen noch, wir kümmern uns nicht um Sie.«

Ein Lächeln huschte über Emilias Gesicht. Blanka schaute Emilia nach, bis ihre Chefin die Tür zum *Weinberg* öffnete und hineinging.

Angenehme Kühle empfing Emilia Sander im *Weinberg*. Sie schob die Sonnenbrille auf den Kopf.

Signore Romano steuerte auf sie zu. Wie immer mit perfekter Kellnermanier. Kein Fleck trübte sein sauberes Hemd, eine makellose Bügelfalte auf der Hose, die schwarzen Schuhe glänzten.

»Mama Mia. Mama Mia«, bemerkte er erschrocken, als er Emilia ansah. Ihre Augen waren vom Weinen gerötet und das Gesicht fleckig. »Was ist passiert? Rosa, sieh dir unseren Gast an!«, rief er nach hinten in Richtung Küche. »Was stellt die Hitze nur mit Ihnen an?« Er brachte Emilia zu ihrem Lieblingstisch am Fenster. Ihren halbherzigen Protest nahm er nicht zur Kenntnis.

Die Küchentür schwang auf. Signora Romano kam mit einer Schürze um den Bauch aus der Küche. Lorenzo, ihr ältester Sohn, folgte ihr. Er war ein gutaussehender, hoch gewachsener Mann in den Dreißigern. Die glänzenden schwarzen Haare lugten unter der Kochmütze hervor. Er hatte tiefdunkle Augen mit langen Wimpern und einen Drei-Tage-Bart. Die dunklen lockigen Haare waren zu einem Zopf gebunden. Wie immer trug er eine Kochhose und ein schneeweißes T-Shirt.

»Es ist nicht die Hitze«, gab Emilia zu. »Franck ist weg.«

Stille trat ein. Zum ersten Mal hörte Emilia den Zeiger der überdimensionalen Uhr, die über dem Eingang zur Küche hing. Lorenzo war der Erste, der sich fasste. Er holte für Emilia ein Glas Wasser. Vater und Sohn verschwanden kopfschüttelnd in der Küche und überließen diese heikle Sache lieber der Mutter und Ehefrau.

»Mamma Mia. Cos'è successo?«, fragte sie mit ihrer leicht dunklen Stimme und griff nach Emilias Händen.

Emilia, die kein Italienisch verstand, ahnte, was Signora Romano fragte. Was war passiert?

»Ich weiß es nicht.« Emilia schaute in dunkle Augen mit kleinen Lachfältchen drumherum. »Franck ist seit Freitag letzter Woche nicht nach Hause gekommen.«

Jetzt musste sie sich doch setzen. »Mamma mia«, wiederholte sie und schlug ihre Hände vor dem Mund zusammen.

Signore Romano kam aus der Küche und platzierte einen Teller mit einem kleinen frischen Salat. Emilia traute sich nicht, den Salat von sich zu schieben.

»Und wo ist euer Jüngster?« Emilia wollte ablenken und schaute sich suchend um.

»Das jährliche Radrennen hat dieses Jahr am 8. Mai begonnen. Es ist der *93. Giro d'Italia*. Über einundzwanzig Etappen und

3.418 Kilometer.« Aus Signore Romanos Stimme klang unverkennbarer Stolz.

»Meinst du, das interessiert Signora Sander, wenn der Commissario nicht da ist?« Rosalia blickte ihren Mann verärgert an.

»Doch, es interessiert mich«, mischte sich Emilia ein. Das fehlte noch, dass sie für eine Fehde zuständig war.

»Vedi, mia cara!« Fast triumphierend ließ sich Signore Romano nicht aus der Ruhe bringen. »Zum zweiten Mal hat uns Ivan Basso nicht im Stich gelassen«, fuhr er fort.

»Letztes Jahr auch?«, fragte Emilia. Nur, um sich zu beteiligen. Sie kannte keinen Ivan Basso.

»Puh.« Abschätzig betrachtete Signora Romano ihren Mann. »Letztes Jahr war er noch gesperrt. Wegen Doping.« Sie nickte rigoros. Für Doping hatte sie kein Verständnis.

»Immerhin hat er uns 2006 einen Sieg geschenkt.« Ihr Mann schien nicht einlenken zu wollen. »Aber leider wird es diesmal in Verona und nicht in Mailand ausgetragen.«

Signora Romano verdrehte die Augen, ohne dass ihr Mann es mitbekam.

»Unser Gino bleibt bis Ende August in Italien. Er macht mit seinen Freunden einen eigenen kleinen Giro d'Italia«, erklärte Rosalia auf Emilias Frage. Damit war das Thema für sie beendet.

Emilia hatte überhaupt keinen Hunger. Doch sie wusste, diese Aussage wurde im *Weinberg* nicht zur Kenntnis genommen. Also nahm sie gehorsam die Gabel und begann, den leichten Sommersalat zu essen. Signore hatte einen Krug mit Wasser und ein weiteres Glas für seine Frau dazugestellt.

»Erst einmal zu Kräften kommen«, beschwor Signore Emilia und nickte ihr aufmunternd zu.

Kaum hatte sie den Salat gegessen, stellte der Herr des *Weinbergs* ein Omelett mit Trüffeln ab.

»Sie dürfen das nicht ablehnen, Lorenzo hat das extra für Sie zubereitet.« Er ließ keinen Widerspruch zu.

Nachdem Emilia unter den Argusaugen von Rosalia das Omelett aufgegessen hatte, standen wie von Geisterhand ein Himbeersorbet und ein Espresso vor ihr. Aber es tat ihr gut, in Gesellschaft zu essen. Nach der Stärkung erklärte Emilia mit wenigen Worten die Situation. Aber es setzte ihr zu.

»Mama Mia«, wiederholte die Signora erneut und bekreuzigte sich. »Natürlich lassen Sie Fotos hier.«

Emilia Sander stand auf. Alle drei Romanos drückten sie und sprachen aufmunternde Worte. Seltsam gestärkt schloss sie hinter sich die Restauranttür. Sie musste an Doktor Neuwiede denken, der ihr das Versprechen abgenommen hatte, sich Hilfe zu holen. So sah Unterstützung aus. Jetzt wollte sie Schwester Marion Pillard im Krankenhaus aufsuchen.

Den Geschmack des Espressos auf der Zunge tragend, stand sie im prallen Sonnenlicht auf der Straße. Sie war darin bestärkt worden, dass viele Menschen daran glaubten, dass Franck nicht einfach weggelaufen war.

Bei der Hitze hatte sie keine Lust auf ihren Audi. Insgeheim trug sie auch Sorge, dass sie unkonzentriert fuhr. Sie mochte sich nicht ausmalen, was passierte, wenn sie einen Unfall hätte.

Sie holte sich das Apothekenfahrrad. Lieber schob sie das Fahrrad durch die Fußgängerzone der Bockstraße. Fast alle dieser Häuser stammten aus dem Mittelalter. Sie standen sich so dicht gegenüber, dass sie sich gegenseitig Schatten spendeten. Nicht nur im Sommer tummelten sich hier die Touristen.

Sie wich den Urlaubern, die die denkmalgeschützten Häuser bestaunten, aus. Emilia hatte keinen Blick für die Auslagen der Modegeschäfte übrig. Für einen Kaffeeklatsch im *Prinz Heinrich* war sie zu allein. Sie schob ihr Fahrrad weiter. Quedlinburg verfügte zwar über ein ausgeklügeltes System von Einbahnstraßen, aber Fahrradwege im historischen Teil der Stadt suchte man vergebens. Erst am Mathildenbrunnen stieg sie auf und fuhr langsam durch den Steinweg. Allerdings musste sie sich von dem Kopfsteinpflaster den Körper und alle Sinne durchschütteln lassen. An der Oeringerstraße gab es endlich einen Fahrradweg und am Ditfurter Weg bog sie nach links ab.

Am Krankenhaus schloss sie ihr Fahrrad ab. Doch bevor sie Marion Pillard besuchte, wollte sie sich nach Franck erkundigen. Vielleicht hatte sie ... Ja, was? Glück? Es war wie der sprichwörtliche rettende Strohhalm, nach dem sie griff. Um eine Auskunft zu erhalten, ob jemand ins Krankenhaus eingeliefert wurde, bleibt leider nur die Möglichkeit, die infrage kommenden Krankenhäuser abzutelefonieren. Persönlich vorbeizufahren und beim Empfang nachzufragen. Es gilt das gleiche Prozedere wie bei der telefonischen Auskunft. Generell sind Ärzte und Krankenhausangestellte an die ärztliche Schweigepflicht gebunden. Diese wird nur dann aufgehoben, wenn der Patient schriftlich eingewilligt hat, dass Auskunft über seinen Aufenthalt rausgegeben werden darf oder er selbst nicht mehr in der Lage ist, dies zu kommunizieren. Das wusste sie alles. Es war nicht ausgeschlossen, dass der Weg umsonst war. Dennoch, sie musste etwas tun.

Am Empfangstisch saß die diensthabende Schwester hinter einer Scheibe, die sie von Patienten und Angehörigen trennte. Sie schrieb etwas in ein Heft. Emilia sprach sie an.

»Sagten Sie eben Unfall?« Die Schwester dehnte das letzte Wort, ohne aufzublicken. Sie hatte rote Haare, die Spitzen waren blau eingefärbt. Fast die gleiche Farbe wie ihre Dienstkleidung, schoss es Emilia durch den Kopf. Die schmale Brille ohne Fassung stand ihr.

Sollte Franck einen Unfall gehabt haben, war die Polizei zu verständigen und Petersen hatte es versprochen und sie vertraute ihm. Emilia schalt sich im Stillen eine Närrin und trotzdem, sie musste sich selber erkundigen, auch auf die Gefahr hin, dass das Unterfangen hier und jetzt zum Erliegen kam. Weil sie sich die Frage selber beantworten konnte. Wie sagte Ole zu dieser Art der Fragen: ›Statistisch gesehen fragt man zu 78 % Dinge, die man sich selbst beantworten kann.‹ Emilia zwang sich zur Ruhe.

Endlich klappte die Schwester am Empfang das Büchlein zu und schob es neben die Tastatur des Computers. Ungeduldig schaute sie auf.

»Schwester Ingrid«, Emilia hatte den Namen von ihrem Schildchen abgelesen, »ich bin Frau Metz«, log sie, ohne es sich vorher zurechtgelegt zu haben, »... die Ehefrau von Herrn Metz.« Völlig klar, dachte sie. »Leider habe ich meinen Ausweis nicht dabei. In der Eile, wie ich war ...«

Die Schwester zog die Lippe durch die Zähne. Dass Emilia außer sich vor Sorge war, war nicht zu übersehen. Die rote Gesichtsfarbe rührte von der Eile und nicht von der Unwahrheit her, mochte die Schwester denken.

Diese schaute in ihrem Computer nach. Einige Klicks später schüttelte sie stumm den Kopf. Sie durfte keine Angaben machen, aber wenigstens antwortete sie mit einer Geste. Das war viel, wenn man bedachte, dass es den Datenschutz gab. Oder hatte die Schwester den Kopf geschüttelt, weil sie keine Angaben machen durfte?, fiel es ihr siedend heiß ein. Emilia verstand, dass sie auf keine weitere Information hoffen durfte. Dass Franck in einem anderen Krankenhaus in der Umgebung sein konnte, daran glaubte Emilia nicht. Vorerst. Dennoch dankte sie der Schwester und verließ den Empfangsbereich. Sie war enttäuscht. Was hatte sie denn nur erwartet und was hatte es für sie gebracht?

Eine schrille Sirene ertönte plötzlich. Ein Krankenwagen hielt vor dem Eingang. Zwei Sanitäter sprangen aus dem Fahrzeug. Einer riss die Rückseite des Fahrzeugs auf. Ein Patient lag angegurtet, mit Infusionslösung am Kopfteil versehen, auf der Trage. Emilia wollte nicht im Weg stehen. Sie ging zu ihrem Fahrrad und trank aus der Plastikflasche. Angewidert verzog sie das Gesicht. Warmes Wasser. Doch wollte sie keinesfalls wegen eines Kreislaufkollapses eingeliefert werden.

Nachdem der Patient in die Notaufnahme gerollt worden war und der Krankenwagen wegfuhr, war der Weg frei für den eigentlichen Besuch bei Schwester Marion. Die Intensivstation befand sich im 2. Obergeschoss, Station 03. Die Schicht von Marion begann in einer Stunde. Bei ihrem Anruf heute Morgen hatten sie den Termin abgesprochen.

Noch hatte sie Zeit und steuerte einen in der Nähe stehenden Baum mit einer weitausladenden Krone an. Eine Bank stand dort. Emilia setzte sich. Sie öffnete die Wasserflasche und trank erneut. Den Kopf in den Nacken gelegt streifte ihr Blick durch das Blätterdach. Sacht bewegte der leichte Wind die Blätter. Stahlblauer Himmel blitzte auf. Wenn Franck und sie sich ausgiebig geliebt hatten, nahmen seine Augen die gleiche Farbe wie der Himmel an. In diesen Momenten empfand sie sich in seinen Armen unendlich geborgen. Fähig, jeder fremden Macht zu trotzen. Doch ohne ihn zerbröselte ihr Wille. Sie setzte die Wasserflasche ab, verschloss diese und stellte sie auf den Boden. Emilia hörte dem leisen Blätterrauschen zu. Rascheln der Blätter, Wärme, Schatten, ein verlassener Platz. Geräusche in der Ferne. Lachen, Geklapper von Teller und Tassen, Gesprächsfetzen. Sie schlief ein.

Jemand stupste sie mit dem Fuß an. Emilia blinzelte in die Sonne. Zuerst konnte sie denjenigen nicht erkennen, der sie in ihrer Ruhe gestört hatte. Er stand im Schatten und die Sonne strahlte um ihn. Emilia schirmte die Augen ab und bewegte den Kopf zur Seite, um zu erkennen, wer vor ihr stand.

»Was machen Sie denn hier?«, fragte Emilia überrascht.

»Das Gleiche könnte ich Sie fragen, Frau Sander«, entgegnete Jäger mit einem für ihn typischen Lächeln. Geräuschvoll ließ sich Francks Kollege auf die Sitzbank neben Emilia fallen. Er hob die Wasserflasche auf, die umgefallen war.

»Danke.« Emilia öffnete den Verschluss und trank einen ausgiebigen Zug. »Übrigens, Ihrem Kater geht es gut. Ich werde jeden zweiten Tag vorbeischauen.«

»Das hält er aus.« Jäger saß mit auseinandergestellten Beinen neben ihr. Er schob seine verspiegelte Sonnenbrille nach oben. »Was ist passiert?«

Emilia erzählte, was seit letztem Freitag geschehen war.

»Sie wissen, dass Petersen alles unternimmt?« Jägers Gesichtsausdruck war nichts zu entnehmen. Er verschanzte sich hinter seiner Brille und legte den Kopf in den Nacken. Er saß angelehnt und hatte die Oberarme über der Rückenlehne abgelegt. Seine Sporthose raschelte, wenn er sich bewegte. Jäger trug ein graues T-Shirt und einfache Sportschuhe.

»Ich weiß nicht so recht.« Emilia hob zweifelnd die Schultern. Und ließ sie resigniert wieder fallen.

Jäger stieß Luft aus der Nase aus. Die Aktion mit dem Hubschrauber war für den Chef gedacht. Petersen hatte ihn per SMS informiert.

»Daran dürfen Sie nicht zweifeln!« Jäger nahm die Brille ab und sah Emilia direkt an. Er verstand, was in Emilia Sanders Inneren vorging. In ihr tobte ein Kampf. Abwarten oder selber tätig werden. Er sah das von Schmerz und Traurigkeit gezeichnete Gesicht. »Haben Sie eine Idee?«, fragte er vorsichtig. Lieber wollte er wissen, ob Emilia eine Dummheit begehen wollte. So konnte er dagegen einwirken.

»Ich?« Emilia war irritiert. Hatte er denn keine Idee? Sie erzählte ihm, dass sie Fotos verteilt hatte.

»Das ist doch schon mal gut.« Jäger nickte anerkennend.

»Können Sie mir etwas sagen?«

»Ich weiß nur, er hatte an dem Freitag etwas vor«, gab Jäger zu. »Dabei hat er sich nicht in die Karten schauen lassen. Genaueres hat er aber nicht gesagt.« Jäger legte wieder den Kopf in den Nacken. Die Sonnenbrille setzte er jetzt auf. »Ich bin ja selber an einer anderen Sache dran«, meinte er zerknirscht.

Emilia malte mit ihrer Schuhspitze Kreise in den Sandweg vor der Bank.

»Franck war als Letztes in einer Autowerkstatt. Er hat mir erzählt, dass er sich um ein Auto kümmern will. Ich hab mich gewundert, denn er kann ja zu jeder Zeit den Audi haben.«

Jäger starrte vor sich hin. Emilia wusste nicht, ob er gehört hatte, was sie gesagt hatte.

»Und was hatten Sie für einen Eindruck, Robin?«, fragte sie nach. Emilia hasste sich für die Frage und den Gedanken, der dahintersteckte.

»Ich kenne den Chef seit fast einem Jahr. Der ist viel zu korrekt, um irgendeine dumme Sache zu machen!« Jäger hatte nicht eine Sekunde gebraucht, um zu antworten.

Emilia biss sich auf die Lippen. Jäger hatte solch ein Vertrauen, dass er den Gedanken keineswegs dachte, den sie dachte.

»Was tun wir?« Jäger nahm seine Brille ab und schaute Emilia an.

»Können wir denn etwas tun?« Emilia wagte gar nicht, daran zu denken, dass sie wirklich etwas tun konnte.

»Ich bin hier unabkömmlich«, schränkte er ein. »Aber für Sie habe ich eine Aufgabe: Sie tragen jede Kleinigkeit zusammen. Es muss etwas geben.« Jäger drehte sich voll zu Emilia um. Der Blick aus seinen grauen Augen ließ keinen Zweifel aufkommen. »Niemand verschwindet einfach so. Lassen Sie sich das nicht einreden. Es gibt immer einen Grund. Auch wenn wir ihn nicht kennen. Derjenige, der Franck entführt hat, hat seine Gründe. Und die sind ihm sehr wichtig. Er allein weiß davon. Der Chef ist garantiert jemandem in die Quere gekommen. Den müssen wir finden. Und, Frau Sander ..., das, was ich von Petersen weiß, ist, dass es eine gezielte Aktion war. Also gab es ...« Er konnte nicht weiterreden.

»Vorbereitungen?«, schloss Emilia den Satz.

»Genau. Vorbereitungen. Diese verlaufen immer im Geheimen. Wir müssen sie nur erkennen. Hat jemand Fremdes geklingelt, gab es Anrufe von unbekannt? Ist ihm oder Ihnen jemand gefolgt?« Jäger fuhr sich durch die Haare. »Verdammt, wir brauchen seine grünen Hefte, in denen er alles eingetragen hat. Kommen Sie da ran?«

Emilia war nur noch fähig, zu nicken, bis sie erwiderte:

»Die Hefte kann ich mitbringen. Ich habe da schon reingesehen. Aber Francks Schrift ist zu speziell.« Und, ja, sie wollte eine Aufgabe. Sie wollte sich das alles durch den Kopf gehen lassen. Jäger hatte recht. Niemand verschwand einfach so.

»Wir werden ihn finden. Keiner bleibt immer verborgen.«

»Ich brauche ihn lebend«, antwortete Emilia leise.

Fest blickten sie sich in die Augen. Es fühlte sich an wie ein schweigendes Abkommen. Ein Anker für Emilia.

»Treffen wir uns übermorgen hier wieder, gleiche Stelle? Gegen Abend? Dann ist es auch nicht mehr so heiß.« Jäger setzte sein gewinnbringendes Lächeln auf. »Bringen Sie etwas Leckeres zu essen mit?«

Emilia schaute ihn von der Seite her an und musste grinsen. »Krankenhausessen ist nicht Ihr Ding?«

»Ich mag das, was der Chef manchmal mitbringt. Habe probiert, selber zu kochen. Ist aber nur ein fragwürdiges Ergebnis herausgekommen.«

Hatten Emilia oder Franck Portionen von Frau Mandel oder Signora Romano übrig, nahm Franck die Reste für Jäger mit.

»Ich werde sehen, was ich machen kann«, meinte Emilia schmunzelnd.

Jäger fokussierte in der Ferne eine Frau in einem Schwesternkittel, die einen leeren Rollstuhl vor sich her schob.

»Ich muss dann mal ...«

»Undercover sein?« Emilia verfolgte Jägers Blick.

Dieser legte verschwörerisch einen Zeigefinger auf den Mund.

»Wir suchen beide eine Stecknadel im Heuhaufen«, erklärte er philosophisch und lief der Krankenschwester mit federnden Schritten entgegen.

Während Emilia Jäger nachschaute, verschob sie ihren Besuch bei Marion Pillard auf später.

Donnerstag

Unruhig wälzte sich Carl im Bett herum. Er hörte Bert aus dem Zimmer dahinter schnarchen. Sie teilten sich Dusche mit Toilette, hatten aber verschiedene Zugänge. An Schlaf war nicht mehr zu denken. Nicht bei den Gedanken, die sein Gewissen plagten und die ihn vom Schlafen abhielten.

Glaubte er der Statistik, befand er sich in der Lebensmitte. Seine Mutter, eine gebürtige Dresdnerin, hatte immer zu ihm gesagt, dass irgendwo doch etwas Verstand in seinem Nischel wohnen sollte. Wenn sie jetzt wüsste, worin sich ihr jüngster Spross hineinmanövriert hatte, sie würde sich im Grab umdrehen. Tatsächlich hatte er keinen Mumm, sein Schicksal selbst in die Hand zu nehmen. Viel zu sehr hatte er sich von Bert Trojan abhängig gemacht. Mit jedem Tag, der verging, bekam er mehr Angst. Tiefsitzende Angst. Dem Vollmond die Schuld zu geben, dass er nicht schlafen konnte, war lächerlich. Wenn er ehrlich war, lag es an ihm.

Nervös klopfte er mit den Fingerknöcheln auf das Fensterbrett. Aus einer Bierlaune heraus hatte er sich auf diese Hirnrissigkeit eingelassen. Keinesfalls ahnend, dass Bert das wirklich so meinte, wie er es gesagt hatte. Wenn er an den verhängnisvollen Abend zurückdachte, konnte er sich nur einen Dummkopf nennen. Was noch schlimmer war, es gab kein Zurück. Bert hatte ihn in der Hand.

Carl trieb es bei diesen finsteren Gedanken endgültig aus dem Bett. Er stellte sich ans Fenster. Von dort hatte man einen weiten Blick über die Felder bis zum Schloss Quedlinburgs. Der Mond beleuchtete die Landschaft. Bäume und Büsche erschienen gespenstig. Ein Fuchs strebte übers Feld. Wohl auf der Jagd, vielleicht auch auf dem Weg zu seinem Bau. Zögerlich betrat ein Reh das vor ihm liegende abgeerntete Feld. Zaghaft begann es zu äsen. Ein weiteres trat auf die vom Mondlicht beschienene Fläche. Die Vögel schliefen zu dieser frühen Morgenstunde in ihren Nestern oder in den Kronen der Bäume. Hier draußen, am Rande des Naturschutzgebietes, sagten sich wirklich Fuchs und Hase gute Nacht.

Carl hörte das Schnarchen Berts bis in den karg eingerichteten Raum hinein, der momentan sein Zuhause war. Ein Bett, ein Tisch, davor ein Stuhl und ein Schrank. So stellte er sich eine Gefängniszelle vor. Es war nur für die Zeit, in der sie Metz eingesperrt halten wollten, das hatte ihm Bert versichert. Nur ein kleiner Denkzettel. Er hatte ihn schlichtweg manipuliert.

Carl fuhr sich über die braunen Locken und schaute auf die alte Armbanduhr, die er trug. Sie war nichts Besonderes. Er konnte sich nichts Besseres leisten. Auch der Uhr konnte er keine Schuld geben, wenn er sein Leben vergurkt hatte, wie seine geschiedene Frau immer betonte. Alles hatte er verspielt. Seine Frau, die Ehe, die zwei Kinder. Seine Ehre auch. Das war ein hochtrabendes Wort, doch er glaubte, auch diese versaubeutelt zu haben. Und wenn er nicht aufpasste, das traute er Bert zu, brachte der ihn auch noch um. Dann nützte es ihm auch nichts, dass das Einzige, was er beherrschte, seine Arbeit als Gärtner war. Sah er sich Berts Grundstück an, überkam ihn ein gewaltiger Schauer. Der Mann besaß ein Juwel. Viele würden ihn darum beneiden und der Typ hatte nichts anderes im Sinn, als es weiter verkommen zu lassen. Nur weil er es sich in den Kopf gesetzt hatte, diesen Mann zu entführen.

Bert hatte ihm an einem ihrer Abende, als sie mit der Beobachtung begonnen hatten, offenbart, dass er ein Knacki, ein Ehemaliger war. Er hatte seine Zeit abgesessen und ihn wissen lassen, dass er rehabilitiert sei. Carl dachte, dass, wenn einer seine Strafe abgesessen hatte, er ein guter Mensch wurde. Und er hatte sich darauf eingelassen, sollte ja nur ein kleiner Denkzettel sein, nichts Großes. Dass Bert einer war, der es gelernt hatte, meisterhaft zu agieren, andere zu manipulieren, tja, darauf war Carl viel später gestoßen.

Jetzt stand er am Fenster in einem fremden Bungalow und fürchtete um sein Leben. Um das bisschen, was das Leben ihm gegeben hatte, was dennoch von unschätzbarem Wert für ihn war. Seine zwei Kinder, die er nur in den Ferien sah. Das sollte sich alles ändern, nahm er sich vor. Und das verdammte Geld würde er auch zurückgeben. Das schwor er sich. Er ballte die Finger. Frustriert hieb er mit der Faust auf den Holzfensterrahmen ein. Erschrocken hielt er inne. Hoffentlich hatte Bert ihn nicht gehört.

Carl gehörte zu den eher introvertierten Menschen, seine Emotionen offen zu zeigen, hatte er nicht gelernt. Vielmehr ertrug er einiges, bevor er sich wehrte. Die Kollegen schätzten ihn, weil er bei langwierigen Arbeitseinsätzen gelassen und bei Entscheidungen objektiv blieb. Er galt als ein aufmerksamer Zuhörer. Allem Anschein nach hatte er nicht hingehört, als Bert ihm den Plan erklärte.

Carl dachte an die Worte des Gefangenen. »Helfen Sie mir hier raus. Oder Sie rufen einfach die Polizei an. Egal. Alles wird strafmildernd sein.« Er hatte es nicht fertiggebracht, am Montag anzurufen, anonym. Bei der Polizei. Dauernd war Bert um ihn herum. Nicht einen Schritt konnte er ohne ihn gehen. Von seinem Handy wollte er nicht anrufen. Er wollte einen öffentlichen Fernsprecher benutzen. Aber Bert ahnte wohl, was in ihm vorging und ließ ihn nicht aus den Augen.

Am liebsten wollte Carl noch mal den Fensterrahmen traktieren, doch Bert hatte aufgehört zu schnarchen. War er wach geworden? Carl hörte, dass Bert vom quietschenden Bett aufstand und zum Klo ging. Er hörte die Spülung.

»Alles in Ordnung?« Bert schien es nicht zu stören, ob Carl schlief oder nicht. Ohne anzuklopfen, hatte Bert nach dem Toilettengang den Raum betreten.

»Was stehst du denn am Fenster und ziehst einen Flunsch?«, wollte er wissen, als er Carls betroffenes Gesicht sah. »Denkste wieder nach?«, fragte er höhnisch. »Brauchste net, hab alles unter Kontrolle. Leg dich hin und schlaf!«, befahl er zum Schluss. »Morgen früh müssen wir wieder pünktlich auf Arbeit sein.« Ohne abzuwarten, ob Carl tat, was Bert für richtig hielt, warf er die Tür hinter sich zu und ging in sein Bett. Minuten später zog Ruhe im Bungalow ein.

Carl blieb aus Protest stehen und erwartete den Sonnenaufgang.

Schwester Julia saß neben Jäger auf der Parkbank. Sie biss in den Apfel, dass es krachte. Jäger hörte, wie sie das Fruchtfleisch mit den Zähnen zermalmte. Nach wenigen Bissen war nur der Stiel des Apfels übrig. Diesen warf sie hinter sich.

Jäger schlürfte Kaffee aus einem Plastikbecher.

»Schon mal an den Müllberg gedacht?« Julia deutete auf Jägers Becher.

Er wurde rot. Seine Mutter und Metz, auch Emilia Sander hatte er noch nie mit einem Becher aus Plastik ihren Kaffee oder Tee trinken sehen. Sie hatten stets ihr Glas oder Keramiktassen dabei.

»Schon, aber ...«, begann er mit einer Erklärung.

»Aha.« Sie schnitt ihm das Wort ab. »Gehörst also auch zu denen, die nur zu faul sind, sich ihre eigenen Gefäße mitzubringen und denken, das sei alles nicht so schlimm.«

Jäger, der seine Stirn in Falten zog und diesen Angriff nicht erwartet hatte, suchte nach Worten.

»Nein, das ist es nicht. Aber ...«

»Da kann es kein Aber geben. Schließlich wollen wir unseren Kindern den Planeten hinterlassen«, meinte Julia keck. Tiefdunkle Röte schoss ihr ins Gesicht, als sie begriff, was sie gesagt hatte. Sie hatte Glück, denn Jäger verstand nicht, was sie ihm sagen wollte. »Egal«, winkte Julia ab. »Zuerst fangen wir die Bösewichte«, legte sie fest. »Bleibt es bei deinem Plan?«

Jäger atmete hörbar aus. »Ja. Ich habe grünes Licht erhalten. Hast du etwas rausbekommen?«

»Und ob.«

»Lass hören.«

»Meine Freundin arbeitet auf der Entbindungsstation. Da war es letztes Jahr schlimm. Zweimal am Tag über drei Wochen hinweg. Dann war totale Ruhe. Wie ein Spuk war alles vorbei.«

»Weißt du, wie das ablief?«

Julia nickte.

»Es kam nur auf der Wöchnerinnenstation vor. Wenn die Mütter ihre Babys auf dem Gang entlangfuhren oder die frisch gebackenen Väter zu Besuch kamen. Die haben alle gemeint, dass sie nicht lange aus dem Zimmer waren. Wenn sie zurückkamen, schien alles okay. Aber dann stellten die Frauen fest, dass zum Beispiel die Schränke durchwühlt waren. Es wurde alles geklaut, was nicht niet- und nagelfest war. Handy, Schlüssel, Portemonnaies, Kuchen ...«

»Was hast du gesagt? Kuchen?«, unterbrach er sie.

»Meine Freundin hat gesagt, die eine Mutter hätte sich von ihrem Mann einen Kuchen backen lassen. Sie wollte diesen mit ihrer Zimmergenossin teilen. Als sie wieder ins Zimmer kam, sei der weggewesen.«

»Und wo war die Zimmergenossin?«, fragte Jäger.

»Sie war auf der Toilette und hat nichts mitbekommen.«

Jäger wusste aus eigener Erfahrung, dass in jedem Patientenzimmer ein Bad mit Dusche und Toilette vorhanden war.

»Ganz schön dreist«, stellte er fest, als er in Gedanken die Möglichkeit durchgegangen war.

»Das fanden die Patientinnen auch. Und ganz schlimm hat es eine junge Mutter getroffen.«

»Erzähl«, forderte Jäger sie auf.

Schwester Julia schloss ihre Augen und ließ die Sonnenstrahlen auf ihrem Gesicht tanzen. Jäger, der ihre total entspannte Haltung zur Kenntnis nahm, tat es ihr gleich.

»Es passierte auf der Frauenstation. Einen Tag nach den Voruntersuchungen wurde die Patientin operiert. Ihre Wertgegenstände schloss sie im Schließfach im Zimmerschrank ein. Noch während der OP haben sich ein oder mehrere Diebe ins Patientenzimmer geschlichen. Das Schließfach wurde aufgebrochen und die Wertgegenstände – alle weg.«

»Hat sie eine Anzeige erstattet?«

»Das hat sie, weil das in diesem Fall noch nicht das Ende der Geschichte ist.«

»Nee?«

»Hör zu. Die Diebe haben ihre Wohnung durchsucht. Die hatten ja den Ausweis und wussten, wo sie wohnt ...«

»Und sicher auch den Schlüssel.« Jäger pfiff durch die Zähne. »Teufel auch.«

»Sie haben jeden Winkel der Wohnung durchsucht. Bis sie den PIN der EC-Karte und die Kreditkarte fanden. Danach wurden mehrere Automaten aufgesucht.« Julia schaute Jäger direkt an. »Denen muss das Handwerk gelegt werden.«

Jäger hatte sich im Vorfeld mit Berichten über Diebstähle in den verschiedenen Krankenhäusern beschäftigt. Er wusste, dass in nahezu jeder Klinik Diebe am Werk waren. Eine bundesweite Statistik gab es nicht. Warum eigentlich nicht?, hatte er sich beim Lesen gefragt. Neben Schmuck und Bekleidung kamen auch Tiefkühlkost und teure medizinische Geräte abhanden. Mit der Aufklärungsquote konnte sich die Polizei nicht mit Ruhm bekleckern.

»Dieses Jahr scheint die Innere Station dran zu sein«, vermutete Jäger. »Und es sieht so aus, als wenn sich der oder die Diebe durch das Land und die Krankenhäuser durcharbeiten. Das hat hoffentlich bald ein Ende.«

»Du willst dich wirklich beklauen lassen?«

»Jepp.« Furcht und ein undefinierbares stärkeres Gefühl sah Jäger in ihren Augen aufleuchten. Aber wenn er sich täuschte? Jäger hatte die Furcht, die Skepsis und auch den Stolz gesehen. »Ganz genau.«

»Wie willst du denen eine Falle stellen?«

Jäger hatte bereits einige Tage an dieser Idee gearbeitet. Er brauchte ein Portemonnaie mit einem falschen Ausweis, ein präpariertes Handy, einen Schlüssel von einer Ausweichwohnung. Und eine Geschichte, die er auf dem Krankenhausflur verbreiten konnte. Dazu wollte er Schwester Julia in Anspruch nehmen. Sie sollte offenherzig erzählen, dass es bei Jäger etwas zu holen gab.

»Du willst dir wirklich einen funkelnagelneuen Sportwagen, den du von deinem Vater geerbt haben willst, klauen lassen?« Sie schaute ihn skeptisch an. »Ich hab dir deinen Namen auch nicht geglaubt oder dass du krank sein sollst«, meinte sie fast enttäuscht.

Jäger grinste. »Es reicht ja, wenn der Dieb es dir abnimmt.« Er verzog seinen Mund, als würde er in eine Zitrone gebissen haben. »Hast du einen besseren Vorschlag?«

»Im Moment nicht.« Julia stand auf und nestelte an ihrer Schwesternkleidung. »Dann werde ich auf der Station die Neuigkeit verbreiten.«

»Wie, was?« Jäger hob die Brauen und sah Julia an.

»Ich werde verbreiten, dass du mich nach Hause eingeladen hast, um eine Spritztour mit mir zu machen. Natürlich erst, wenn sie dich entlassen.«

Jägers Stirnrunzeln blieb. »Damit stellst du den Dieb vor die Tatsache, dass er sich beeilen muss.«

Julia hob die Hand und streckte den Daumen raus. »Das wollen wir doch!«

»Wir wissen nicht, wer es ist. Vielleicht ist es eine Bande«, legte er ihr ans Herz.

Julia rollte die Augen. Was für ein schmerzfreies Ding. Jäger wirkte belustigt.

Da war er wieder, dieser erhobene Finger der Gerechtigkeit. Das mochte sie an Robin Jäger. Er war irgendwie anders als all die anderen Typen, die sie vor ihm hatte. Und sie nahm sich fest vor, egal wie, dass sie Jäger besuchen würde. Und gegen Katzen hatte sie auch nichts. Noch nicht einmal eine Allergie.

Sie nickte und stand auf. Mit der ausgestreckten Hand gab sie ihm einen Handkuss und griff nach dem Rollstuhl. Der war als Tarnung gedacht. Er gehörte wieder auf Station.

Keinen Wimpernschlag ließ Jäger sie aus den Augen. Er bemerkte ihren gekonnt in Szene gesetzten Hüftschwung und ihren koketten Blick, als sie sich umwandte und sah, dass er ihr nachschaute.

Zwanzig Sekunden hatte er gezählt, bis sie sich umgedreht hatte.

Franck erwachte. Durch das Oberlicht konnte er den Lauf der Sonne verfolgen.

Rötlich gefärbtes Morgenlicht überschwemmte sein Gefängnis.

Etwas Speichel war aus seinem Mundwinkel gelaufen. Nach dem Schlag ins Gesicht hatte er einen blauen Fleck davongetragen, aber war seinem Ziel nähergekommen. Mit Dialekten war er vertraut. Es hörte sich nach dem Saarland, möglicherweise nach der baden-württembergischen Mundart an. An Ländergrenzen verwischten sich im Laufe der Zeit und der gemeinsamen Geschichte gesprochene Worte. Der Entführer war zwar bemüht, Hochdeutsch zu sprechen, doch im Zuge der Provokation hatte dieser ein Stück seiner Deckung vergessen.

Ein schmales Lächeln stahl sich in Francks Gesicht. Gleich darauf verzog er es vor Schmerz und drückte mit dem rechten Handrücken auf den Mundwinkel. Die Kette klirrte bei jeder Bewegung. Der Kamera mit dem roten Licht opferte er keinen Gedanken mehr. Es lag nicht in seiner Macht, das zu ändern. Mit dem Rücken zu ihr lag Franck auf dem schmalen Bett.

Gestern und vorgestern hatten sie ihn für zehn bis elf Stunden, wo auch immer er gefangen gehalten wurde, allein gelassen. Der Kleine hatte am Morgen zwei Äpfel, zwei Scheiben Brot und einen Kanister mit Wasser gebracht. Franck hatte keine Gelegenheit mehr gehabt, ihn in ein Gespräch zu verwickeln. Dem Entführer war unwohl gewesen. Franck hatte ihm die Unsicherheit angemerkt. Ein Apfel war ihm bereits das zweite Mal aus der Hand gefallen. Sein Körper hatte sich versteift, als er ein unterschwelliges Ausatmen vom Boss an der Tür gehört hatte.

»Wir kommen wieder.« Arrogant hatte der Große am Türrahmen gelehnt und Franck nicht aus den Augen gelassen. »Wehe, du bist abgehauen«, hatte er zynisch gemeint und hämisch gelacht. Geräuschvoll war die Tür ins Schloss gefallen.

Nach ungefähr der vorausgesagten Zeit war die Tür geöffnet worden und das gleiche Szenario hatte sich wiederholt. Gestern war das so gewesen und auch vorgestern und am Tag zuvor. Damit Franck nicht vergaß, welcher Tag war, drehte er sich vom Toilettenpapier Kugeln in der Größe eines Daumennagels. Jeden Tag legte er eine neue mit Spucke modellierte Kugel zu den anderen in der Reihe unter dem Bett.

Er nahm sich Zeit für Sport. Er hatte sich die vergangenen Tage so weit eingerichtet, dass er eine Art Tagesablauf entwickelt hatte. Da er keine Uhr hatte, musste er auf die innere Uhr hören. Nach seiner Vermutung wachte er täglich gegen 4 Uhr auf.

Egal, ob mit einer Hand oder ob er zwei Hände zur Verfügung hatte. Sein Ziel war es, fit zu bleiben. Einen Schlag ohne Gegenwehr zu kassieren, durfte ihm nicht noch einmal passieren. In dieser Zeit absolvierte Franck sein morgendliches Sportprogramm: Liegestütze, Kniebeuge, Rumpfbeugen, Dehnungsübungen. Er marschierte auf dem Stand, immer begleitet von der Musik der klirrenden Kette und dem eigenen schnaufenden Atem.

Er hörte nicht, was die Typen machten. Ob sie hier schliefen oder jeden Morgen mit einem Fahrzeug herkamen. Auf jeden Fall war der mit dem dünnen Pferdeschwanz der Boss.

Circa zwanzig Minuten später hörte Franck, wie der Schlüssel in der Brandschutztür gedreht und dann geöffnet wurde. Der Kleine brachte Vorrat. Ungeduldig wartete der mit dem dünnen Pferdeschwanz an der offenen Tür und passte auf, dass sich kein Gespräch ergab. War der Kleine fertig, fiel mit Krach die Tür ins Schloss. Keiner hatte einen Ton gesagt.

Das Lämpchen blinkte unentwegt. Die nächsten Stunden vergingen, ohne dass sich jemand sehen ließ. Franck unterzog sich seiner Morgentoilette. Er wusch sich im Waschbecken, auch seine Haare, und strich den Bart glatt. Er merkte, wie dieser aus der Form geriet. Er musste wie ein Tagedieb aussehen.

Franck wünschte sich seine Freiheit wieder. Eine ausgiebige Dusche, frische Kleidung schadeten auch nicht. Einen gedeckten Tisch, an dem er mit Emilia und allen Menschen, die ihm lieb und teuer waren, sitzen konnte. Er sehnte sich nach Menschen. Nach Informationen, was in der Welt los war. Er lechzte nach allem, was sonst völlig normal war. Vor allem sehnte er sich mit jeder Faser seines Herzens nach Emilia.

An diesem Ort gab es nur ein zerfasertes altes mürbes Tuch zum Abtrocknen. Ein kleines Stück Seife billigster Qualität lag auf dem Waschbeckenrand. Gern hätte er sich mit einem flauschigen Handtuch abgetrocknet oder Emilias selbst hergestellte Seife benutzt. Nach drei Tagen war ihm das rote Lämpchen völlig egal, wenn er auf Toilette ging. Wenn derjenige die totale Kontrolle wollte, konnte er auch dagegen nichts unternehmen. Nachdem er so sauber war, wie es unter diesen Umständen erlaubt war, setzte er sich auf den Fußboden und nahm sich etwas zu essen aus dem Regal. Später trank er aus dem Kanister, um alles runterzuspülen. Zwei Scheiben Brot, ein Apfel. Von dem Käse, den er zu Anfang seines Aufenthaltes bekommen hatte, war nichts mehr übrig.

Seine Unterwäsche wusch er jeden Abend mit Seife und legte sie auf das Regal zum Trocknen, sodass er morgens in der Unterhose Sport machen konnte. Nach diesem Programm waren drei Stunden verstrichen. Jetzt begann der Gedankensport. Francks einzige Waffe, sein einziger Gefährte und sein einziger Trost blieben die Gedanken. Er wollte Emilia noch so vieles sagen. An einem Gedicht arbeitete er. Die Rohfassung hatte er im Kopf:

Sehe ich dich, entflammt mein Herz.
Es wird warm in mir.
Wenn du wüsstest, wie sehr ich dich will und brauch.
Schaffst du es doch, meine Welt zum Leuchten zu bringen.
Allein der Gedanke an dich und jede Gefahr schwindet,
mit dir erstrahlt die Welt im Lichterglanz
und wird von Wärme durchflutet.
Bis zu meinem letzten Herzschlag lieb ich dich.

Franck seufzte. Hoffentlich kam es nicht zum Äußersten. Kurzentschlossen strich er diese Überlegung fort. Er durfte nicht die Hoffnung verlieren. Aber es war schwer, ruhig zu bleiben und eben nicht die Hoffnung aufzugeben. Er durfte keinen Nervenzusammenbruch erleiden. Nein, das wollte er nicht vor der Kamera zeigen. Eines Tages war es vielleicht so weit. Vielleicht. Aber nicht heute. Jeder Tag war ein Stück näher an der Freiheit.

Er zählte das Positive auf. Er lebte. Er war unverletzt. Abgesehen von dem Veilchen. Er litt keinen Durst und keinen Hunger. Er hatte ein Waschbecken, das fest in die Wand eingelassen war. Aus Zement. Auch das Abflussrohr war in Zement eingelassen. Der, der das Verlies gebaut hatte, hatte ganze Arbeit geleistet. Und an alles gedacht. Er wollte die totale Überwachung. Er wollte sich rächen, er wollte Vergeltung für das, was ihm angetan worden war. Er wollte, dass sich sein Gefangener keinesfalls selber befreien konnte.

Franck nutzte das Chemieklosett. Er kannte diese Art aus einem Baumarkt, in dem er vor Jahren ziellos herumgestromert war. Das erste Mal nach seinem Burnout. Er galt als so weit gefestigt, dass er es wieder mit seinem Leben aufnehmen konnte. Genau diese Erinnerung beunruhigte ihn. In den Jahren hatte er vieles über sich gelernt. Und ja, er fürchtete sich, erneut diesen Tribut zu zahlen.

Franck disziplinierte seine Gedanken. Und er sollte auch dankbar sein für das Sonnenlicht. Er wollte sich nicht ausmalen, was mit ihm passieren würde, gäbe es in dieser Zelle kein Tageslicht. Doch all die Annehmlichkeiten sagten ihm, dass er es mit einem Entführer zu tun hatte, der wusste, was er tat, und dass sein Aufenthalt nicht nur für eine kurze Zeit sein sollte.

Denn eines war ihm bereits beim Erwachen nach der Narkose klar gewesen: Die Männer müssen ihn ausgespäht haben. Er musste nachdenken, was er übersehen oder gar nicht gesehen hatte. Doch dazu brauchte er seine ganze mentale und physische Kraft. Er musste sein Gedächtnis durchforsten. Woher kannte er diese Stimme? Was war die letzten Monate passiert? Wen hatten er und Emilia getroffen? Gab es Anrufe, die sich nicht zuordnen ließen? Welche Menschen sah man, welche übersah man? Die Unternehmungen, die er und Emilia unternommen hatten? Wo kauften sie ein? Er wusste auch, dass die Gedanken nur ein Tropfen auf dem heißen Stein waren. Im schlimmsten Fall machte er sich verrückt, wo es keiner Handlung bedurfte. Oder er übersah etwas.

Aus Sicht des Kriminalisten wusste er, dass Petersen Cecilia und die Töchter informiert hatte. Er musste sie in Kenntnis setzen und befragen. Auch seiner ersten Familie brachte er Kummer und Schmerz. Franck fröstelte. Egal, an wen er dachte, es gab viele, die sich sorgten.

Franck seufzte. Emilia fehlte ihm unendlich und er hatte Angst um sie. Was musste sie durchmachen! Er verbat es sich, zu denken, dass sie in Betracht zog, dass er sie verlassen hatte. Er sah sie vor sich. Mit Wehmut erinnerte er sich an den Tag, an der er ihr im Rathaus zum ersten Mal begegnet war. Er sah sich wartend, wie er sie in der Apotheke sprechen wollte. Endlich stand sie vor ihm. Mit Mühe nur hielt er ihrem Blick stand. Es ging ihm durch Mark und Bein, wie sie ihn gründlich von unten nach oben gemustert hatte. Von einer zur anderen Sekunde war sein Herz abhandengekommen. Seit der Zeit hütete sie sein Herz mit beiden Händen. Diese tröstende Vorstellung legte sich beruhigend über seine aufgewühlten Gedanken.

Franck streckte sich auf dem schmalen Bett aus. Er verschränkte die Arme hinter dem Kopf und starrte die Zementdecke an. Er ließ das letzte Jahr Revue passieren. Die gelösten Kriminalfälle, das Arbeiten mit Petersen und Jäger, Begegnungen mit den Menschen der Stadt oder die Ausflüge, die er mit Emilia unternommen hatte. Man kannte ihn in Quedlinburg. Doch wer hatte ihn entführt? Er tappte im Dunkeln und fand kein Motiv. Dass es aber jemand war, der ihn einfach ohne plausiblen Grund entführt hatte, war ausgeschlossen. Dafür sprachen die Bemerkungen des Großen. Was hatte er gesagt? Franck überlegte. Es wollte ihm partout nicht einfallen. Also musste er doch denjenigen kennen, der ihm das antat. Von den Kriminalfällen und der Undercover-Arbeit im Saarland?

Zeitlebens war er ein akribischer Beamter, für den die Wahrheit und die Gerechtigkeit nicht nur Worte bedeuteten. Franck konnte sich an viele Fälle erinnern und nirgendwo beschlich ihn ein Gefühl, nicht richtig gehandelt zu haben. Dennoch konnte sich jemand an ihm rächen wollen. Doch wer, war die Frage.

Nach vielleicht drei Stunden machte Franck weitere Sportübungen. Er trank Wasser und aß den zweiten Apfel. Jetzt kam die Tageszeit, in der er nur positive Gedanken zuließ. Er nahm sich vor, den kleinen Mann zu bitten, ihm Lesestoff zu besorgen. Bis dahin stellte er sich Liebespaare aus der Geschichte vor. In welcher Zeit, in welchen Gefahren sie lebten, um doch zueinander zu kommen. Weder die Entführung noch die Zeit halten mich davon ab, an dich, Emilia, zu denken.

Mit dieser Vorstellung verbrachte er die Zeit, bis die beiden zurück waren und ihm erneut essen und trinken brachten.

Es war früh am Morgen und die Sonne hatte gerade erst über den Rand der Welt geschaut. Emilia hatte am gestrigen Abend, nach ihrem Dienst in der Apotheke und dem Versorgen des Katers, noch einmal versucht, die grünen Claire-Fontaines-Hefte von Franck durchzulesen. Nahezu alles hatte er in seiner Kurzschrift geschrieben, die er sich angewöhnt hatte. Es war hoffnungslos. Vielleicht konnte Jäger damit mehr anfangen. Emilia steckte die Hefte in einen Stoffbeutel.

Gestern Abend hatte Petersen wie jeden Abend angerufen. Sie konnte mittlerweile das Gespräch herbeten:

»Emilia, wir haben ihn noch nicht. Es tut mir leid. Kann ich etwas für dich tun?«

Um die Stille zu durchbrechen, die jeden Abend entstand, hatte sie sich angewöhnt, trotzdem Fragen zu stellen, die er ernsthaft beantwortete.

»Die Sonderkommission ist im Einsatz. Vier Mann arbeiten akribisch. Wir sind alle Akten nochmals durchgegangen. Wir warten auf eine Kontaktaufnahme durch die Entführer«, hatte Petersen geantwortet.

»Und wenn die nicht kommt?«

»Wir lassen nichts unversucht. Emilia, das musst du mir glauben. Er ist mein bester Freund.« Petersen hatte eindringlicher geklungen als sonst.

»Ich glaub dir das«, hatte sie heiser geflüstert. Ihre Stimme war nur ein Hauch gewesen und fast eine Woche war Franck nun nicht mehr da.

»Wie geht es dir? Möchtest du zu uns kommen? Adele würde sich freuen«, hatte Petersen gefragt.

Niemand konnte ihr jetzt helfen. Die Freunde, die Mitarbeiterinnen, die Familie mussten das verstehen. Sie hatte Petersen gebeten, herzliche Grüße auszurichten und Adele mitzuteilen, dass es an einem anderen Tag nicht ausgeschlossen sei, aber nicht heute. Schwer atmend hatte er sich mit dieser Antwort zufriedengegeben. Petersen hatte die Ausrede herausgehört. Natürlich. Aber auch er konnte es nicht ändern. Sie hatte weder ihm noch ihren Mitarbeitern den Schwächeanfall gebeichtet.

Nach der Dusche machte sie sich einen Kaffee. Zusammen mit einem Obstteller und einem Schreibblock ging sie auf den Balkon. Um diese frühe Morgenstunde war es auf dem Balkon angenehm. Die allgemeine Ruhe ließ sich ausnutzen, um nachzudenken. Jägers Auftrag ausführen. Er hatte ihr geraten, sich rückwärts durch das Labyrinth zu bewegen. Wen hatte sie getroffen, wer hatte angerufen, wem schickte sie eine E-Mail, wem war sie auf der Straße begegnet? Wem hatte sie was gesagt? Wie waren die Tage vor Francks Verschwinden vergangen? Genauestens sollte sie diese Aufstellung machen. Emilia nahm den Stift, den sie quer im Mund gehabt hatte, in die Hand und blätterte den Schreibblock auf

Alles hatte am letzten Freitag begonnen. Sie trank einen Schluck Kaffee und knabberte an einem Viertel Apfel. Ihr Blick schweifte in die Ferne. Franck und sie unterhielten sich jeden Tag, auch wenn es spät geworden war. Auf dem Balkon oder in der Küche oder im Bett. Vor der Liebe oder danach. Sie verschluckte sich am Apfel und musste husten.

Franck kannte mittlerweile viele Quedlinburger. Er wurde öfters angesprochen, nicht selten hob jemand grüßend die Hand. Wenn sie doch nur nicht solch ein enttäuschendes Namensgedächtnis hätte.

Mit dem Stift zeichnete sie eine Tabelle und setzte ihre Überlegungen fort. Fast erschrak sie, als der Nachbar die Tür vom Nachbargrundstück schloss und die Treppenstufen hinunterlief. Auf dem Weg durch seinen Garten rief er:

»Guten Morgen, Frau Sander!«

»Ähm.« Emilia blickte auf und sah die grüßend erhobene Hand. »Guten Morgen.«

»Wenn Herr Metz mal Zeit hat, dann möchte ich gern seine Meinung zu einem Projekt haben.«

»Projekt?«, fragte Emilia mit einem leichten Stirnrunzeln.

»Na, ich muss jetzt zur Arbeit, aber er weiß schon, was ich meine. Es eilt auch nicht. Ich wollte nur seine Meinung hören.«

Emilia konnte nicht mehr antworten, weil der Nachbar bereits die Straße erreicht hatte und zu seinem Auto strebte, das er dort parkte.

Sie sollte sich das notieren, bevor sie es vergaß. ›Projekt–Nachbar‹ schrieb sie in eine Spalte der Tabelle, die mit einem Fragezeichen beschriftet war. Der Schluck aus ihrer Kaffeetasse offenbarte ihr, dass ihr Kaffee bereits kalt war. Angewidert schob sie die Tasse weg. ›Freitag–Kräuterwanderung‹; sie schrieb die Namen der vier Frauen auf. Davor arbeiten, nichts Ungewöhnliches. Am Tag davor hatte sie bis spät abends gearbeitet. An mehr konnte sie sich nicht erinnern. Es war einfach zu verrückt. Jeden Tag war in einer alten Apotheke etwas anderes los. Sie sollte endlich die Wasserleitungen auf den neuesten Stand bringen lassen. Manchmal tropfte es hier, manchmal dort. Letzte Woche hatte sich Frau Weiß nur einen Kaffee machen wollen. Eine halbe Stunde später hatte Emilia sie auf den Knien liegend gesehen und das Wasser aus dem Schrank und unter der Spülmaschine aufwischen. Der Karton für die Geschirrspültabs war als Erstes durchgeweicht.

Emilia klopfte mit der Bleistiftspitze auf den Tisch. Konzentriere dich, mahnte sie sich. Sie stand auf und machte sich einen frischen Kaffee. Vielleicht sollte sie endlich auch an ihrer Kühlschranktür wichtige Termine und Daten platzieren. Der frische Kaffee duftete. Sie nahm ihn mit auf den Balkon und arbeitete weiter an der Liste.

Wann hatte ihr Franck gesagt, dass Jäger unabkömmlich in einer speziellen Angelegenheit sei? Am letzten Mittwoch? Ja. Und sie erinnerte sich, sie hatte nur mit einem halben Ohr zugehört. Und da war noch etwas. Sie war mit ihrer Freundin Tess essen gewesen. Sie waren shoppen gewesen. Nur Kleinigkeiten. Franck hatte am Abend belustigt geklungen, als sie ihm das Ergebnis des Bummels gezeigt hatte. Sie hatte nichts Bestimmtes im Auge gehabt. Ein paar elegante Schuhe mit flachem Absatz, ein luftiges Kleid, Unterwäsche und ein Parfum hatte sie tatsächlich gekauft. Später hatten sie und Tess in einem Eiscafé gesessen. Sie hatten viel gelacht, hatten wegen der Hitze nur eine Weißweinschorle getrunken. Stopp! Was hatte Tess erzählt? Sie hatte sich lustig gemacht über einen Mann, der Emilia nicht aus den Augen gelassen hatte und dem Tess auf dem Weg zum Klo begegnet war. Der Mann war ihr entgegengekommen und hatte vergessen, seinen Hosenstall zu schließen. Als Tess von der Toilette zurückgekommen war, war sie wie eine Königin an seinen Tisch gegangen. Leise hatte sie ihm ins Ohr geflüstert, dass sein Hosenstall offen sei. Peinlich berührt hatte der Mann unter den Tisch gegriffen. Nach wenigen Minuten hatte er den Kellner zum Bezahlen gerufen. Sein Platz war nicht lange unbesetzt geblieben. Tess hatte doch noch zwei Weißweinschorlen kommen lassen und ihr erzählt, dass sie den Typen für suspekt hielte. »Zweimal hab ich den heute schon gesehen. Der war immer viel zu dicht bei uns. Einmal im Schuhladen und dann in der Parfümerie. Als ich mich zu ihm beugte, hab ich das gleiche Parfüm gerochen, das ich im Geschäft ausprobiert habe.«

Emilia hatte den Kopf geschüttelt und gemeint, das sei wie in der Schule früher. »Du bekommst alles mit und ich merke nichts.«

Darüber hatten sie gelacht, bis es spät war und sie leicht angeheitert nach Hause gegangen waren.

Sie sollte Tess anrufen. Doch zunächst schrieb sie weiter und beendete vorerst die Tabelle am Montag vor der Entführung. Ein erschrockener Blick auf ihr Handy ließ sie ihre Arbeit beenden. Sie musste zum Dienst.

In der Apotheke hatte sie nichts dagegen, dass ihr Blanka einen angerührten Quark mit Früchten auf den Schreibtisch stellte. Nach dem Essen begab sie sich in den oberen Stock. Frau Mandel sorgte auch hier für Ordnung und Sauberkeit.

»Guten Morgen, Frau Mandel. Ich treffe mich am Abend mit Robin Jäger.« Auch ihrer Reinigungskraft war Francks Mitarbeiter nicht unbekannt. »Können Sie etwas Leckeres für den jungen Mann vorbereiten, damit ich es mitnehmen kann?«

»Ich mache doch immer etwas Gutes«, quittierte sie fast gekränkt den Auftrag.

Der Arbeitstag in der Apotheke verging mit den normalen Dingen. Rezeptausgabe, Bestellungen, Waren annehmen und ausliefern. Einige Kunden waren zur Sauerstofftherapie angemeldet. Emilia

Sander hatte die Mitarbeiter gestern schon gebeten, vorwiegend ohne sie zurechtzukommen. Aus ihrem Büro rief sie Tess an. Jäger konnte nicht nach jemandem fahnden lassen, wenn er keine Personenbeschreibung bekam.

»Wie geht es dir, meine Liebe?« Wie immer erklang das glockenklare Lachen durch das Telefon, als sie Emilias Stimme erkannte. Doch sogleich wurde Tess ernst. Auch sie wusste von der Entführung.

»Wie soll es mir schon gehen«, wehrte Emilia ab. »Die Polizei hat zwar eine Sonderkommission gebildet, aber es gibt keinen Fahndungserfolg.«

»Petersen ruft dich an?« Die Frage klang eher wie eine Kriegserklärung, sollte er nicht wie versprochen Emilia über alles informieren.

»Ja, Tess«, beruhigte sie Emilia, »es gibt aber keine Lösegeldforderung. Es gibt einfach nichts. So, als wenn er nicht existiert hätte.« Emilia blieben fast die Worte im Halse stecken. Wenn sie die Augen schloss, meinte sie, Francks Geruch wahrzunehmen. Sein Duft auf dem Kopfkissen, sein Aftershave, sein Parfum.

»Kann ich dir helfen, brauchst du irgendetwas?« Aus Tess' Stimme sprach die Sorge einer Freundin.

»Ja, du kannst helfen.«

»Und wie?«

»Der Typ, der den Hosenstall offen hatte ...«

»An unserem Shoppingtag?«, vergewisserte sie sich.

»Genau. Ich kann dir nicht sagen, wieso ich auf den komme. Aber kannst du den beschreiben?«

Am Ende der Leitung herrschte für den Moment Ruhe. Emilia überlegte schon, ob Tess die Frage falsch verstanden haben konnte.

»Ja. Das kann ich.«

»Schickst du mir die Beschreibung per E-Mail?«

»Hast du in zehn Minuten.«

Nach dem Telefonat konnte Emilia kaum stillsitzen. Vor ihr lag nicht nur die Tabelle, die sie beenden wollte. Rezepte, Anfragen von Patienten. Ein Dankschreiben vom Bürgermeister. Für das sie sich kurz erkenntlich zeigen sollte. Aber sie hatte für all das keine Zeit. Es war alles nicht mehr so wichtig, wie es eine Woche zuvor noch gewesen war. Alles hatte sich verändert, nichts war geblieben, wie es war. Die gefühlte Sicherheit war einer Unsicherheit gewichen. Sie stand dazwischen, ohne Halt zu haben, ohne Grund unter die Füße zu bekommen.

Tess hielt Wort. Nach zehn Minuten ploppte es an ihrem Rechner und Emilia öffnete die Post.

Die Beschreibung erweckte den Mann wieder zum Leben. Ungefähr vierzig Jahre alt, gebräunt, wie jemand, der an frischer Luft arbeitet. Seine Statur war eher normal, ein Meter siebzig groß, bartlos, hellbraune Augen, gelocktes und dunkles Haar. Sie hatte keinen Ehering oder einen hellen Abdruck gesehen. Auch sonst keinen Schmuck. Nichts Auffälliges an ihm. Doch Tess hatte ein echtes Ass im Ärmel. Als sie den Mann angesprochen hatte wegen seiner offenen Hose, war er erschrocken und bedankte sich spontan. Tess hatte ein eindeutiges Näseln, als wenn er Polypen hätte, gehört.

Emilia sah ihn jetzt vor ihrem geistigen Auge. So würde sie ihn auch beschreiben. Total unauffällig. Er hatte auch kein Muttermal, eine Narbe oder etwas, woran man ihn erkennen konnte. Aber das Näseln, das half, hoffentlich. Und wenn Tess ihn nicht so beschrieben hätte, sie selbst wäre dazu nicht in der Lage gewesen. Jetzt, wo sie ihn vor sich sah, wusste sie, dass er blaue Jeans und ein dunkelblaues, langärmeliges T-Shirt anhatte. Mit einem unauffälligen Muster. Emilia hatte eher Mitleid mit ihm, dass er in der Hitze dieses Hemd trug. Am Tisch hatte er eine gespiegelte Sonnenbrille auf. Tess hatte sich auch darüber lustig gemacht. »Die setzen Kerle auf, die unbeobachtet dahin schauen, wohin sie nicht schauen sollen«, hatte sie behauptet.

Emilia hatte ihn nicht mehr beachtet. Sie war viel zu sehr mit der Weißweinschorle und dem Eis beschäftigt gewesen. Außerdem hatte sie der untergehenden Sonne ihr Gesicht entgegengestreckt. Erst als die Kellnerin an ihren Tisch getreten war und sie die Rechnung beglichen hatten, hatte Emilia einen anderen Mann dort sitzen sehen. Er hatte einen Touristenreiseführer auf dem Tisch liegen, einen riesigen Eisbecher vor sich stehen und war mit seiner Kamera beschäftigt. Emilia hielt inne. War er beschäftigt oder hatte er nur so getan? Emilia schloss die Augen. Er wirkte ein paar Jahre älter als der von Tess beschriebene. Er war muskulös. Er trug eine Angebergoldkette und hatte ein buntes Hawaiihemd an. Kurze Hosen und Sandaletten. Auf dem Kopf eine Baseballkappe. Emilia hatte den dünnen Zopf gesehen, als er seinen Kopf wendete. Alles in allem war er ein Typ Mann, den Emilia nicht nach der Uhrzeit fragen würde. Etwas Bedrohliches ging von ihm aus.

Emilia schüttelte sich. Was für ein Hirngespinst. Dieser Mann wurde jetzt verdächtigt, wo sie doch bloß Tess nachahmen wollte, ob ihr denn auch eine Beschreibung gelingen konnte.

Das Telefon klingelte und Emilia vergaß den Mann. Es ging um eine Bestellung. Am späten Nachmittag gab sie in der Offizin Bescheid, dass sie einen Termin außer Haus habe. Frau Mandel hatte den Picknickkorb zurechtgestellt.

Mit dem Audi fuhr Emilia zum Krankenhaus. Dort angekommen ging sie bis zu der Bank, die eine mächtige Kastanie mit ausladendem Blätterdach beschattete. Jäger war noch nicht da. Emilia stellte den Korb neben sich ab und setzte sich.

Die Wärme der untergehenden Sonne und das sanfte Rauschen der Blätter machten Emilia schläfrig.

»Was gibt es Gutes zu essen?« Voller Neugier hob Jäger eine durchsichtige Glasschüssel heraus und betrachtete den Inhalt. »Das ist echt lange her, dass ich so einen Salat gegessen habe. Putensandwiches und ...«

Emilia blickte auf. Außer Weißkohl, Möhren und Mayonnaise war nichts Besonderes für sie in der Schüssel zu sehen.

»Ich war nach meiner Ausbildung bei einer ehemaligen Polizeianwärterin«, erklärte Jäger. »Sie hatte mich eingeladen. Drei Wochen USA. Bei jeder Grillparty gab es diesen Salat, zu allem anderen natürlich.« Jäger hielt kurz inne, als suche er nach dem bestimmten Wort. »Coleslaw, nennen die ihn da drüben.« Jäger nahm die Gabel und begann zu essen.

Für einige Minuten hörte Emilia nur die zufriedenen Essgeräusche Jägers.

»Noch nie davon gehört«, gab sie zu. Ohnehin stand das Essen im Moment nicht auf ihrer Prioritätenliste so weit oben, wie mit Franck. Wehmütig dachte sie zurück an die kulinarischen Abende oder Mittagszeiten, die sie zusammen verbracht hatten. An die Gelegenheiten, wo sie von Frau Mandel bekocht worden waren oder bei den Besuchen im *Weinberg*.

Nach den Putensandwiches und dem Salat packte Jäger unverdrossen die Rote Grütze mit Vanillesoße aus. Frau Mandel wusste, dass es Jägers Lieblingsdessert war.

»Ich höre trotzdem zu.« Emilia glaubte ihm nicht und tat, als höre sie die Aufforderung nicht. Mit einem kleinen Rülpser beendete Jäger seine Mahlzeit. »Sorry«, meinte er entschuldigend. Mit der Rechten rieb er sich über seinen sonst flachen Bauch. »Wie geht es meinem Kater?«

»Alles in Ordnung. Ich war gestern da, habe mich auch eine Weile aufgehalten. Er vermisst Sie, denke ich. Aber sonst geht es ihm gut.«

Dankbar nickte Jäger.

Aus dem Stoffbeutel holte Emilia Francks Tagebücher und den Hefter. In diesem befand sich nicht nur die Tabelle und die E-Mail-Adresse von Tess. Außerdem gab es eine Liste der Plätze, Orte, Sehenswürdigkeiten, wo Franck und sie die letzten zwölf Monate gewesen waren.

»Die Beschreibung werde ich an Petersen weiterleiten. Die Sonderkommission wird Ihre Freundin bitten, ins Revierkommissariat zu kommen«, stellte er fest. »Sie wird sich aus der Datenbank Gesichter anschauen. Außerdem wird sie mit einem Polizeizeichner zusammensitzen, damit die Beschreibung in ein Phantombild verwandelt werden kann. Je genauer Tess Reuben ist, desto höher sind die Chancen, dass man diesen Menschen entdeckt oder sich jemand erinnert. Ist das Phantombild fertig, dann gehen die Kollegen den Shoppingweg durch. Vielleicht erinnert sich eine Verkäuferin oder die Bedienung im Café. Und hier geht es nicht um einen Verdächtigen, nur um einen Zeugen, den man befragen kann, warum er Sie verfolgt hat«, präzisierte Jäger.

Tess zeichnete sehr gern. Emilia konnte sich an die ersten Tage in der Schule erinnern. Sie war ein temperamentvolles Mädchen gewesen, das nicht auf den Mund gefallen war. Ihr einnehmendes Lachen hatte stets für Aufmerksamkeit gesorgt. Sie war die Begabteste und Zielstrebigste im Kunstunterricht gewesen. Bei jedem Kunstauftrag war sie dabei. Sie hatte ein Auge für Details entwickelt und es war ihr nicht schwergefallen, etwas aus dem Gedächtnis abzurufen.

Emilia überlegte, ob sie Jäger von dem Mann erzählen sollte, der anschließend an dem Tisch gesessen hatte. Sie verwarf den Gedanken wieder. Jäger stellte einige Fragen zu ihren Einträgen, den Personen, die sie getroffen hatten. Fragte, ob ihr ein Motiv eingefallen war, doch Emilia schüttelte ratlos den Kopf. Nach einigen Notizen, die sich Jäger gemacht hatte, blickte er auf die Uhr.

»Ich muss jetzt. Abendbrot. Im Krankenhaus wird zeitig gegessen.« Jäger fuhr sich über sein Gesicht. Dann wies er auf das Material, das sie ihm gegeben hatte. »Übrigens, wer nicht wagt, ... irgendwo müssen wir anfangen.«

»Klar, verstehe ich. Wann treffen wir uns wieder?«

»Ich melde mich. Versprochen«, beeilte er sich, ihr zu versichern, als er Emilias Blick sah.

Emilia blieb sitzen und schaute dem jungen Polizisten nach. Sie glaubte ihm. Hinter den Kulissen wurden die Fäden gezogen. Beharrlich und konsequent. Mit allen Mitteln, die die Rechtsstaatlichkeit besaß. Emilia war das klar. Dennoch fühlte es sich an, als ließe man sie allein. Sie konnte keinen Trost in den Worten finden.

Was hatte sie sich denn erhofft? Notwendige Zuarbeit für Jäger und Petersen, aber sie selbst konnte doch nicht aktiv werden. Hatte sie sich das eingebildet?

Sie erinnerte sich an einen Tag während ihres Studiums an der Humboldt-Universität in den frühen Neunzigern. Damals hatte sie täglich das Fahrrad benutzt. Nur im Winter oder wenn es regnete hatte sie den Bus genommen. Ihr Fahrrad war nichts Besonderes gewesen. Als Studentin hatte sie ihr Geld zusammengehalten. Eines Morgens hatte sie den Fahrradkeller betreten, in dem sonst ihr Fahrrad stand. Nicht angeschlossen, ja, ihre Dummheit. Anstelle ihres Fahrrades hatte dort ein viel älteres und maroderes Fahrrad an der Wand gelehnt. Wut war in ihr hochgekocht, doch sie musste zur Uni. So ein unverfrorener Dieb. Den ganzen Tag über hatten ihre Gedanken um die Rückeroberung ihres Fahrrads gekreist. Die Kommilitonen hatten abgewunken. »Das siehst du nie wieder«. Doch sie hatte beschlossen, nichts unversucht zu lassen. Am Abend zuvor gegen 20 Uhr hatte sie es in den Keller gestellt und die Tür verschlossen. Morgens um 6 Uhr war es weg gewesen. Der Dieb hatte ein kleines Zeitfenster gehabt. Vielleicht war ihr Fahrrad im Umkreis zu finden. Sie war durch die angrenzenden Hauseingänge ihrer Umgebung gegangen. Kam sie nicht rein, hatte sie geklingelt und gebeten aufzumachen, weil sie die Post bringe. Emilia grinste. Ganz schön dreist von ihr. Es war vielleicht der vierte Hauseingang, da hatte ihr Fahrrad vor dem Fahrradkeller gelehnt. Ebenfalls nicht angeschlossen. Emilias Herz hatte einen riesigen Sprung gemacht. Sogleich hatte sie es mitgenommen und in ihrem Keller angeschlossen, hatte ein Blatt Papier und einen Stift geholt. Überdeutlich hatte sie geschrieben: »Elender Dieb. Fahrrad geht zurück!« Diesen Zettel hatte sie unter den Gepäckträger geschoben und es an die Stelle gebracht, an der sie ihres gefunden hatte. Zurück in ihrer kleinen Wohnung hatte sie sich eine Flasche Sekt aufgemacht und eine Freundin angerufen. Lachend war der Tag zu Ende gegangen.

Tränen der Rührung liefen Emilia aus den Augenwinkeln. Franck kannte die Geschichte noch nicht. Sie schwor sich, es nachzuholen.

»Was?« Jäger wurde aus seiner Grübelei gerissen. Sein Bettnachbar hatte ihn angesprochen.

»Mann, dich hat's aber erwischt«, deutete der Bettnachbar frivol blinzelnd ein Augenzwinkern an, »wenn du noch nicht mal mitbekommst, dass ich dich zweimal angesprochen habe.«

»Äh, und was war die Frage?« Jäger war nicht nach Smalltalk. Offenbar hatte er sich an seinen Alias-Namen Michel Martin noch nicht gewöhnt.

»Du willst also Schwester Julia dein geerbtes Auto zeigen, wenn du hier rauskommst?« Der ältere Mann verschanzte sich wieder hinter seiner Zeitung. »Bei uns nannte man das früher Briefmarkensammlung.«

Jäger war doch ehrlich überrascht, wie schnell sich ein Gerücht verbreitete. Mit einem leichten Zucken des Mundwinkels reagierte er auf die Bemerkung.

»Mein Vater war ein reicher Knopp, weißt du. Ich rede nicht gern über ihn. Er hat meine Mutter und mich verlassen und ist mit seiner Sekretärin durchgebrannt.«

Der Bettnachbar ließ die Zeitung sinken. »Nicht zu fassen.«

»Ich fand es damals zum Kotzen. Mittlerweile habe ich mich daran gewöhnt.« Jägers Stimme klang überzeugend. »Mein Vater denkt, etwas wiedergutmachen zu müssen. Vor allen Dingen, nachdem ihn die Sekretärin«, er rang mit dem Wort, »wieder verlassen hatte. Mein Vater baggerte meine Mutter wieder an und bat sie auf Knien, ihn zurückzunehmen.« Jäger merkte, dass er seinen Bettnachbarn mit dieser aus der Luft gegriffenen Geschichte völlig fesselte. Er wollte nur nicht über das Ziel hinausschießen.

»Und?«

»Und was?«

»Na, deine Mutter, hat sie ihn wieder zurückgenommen?«

Schwester Julia betrat das Zimmer und hatte ein Augenzwinkern für Jäger übrig, als sie an Herrn Neumanns Bett trat.

»Schönen Abend, Herr Neumann. Wir werden Sie verlegen müssen.«

»Was, wieso denn?«, fragte dieser aufgeregt. »Jetzt?« Die Mitteilung versetzte ihn in Unruhe.

Jäger war froh, von der Antwort entbunden zu sein. Sein Bettnachbar hätte nicht eher Ruhe gegeben, bis er geantwortet hätte.

»Das müssen Sie den Herrn Professor fragen.« Julia schaute auf ihre Uhr. »Morgen früh bei der Visite.« Dabei lächelte sie ihn herzerwärmend an.

Gemeinsam mit einer weiteren Schwester schoben sie das Bett aus dem Zimmer. Jäger atmete aus. Im Stillen dankte er ihr für die Weitsicht.

Jäger streifte sich die Plastikhandschuhe über, die ihm Reeh mitgebracht hatte. Petersen hatte der Vorgang gefallen und die Vorbereitungen waren abgeschlossen worden. Jäger legte das präparierte Portemonnaie zusammen mit dem Schlüssel, der zu einer Deckwohnung gehörte, in den Nachttisch. Einen Spalt ließ er die Schublade offen. Nun hieß es einfach warten.

Jäger überbrückte die Zeit bis zum Einschlafen und erstattete Petersen telefonisch Bericht. Als er das Gespräch beendete, wurde ihm die Stille im Zimmer bewusst. Kein Rascheln der Zeitung, wenn sein Bettnachbar die einzelnen Seiten umblätterte. Kein leises, dennoch störendes Schnarchen mehr.

Es war warm im Zimmer. Jäger trug nur eine kurze Hose und ein T-Shirt, er war barfuß. Er streckte sich auf dem Bett aus und hatte freie Sicht auf das Quedlinburger Schloss.

Die Sonne schwebte eine Handbreit über dem Horizont. Jäger schaute gebannt zu, wie der glutrote Ball verschwand.

Der Himmel erstrahlte in der blauen Stunde. Jäger genoss den Anblick, bis die Dunkelheit das Zepter übernahm. Er merkte nicht, wie ihm die Augen zufielen.

Ein Scheppern weckte ihn.

Mit klopfendem Herzen saß er aufrecht im Bett. Er wollte sehen, was los war. An der Tür zwang er den Atem unter Kontrolle. Er öffnete die Tür einen Spalt weit.

Gleißendes Licht traf seine Augen und ließ ihn blinzeln. Zwei Schwestern waren auf dem Flur. Eine davon war Schwester Ida. Sie hielt sich den Mund vor lauter Lachen zu. Ein Metallbehältnis lag auf dem Gang. Und eine ihm unbekannte Schwester, die sich bemühte aufzustehen. Ida unterdrückte ihr Gegacker. Jäger hob die Augenbrauen. Waren die beiden beschwipst? Nachdem sie endlich die Metallschale aufgehoben hatten und im Schwesterzimmer verschwanden, kehrte Ruhe ein. Hatte Schwester Ida nicht Feierabend? Was machte sie dann noch hier?, fragte sich Jäger und schloss die Tür wieder.

Die Gedanken kreisten um den Auftrag, den er hatte, und um Metz, der nicht auftauchte. Doch wenn er ehrlich zu sich war und bis auf den Grund seiner Seele blickte, drängte sich Schwester Julia dauernd in seinen Kopf.

Sein ehemaliger Bettnachbar hatte recht. Sie hatte ihm komplett den Kopf verdreht. Jäger lehnte sich etwas dämlich grinsend zurück an die Kissen des Bettes.

Unvermittelt schnappte die Falle der Müdigkeit zu.

Als Julia ihren Rundgang absolvierte, fand sie Robin Jäger, alias Michel Martin, tief schlafend und leise schnarchend vor.

»Dann werde ich diese Nacht wachen«, flüsterte sie.

Auf Zehenspitzen verließ sie das Zimmer.

Freitag

Die Kundin war mit dem Herausholen ihrer Geldkarte beschäftigt. Dafür fischte sie bis auf den Grund ihrer Handtasche nach dem Portemonnaie. Zufrieden mit ihrem Fang öffnete sie die längliche Brieftasche. Kassenzettel, die von längst vergessenen Einkäufen zeugten, quollen heraus. Beherzt griff sie sich eine Menge und legte sie auf den wenigen Platz vor sich hin.

»Wollen Sie wirklich meine EC-Karte?«, fragte sie, die Augenbrauen in der Höhe. Die ältere Dame ähnelte mit diesem Gesichtsausdruck einer Eule.

Frau Sanders Blick war auf die Straße gerichtet. Die Kundin wiederholte die Frage. Frau Grünberger, die neben Frau Sander stand, wurde aufmerksam. Sie folgte deren Blick. Doch auf der Straße passierte rein gar nichts. Menschen bummelten oder liefen eiligst vorbei. Manche blieben stehen, leckten am Eis, das sie in der Hand hielten.

Frau Grünberger hatte ihre Kundin zu Ende bedient. Mit dem Ellenbogen stieß sie Emilia Sander leicht an.

»Wenn Sie Bargeld haben, nehmen wir das auch gern«, antwortete sie stellvertretend mit einem entwaffnenden Lächeln. »Ich packe schon mal alles ein«, sagte Frau Grünberger.

Die Kundin fand endlich die Geldkarte, nicht ohne vorher die Gesundheitskarte dafür gehalten zu haben.

Neben der Chefin lag das Rezept. Frau Grünberger stockte beim Einpacken. Dieses Präparat hatte die Kundin mit Sicherheit nicht verschrieben bekommen. Nur eine Handvoll Kunden, die jeder Mitarbeiter kannte, erhielten das hochdosierte Medikament. Keiner bekam die blitzschnelle Handbewegung mit.

»Hoppla«, meinte Frau Grünberger mit einem schuldbewussten Blick. Die Medikamentenverpackung lag am Boden. Flink bückte sie sich und hob sie auf. »Entschuldigung! Ich hole Ihnen gleich eine neue«, entschuldigte sie sich und lief ins Lager.

Emilia Sander und die Kundin schauten ihr perplex nach.

»Das ist doch nicht nötig!«, rief die Kundin noch hinterher.

Emilia Sander, die sich zwischenzeitlich aus ihrer Starre gelöst hatte, half, den offen gelegten Inhalt des Portemonnaies einzupacken und kassierte ab, als Frau Grünberger zurückkam. Sie packte das Medikament zu den übrigen in die Papiertüte. Die Kundin nahm ihre Tüte, bedankte sich und verließ die Apotheke. Die Automatiktür öffnete sich leise. Mit einem Zischlaut wehrte sie die Hitze von außen ab.

Emilia Sander blieb wie vom Donner gerührt stehen, seit sie gesehen hatte, was Frau Grünberger der Kundin eingepackt hatte. Sie runzelte die Brauen. Fuhr sich mit beiden Händen übers Gesicht. Dermaßen aus der Fassung gebracht, starrte sie Frau Grünberger an, bis ihr die Gesichtszüge entglitten. Heftig begann Emilias Sanders Unterlippe zu zucken. Die Mikroexplosionen, die sich auf Emilias Gesicht ausbreiteten, waren unübersehbar.

»Wir gehen ins Büro«, flüsterte Frau Grünberger ihrer Chefin zu. »Rosa!«, rief sie. »Übernimmst du bitte?«

Die wenigen Stufen ins Büro schaffte Emilia noch mit einer gewissen Haltung, doch im Büro brachen sich die Tränen den Bann. Heftig schluchzend fand sie sich an der Schulter Frau Grünbergers wieder, die ihr beruhigend auf den Rücken klopfte.

Nach einer unendlich vorkommenden Zeit und dem endgültigen Versiegen der Tränen gelang es Emilia, wieder ihrer Herr zu werden. Sanft schob Frau Grünberger ihre Chefin von sich. Nach einem Blick auf das von Schminke verwischte Gesicht holte sie ein Taschentuch aus ihrem Kittel und reichte es Emilia. Auch dieses war üppig umhäkelt.

»Danke, Athena«, schniefte Emilia. Noch nie hatte Emilia Frau Grünberger mit dem Vornamen angeredet. »Das ist diese Woche das zweite, was ich Ihnen ruiniere.« Emilia wischte sich die Tränen ab. Ihre Schminke hinterließ unschöne schwarze Flecken. Emilia schob das Taschentuch in ihre Jeans. »Sie bekommen es wieder. Gewaschen und gebügelt.«

»Nicht so wichtig, Frau Sander.«

»Doch, es ist wichtig«, widersprach Emilia.

Athena nickte ihrer Chefin noch mal aufmunternd zu und ging dann wieder ihrer Arbeit nach.

Einige Zeit später stand Emilia Sander am Fenster und schaute sich das sommerliche Treiben der Menschen an. Touristen gingen in Richtung Marktplatz oder kamen aus dieser Richtung. Oder sie liefen weiter in die Bockstraße. Auf jeden Fall mussten sie an der Apotheke vorbei. Viele trugen prall gefüllte Plastiktüten in der Hand, die von einem erfolgreichen Einkaufsbummel zeugten. Lachen, laute Rufe, die Geräusche der Quedlinburger Bimmelbahn, Fahrradklingeln, das Zuschlagen einer Autotür. Es klopfte an ihrer Bürotür.

»Herein!« Ihre Stimme klang matt. »Nehmen Sie Platz.« Sie wusste, wer sich setzte. Schließlich hatte sie selbst ihre Stellvertreterin ins Büro beordert.

Athena Grünberger setzte sich auf den Sessel, der dem Schreibtisch gegenüber stand.

Emilia drehte sich um und setzte sich ihr gegenüber.

»Heute Morgen ist etwas Unverzeihliches passiert. Das darf sich nicht wiederholen«, begann Frau Sander.

»Das kann doch mal ...«, beschwichtigte sie Frau Grünberger.

Emilia schüttelte ihren Kopf. »Nein. Wenn das jemandem von euch passiert wäre, gäbe es auch Konsequenzen.« Emilia blickte ihre wichtigste Mitarbeiterin aus rotgeränderten Augen an. »Meine Entscheidung steht fest.«

Athena Grünberger blieb regungslos sitzen und starrte ihre Chefin an. Sie wird doch nicht ... Inständig hoffte sie, dass Frau Sander nicht erwägte, das Handtuch zu werfen.

»Für die nächsten zwei Wochen übergebe ich Ihnen die Apotheke.« Athena atmete hörbar aus. Sie versuchte, sie zu unterbrechen, aber Emilia winkte ab. »Ich werde noch heute die Stellenanzeige für eine weitere Apothekerin rausschicken.« Emilia atmete tief ein. »Und ich werde auf die Suche nach Franck gehen.« Und wenn ich jeden Stein umdrehen muss, schwor sie sich.

Wieder wollte Frau Grünberger etwas sagen, doch Emilia Sander schnitt ihr mit einer Handbewegung das Wort ab.

»Zu lange habe ich gezögert. Doch so etwas wie heute Morgen darf nicht passieren. Ich muss Klarheit in meinen Gedanken, in meinem Herzen finden. Die nächsten zwei Wochen, halten Sie die durch?« Prüfend schaute Emilia ihre Vertretung an.

»Gar keine Frage, Frau Sander.«

Emilia nickte. Sie wusste, dass sie sich auf Frau Grünberger verlassen konnte. Dann fiel ihr ein, dass ihre Mitarbeiterin noch ein Anliegen gehabt hatte, und hakte nach.

Athena kräuselte die Stirn. Das war nicht wichtig. Wichtig allein war, dass die Chefin wieder zu sich fand. Egal, wie sie das anstellte. Die Mitarbeiterinnen brauchten sie. Sie winkte ab. »Hat sich erledigt.« Nicht nur Frau Grünberger wusste, dass Franck und Emilia ein Herz und eine Seele waren. Oder die zwei Seiten einer Medaille. Sie verband das, was Athena Grünberger als das Band der Liebe bezeichnete. Völlig und ohne Kompromisse. Sie bemerkte den noch immer prüfenden Blick ihrer Chefin.

»Ich wünsche Ihnen die Kraft, die Sie für Ihr Wagnis brauchen. Gehen Sie jetzt nach Hause«, sagte sie mit Nachdruck. »Frau Weiß und ich schaffen das.« Dem konnte Emilia nichts entgegensetzen. »Frau Bach ist auch noch da.«

Athena Grünberger verließ mit einem mulmigen Gefühl das Büro. Sacht schloss sie die Tür hinter sich und überließ ihrer Chefin sich selbst.

Steif blieb Emilia auf ihrem Schreibtischstuhl sitzen. Sie ließ sich die Worte durch den Kopf gehen. Ein Wagnis. War dem so? Jäger hatte gestern etwas Ähnliches gesagt. Wer nicht wagt, der nicht gewinnt?

Emilia riss sich zusammen. Sie begann, die Stellenanzeige zu schreiben. Erst zögernd, dann flogen die Fingerkuppen schneller werdend über die Tastatur. Nach kurzer Zeit war es geschafft. Manchmal fragte sie sich, warum sie ungeliebte Arbeiten nach hinten verschob. Sie las sich den Text laut vor:

Wir beraten unsere Kunden mit viel Engagement. Mit größter Sorgfalt arbeiten wir im Labor und an der Rezeptur. Regelmäßig werden Patienten- und Infoveranstaltungen sowie Kosmetikabende durchgeführt. Es gibt ein gut geführtes QM-System. Wir sind ein Team mit jeder Menge Ideen, bilden und entwickeln uns stetig weiter. Die Apotheke ist in der wunderschönen Innenstadt von Quedlinburg gelegen. Wir betreiben den Apothekenhof bei der traditionsreichen Veranstaltung ›Advent‹ in den Höfen in Quedlinburg. Bei uns wird die Pharmazie gelebt.

Sie war mit dem Text der Stellenanzeige zufrieden. Jetzt wünschte sie sich nur, dass sie bald eine zweite Apothekerin oder einen Apotheker einstellen konnte. Wie versprochen räumte sie ihr Büro auf und packte sämtliche Fotos, die noch auf dem Fußboden ausgebreitet lagen, in eine Schachtel. Den Apothekenkittel hängte sie an den Kleiderständer.

Es war Zeit, zu gehen. Mit einem letzten wehmütigen Blick verließ sie mit der Schachtel unter dem Arm das Büro. Sie wollte sich noch von den Mitarbeitern verabschieden. Schließlich wusste sie nicht einzuschätzen, wie lange ihr seelischer Zustand tatsächlich anhielt. Sie mochte sich gar nicht ausmalen, wie man solch ein schwarzes Loch überhaupt aushalten konnte.

Sie war allein, ganz allein, ohne Franck an ihrer Seite. Seine Worte hallten in ihrem Kopf und brummten darin wie ein Bienenschwarm, der seine Königin verloren hatte. Verloren war das richtige Wort, sie war verloren.

Nachdem ihr jede Mitarbeiterin nur das Beste gewünscht hatte und ein paar Tränen mehr geflossen waren, wandte Emilia sich um und wollte gerade gehen, als ein vorfahrendes Taxi sie von ihrem Vorhaben abhielt.

Aus dem Taxi stieg Frau Jendrich. Zügig betrat sie die Apotheke. Nach einem kurzen Orientierungsblick hielt sie auf Emilia Sander zu.

»Guten Tag zusammen!«

Emilia kannte sie nicht nur von der Kräuterwanderung.

»Frau Hirschfeld möchte Sie gern sprechen«, wandte sie sich an Emilia Sander.

Alle schauten sich fragend an. Natürlich kannten sie die betagte, fast hundertjährige Dame. War etwas mit dem Medikament nicht in Ordnung? Doch da hätte ein Anruf genügt. Was war denn so wichtig, dass sich Frau Hirschfeld außerplanmäßig das Taxi nahm? Jahrelang kam sie zu Fuß, um ihre Medikamente abzuholen. Seit letztem Winter mit dem Rollator. Seit einigen Wochen bevorzugte sie ein Taxi. Frau Sander brachte ihr stets die Medikamente ans Taxi. Sie machte es gern, weil ihr die alte Dame ans Herz gewachsen war. Diese hatte immer einen weisen Spruch, den sie gern bereit war, an die jüngere Generation weiterzugeben. Trotz ihres Alters oder gerade wegen ihres Alters kleidete sie sich modisch. Übertrieb es dabei keinesfalls. Die Haare frisch onduliert, das Make-up dezent aufgetragen. Frau Hirschfeld strahlte eine besonnene Ruhe aus. Seit Langem war sie verwitwet, doch sie hatte das Glück, sich wieder verlieben zu können. In einen Mann, der sie auf Händen trug. »Genau wie mein erster Mann«, pflegte sie zu sagen, »nur noch etwas mehr.« Sie lächelte über ihren Vergleich und strich über ihr onduliertes, silbergraues Haar. Ihr jetziger Lebensgefährte und sie hatten ein Hobby, das man nicht vermutete. Die Fotografie. Sie setzten Menschen jenseits der siebzig in ihrer natürlichen Schönheit in Szene. Im Garten, beim Hausputz, beim

Wandern, beim Essen. Sogar ein Fotobuch hatten sie herausgebracht und dafür einen Preis erhalten.

Emilia stellte die Schachtel ab und folgte Frau Jendrich zum Taxi. Sie stieg ein und schloss die Tür. Eine angenehme Kühle herrschte im Inneren. Frau Jendrich startete das Taxi.

»Sie sehen gar nicht gut aus, meine Liebe. Ich habe natürlich von der Geschichte erfahren. Sie wissen ja.« Frau Hirschfeld hatte den Finger in die Wunde gelegt. »Das wird wieder alles gut. Ich spüre das.« Emilia blickte in die Augen einer gütigen Frau, die alles zu wissen schien. War das möglich, dass alles wieder gut werden würde? »Denken Sie an meine Worte.« Das klang seltsam vertraut. Viele hatten in den letzten Tagen diese Worte zu ihr gesagt und sie hatte kein Vertrauen geschöpft. Doch in diesem Moment vollzog sich das, was sie nicht für möglich gehalten hatte. Seltsamerweise übertrug sich dieses Mantra, was sie sich selber vortrug und bisher keine Wirkung gezeigt hatte. Es war der Augenblick eines Lichtstrahls. Ein Schimmer, der ausreichte, um Emilia Mut zu geben.

Als sie aus dem Taxi stieg, hatte sie ein besseres Gefühl. Frau Jendrich wendete das Taxi und fuhr langsam an ihr vorbei. Frau Hirschfeld winkte ihr aus dem geöffneten Fenster zu.

»Die Woche ist vorüber.« Genervt schaute Bert auf die Uhrzeit. Hoffentlich erreichten sie ihr Ziel noch. »Freu dich, bald hast du es geschafft«, fügte er bissig hinzu, als er in Carls Gesicht sah.

Berts Mittelklassewagen hatte keine aufregende Farbe. Im Inneren herrschte Ordnung. Unter der Heckklappe gab es nichts, was ein Bulle ungern zu Gesicht bekam. Der Rotkreuzkasten war auf dem aktuellsten Stand. Bis auf ein paar unverpackte Pflaster, die abgelaufen waren. Aber genau das ergab für Bert Sinn. Zu pingelig zu sein, das fiel auf. Bert wollte unsichtbar sein.

»Wir fahren noch mal zum Grundstück. Kannst ihm einige Vorräte hinstellen. Wir sind nur übers Wochenende nicht da. Hörst du? Dann treffe ich die Entscheidung.« Er drehte am Rad des Autoradios lauter.

»Was, ob du ihn freilässt?«, fragte Carl mit lauter Stimme, um die Musik zu übertönen. Er hatte nicht mehr zu hoffen gewagt, dass sie, wenn sie Glück hatten, ungeschoren davonkommen.

Bert antwortete nicht sofort. Er hatte mit Bremsen und Anfahren zu tun. Es herrschte ungewöhnlich viel Verkehr.

Die Ortsumfahrung Quedlinburg würde erst in einigen Jahren fertig gebaut sein. Von der B6n kommend, war die Straße bis zur Gernröder Chaussee mit einem Kreisverkehr fertiggestellt worden. An der Ausfahrt des Kreisverkehrs auf der Gernröder Chaussee in Richtung Quarmbeck endete die Straße deshalb nach wenigen Metern.

Die Sommerferien hatten letzte Woche begonnen. Man musste sich darauf einstellen, dass die Verkehrswege für die Dauer der Ferienzeit verstopft waren. Außerdem war Freitag und ein heißer Sommer dazu. Jeder, der konnte, wollte dem entfliehen.

Bert hatte um diese Uhrzeit bereits auf der Autobahn in Richtung Prag sein wollen. In der Nähe der Hauptstadt, im Grünen, hatte er vor, sich ein Haus zu kaufen. Klein, fein, seinen Ansprüchen genügend. Es bedurfte nur seines persönlichen Erscheinens. Und das morgen. Am Samstag wollte er die vorgeschriebene notarielle Beglaubigung vornehmen, um sein Eigentum im Immobilienkatasteramt einzutragen. Diesen Termin durfte er nicht versäumen. Bert schaute in den Rückspiegel. Er schätzte, dass hinter ihm zehn weitere Autos fuhren. Hatte er das Geld rübergebracht, wollte er seinen wohlverdienten Ruhestand genießen. Eigentlich war es üblich, den gesamten Kaufpreis auf das Konto des Notars zu überweisen. Doch da Bert diese Vorgehensweise ablehnte, hatte er nach zähen Verhandlungen erreicht, dass er dem Notar für eine außerplanmäßige angemessene Summe dieses Geld auf den Tisch legte. Schaffte er es nicht bis Mitternacht, war der Termin geplatzt.

Bert bremste. Nervös trommelten seine Finger auf das Lenkrad. Er öffnete das Seitenfenster. Doch nur heißer Wind blies ihm in die Augen. Frustriert schloss er das Fenster wieder. Wenigstens gab Carl keinen blöden Kommentar mehr von sich. Anfahren, bremsen. Er hieb mit der Faust auf das Lenkrad. Verflucht noch mal. Wenn er diesen Termin nicht schaffte, dann wusste er auch nicht weiter. Ausgerechnet heute waren zwei Kollegen ausgefallen. Der Chef hatte angeordnet, dass Carl und er zusätzlich nach Thale fahren sollten. Teile eines nicht mehr sicheren Baumes mussten unbedingt beschnitten werden. Bei einem Wetterumschlag befürchteten die offiziellen Stellen, dass herunterfallende Äste Schaden anrichten würden. Durch die lange Trockenheit hatten einige Bäume keine Standsicherheit mehr. Ein alter Baum am Ende der Allee musste sogar gefällt werden. Die Baumarbeiten hatten länger als geplant gedauert. Weiterführende, unaufschiebbare Aufgaben hatten sich angeschlossen. Und so konnten sie erst am späten Nachmittag Feierabend machen. Um 16 Uhr plagten sie sich mit dem gesamten Berufsverkehr über die Straßen. Zu allem Überdruss war eine weitere Baustelle zwischen Thale und Quedlinburg eingerichtet worden. Die Verlängerung der B6n erforderte Geduld von den Autofahrern. Doch Bert hatte keine.

»Also, du lässt ihn frei?« Carl schaute ihn kurz an, dann starrte er wieder nach vorn. Nur gelegentlich war er in seinem Leben lästig wie eine Scheißhausfliege. Die Entführung und das Festhalten eines Menschen lag ihm schwer im Magen und ließ ihn immer weniger schlafen. Der Polizist hatte noch keine Ahnung, wer sie waren. Sie hatten die Masken benutzt. Wenn sie die Bänder und Aufnahmen vollständig löschten, könnte ihnen keiner etwas. Es gab keine Spur, die auf ihn oder Bert schließen ließ. »Bert?« Carl ließ nicht locker und wartete auf eine Antwort. Sehr ungewöhnlich für ihn, da er ein geduldiger Mensch war. Ein eher unauffälliger.

»Nicht jetzt«, knurrte Bert.

Er schaltete in einen niedrigeren Gang, setzte den Blinker und fuhr aus der Autoschlange. Ein lautes Hupen ertönte. Ein kleiner Flitzer rauschte mit zu hoher Geschwindigkeit an ihnen vorbei. Blitzschnell lenkte Bert Trojan zurück.

»Bestimmt ein Weib hinterm Steuer«, mutmaßte er mürrisch.

Gesehen hatte Carl nichts. »Puh, Glück gehabt«, antwortete er nur. Ihm war auch heiß und er hatte ein mulmiges Gefühl in seinem Bauch. Er vertraute Bert nicht. Nur langsam beruhigte sich sein Herz. Die Schweißtropfen, die ihm auf der Stirn standen, wischte er mit dem Handrücken fort.

Bert Trojan hatte sich wieder verärgert in die Reihe der Wartenden eingereiht.

»Gib mir mal die Coke.« Ungeduldig hielt er die Hand auf.

Carl griff hinter sich und beförderte eine Flasche ans Tageslicht. Mit einem unüberhörbaren Zischlaut öffnete er sie und gab sie Bert.

Die Autos auf ihrer Straßenseite standen erneut.

Bert trank das süß-perlige Getränk.

»Jetzt hör mir mal zu.« Bert wandte sich zu Carl. »Was ich dir jetzt sage, sage ich zum letzten Mal.« Er hatte die Stimme gesenkt, er sprach leise und klar. Ihm dermaßen nah zu sein, ihn zu riechen und zu wissen, dass er ihm nicht entkommen konnte, machte Carl Angst. »Wenn du mich noch einmal nach dem Bullen fragst oder dich sonst wie für ihn einsetzt, dann mach ich dich kalt.« Bert drehte die leere

Glasflasche in der Hand. »Weißt du, mit einer Flasche, da kann man übles Zeug machen. Hab ich im Knast alles gesehen.«

Carl saß kerzengerade in seinem Sitz. Fast wagte er es nicht, zu atmen. Hinter ihnen setzte ein kurzes Hupen ein. Berts linke Hand zeigte den Mittelfinger aus dem geöffneten Fenster. Erst dann fuhr er langsam los.

»Wir haben uns doch verstanden?«

Die Stimme klang freundlich. Carl wusste, dass sie es nicht war. Er schaute in den Seitenspiegel und sah die Beifahrerin. Ein junges Ding. Sie fuhr sich mit einer Hand durch die blonden langen Haare. Ihre Sonnenbrille setzte sie wieder auf. Kaugummikauend gestikulierte sie mit ihrem Begleiter. Er durchschaute auch das Gehabe von Bert. Doch wie konnte er sich retten, ohne draufzugehen? Er traute Bert alles zu.

Bert drehte das Radio noch lauter und warf die Flasche auf die Rückbank. Wieder vorrücken war angesagt. Wegen zwanzig gewonnener Zentimeter. Carl hatte verstanden. Es missfiel ihm zwar, doch er konnte nichts unternehmen. Er war zu feige gewesen. Und das hatte ihn genau zu diesem Punkt gebracht. Zu jammern brachte noch weniger ein. Selbstzweifel und Selbstvorwürfe waren unnötig. Er hatte zu gehorchen und mitzuspielen. Und die Hoffnung, nicht aufzugeben, dass die Sache bald ausgestanden war.

In dreihundert Metern würden sie abbiegen können, Richtung Gernrode. Dann dem Mann noch Vorräte bringen. Und dann auf die Autobahn nach Prag. Bei dieser Hitze und dem Verkehr kein Ziel, was man mal mitten im Sommer nach der Woche Arbeit mit Freuden machen wollte. Sein Reisebegleiter war auch nicht jemand, mit dem man durch dick und dünn ging.

Carl schaute Bert von der Seite an. Dieser trug ein kurzärmeliges Hemd mit einem Mix aus Farben, dazu Jeans, in denen er auch zu schlafen schien. Nie hatte Carl etwas anderes an ihm gesehen. Die Füße steckten barfuß in leichten Sommerschuhen. Die Haare waren nach hinten gekämmt und mit dem üblichen dünnen Gummi zusammengehalten. Heute Morgen hatte er sich frisch rasiert. Der flüchtige Duft seines Rasierwassers hielt sich penetrant im Auto fest. Die Sonnenbrille hatte Bert nach oben geschoben. Er kniff eher die Augen zusammen, als sie aufzusetzen. Carl fragte sich, warum. Konnte er sie doch gleich zu Hause lassen.

»Kannst dich mal nützlich machen und die unbekannte Anschrift ins Navi eingeben.« Bert ließ keinen Zweifel aufkommen, dass er ohne Carl besser dran wäre. »Im Handschuhfach. Liegt oben.«

Carl öffnete das randvolle Fach vor seinen Knien. Von wegen oben, dachte Carl. Er hatte Mühe, die Papierflut nicht herunterfallen zu lassen.

»Verflucht noch mal. Kannst du keine Aufgabe erledigen, ohne ein Chaos anzurichten«, brummte Bert. Er bückte sich zur Seite und fischte aus dem Sammelsurium ein rotes Blatt Papier hervor. »Hier.«

Carl nahm es ihm ab. Er wusste, warum Bert so schnell reagiert hatte. Carl hatte den Pistolenlauf gesehen. Mit seiner unheilvollen Öffnung schaute er ihn kalt an. Carl erschauderte. Hektisch stopfte er alles wieder zurück. Mit Waffen wollte er nichts zu tun haben. Doch sicherheitshalber gab er vor, nichts gesehen oder bemerkt zu haben. Er tippte die Adresse in das transportable Navigationsgerät ein, die er von dem Papier ablas, und gab es Bert, damit der es auf seiner Windschutzscheibe arretierte. Bert fuhr noch einmal an, endlich konnten sie den Engpass hinter sich lassen. Sie bogen von der Hauptstraße ab und befuhren einen mit Schottersteinen belegten Weg. Bert hielt an.

»In zwanzig Minuten fahren wir los. Verstanden?« Berts Augen blitzten ihn drohend an. »Denk dran, was ich gesagt habe. Der Bulle braucht keine Zuwendung. Wir sind in der Nacht vom Sonntag auf den Montag wieder zurück.«

Sie waren auf Berts Grundstück angekommen. Keine Menschenseele weit und breit zu entdecken. Die Straße lag etwas abseits. Hinter dem Grundstück befanden sich nur weite Felder und kleinere Baumgruppen. Wegen der großen Hitze nahm man den Harz nur dunstig wahr. Sah der Harz klar aus und konnte man die Konturen mit dem Finger nachzeichnen, war Regen in Sicht. Nichts wäre ihm lieber. Das dürstende Land sollte sich erholen. Aufatmen. Genau wie er selber. Er sollte aufatmen können. Doch wie?

»Los, beeil dich!« Bert drängte ihn mit einem knurrenden Unterton in der Stimme. Wie gewohnt mit Druck.

Carl stieg aus. Er fühlte sich ohnmächtig. Aber er gehorchte. Vor genau einer Woche hatten sie den Mann entführt und hier eingesperrt. Niemand würde ihn finden, wenn Bert es nicht wollte. Und wenn er ihn, Carl, erschoss? Er war schließlich der einzige Zeuge. Zuzutrauen war ihm das, jetzt, wo er die Pistole gesehen hatte. Carl schüttelte den Gedanken von sich. Diese unliebsamen Gedanken.

Er öffnete die mit einem Vorhängeschloss gesicherte Holztür und ging an den knorrigen, unbeschnittenen Bäumchen und zügellos wachsenden Büschen vorbei. Er schloss den Bungalow auf. Hier war es dunkel, aber nicht wesentlich kühler. Carl betätigte den Lichtschalter und ging zunächst in die Küche. Auch hier machte er sich Licht an. Die Fenster mit ihren Fensterläden sollten geschlossen bleiben. Auch heute Morgen hatten sie diese nicht geöffnet. Anweisung von Bert. Er hatte nur den Gefangenen zu versorgen. Carl griff sich einen Wasserkanister. Zehn Liter sollten reichen. Erst gestern hatte er den Tank vom Chemieklosett ausgeleert und wieder eingesetzt. Nichts wäre menschenunwürdiger gewesen, als wenn das Klo nicht entleert ist und Klopapier fehlte.

Carl nahm sich die Maske, die an der Tür hing, und setzte sie sich auf, bevor er die Brandschutztür öffnete.

Metz stand wie üblich in der Mitte des Raumes. Genau unter dem Oberlicht. Die Kette lag auf dem Boden. Er starrte sie an. Fast schien es, als zählte er die Kettenglieder. Metz kannte die Anzahl und brauchte sie nicht mehr zu zählen. Licht fiel aus dem Technikraum in sein Verlies.

Carl wusste, dass ihn der Mann nicht eine Zehntelsekunde aus den Augen ließ. Er kam sich stets wie bei der Fütterung eines Raubtiers vor. Er spürte, dass Metz nicht aufgab. Er suchte einen Zugang zu ihm, er suchte den Grund, warum man ihn entführt hatte. Er wollte Antworten.

In den letzten Tagen war Metz' Barthaar aus der Form geraten. Carl hatte beobachtet, dass er Sport machte und sich regelmäßig wusch. Der Kanister musste zum Trinken und zum Waschen reichen. Das Waschbecken besaß keinen Wasserhahn.

Carl packte den Kanister in das gegenüberliegende Regal. Dazu abgepacktes Brot und den Rest der Äpfel, die in der Küche gelegen hatten.

»Die nächsten zwei Tage musst du ohne uns auskommen.«

Metz erstarrte. Offen schaute er Carl an.

»Warum habt ihr mich eigentlich entführt?«, fragte er tonlos. »Du weißt es doch. Sag es mir einfach.«

»Bist du endlich fertig?« Carl hörte Berts Stimme über den Lautsprecher. Carl war an der Tür, als er antwortete:

»Komme schon, Bert.«

Die Brandschutztür fiel ins Schloss und hinter ihr stand Bert.

»Du blöder Sack.« Wutschnaubend konnte er kaum an sich halten. »Du hast ihm meinen Namen verraten.«

»Ja und?« Carl stellte sich gedankenlos. »Was soll er denn damit anfangen? Der muss ja nicht mal echt sein.« Schulterzuckend stand er vor Bert.

Bert antwortete nicht darauf. Er war kurz davor, die Geduld mit dem dusseligen Kerl zu verlieren. Es war sein richtiger Name. Nachdem er den Knast verlassen hatte, gab es keinen Grund, diesen zu verändern. Er wollte ja sauber bleiben. Dass Metz nun sein Gedankenrad in Bewegung setzen konnte, ärgerte ihn maßlos, mehr als er Carl klarmachen konnte. Und er wusste, dass sein Gefangener intelligent genug war, irgendwann herauszufinden, wer er war. Er schlug mit der Faust auf die Brandschutztür und fluchte. Doch was spielte es für eine Rolle. Er erledigte das Wochenende die Formalitäten für sich. Und wenn sie zurückkehrten, dann war es egal, ob Metz es wusste oder nicht. Er würde das Geheimnis mit in die ewigen Jagdgründe nehmen. Bert lächelte sardonisch.

»Hat er nicht gehört, war doch schon draußen«, wiegelte Carl ab, die Schultern nach oben gezogen. Er sah Berts gefährlichen Gesichtsausdruck. Die Augen seltsam glitzernd. »Was musst du immer für eine Eile machen. Machst mich nervös.« Carl ging mit gestrecktem Rücken nach draußen.

»Leck mich am Ärmel.« Bert stampfte wütend aus dem Technikraum und knallte die Tür zu.

Verdutzt sah ihm Carl hinterher. Er hatte mit einer Schimpfkanonade gerechnet, mit noch Schlimmeren. Dass er so leicht wegkam, machte ihn nachdenklich. Carl ging es gegen den Strich, dass Metz zwei Tage ohne Sonnenlicht sein sollte. Es war gut so, dass Bert den Bungalow als Erster verlassen hatte. Carl hörte, wie er die Autotür zuschlug und den Wagen wendete. Jetzt galt es, keine Zeit zu verlieren. Entgegen der Anweisung öffnete er den Fensterladen, der Metz am nächsten war. Egal, ob Einbrecher oder Unbefugte sich so leichter Zutritt verschaffen könnten.

Er griff nach dem Sechserpack Wasser, schloss den Bungalow und die Gartentür ab. Berts Auto stand mit röhrendem Motor abfahrbereit. Noch bevor Carl die Autotür zugezogen hatte, fuhr Bert Trojan los. Das Auto machte einen Satz nach vorne.

Carl fiel ein, dass er es nicht geschafft hatte, die Arbeitssachen aus dem Kofferraum zu räumen. Sicher würde es dafür einen Anschiss geben, doch er hatte sich eher um Wasser für sie beide gekümmert.

Kurz nach 17 Uhr lenkte Bert Trojan den Mittelklassewagen auf die Straße. Die schnellste Route in Richtung Quedlinburg war über Halle. Er wollte die Autobahn A14 in Richtung Prag nehmen.

»Wenn wir gut durchkommen, sind wir in dreieinhalb Stunden da.«

Carl hatte seine Bedenken, aber er hütete sich, diese auszusprechen. Es war für viele der Beginn des Wochenendes, es gab Ferienende und

Ferienbeginn in den verschiedenen Bundesländern und viele Autos, die ein Ziel hatten. Er richtete sich auf dem Beifahrersitz bequem ein. Den Sitz schob er nach hinten und legte sich eine Plastikflasche Wasser kühlend in den Nacken. Er wollte die Zeit nutzen, um nachzudenken. Es gab immer noch die Möglichkeit, an einer Raststätte die Polizei anzurufen. Sich anzuzeigen und den anderen ans Messer zu liefern. Oder von Prag aus anzurufen. Aber das waren alles krude Gedanken. Er war zu feige, um einen Stein ins Rollen zu bringen, und viel zu feige, der Sache selbst ein Ende zu setzen. Das war eine Tatsache. Er saß zwar vor der Pistole, aber er war ein Feigling, ein jämmerlicher Hund. Kein Wunder, dass seine Frau ihn verlassen und er den Bezug zu den Kindern verloren hatte. Vorbild sollte er sein, hatte seine Exfrau ihn gebeten, gebettelt, doch nichts hatte geholfen. Er starte mit mattem Blick aus dem Fenster.

Ein weiterer Tag, an dem die Sonne kein Erbarmen zeigte. Es war brütend heiß. Die Hitze flimmerte auf dem Asphalt. Der Natur sah man an, dass sie durstig und erschöpft von der langen Hitzeperiode war. Der Wind besaß keinen Ehrgeiz, etwas Kühle oder zumindest Ablenkung durch einen aufkommenden Windhauch zu erbringen. Fast wäre er eingeschlafen.

»Hast du was gesagt?«, nuschelte Bert, dessen ganze Aufmerksamkeit dem Verkehr galt.

»Nein.«

Bert hämmerte auf sein Lenkrad, als der Fahrer vor ihm nicht den Lkw überholte. Allem Anschein nach traute sich der Fahrer nicht. Bert wusste, dass er sich in einem Kilometer das Überholen abschminken konnte, weil eine Baustelle eingerichtet wurde. Die Überholspur war frei. Bert setzte den Blinker und beschleunigte rasant.

Carl sah die Felder, Büsche und Bäume an sich vorbeifliegen, sein Herzschlag klopfte auf Hochtouren. Sie überholten den Lkw. Dieser hupte. Carl schaute nach vorn und sah den Motorradfahrer. Der flog ihnen viel zu schnell entgegen. Im Dunst des flimmernden Asphalts. In der Hitze hatte Bert die schmale Silhouette übersehen.

Noch bevor ein Fluch über Berts Lippen kam, noch bevor die Bremsen zum Einsatz kamen, gab es einen viel zu lauten Krach.

Carl fühlte sich losgelöst, als sich das Auto in der Luft drehte. Die Wasserflasche, die kurz zuvor seinen Nacken gekühlt hatte, flog an ihm vorbei und knallte an die Windschutzscheibe. Er sah Bert, der den Mund aufriss, er schrie etwas, das Carl nicht verstand. Berts Augen traten aus den Höhlen. Carl schmeckte Blut. Er hörte, wie das Auto gegen etwas Starkes krachte. Es drehte sich um seine eigene Achse und Carl wurde schlecht, wie bei seiner ersten Fahrt im Kettenkarussell. Endlich hielt das Karussell an. Carl sah einen Sprühregen voller Farbexplosionen vor sich. Lauter Sterne, die zerplatzten, wenn er sie sich genauer ansehen wollte. Er merkte, dass es der eigene Kopf war, der zerspringen wollte. Der unstillbare Schmerz zog Carl mit hinab in die tiefdunkle Nacht.

Alexander Reeh lehnte lässig am Türrahmen von Petersens Büro. Er wartete auf Rükken, damit sie für die nächsten zwölf Stunden ihr dienstfrei antreten konnten. Alexanders Ehefrau gab heute eine Gartenparty. Nicht die erste in diesem Jahr und die Gästeliste war für seinen Geschmack zu lang. Hauptsächlich Freunde, hatte sie ihm lachend zur Antwort gegeben und ihn gebeten, pünktlich zu sein.

Deshalb und weil sich die meisten Dinge in ihrem Leben glichen, wartete Reeh geduldig auf seinen Freund und Kollegen. Dienstgruppenleiter Petersen hatte Hauptkommissar Rükken zu einem kurzen Gespräch gebeten. Bei der heutigen Dienstberatung waren Fahndungsbilder an alle verteilt worden. Ricardo hatte einen unaufschiebbaren Zahnarzttermin gehabt und hatte deshalb bei der Besprechung gefehlt. Alexander Reeh fand, es glich dem Stochern im Nebel. Sie sollten die Augen und Ohren offenhalten, hieß es. Petersen hatte die Fotos an die Medien übergeben. Sie suchten die Männer als Zeugen. Und sie hofften alle. Reeh teilte niemandem seine Befürchtungen mit. Noch nicht einmal Ric.

Die Büroklinke wurde heruntergedrückt und gleich darauf schob sich die muskulöse Statur heraus. In der Hand drehte Ricardo Rükken die blaue Dienstmütze. Von Natur aus hibbeliger als der ausgeglichene Alexander Reeh.

»Du, Alex«, begann er stockend, »meinst du, das bringt was?« Sein Kopf wies in Richtung Dienstzimmer. »Es ist doch immer noch kein Erpressungsschreiben eingegangen. Wenn wir Metz nicht bald finden, tja, dann weiß ich nicht. Das ist wie eine Nadel im Heuhaufen suchen. Find'ste das nicht auch?«

Reeh hob die Schultern. Anschließend deutete er auf das zerknautsche Polizeibasecap.

»Setz die lieber auf. Bekommst sonst noch Ärger.« Kameradschaftlich klopfte er Ricardo auf die Schulter und zog ihn zur Treppe. »Komm schon. Morgen früh sind wir wieder im Dienst. Jetzt lass uns schauen, was unsere Frauen vorbereitet haben.« Nur zu gern ließ sich Rükken von seinem Kollegen auf freundlichere Gedanken bringen.

»Los, wer ist zuerst umgezogen.« Ricardo drängte seinen Freund zur Seite und rannte die Treppe, in Richtung des Umkleideraums, hinunter. Kaum dass die Worte und die Absicht klar waren, spurtete Reeh hinterher.

»Gewonnen«, triumphierte Rükken prustend und machte sich im Türrahmen breit.

Ein knatterndes Geräusch ertönte. Er griff sich an die Schulter, wo die Sprecheinheit befestigt war. Aufmerksam hörte er zu.

»Einsatz.«

Die Enttäuschung merkte man ihm an. Seine Frau hatte ihn extra gebeten, pünktlich zu sein.

Mit Blaulicht und Sirene fuhren sie zum Unfallort. Reeh saß am Steuer.

»Auf der Kreuzung zwischen Quarmbeck/Bad Suderode/Neinstedt erwartet uns ein schwerer Verkehrsunfall«, informierte ihn Rükken. »Mit Personenschaden. Die Leitstelle hat MANV 25 durchgegeben.«

Wie alle Einsatzkräfte wusste Reeh nur zu gut, was er unter dem kryptischen Wortlaut zu verstehen hatte. Die Masse an Verletzten bezog sich auf diese spezielle Einteilung, die aus dem militärischen Bereich kam und die optimale und schnellste Hilfe gewährleisten sollte.

»Polizeihubschrauber ist in der Luft«, fuhr Rükken fort. »Zwei Helikopter zum Abtransport der Schwerverletzten sind angefordert. Hoher Sachschaden, unklare Rechtslage. Weitere Streifenwagen aus der Umgebung sind extra angefordert. Vor Ort sind zwei Streifenwagen aus Thale. Feuerwehr, Notärzte, das volle Programm. Wir sollen die Kreuzung absichern und absperren.«

»Also Wege frei machen.« Reeh hatte verstanden. Im Kofferraum lagen Aufsteller, Flatterbänder, Kegel. Alles, was sie für diesen Auftrag benötigten.

Alexander ließ Quarmbeck zügig hinter sich. Nach dem Bahnübergang, der glücklicherweise offen war, begann bereits der Stau. Er fuhr mit lauter Polizeisirene daran vorbei. Seine ungeteilte Aufmerksamkeit galt der Straße. Zwei Rettungswagen mit Sirenen kamen ihnen entgegen. Reeh scherte rechts ein und ließ sie vorbei.

Nach einigen hundert Metern erreichten sie den Unfallort. Alexander fuhr langsamer. Ihnen bot sich ein Anblick des Grauens.

»Der Einsatz wird bis in die Nacht hinein dauern«, orakelte Ricardo.

Auf einer Strecke von schätzungsweise zweihundert Metern standen zusammengeschobene Autos. Ein Lkw blockierte die Straße. Das Technische Hilfswerk war im Einsatz, um die Straße mit ihrem schweren Gerät freizuräumen.

Die Feuerwehrleute rollten gerade die Schläuche zusammen. Es stank nach gelöschtem Feuer, nach Qualm und nach dem Einsatz von Pulverlöscher. Reeh entdeckte einige gelöschte Brandherde. Er sah ausgebrannte Autos, die auf der Seite lagen und durch das Feuer dunkel verfärbt aussahen. Besonders fiel ihm ein zerbeultes Auto auf, das die Böschung hinabgerutscht und auf dem Dach liegen geblieben war. Ein Motorrad war kaum noch als ein solches auszumachen. Ein Haufen Schrott, mehr war davon nicht geblieben. Zischende Ventile, zerbeulter Torso, verschrammte Kotflügel, aufgerissene Reifen. Einige Meter von der Unglücksstelle entfernt standen Männer, die aufgeregt um ihre Autos liefen, sich gestikulierend unterhielten und rauchten. Diese waren allem Anschein nach nicht in den eigentlichen Unfall verwickelt. Sie warteten wohl darauf, endlich weiterfahren zu dürfen.

Die Rufe der Einsatzkräfte drangen in Alexanders Ohr. Aufgebrachte Polizisten. Pfiffe, die ertönten. Bleiche Gesichter, blutende Wunden, Gewimmer. Dann wieder gespenstische Ruhe. Sirenen ertönten. Die Männer der Feuerwehr bellten sich Befehle zu und schoben mit schwerem Gerät die Straße frei. Die Sirenen der nachfahrenden Rettungswagen wurden erst leiser, als sie sich entfernten. Reeh bemerkte Polizeibeamte in Warnwesten, die die Unfallstelle und die Kollisionsstelle akribisch vermaßen und aufzeichneten. Sie kennzeichneten die Unfallspuren und sammelten Bekleidungsgegenstände und umherliegende Fahrzeugteile in reißfeste Kunststofftüten. Ein Team aus Thale kümmerte sich um die Unfallskizze.

Reeh stellte den Dienstwagen so ab, dass er den Einsatzkräften nicht im Weg stand. Reeh und Rükken stiegen aus und liefen zielgerichtet zu einem Zelt. Es war im Schatten zweier Chausseebäume errichtet worden. Sie fragten nach dem Einsatzleiter. Nach der knappen Begrüßung wies ihnen der spindeldürre Mann, der hier das Sagen hatte, den Abschnitt zu, der bisher noch nicht gesichert werden konnte.

»Ihr bleibt dort, bis ihr abgelöst werdet«, ordnete er an. »Mehr Polizeikräfte werden wir nicht bekommen«, betonte er. »Außer der

Staatsanwaltschaft. Aber die machen sich ja bekanntlich nicht die Hände schmutzig.«

Reeh und Rükken wussten, dass es bei einem Unfall dieser Größenordnung durchaus angebracht war, die Staatsanwaltschaft zeitig genug zu informieren. Die zwei Hauptkommissare brummten zustimmend und liefen zu ihrem Abschnitt. Auf der ihnen abgewandten Seite trauten sich Männer und Frauen zu, den Leichtverletzten Erste Hilfe zu leisten. Ein Hubschrauber landete auf dem neben der Straße gelegenen Feld. Zwei weitere stiegen in die Lüfte. Die Sonne brannte unaufhörlich und kannte für niemanden Gnade. Reeh und Rükken schwitzten wie alle anderen, die sich von dieser Unfallstelle nicht wegbewegen konnten. Ihre Hemden waren vorne und hinten durchnässt. Der Schweiß rann ihnen an den Schläfen hinunter. Rükken wischte sich ständig seine Hände an der Hose ab. Reeh nahm ein Taschentuch, doch auch das Unterfangen blieb zwecklos. Hauptkommissar Rükken winkte zwei Krankenwagen durch. Hauptkommissar Reeh schickte die schaulustigen Autofahrer zurück zu ihren Autos. Er drohte unmissverständlich mit einer Anzeige bei wiederholter Aufforderung.

»Schade, dass Jäger andere Aufgaben bekommen hat«, erinnerte er sich.

»Ja, früher war er einer von uns.« Oft hatten Reeh und Rükken mit Jäger zusammengearbeitet.

Rükken sollte recht behalten. Der Einsatz dauerte bis in die Nachtstunden. Erst nach Reinigung der Straße wurde die Unfallstelle freigegeben. Die Feuerwehr hatte ein Zelt für die Versorgung aufgestellt. Reeh und Rükken bekamen von den aufmerksamen Kollegen Getränke, Äpfel und belegte Brötchen.

»Vier Tote, fünf Schwerverletzte, zehn Leichtverletzte. Die Versicherungen werden sich freuen«, meinte einer der Jungs, der Reeh und Rükken frischen Kaffee einschenkte. Aus der Mimik war nicht zu erkennen, ob der Mann es ernst meinte oder es doch eine zynische Bemerkung war.

Reeh war so erschöpft, dass er nichts dazu sagen konnte. Rükken schob sein Basecap mit dem Polizeischriftzug nach oben. Nach einem Schluck Kaffee wischte er sich über das Gesicht.

»Wird auch Zeit, dass die Kreisverkehre endlich fertig werden und die Ortsumfahrung damit abgeschlossen wird.«

»Na ja«, meinte der andere nachdenklich, »vielleicht passiert dann wirklich weniger.«

Rükken vertrat die Meinung, dass stets unangepasstes und zu schnelles Fahren zu Unfällen führte. Oft genug erlebte er das Resultat als Polizist. Kam dann auch noch die Verkettung mehrerer oder auch außergewöhnlicher Umstände dazu, war ein Unfall unvermeidbar. Und doch, jeder einzelne Mensch trug Sorge, dass er dafür verantwortlich war, nicht unter Zeitdruck und ohne Probleme jeder Art in ein Auto zu steigen.

Ein vierschrötiger Mann in den Sechzigern mit vielen Falten und einem kugelrunden Bauch trat zu ihnen.

»Der Einsatzleiter schickt mich. Ich soll euch sagen, dass alle Fahrzeuge von unserer Firma abgeschleppt werden.«

Rükken nickte und tippte sich an das Basecap. »Geht klar.« Er kannte den Mann und wusste, dass die in den Unfall verwickelten Fahrzeuge in der Nähe von Halberstadt sichergestellt wurden. Dort standen sie bis zur Sichtung durch die Polizei in einer überdachten Halle. Jederzeit konnte die Polizei darauf zurückgreifen.

Nach vier Stunden kam die versprochene Ablösung.

»Die Zufahrtswege sind frei und eine Umleitung ist geschaffen worden. Hier stehen nur noch Autofahrer, die die Umleitung scheuen, für euch ist Feierabend hier«, gab der Einsatzleiter bekannt.

Das ließen sich Reeh und Rükken nicht zweimal sagen.

Zur Verabschiedung klopften die Hauptkommissare auf die Holztische und tippten sich an die Mützen. Alexander Reeh nahm die Box mit den Beweismitteln und schaffte sie zum Dienstwagen. Beim Zuwerfen der Heckklappe fiel ihm der sternenübersäte Himmel auf. Er freute sich, endlich Feierabend zu haben. Ein 18-Stunden-Tag lag hinter ihm und steckte ihm in den Knochen. Er war sich sicher, dass es Ricardo genauso ging. Auch wenn sie keine Worte darüber wechselten. Jeden neuen Tag standen sie an vorderster Front, um täglich Hilfe zu leisten.

Ihr Einsatz war beendet. Es war weit nach Mitternacht. Schwer ließ Alexander Reeh sich auf den Fahrersitz fallen.

»Kann ich heute bei euch schlafen?«, fragte er.

»Keine Frage«, antwortete Rükken, bevor ihm die Augen zufielen. Neben den vielen Einsätzen und den unzähligen Überstunden machte der Ausbau des ehemaligen Pferdestalls auf seinem Grundstück viel Arbeit.

Rükken hatte als einziges Kind das Bauernhaus der Eltern überschrieben bekommen. Es bot ausreichenden Platz, sodass die alten Herrschaften sowie die Eltern und Großeltern seiner Frau mit darin wohnten. In den letzten Jahren hatte Ricardo zusätzlich zwei Ferienwohnungen mithilfe der Väter ausgebaut, die vermietet wurden.

Die zwei Hauptkommissare verbrachten ihre wenige Freizeit fast immer gemeinsam, ihre Frauen waren Freundinnen geworden und auch die Kinder hatten riesigen Spaß an ihrer Gemeinschaft. Sie wussten, dass die Kollegen sie hinter vorgehaltener Hand ›Reehrükken‹ nannten. Mit einem Lächeln taten sie es ab. Kamen sie sehr spät aus einem Einsatz, übernachtete Alexander bei ihm im Bauernhaus. Er half Ricardo so gut er konnte und Zeit dafür fand.

Reeh selber besaß keine Verpflichtung derartiger Größe. Er und seine Frau besaßen ein Haus mit Grundstück. Erst in fünfundzwanzig Jahren gehörte es ihnen, nahm man es genau. Trotz der nächtlichen Stunde hoffte er auf einen Schluck gekühlten Weißwein und ein gegrilltes Rinderfilet. Er aß es auch kalt.

Der Stau hatte sich aufgelöst. Es gab keine ungesicherte Unfallstelle mehr, die verbrannten Autos waren abtransportiert worden. Wenn die Natur den lang ersehnten Regen schickte, würde in zwei Wochen das neue sprießende Grün die letzten Spuren des Unfalls getilgt haben.

Franck hörte, wie der Motor aufjaulte. Mittlerweile kannte er dieses Geräusch genau. Seit fünf Tagen waren die Fensterläden morgens geöffnet worden. Mildes Tageslicht drang dann durch die Wand aus Glasbausteinen. Die genaue Uhrzeit kannte er nicht, er konnte es nur abschätzen. Er kannte den Ablauf, der dann folgte. Zuerst wurde das Tageslicht eingelassen, dann kam der kleinere Mann und brachte ihm Essen, was den Tag über zu reichen hatte. Nach geschätzten zehn bis zwölf Stunden kamen beide zurück. Der Kleinere brachte wieder Essen.

Es waren zwei. Zwei Täter, einer der Boss, der andere sein Handlanger. Der Kleinere war der, der ihn an diesem verhängnisvollen Tag angesprochen hatte. Er hatte ihn am Näseln erkannt. Dennoch wusste er nicht mehr über diesen Mann. Ein Handlanger eben. Der andere hieß Bert. Vielleicht hatte der den Kleineren wegen etwas in der Hand. Das war ein zu ungleiches Paar. Das war kein Verbrecherduo. Franck hatte es daran bemerkt, wie sie miteinander umgingen. Und an dem teilnahmsvollen Blick, den der Kleine ihm zugeworfen hatte.

Francks Blick fiel auf das Regal. Die Essensportionen waren ausreichend. In dem Regal stand genug Wasser, um über das Wochenende zu kommen. Eine Tüte Äpfel und eine angebrochene Packung Knäckebrot. Ein Päckchen gesalzener Schinken und ein Stück preislich herabgesetzter Gouda, mit dem Ablaufdatum des 25. Juni 2010. Franck verzog das Gesicht. Der Tag seiner Entführung. An das letzte Wochenende konnte er sich nicht genau erinnern. Schließlich hatte er unter dem Einfluss von Drogen gestanden. Er wusste nicht, was ihm gespritzt worden war.

Bei dieser Überlegung liefen seine Gedanken wie von allein zu Emilia. Sie hatte ihm erklärt, dass jede chemische oder pflanzliche Substanz als Droge bezeichnet werden kann.

»Paracelsus hat es auf den Punkt gebracht«, hatte sie ihm lachend gesagt. Wann nur hatte sie ihm das erzählt?

Franck legte sich auf die Lagerstatt. Seine Füße ragten über das Bettende hinaus. Die Arme hinter dem Kopf verschränkend, ließ er die Gedanken aus dem Gefängnis entfliehen.

Der Sommer trug hoch erhoben seine Schönheitskrone. Die Luft war warm, so leicht und ungetrübt. Er erinnerte sich, als er Emilia kennengelernt hatte und mit ihr auf den Dachboden der Apotheke gestiegen war. Er war ihr auf der steilen und maroden Treppe gefolgt. Schon früher war der Dachboden von den Apothekern zum Trocknen der Kräuter genutzt worden. Die Strahlen der Sonne hatten milliardenfach Staubpartikel tanzen lassen. An diesem Ort hatte er eine beruhigende Wärme seiner Seele gefunden. Wehmütig dachte er zurück an diese sorglose Zeit. Jetzt lag er hier zur Untätigkeit verdammt und musste auf Hilfe von außen warten.

Es war heiß hier drinnen. Die Sonne knallte den ganzen Tag auf das oben eingelassene Fenster. Mit der Zeit staute sich die Wärme und hatte keinen direkten Abzug. Das eingelassene Oberlicht brachte nichts. Nur in der Nacht konnte er den Sternenhimmel sehen. Das Gespenst des Verlassenseins verhundertfachte sich in ihm.

Franck verschwendete an die Kopfschmerzen, die ihn geplagt hatten, keinen Gedanken mehr. Was ihm gespritzt worden war, war schnell wirksam gewesen. Er vermutete etwas aus der Anästhesie. Doch egal, was es war, es konnte nicht mehr in ihm nachgewiesen werden.

Aus diesem Verlies gab es kein Entrinnen. Die Kette saß viel zu fest, er hatte keinerlei Werkzeug, das ihm helfen konnte. Schreien brachte nichts. Die Wände waren schalldicht. Er konnte keine Fliesen herauskratzen, weil es keine gab. Er konnte sich keine Waffe basteln. Nichts, einfach nichts. Nach Leselektüre hatte er vergessen zu fragen.

Mutlosigkeit begann sich auszubreiten. Er wusste, dass dies dem Beginn des Aufgebens nahe kam. Sie war wie ein Geschwür, das immer größer und mächtiger wurde. Er musste dagegenhalten. Er konnte nur auf Hilfe von außen hoffen und warten. Die Zeit mit Gedanken ausfüllen, die ihm guttaten.

Franck hob die Hand und fuhr sich über den Nacken. Sein Nacken fühlte sich klebrig und feucht an. Die Kette klirrte bei jeder Bewegung, doch seltsamerweise hatte er sich an das Geräusch gewöhnt.

»Verdammt, verdammt, verdammt!«, schrie er aus Leibeskräften.

Dennoch, er wusste, dass es nichts brachte. Er konnte gegen etwas treten und sich selbst verletzen. Er konnte schreien, wie er wollte, niemand hörte ihn. Da musste schon ein großer Zufall daherkommen. Er hatte gesehen, wie viel Aufwand für diesen Raum verwendet worden war, um ihn am Leben, vielleicht auch bei Verstand zu halten, doch am Ende würde es auf seinen Tod hinauslaufen. Dessen war er sich sicher. Er wusste nur nicht, ob es diesem Bert darauf ankam, dass er am Ende wusste, wer er war und wofür er ihn einkassiert hatte.

Seit einer halben Stunde spulte er sein Namensgedächtnis zurück. Bert. Bert. Ein doch seltener Name, fand er. Doch ebenso konnte es ein falscher Name sein. Doch irgendetwas ließ ihn annehmen, dass das der richtige Name sei. Franck ließ alles noch einmal rekapitulieren. Die Reaktion des Großen, der den Näselnden zusammengefahren hatte.

Bert hatte sicher keine Skrupel, sich des Kleineren zu entledigen. Und sich dann ihn vorzunehmen. Franck wollte es dem Entführer nicht zu leicht machen. Seit Tagen beschäftigte er sich mit seinem Trainingsprogramm. Es sollte ihm helfen, dass Bert ihn nicht wie eine reife Pflaume vom Baum pflückte. Eine Woche hatte er bereits überstanden. Und Franck hatte vor, noch weitere Tage und Wochen durchzuhalten. Überzeugt davon, dass die Polizei alles versuchen würde.

Und Emilia, was wird sie versuchen?, fragte er sich und ein Lächeln breitete sich aus und ließ sein hartes Gesicht weich werden. Es glättete die Falten und machte seinen Zug um die Mundwinkel weicher.

»Emilia«, flüsterte er.

Seine Hand auf das Herz legend, schwor er sich, sie bis zu seinem letzten Atemzug zu lieben. Er wusste selber, dass es melodramatisch klang, doch in seiner Einsamkeit, seinem Verlassensein von Gott und der Welt, sagten das die Deutschen so, ja, da nahm er sich heraus, lieben zu dürfen, wie er es wollte. Niemand schaute ihm dabei zu oder hörte ihn. Sein Leben lang blieb sie in seinem Herzen.

Franck öffnete eine Flasche Wasser und trank mit großen Schlucken. Außer den eigenen Geräuschen war es still, bis ein durchdringender langer Knall diese Stille durchbrach. Er setzte die Flasche ab und schärfte seine Ohren.

Kreischendes Metall, laute Lkw-Hupen. Danach herrschte absolute Ruhe.

Schweißtropfen bildeten sich auf Metz' Stirn, Adrenalin raste durch seine Adern.

Nach einer gefühlten Ewigkeit hörte Franck die Sirenen von Krankenwagen. Die Signaltöne von Polizeifahrzeugen und Feuerwehren kannte er und konnte sie unterscheiden. Kamen sie, um ihn zu befreien? Hatte das Martyrium ein Ende? Peu à peu schlich sich ein Lächeln über Francks Gesicht. Konnte es wahr sein? Wirklich wahr? Doch er musste Ruhe bewahren. Und weiter hinhören. Geräusche von mindestens einem Helikopter. Franck rutschte an der Wand hinunter, bis er auf dem Zementboden saß. Vor Aufregung begann er zu zittern. Er musste sich gedulden, bis sie ihn befreiten.

Dienstag

Viermal war die Sonne auf- und wieder untergegangen. Niemand war erschienen und hatte ihn befreit. Er musste den Tatsachen in die Augen schauen. Franck wusste nun, dass das, was er vor vier Tagen gehört hatte, nicht ihm galt. Die Geräusche der Helikopter hatten bis zum späten Abend nicht abgerissen. Sein rationaler Verstand sagte ihm, dass es einen Verkehrsunfall gegeben hatte. Urteilte er nach den Geräuschen, musste es sich um einen umfangreichen Unfall gehandelt haben. Die beiden Männer, die ihn hier gefangen hielten, waren nicht, wie der Kleinere gesagt hatte, nach zwei Tagen wieder zurück gewesen. Niemand war gekommen, um ihm frisches Wasser zu bringen.

Franck zählte zwei und zwei zusammen. Sein Verstand sagte ihm, dass seine Entführer in den Unfall verwickelt waren. Entweder lagen sie im Krankenhaus und konnten nicht sprechen oder sie waren tot. Franck wurde übel. Sein Magen rebellierte. Er zwang sich, weiter zu denken. Niemand würde ihn hier noch lebend finden. Unzählige Male hatte er die letzten Tage seinen Vorrat abgezählt und eingeteilt. Er hatte die Fakten im Kopf und brauchte keinen Blick mehr darauf zu verschwenden. Und trotzdem tat er es. Und ärgerte sich daraufhin. Noch lagen zehn Äpfel auf dem Regal. Er hatte sie fein säuberlich in eine Reihe gelegt. Wenn er jeden Tag einen Apfel essen würde, wären es noch zehn Tage. Vom Knäckebrot hatte er noch sieben Scheiben. Weitere sieben Tage, auch hier konnte er noch teilen. Das waren noch mal sieben Tage. Nur noch vier Liter Wasser standen im Regal. Wenn er das Wasser rationierte, käme er auf acht oder zehn Tage. Zehn Tage plus drei Tage, an denen er kein Wasser mehr hatte. Das war ein enger Zeitrahmen für seine Rettung: dreizehn Tage. Wenn er die

Äpfel teilte, waren es sechzehn Tage. Es blieb eng. Und genauso aussichtslos. Das war seine nüchterne Einschätzung. Er unterließ es, Sport zu machen. Er verbrauchte mehr Kalorien, als er zusetzen konnte. Die Aussicht auf Verhungern war nicht erstrebenswert. Dreißig Tage ohne Essen, das konnte ein Mensch aushalten. Also blieb er auf seiner Bettstelle liegen. Das Einzige, was er machen konnte, war denken und auch dafür würde er am Ende seiner Tage keine Energie mehr aufbringen können. An was sollte er denken, was er nicht schon in den letzten Tagen gedacht hatte? Sein Leben? Was ihn bis hierher in dieses Gefängnis geführt hatte?

Den rechten Unterarm legte Franck auf der Stirn ab. Der Arm mit der Kette lag neben ihm. Die Augen hielt er geschlossen. Bald hatte er Geburtstag. Als Kind war ein Geburtstag etwas ganz Besonderes. Am 11.07.1966 hatte ihn seine Mutter zu Hause entbunden. Sie hatte es mit seinem Vater nicht mehr rechtzeitig in die Klinik schaffen können. Also war eine Hebamme aus dem Nachbarort gebeten worden, zu helfen. Seine Eltern hatten Urlaub gemacht und er war zu früh auf die Welt gekommen.

Sein Geburtsort war Sarlat-la-Canéda, der im Département Dordogne liegt. Sarlat-la-Canéda wiederum liegt in einer von bewaldeten Hügeln umgebenen Senke des Périgord noir, im Südwesten von Frankreich, und ist nach dem Fluss Dordogne benannt worden. Seit 1960 gehört es der Region Aquitanien an.

Vieles hatte er Emilia über sich erzählt. An Abenden, an denen sie frisch geduscht unter einer warmen Decke liegend einen Film geschaut hatten. Franck erinnerte sich an einen der Abende, den sie wiederholen wollten. Sie hatten Rum getrunken und in der Badewanne gelegen.

Franck biss sich auf die Unterlippe. Diese wunderbaren Erinnerungen und Momente waren schmerzhaft, jetzt, wo er hier gefangen war, ohne Aussicht auf Rettung. Eine Träne verließ Francks Auge. Er ließ sie rollen, ohne sie wegwischen zu wollen. Wer konnte etwas gegen eine Träne sagen, geschweige denn unternehmen?

So grenzenlos ist meine Huld, die Liebe so tief,
ja, wie das Meer.
Je mehr ich gebe, je mehr auch hab ich:
beides ist unendlich.

Um Himmels willen, warum fiel ihm jetzt Romeo und Julia ein? Er grübelte. Es war besser, wenn er seinen Gedanken einen gewissen Rahmen gab. Er dachte an seine Eltern. Sein Vater hieß Bertrand, ein

Franzose, und seine deutsche Mutter trug den Namen Beate. Franck erinnerte sich, dass sein Vater sie immer nur Béatrice genannt hatte. Niemals hatte seine Mutter deswegen Beschwerde eingelegt. Franck glaubte, dass es ihr gefallen hat, wie ihr Mann ihren Namen aussprach. Voller Hingebung.

Franck war in seiner Kindheit und Jugend in verschiedenen Städten in der Bundesrepublik Deutschland und Frankreich aufgewachsen. Seine Eltern hatten berufsbedingt nur einige Jahre in einer Stadt gelebt. Sie hatten beide für das *Deutsch-französische Jugendwerk* gearbeitet. Geschwister hatte er keine, was er sehr bedauerte. Als seine Eltern bei einem Autounfall ums Leben gekommen waren, hatte ein riesiges Loch in seinem Herzen geklafft. Nach der Trauerzeit bewahrte er viele Erinnerungen im Herzen. 1986 war er zur Fremdenlegion gegangen. Jeder Rekrut hatte sich für fünf Jahre verpflichtet. Eine Verlängerung der Zeit hatte er 1991 nicht mehr angenommen. Er wollte heiraten. Seine Narbe nach einer Schussverletzung war ihm Erinnerung genug. Nach der Entlassung hatte er sich bei der Polizei im Saarland beworben und sie mit Auszeichnung absolviert. Franck seufzte. Was war seitdem alles geschehen?

Die Großeltern lebten noch in Sarlat-la-Canéda. Sie gehörten einer Generation an, die Hof und Herd nicht aufgaben, eher schier verwachsen waren mit Leib und Seele. Beide waren immer noch rüstig und in den Briefen der Großmutter hörte er die flehende Bitte seines Besuchs heraus. Er gestand sich ein, dass er den Besuch jahrelang vor sich hergeschoben hatte. Das letzte Mal war er vor seinem Burnout dort gewesen. Deswegen auch hatte er das Wohnmobil gekauft und umrüsten lassen. Er wollte ihr seine Heimat zeigen. Die Orte, wo er Kindheit und Jugend verbracht hatte. Die Straßen, die er mit Freunden aus seiner Kindheit auf den Fahrrädern entlanggerast war. Er wollte Emilia die Kalkhochebene zeigen. Die Milchstraße, Sterne und Planeten waren von dort am besten zu bestaunen. Unter dem Sternenzelt konnten sie eine Decke ausbreiten und den Sternenhimmel bei Causses du Quercy betrachten. Franck hatte als Kind keinen Gedanken an Lichtverschmutzung verschwendet. Er dachte, überall sah man die Sterne gleichermaßen. Sein Großvater hatte ihm bei ihren Ausflügen den Nachthimmel erklärt. So oft es die Zeit erlaubte, waren sie mit einem Zelt unterwegs gewesen und hatten ein kleines Lagerfeuer gemacht. Großvater hatte mit ihm zuvor aus der Dordogne Fische gefangen, die sie ausnahmen und über dem Feuer grillten. Das und noch vieles mehr wollte er Emilia zeigen. Gärten,

Schlösser, Schluchten, Höhlen. Das Tal der Dordogne, sie konnten auf den Gabanen fahren oder im Kanu paddeln. An Land war ein Picknick immer möglich. Auch das hatte er mit seinen Freunden oder allein unternommen. Die Dörfer waren, damals als er weggegangen war, nicht so hübsch anzusehen gewesen wie heutzutage. Vieles war restauriert worden. Er bekam schreckliche Sehnsucht. Sehnsucht nach einem Ort, wo die Seele heilte. Zusammen mit Emilia, die ihr Übriges dazutun würde.

Eine weitere Träne rann über seine Wange. Wegen der Dinge, die er nicht mehr tun konnte und um die es ihm leidtat.

Die Sonne grub ihre Wärme tief in sein Verlies und kümmerte sich nicht im mindesten um ihn.

Stationsschwester Marion Pillard stand auf Zehenspitzen vor dem Spiegel. Sie überprüfte ihr Make-up, das sie dezent aufgetragen hatte, und ob der straff nach hinten gekämmte Haarknoten richtig saß. Ihr ausdrucksstarker Blick wurde von einem dunklen Wimpernrand umrahmt. Dieser Blick, dem sich niemand entziehen konnte, brachte ihr den nötigen Respekt ein. Eine überdimensionale Brille gab ihrem Gesicht zusätzliche Kontur. Zuletzt strich sie über ihren Schwesternkittel. Hinter vorgehaltener Hand hieß sie bei den jüngeren Schwestern: ›Mrs klein und adrett‹. Mit diesen Tuscheleien kam sie zurecht. Man sollte sich nicht täuschen. Vom Wuchs war Frau Pillard eher klein, dennoch erreichte sie die ungeteilte Aufmerksamkeit ihrer Mitarbeiter und der Ärzte. Egal, ob es sich um Assistenzärzte oder den eigenbrötlerischen Chefarzt handelte. Sie war eine geschätzte Mitarbeiterin. Das Wohl der ihr anvertrauten Patienten hatte Vorrang.

In einer halben Stunde begann ihre Spätschicht. Bis dahin wollte sie die Zeit nutzen, um den Schichtplan zu erstellen. Zum Glück war es heute nicht ganz so heiß wie die Tage zuvor, das Arbeiten fiel wieder etwas leichter. Sie griff nach dem Pieper, steckte ihn an und verließ die Personaltoilette.

»Stationsschwester Marion, schön, Sie zu sehen.« Der sportlich dynamische Mann in den Enddreißigern stand vor ihr und blickte auf sie hinunter.

Sie hatte den Eindruck, als habe er sie extra abgepasst.

»Doktor Jummel.«

Das hatte ihr noch gefehlt. Sie mochte es überhaupt nicht, wenn er sie von oben herab ansah. Aber was blieb ihm übrig. Sie war eben von kleinem Wuchs. Sie kannte ihn gut genug, zu wissen, dass es, wenn er sie mit diesem Lächeln und den aufblitzenden Augen ansah, ein Problem gab, das nur sie lösen konnte. Und darin hatte sich der Doktor nicht geirrt, sie löste gern Probleme. Mehr als es gut für sie war, stellte kopfschüttelnd ihr Ehemann immer wieder fest, wenn sie nach ihrer Schicht noch einige Stunden dranhängte. Doch Marion Pillard war nicht ohne diverse Vorzüge das geworden, was sie war: Stationsschwester auf der Intensivpflegestation. Ihre Hingabe für die Genesung der Patienten grenzte an Selbstaufgabe.

»Was kann ich für Sie tun, Herr Doktor?« Marion Pillards Stimme und Mimik hatten sich auf Doktor Jonas Jummels unterschwellige Charmeattacke eingespielt, die nichts bedeutete. Die jungen Schwestern mussten erst noch lernen, dass das auch für den leitenden Arzt der Intensivstation nichts bedeutete. Sie vermutete, dass er sich ablenken wollte von dem harten Alltag, in dem er mehr als die Hälfte des Tages verbrachte. Marion Pillard hatte ihn durchschaut, seit er vor drei Jahren auf ihrer Station ihr Chef geworden war. »Ich habe eigentlich keine Zeit. Die Dienstpläne machen sich nicht von allein«, warf sie ein.

Mit einer Handbewegung wischte er den Einwand fort.

»Der Patient im Zimmer 43 bedarf besonderer Aufmerksamkeit ...«

»Wer denn nicht auf dieser Station?«, fiel sie ihm kokett ins Wort. Sie blickte ihn mit großen unerschrockenen Augen durch die tadellos saubere Brille an.

»Überaus präzise«, gab er zu. Als habe er ihre Worte nicht zur Kenntnis genommen, legte er die Hand auf ihre Schulter und lenkte sie. Spätestens in dem Moment wusste sie, dass sie ihre eigene Planung hinten anstellen musste. »Meine Dienstzeit ist ...«, er schaute auf seine vergleichsweise einfache Armbanduhr, die im Gegensatz zu seiner luxuriösen Kleidung stand, »für heute seit drei Stunden zu Ende. Ich möchte Sie bitten, Ihre Aufmerksamkeit persönlich auf den einen Patienten zu richten. Es könnte sein, dass er aus dem Koma erwacht.« Doktor Jummel war für die intensivmedizinische Therapie zuständig.

Beim Betreten der Intensivpflegestation hatte jede Person Schutzkleidung anzulegen. Mundschutz, Kopfbedeckung und Handschuhe komplettieren ihre Ausstattung. Nachdem sie die Schleuse durchlaufen hatten, betätigte der Doktor den Sensor. Die Tür zur Station öffnete sich hörbar. Er ließ ihr den Vortritt. Marion Pillard tat ihm den Gefallen, obwohl sie es nicht mochte, vorzugehen. Da war sie eigen und fühlte sich gehemmt, wenn sich alle Augen auf sie richteten. Egal auch, ob es sich um einen Restaurantbesuch oder um ein Patientenzimmer handelte.

Vier Betten standen den Ärzten auf der Intensivpflegestation zur Verfügung. Neben jedem befanden sich entsprechende Vorrichtungen, um den Patienten bei der intensivmedizinischen Therapie Medikamente zu verabreichen. Um den Blutdruck, EKG oder auch die Körpertemperatur zu überprüfen, waren Monitore an den einzelnen Behandlungsplätzen angeschlossen. Ständig wurden blinkende oder piepsende Signale der Geräte in die Überwachungszentrale weitergeleitet. Dort werteten Doktor Jummel und seine Kollegen die Daten aus. Sie waren rund um die Uhr in Bereitschaft. Die Zentrale war gleich nebenan, nur getrennt durch eine Glaswand.

Seit dem letzten Wochenende war nur das vordere Bett belegt. Marion Pillard trat heran. Seit vier Tagen kümmerte sie sich mit den Kollegen um diesen Mann mit multiplen Verletzungen. Diverse Schnittwunden zeichneten das Gesicht. Die Brandverletzungen waren versorgt. Der Kopf war mit dicken Verbänden umwickelt, sie verbargen seine Schädelfraktur. Vorsorglich hatten ihn die Ärzte ins Koma versetzt. Ein Schlauch ragte aus dem Mund, er wurde beatmet. Sein Becken war eingegipst und das linke Bein gerichtet. Er war bleich. Die Augenlider zuckten unruhig. Auf seiner bloßen Brust waren die Elektroden zur Überwachung seiner Körperfunktionen angebracht. Permanent überwachten sie die Blutdruckwerte. Beide Hände lagen ausgestreckt auf der grün-weiß gestreiften Bettwäsche neben ihm. In der rechten Hand steckte die Infusionsnadel. Bald müsste ein neuer Infusionsbeutel angehängt werden, registrierte Marion Pillard.

»Und warum kümmern Sie sich nicht weiter um Ihren Patienten?« Sie ließ den Patienten nicht aus den Augen.

»Sie kennen doch mein Handicap.« Doktor Jummels Lächeln zeigte zwei perfekte Zahnreihen. Dann kniff er ein Auge zwinkernd zu. Unverschämt gut stand ihm das. »Sie sind doch nicht allein«, widersprach er. Jetzt kam Phase zwei: das Süßholzraspeln. Das beherrschte Doktor Jummel wie kein Zweiter. Das wusste auch die Stationsschwester. »Doktor Traut ist ebenfalls hier.«

Gleichzeitig schauten sie durch die Glasscheibe. Doktor Traut hatte als unerfahrener Assistenzarzt diesen Spitznamen erhalten und das war geblieben.

»Ich brauche Sie hier. Die albernen Dienstpläne kann man auch später erstellen.«

»Albern nennen Sie das.« Marion Pillard drehte sich aufgebracht zu ihm. Ihre Augen blitzten ihn an. Ihr Blutdruck raste in einer gefährlichen Aufwärtskurve. Doktor Jummel lächelte selbstgefällig. Erst da erkannte sie, dass er sie necken wollte. Wurde dieser Mann denn nie erwachsen?

»Schwester Marion.« Er richtete es so ein, dass sie ihm ins Gesicht sah. »Die Parameter lassen mich zu der Vermutung kommen, dass unser Patient«, sagte er eingehend, »in Kürze wieder stabil sein wird. Und zwar in dem Maße, dass wir ihn zurückholen können.« Marion Pillard bemerkte, dass Doktor Jummel die Unterlippe durch die Zähne zog. »Wir wissen nicht, welche Folgeschäden er haben wird und ich kann auch nicht sagen, welche Areale in seinem Kopf dauerhaft betroffen sein werden. Aber eines weiß ich, er wird leben und eines Tages, nach viel harter Arbeit vonseiten der Physiotherapie, wird er auf dem Weg der Besserung sein. Ich möchte jemanden hier haben, der die kleinste Regung mitbekommt. Nicht nur die Überwachungsmonitore.« Doktor Jummel war trotz oder vielleicht wegen seines Charmes ein warmherziger Mann. Ihm war es wichtig, viel Leben zu retten.

»Ich passe auf ihn auf«, versprach Marion Pillard. Die Arbeit hatte einen hohen Stellenwert in ihrem Leben. Oft höher als die Abende, die sie mit Herrn Pillard verbrachte.

»Ich schätze Sie aus genau diesem Grund.« Doktor Jummel zögerte nicht, seine Hand kurz auf ihre Schulter zu legen. »Auf Sie ist Verlass!«

Sie hörte, wie sich die Automatiktür hinter ihr öffnete und schloss. Es hinterließ ein kleines surreales Geräusch. Der Doktor war auf dem Weg, seinem Hobby nachzugehen.

Marion Pillard war mit dem Patienten der Intensivpflegestation allein. Durch die Scheibe sah sie Doktor Traut, der grüßend die Hand hob, um gleich darauf wieder gebannt auf seinen Bildschirm zu starren.

Zuerst hängte sie einen neuen Infusionsbeutel ein, überprüfte den Sitz der Infusionsnadel und zupfte die ordentliche Bettdecke abermals zurecht. Dann setzte sie sich an das Bett des Patienten. Natürlich konnte sie die Dienstpläne morgen machen. Im Prinzip waren es ja doch Wiederholungen. Sie musste nur aufpassen, dass sie niemanden bevorteilte oder benachteiligte. Schwester Anni heiratete nächstes Wochenende. Schwester Olgas Eltern kamen zu Besuch und Pfleger Max musste sich für zwei Tage um seine Nichte kümmern. Ferien eben.

Verflixt, das genaue Datum hatte sie vergessen. Sie musste ihn noch mal fragen. Die zwei Schwestern, die kaum etwas vorhatten, waren Schwester Leni und Schwester Inge. Beide hatten bereits dreißig Berufsjahre in den Knochen. Ihnen machte niemand etwas vor. Sie regelten das Private außerhalb ihrer Dienstzeiten.

Marion Pillard prüfte die Blutgaswerte und notierte diese in der Patientenakte, als sie ein leises Stöhnen vernahm. Carl Schäfers Augenlider flatterten. Prompt reagierte der Monitor und piepte. Doktor Traut schaute auf und vergewisserte sich, dass Marion Pillard eine Geste der Entwarnung gab. Das Piepen hörte auf und auch das Flattern der Augenlider des Patienten. Sie entschied sich, ihren Mann anzurufen, um ihm Bescheid zu geben, dass sie über Nacht im Krankenhaus bleiben würde.

Der Patient Carl Schäfer war vor der morgendlichen Visite von der diensthabenden Schwester gewaschen und umgelagert worden. Sie hatte ihm die Zähne geputzt und Lippenbalsam aufgetragen. Marion Pillard begann nach einigen Stunden Schlaf ihre Frühschicht. Im Krankenhaus gab es für Ärzte und Schwestern einen separaten Raum, in dem sie übernachten oder einige Stunden Schlaf nachholen konnten.

Mit der Einschätzung und Prognose waren die Ärzte und der ärztliche Direktor schnell einer Meinung.

Voller Gedanken blieb die Stationsschwester nach der Visite vor dem Patientenbett stehen. Gestern hatte der Monitor gepiepst und sich der Herzschlag danach wieder beruhigt. Genau wie heute, kurz vor der Visite. Laut der Einschätzung der Ärzte reduzierten sie die Medikation. Carl Schäfer konnte aufwachen. Die künstliche Beatmung hatte Doktor Traut in der Nacht eingestellt. Der Patient war in der Lage, selbstständig zu atmen.

Die Pflegekurve war korrekt geführt. Der Infusionsbeutel gefüllt. Der Blasenkatheter hing mit einem Minimum an Flüssigkeit seitlich am Bett. Marion Pillard strich über sein Gesicht und bemerkte die Bartstoppeln auf der Wange. ›Rasur notwendig‹, schrieb sie ein. Das Bettzeug war frisch und der Patient lag versorgt. Wenn er Besuch bekäme, sollte die Standardbotschaft sein, dass der Patient in guten

Händen sei. Bisher hatte sich kein Besuch sehen lassen. Die Polizei hatte Kontakt zu seiner Familie aufgenommen. Vielleicht dauerte es, bis sich die Familienmitglieder entschlossen und sich einen Besuch zutrauten. Aus leidvoller Erfahrung im Umgang mit Angehörigen oder Freunden der Patienten wusste sie, dass es nicht leicht war, einen lieb gewordenen Menschen auf einer Intensivstation, angeschlossen an so viel Technik, zu besuchen. Es erforderte Mut, dem Schicksal ins Auge zu blicken.

Sie wandte sich zum Gehen, als sie ein Geräusch vernahm. Die Stationsschwester verharrte. Da hörte sie es wieder. Ein Wort. Doch sie konnte es nicht verstehen. Sie drehte sich um. Carl Schäfer bewegte mühsam die Lippen, als suchten sie nach der Sprache. Noch einmal ein Wort. Es war nicht zu deuten, ein Nuscheln, ein Lallen. Marion Pillard befeuchtete seine Lippen.

Es war nicht ungewöhnlich, dass Patienten, die aus dem Koma erwachten, etwas sagten. Meistens verstand es niemand und später konnten sich die Patienten nicht daran erinnern. Es war wie nachts im Schlaf zu reden. Das Gebiet war noch nicht genügend erforscht. Und deshalb interessierte es Marion Pillard. Sie verwarf ihren Zeitplan und zog sich einen Metallstuhl von der Seite heran. Sie wollte es sich keinesfalls entgehen lassen, wenn Carl Schäfer erneut sprach.

Donnerstag

Carl Schäfer bewegte sich unruhig unter der dünnen Bettdecke des Krankenhauses. Die Schwester tupfte ihm die Schweißtropfen aus dem Gesicht. Ihr aufmerksamer Blick galt dem Monitor. Eben hatte dieser wieder begonnen zu piepen. Als sie am Bett stand und die Schläuche und den Infusionsbeutel überprüfte, hatte sie es deutlich gehört. Der Patient sprach. Es war immer nur ein Wort. Mehrmals hintereinander. Bis sie es verstand, vergingen einige Minuten. Aber es war eindeutig. Nachdem sie alles kontrolliert hatte, der Monitor jetzt wieder nur den normalen Herzschlag anzeigte, strich sie noch einmal die Bettdecke zurecht und ging aus dem Zimmer.

Draußen kam ihr die Stationsschwester entgegen. Marion Pillard hielt eine Tasse Kaffee in der einen Hand, in der anderen einen schmalen grünen Hefter. Wird auch Zeit, dass sie sich um die Dienstpläne kümmert, dachte Schwester Olga säuerlich.

»Schwester Marion, der Komapatient hat wieder geredet.« Sie wollte es nur mitteilen.

»Sie haben das in der Pflegeakte vermerkt?«

»Selbstverständlich.« Was sich die nur einbildete, dachte sie. Schwester Olga war nicht gut auf die Stationsschwester zu sprechen. Das letzte Mal, als sie Urlaub machen wollte, hatte ihr der verdammte Dienstplan einen Strich durch die Rechnung gemacht.

Schwester Olga wollte zur Stationsküche weitergehen, doch Marion Pillard hielt sie zurück.

»Haben Sie etwas verstanden?« Durch die runden Brillengläser wirkte der Blick intensiv.

»Bulle.«

»Wie bitte?«

»Bulle.«

»Sind Sie sicher?«

»Bin ich.«

Marion Pillard verschlug es die Sprache. Noch gestern hatte sie mit Doktor Jummel gesprochen. Er war der Meinung, dass sie sich getäuscht hatte. Sie wusste so gut wie der Doktor, dass ein Komapatient sieben Remissionsphasen durchleben musste. Die Studien zu diesem weiten Feld waren keineswegs vollends erforscht. Doch Marion Pillard hatte es gehört und nun wurde es bestätigt, auch wenn der Chef ihre Meinung nicht teilte.

Aus dem Konzept gebracht, ließ sie Schwester Olga an sich vorbeigehen in Richtung Kaffeeküche. Sie selber lief, mit ihren Gedanken beschäftigt, in das Stationszimmer und legte die fertigen Dienstpläne, die sie bereits ausgedruckt hatte, in die Fächer jeder Schwester und jedes Pflegers. Per E-Mail hatte sie diese längst versandt. Aber sie mochte auch immer noch die Papierform, genau wie die beiden Schwestern, die seit einer halben Ewigkeit ihren Dienst taten. Dann hatte sie es eilig. Da auf der Intensivpflegestation nur der eine Patient lag, konnte sie es sich leisten, einiges an Zeit mehr am Bett von Carl Schäfer zu verbringen.

Aufgewühlt durchlief sie die aufwändigen Bedingungen an der Schleuse. Schließlich stand sie am Bett. Der Patient lag reglos darin, weder piepten die Monitore noch zeigten Blutdruckkurven unerwünschte Daten. Die Hand, in der die Kanüle steckte und durch die Medikamente gepumpt wurden, lag kraftlos neben seinem Körper. Außer den Geräuschen der Geräte blieb es im Zimmer still. Marion dachte nach. Gestern Abend, als sie mit ihrem Mann telefoniert hatte, hatte sie ihm gesagt, dass ihr Patient langsam aus dem Koma erwachen würde.

Warum ihr dieser Patient so wichtig war, hätte sie nicht erklären können. Doch sie wusste oder zumindest ahnte sie es. Emilia Sander war am Montagabend bei ihnen zu Gast gewesen. Nur kurz, sie wollte ihre Brille abholen. Sie hatten geredet. Und eine Kleinigkeit gegessen. Ihr Mann hatte einen Teller mit ein paar belegten Broten auf den Tisch gestellt. Nichts Besonderes. Er mochte es nach einem anstrengenden Tag und er hatte auch fast alles allein aufgegessen, denn Frau Sander hatte nur einmal zugegriffen und das auch nur, weil ihr Mann sonst mit Bitten nicht aufgehört hätte. Sie selber hatte nichts gegessen, niemals aß sie am Abend. Sie hatte in der Klinik einen Quark mit Kräutern zu sich genommen. Das reichte ihr an den heißen Tagen, und heute war das Thermometer wieder über die Dreißig-Grad-Marke geklettert.

Sie holte sich den metallenen Stuhl, der an der Wand lehnte, und setzte sich zu ihm. Emilia Sander suchte verzweifelt nach Franck Metz. Wenn es stimmte, was ihr Schwester Olga berichtet hatte, dann ... Sie schalt sich einen Dummkopf. Was war denn, wenn der Mann noch einmal ›Bulle‹ sagen würde? Sie konnte nicht davon ausgehen, dass er etwas wusste, das auf Franck Metz zutreffen würde.

Sie wusste nicht genau, wie lange sie am Bett des Mannes gesessen hatte, nur mit den Geräuschen des Atmens und den gelegentlichen Monitorgeräuschen um sie herum, als es an der Scheibe zum Beobachtungsraum klopfte. Erschrocken drehte sie sich um. Doktor Jummel hatte die Hand gehoben, er zeigte auf seine Armbanduhr und winkte sie heraus.

Freitag

Marion Pillard fand es unerträglich heiß in der Wohnung. Es war Vormittag. Vor einer Stunde erst hatte sie nach einer kalten Dusche das luftigste Kleid aus ihrem Schrank geholt und war in ihre flachsten Sandalen geschlüpft. Ihr Mann hatte es da besser. Der Wohnort war gleichzeitig der Arbeitsort. Mit einem bedauernden Seufzer hatte sie ihm einen Luftkuss geschickt. Es war dermaßen heiß, dass Marion jede Berührung vermied. Immerhin blies eine sanfte Brise, die es etwas erträglicher machte.

Sie setzte sich in ihren Stadtflitzer und fuhr mit geöffnetem Seitenfenster durch die Lindenstraße. Der Wind rauschte deutlich hörbar in den ausladenden Zweigen der Linden. In den Nachrichten zeigten sie dauernd, dass es ein Gewitter von immensem Ausmaß geben würde. Es würde ungemein krachen, doch bisher war davon nichts angekommen. Es blieb heiß.

Im Krankenhaus zog sie sich um und griff nach dem Thermalwasser, um sich damit ihr Gesicht und das Dekolleté zu erfrischen. Emilia Sander hatte ihr die Spraydose als Gastgeschenk mitgebracht. Marion Pillard hatte es gern genommen. Kaum war sie umgezogen, als es an der Tür klopfte.

»Herein.«

Doktor Jonas Jummel steckte den Kopf herein.

»Sind Sie bereit?«

»Wofür?« Stirnrunzelnd betrachtete Marion Pillard ihr Gegenüber. Anscheinend machte ihm die Hitze überhaupt nichts aus. Er hatte keine verschwitzten Haare, keinen Schweiß, der auf der Stirn glänzte, keine feuchten Hände und keine Schweißflecken an seinem Arztkittel.

»Kommen Sie, das wird Sie interessieren.«

Sie durchliefen das Programm der Schleuse. Das Gute daran war, dass im Zimmer der Intensivpflegestation dank der Klimaanlage gemäßigte, fast kühl zu nennende Temperaturen herrschten. Beide standen vor dem Bett des Patienten. Carl Schäfer lag bleich und ohne Regung darin. Die Anzeige auf dem Monitor zeigte die Sollwerte an. Doktor Jummel wirkte überrascht.

»Bevor ich Sie geholt habe, hat er geredet. Noch sediert, aber auch ich habe drei Worte verstanden.«

»Und die waren?«

»Bulle, reiß aus.« Der Blick und die Brille irritierten Doktor Jummel auf einmal. Schulterzuckend gab er seine Ahnungslosigkeit zu.

Marion Pillard entgegnete nichts. Sie hatte nur ihren sechsten Sinn.

»Der Patient kann sich später nicht daran erinnern. Ich wollte es Ihnen nur sagen. Weil Sie mich doch gestern darauf ansprachen.«

»Ach, habe ich?«

»Ja.«

»Ich muss telefonieren.«

»Warten Sie, wir haben es aufgezeichnet. Extra wegen Ihnen.«

Marion Pillard hörte es nicht. Sie beeilte sich, aus der Schleuse zu kommen. In ihrem Zimmer rief sie in der Marktapotheke an.

»Sie sprechen mit Rosa Bach.«

Enttäuscht darüber, dass Emilia Sander nicht in der Apotheke war, hinterließ sie die Nachricht, dass sie bitte zurückgerufen werden wollte. Dringend, erklärte sie bestimmend.

Seit zwei Wochen schlief Franck nicht mehr in ihrem Bett. Sein Geruch verlor sich langsam aus dem Kopfkissen. Wegen ihrer vielen Tränen konnte sie ihn nicht mehr riechen. Dennoch verwehrte sie sich, es neu zu beziehen.

Adele hatte in den vergangenen Tagen angerufen und sie zum Essen eingeladen. Emilia hatte schließlich angenommen. Adele hatte sich redlich bemüht, sie auf andere Gedanken zu bringen. Lediglich ein paar Löffel der geeisten Gurkensuppe und etwas Salat hatte sie gegessen. Noch nicht einmal der Wein hatte sie zu verführen vermocht.

Spät am Abend war Petersen nach Hause gekommen. Zwei fragende Gesichter hatten ihn angeblickt.

Diesmal hatte er nicht den Kopf geschüttelt.

»Was ist los?«, hatte Adele wissen wollen. Emilia hatte den Mund nicht aufbekommen. Sie hatte mit Riesenaugen jede Bewegung verfolgt, die Petersen gemacht hatte.

»Wir haben ...«, hatte er angesetzt.

»Ihn gefunden?«, war ihm Emilia keuchend ins Wort gefallen. Sie hatte die Hände zu einer Faust geballt.

Petersen hatte erst Adele angeschaut, bevor sein Blick Emilia erreichte.

»Nein«, hatte er zugegeben. »Aber die gesuchte Person, auf die die Beschreibung deiner Freundin Frau Reuben passt, hatte einen Autounfall.«

Emilia hatte ihn verständnislos angesehen.

Adele war eingesprungen: »Lebt er?«

Petersen hatte genickt. »Er liegt im Koma.«

Emilia hatte sich am Tisch festhalten müssen. Ihr war übel und schwarz vor Augen geworden.

»Emilia.« Petersen hatte sich neben sie gesetzt. Er hatte nach ihrer Hand gegriffen, mit der sie sich festhielt. »Das ist nur die beschriebene Person. Da gibt es ganz viele Unabwägbarkeiten. Hörst du? Wir wissen doch noch gar nichts.«

»War es ein Tourist?«

»Wenn wir vom Autokennzeichen ausgehen, dann nicht.«

»Wem gehörte es? Wo hat der gearbeitet?« Sie hatte noch unzählige Fragen im Kopf gehabt. »War er der Fahrer?«

»Nein, der ist am Unfallort verstorben.«

Emilia hatte nach Luft geschnappt.

Petersen hatte sie beruhigen müssen, indem er ihr versicherte, dass sie alles unternahmen.

»Der Unfallhergang wird untersucht. Wir ermitteln in alle Richtungen.« Petersen hatte mit Elvira Bostner ihre Vorgehensweise abgeglichen. Er wusste, dass in diesem Moment von der Sonderkommission der Background zusammengestellt wurde.

Emilia hatte es abgelehnt, dass Petersen sie nach Hause brachte. Adele hatte sie auch nicht zu einem Taxi überreden können.

Es war so viel Zeit vergangen, sie konnte bald nicht mehr. Vierzehn Tage. Emilia seufzte. Seit einigen Tagen hatte sie leichte Magenschmerzen. Das kam vom Hunger, den sie ignorierte. Der

Appetit stellte sich nicht ein. Egal, was ihr vorgesetzt wurde, sie nahm nur wegen der Gastgeber etwas zu sich.

Ihr Rock rutschte. Den Gürtel für ihre Hose musste sie ein Gürtelloch enger schnallen. In ihren Sommerkleidern sah sie wie hineingeworfen aus. Emilia hatte Schwierigkeiten, sich zu konzentrieren. Sie war froh, dass sich die Mitarbeiter um die Apotheke kümmerten. Und sie wusste auch aus dem Innersten ihres Ichs, dass sie bald die Zügel wieder in die Hand nehmen sollte. Sonst, sie schluckte und putzte sich die Nase, sonst rann ihr eigenes Leben durch die Finger. Sie spielte mit ihrer eigenen Gesundheit. Sie wusste es, aber sie konnte nicht aufstehen, den Rücken durchdrücken und so tun, als ob nichts passiert wäre. Sie hörte die Stimmen ihrer Mutter und ihrer Schwester. Sie sagten es beide: ›Doch, du kannst.‹ Dabei war die Stimme ihrer Mutter resoluter und bestimmender. Die mahnende Stimme ihrer Schwester dagegen leiser, dafür eindringlicher. Emilia seufzte, wieder musste der Tag begonnen werden und bekanntlich hatte jeder Tag seine eigene Plage.

Emilia schob die Bettdecke von sich. Das dünne Nachthemd klebte an ihrem Körper. Die tropischen Nächte nahmen einfach kein Ende. Sie raffte sich auf und trottete ins Bad. Die erfrischende Dusche schaffte es, Emilia wiederzubeleben. Auch ihre Gedanken fühlten sich erfrischt an.

Nackt stand sie nun vor ihrem Kleiderschrank und suchte nach etwas Geeignetem. Endlich entschied sie sich für ein einfaches Kleid mit einer vorderen Knopfreihe. Ein Fehlkauf von vor drei Jahren, der seit dieser Zeit ungetragen im Schrank hing. Sie nahm es mit ins Bad und schlüpfte hinein. Auf das Schminken verzichtete sie. Bei der Hitze, die sich in ihre Wohnung geschlichen hatte und nicht mehr ausziehen wollte, war es ein sinnloses Unterfangen. Im Spiegel blickten sie intensiv blaugrün gemusterte Augen forschend an. Emilias Wangenknochen traten deutlicher hervor und betonten ihr ovales Gesicht. Sie griff nach der Haarbürste. Als sie ihre dunkelblonden Haare ausgiebig gebürstet hatte, steckte sie diese hoch. Franck mochte diese Frisur an ihr, wenn sie zum Essen eingeladen waren oder abends ausgingen. Er liebte es offen und wild, wenn sie sich liebten. Der Gedanke an ihn schmerzte sie sehr, aber sie ließ den Tränen keinen Vortritt. Sie entschied sich für die Perlenohrringe, die ihr Franck vor einigen Wochen geschenkt hatte. Die Schmuckschachtel stand neben ihren Parfumflaschen. Es waren weiße Süßwasserperlen. ›Boutonperlen‹, hatte er ihr ins Ohr geflüstert, als sie sie zum ersten Mal trug. Die Form der Perlen glich eher einem Knopf. Franck hatte ihr erzählt, dass man sie wegen ihrer

Form Bouton nannte. Nicht immer entstanden kugelförmige Perlen bei der Zucht. Emilia musterte sich im Spiegel. Zaghaft stellte sich ein Lächeln ein. Zum Schluss benutzte sie Francks Parfüm. Im Korridor schlüpfte sie in ihre Pumps, griff nach der Handtasche und nahm die Schlüssel vom Haken.

Vor der Haustür traf sie fast der Schlag. Unerträgliche Hitze waberte ihr entgegen. Es war heiß. Emilia kam es etwas windiger als gestern vor, aber sie mochte sich täuschen. Auf ihrem Weg zur Apotheke begegnete sie keiner Menschenseele. Jeder, der zu Hause bleiben konnte, war drinnen besser aufgehoben.

»Frau Sander, geht es Ihnen wieder besser?« Blanka stand mit einer Großhändlerkiste vorm Wareneingang. Ihr staunender Blick verriet, dass sie überrascht war.

»Ja, mir geht es besser. Und ich habe noch nichts gegessen und getrunken.«

»Dann wird es aber Zeit«, sagte Frau Mandel scharf, als sie die beiden durchließ. »Wie es der Zufall will, hab ich etwas für Sie vorbereitet. Das wird Ihnen guttun«. Sie ging ohne weiteres Wort in Richtung Küche.

Die Apothekerin folgte ihr in die Küche. »Sie haben mich wieder neugierig gemacht.«

»So soll es auch sein. Da sitzen sie zwar seit Tagen allein in der Essiggasse. Aber rausgekommen ist nichts, stimmt's?«

Emilia, die nach dem Schälchen mit den Melonenwürfeln griff, konnte nur nicken. Leider hatte Frau Mandel recht. Sie hatte die Leitung der Apotheke übergeben, damit sie sich um die Suche nach Metz kümmern konnte. Doch was konnte sie wirklich tun? Sie hatte noch weniger Anhaltspunkte als die Polizei. Tess war als Zeugin vernommen wurden. Ein Phantombild war erstellt worden und nun wartete die Polizei auf eine Rückmeldung. Immer noch gab es kein Erpressungsschreiben oder eine Lösegeldforderung. Das machte Sorgen. Petersen erstattete jeden Abend Bericht und jeden Abend zerschlug sich ihre Hoffnung. Die Melone war aufgegessen. Jetzt stellte Frau Mandel ein Schale mit Quark und frischen Beeren vor sie hin.

»Machen Sie sich bitte die Nussmischung selber drauf. Die ist vorhin fertig geworden.«

Gehorsam griff Emilia zum Löffel. Frau Mandel stellte ihr zwei Scheiben Brot hin, die mit Kräuterquark bestrichen waren.

»Sogar das Brot ist selber gebacken«, erklärte Frau Mandel mit leichter Aggression in der Stimme.

Für Emilia hörte es sich nach aufessen an.

Sie nötigte sich dazu. Langsam schaffte sie den Quark und eine Schnitte.

Das Zittern in ihren Gliedmaßen hörte auf. Ihr Magen beruhigte sich.

Frau Weiß öffnete die Küchentür und strebte der Kaffeemaschine zu.

»Die Chefin bekommt keinen Kaffee. Ich habe Tee gekocht und erkalten lassen. Allemal besser als das schwarze Gebräu«, murrte Frau Mandel.

Frau Weiß, zart wie eine Elfe, verzog keine Miene. Sie grüßte die Chefin und verzog sich schleunigst mit ihrem Kaffee.

»Wenn Sie mich brauchen ...« Frau Weiß drückte die Tür hinter sich zu.

»Und nun wir beide mal. Das geht nicht, dass Sie hier verhungern! Was soll nur Herr Metz denken, wenn er wiederkommt.«

»Denken Sie, dass er wiederkommt?«

»Das ist gar keine Frage. Ich weiß das. Und Sie«, sie warf einen gestrengen Blick auf Emilia, »Sie sollten das auch wissen.«

»Ich weiß es auch«, gab Emilia zu. »Aber die Zeit bis dahin. Wie soll ich die überstehen. Es sind schon zwei Wochen um.«

»Haben Sie sich um sein Geburtstagsgeschenk gekümmert?«

»Fertig.« Emilia kam sich wie bei einem Kreuzverhör vor. Sie hatte in den vergangenen Tagen Fotos hochgeladen, Texte verfasst und sie in schöner Handschrift in das Fotobuch schreiben lassen. Es war ein anrührendes Fotobuch entstanden. Es war bereits zum Drucken versandt.

»Wie sieht es mit einem neuen Apotheker aus?«

»Drei sind in der engeren Wahl. Termine zum Vorstellungsgespräch habe ich für nächste Woche vereinbart.«

»Dann sollten Sie dringend Frau Pillard anrufen, sie hat sich, kurz bevor Sie kamen, telefonisch gemeldet und es klang dringend.«

Emilia stand auf.

»Danke für das Frühstück.« Sie rief vom Büro aus Marion Pillard an. Gestern hatte sie den Rückruf einfach vergessen.

Knapp zwanzig Minuten später hatte Emilia das Krankenhaus per Fahrrad erreicht und Marion Pillard nahm sie mit in ihr Stationsschwesternzimmer.

»Gut, dass Sie da sind«, sie wies auf einen Stuhl, »ich muss Ihnen unbedingt etwas zeigen. Hören Sie sich das an.« Marion drückte die Taste für das Abspielen herunter.

Emilia lauschte angestrengt der Aufzeichnung. Außer den Geräuschen von piepsenden Monitoren und dem Atmen eines Menschen vernahm sie nichts.

»Was ist das?«

»Hören Sie zu«, wehrte Marion Pillard ab.

Emilia horchte genauer hin. Bruchstücke eines Satzes, Teile eines Wortes? Dann wieder das Röcheln, schweres Atmen. Dann, als habe sie sich an die Aussprache gewöhnt, hörte sie es noch einmal.

»Irre ich mich?«, fragte sie und schaute Marion direkt an. In ihrem Kopf rumorte und brodelte es.

»Was hören Sie denn?«, fragte Marion und schaute sie durch ihre Brille an.

»Bulle, reiß aus.« Emilia knetete das Taschentuch, womit sie sich die Stirn abgewischt hatte. »Bedeutet es überhaupt etwas?«, fragte sie laut. Mehr für sich.

Marion Pillard zuckte mit den Schultern. Mitleidig betrachtete sie durch ihre Brille ihr Gegenüber. Fast so, als schaute sie durch ein Mikroskop.

»Der Polizei haben Sie das schon mitgeteilt?«, fragte Emilia.

»Selbstverständlich.«

»Haben Sie ein Glas Wasser für mich?« In Emilias Kopf überschlugen sich die Gedanken.

Nachdem sie es ausgetrunken und sich bedankt hatte, machte sie sich auf den Weg. Langsam ging sie durch die Flure des Krankenhauses und suchte nach der Beschilderung für Treppen. Sich am Geländer festhaltend lief sie wie in Trance nach unten. Vor der Tür des Krankenhauses traf sie die Hitze erneut wie ein Faustschlag.

Ihr Handy summte. Sie fummelte es aus der Umhängetasche.

»Emilia, wie geht es Ihnen?«

»Den Umständen entsprechend.« Emilia hielt sich bedeckt, denn es ging ihr hundsmiserabel. Gleichzeitig wusste sie, dass sie Jäger nichts vormachen konnte. »Schon wieder im Dienst?«, fragte sie ihn.

»Klaro. Die können jeden Beamten brauchen. Jetzt, wo meine Undercover-Arbeit beendet und der Dieb in die Falle getappt ist.«

»Das müssen Sie mir mal erzählen.«

Emilia meinte es ernst.

Jäger nickte.

»Vielen Dank, dass Sie sich so gut um meinen Kater gekümmert haben.«

»Das habe ich sehr gern gemacht. Gibt es etwas Neues?«

»Ja, ich habe die Mitteilung bekommen, dass der Komapatient aufwacht. Ich war gerade in der Klinik.«

»Ich auch und das habe ich auch eben erfahren. Was ist mit den Worten, die er sagt? Hat das was zu bedeuten?«

Eine Krankenwagensirene, die nicht abgestellt wurde, ließ Emilia schnell ein paar Schritte weitergehen. Sie lief in Richtung des Parks. Die Bank, auf der sie sich mit Jäger getroffen hatte, war besetzt von zwei älteren Damen, die sich angeregt unterhielten. Beide hatten einen Hut auf und eine Flasche Wasser neben sich stehen.

»Ich weiß es nicht, Emilia, noch nicht. Wir haben das Unfallauto von einem gewissen Bert Trojan zur Untersuchung in die KTU bringen lassen.«

»Wer ist denn das? Der Name sagt mir nichts.«

»Das ist der Fahrer, Halter und Unfallverursacher. Und die von der Zeugin Reuben beschriebene Person saß neben dem Fahrer. Wir sind dabei, zu klären, warum der Zeuge in dem Fahrzeug saß, sein gesamtes Umfeld. Und dann werden wir wissen, ob es eine Spur ist.« Er räusperte sich und Emilia wusste, was er sagen wollte.

»Okay, danke. Ich weiß, ich kann nicht zu viel erwarten.« Emilia wusste nicht, wie lange sie noch gegen die Tränen ankämpfen konnte, die sich schon wieder ihren Weg bahnen wollten.

»Aber kommen Sie doch auf dem Revierkommissariat vorbei, ich bin auch auf dem Weg«, schlug Jäger vor.

Das ließ sich Emilia nicht zweimal sagen. Sie fuhr mit dem Fahrrad zum Revierkommissariat. Keiler öffnete und ließ sie eintreten. Jäger holte Emilia persönlich ab und bat sie ins Büro.

»Möchten Sie sich auf den Platz vom Chef setzen?« Jäger reckte das Kinn.

Emilia nahm Platz und strich über den Schreibtisch. Auf ihm lagen einige Aktenstapel, Ausdrucke irgendwelcher Informationen. Emilia verschwendete keinen Gedanken darauf. Sie saß auf Francks Platz. Von hier hatte er mit ihr oft telefoniert und gewartet, dass sie zuerst den Hörer auflegte oder das Handygespräch beendete.

»Sorry, dass es so aussieht.« Jäger verzog schmerzhaft das Gesicht. »Aber der Kollege vom LKA hat sich hier häuslich eingerichtet.« Jäger zuckte mit den Schultern. Dann zwinkerte er Emilia zu. »Aber wir haben etwas Interessantes rausgefunden.«

Emilia schaute Jäger ins Gesicht. Es war ihm egal, ob er eine Indiskretion ausführte, er konnte nicht anders. Er musste es Emilia erzählen. Jäger kratzte sich das Ohr.

»Wir wissen, *wer* der Unfallverursacher war. Er ist an seinen schweren Verletzungen am Unfallort erlegen. Wir haben seine persönlichen Sachen aus dem Auto geholt. Seine Papiere, Dokumente. Die Kollegen vom LKA haben den ganzen Hintergrund recherchiert, weil er ja auch bestattet werden muss.«

Jäger tanzte um den heißen Brei.

»Es hat sich herausgestellt, dass beide Männer, Carl Schäfer und Bert Trojan, der Fahrer, im selben Betrieb arbeiten. Beim Grünflächenamt in Quedlinburg.«

Emilia rutschte unruhig auf dem Stuhl hin und her.

»Carl Schäfer hat eine Familie, die wir benachrichtigt haben. Aber Bert Trojan war ein Exhäftling. Er hat mehrere Jahre gesessen. Hat sich aber resozialisieren lassen. Sein Bewährungshelfer hat ihm das beste Zeugnis ausgestellt.«

Erwartungsvoll blickte Emilia ihn an. Es war heiß im Büro. Sie schwitzte.

»Und wenn ich höre, ›das beste Zeugnis‹, dann fange ich zu buddeln an.« Jäger stand auf und holte eine Flasche Wasser aus dem Kühlschrank aus Petersens Büro, der nicht da war. Jäger schloss die Tür und schob Emilia ein Glas Wasser hin. Er selber setzte die Flasche an und trank sie leer. »Und ich muss sagen, die Kollegen haben uns sehr unterstützt.« Er machte einige Klicks in seinem Computer und las vor: »Nur von der Mutter aufgezogen, sie träumte von einer Klavierkarriere, die sie aber nicht ausdauernd verfolgte. Der Vater hatte die Mutter nur geschwängert und zum Bauernhof zurückgeschickt. Sie und Bert lebten mit dem herrischen Großvater, Bert arbeitete auf dem Bauernhof, viel Arbeit in der Jugend, Großvater drohte ihm dauernd Prügel an und prügelte ihn auch, wenn Bert seine Arbeit nicht machte oder Werkzeug nicht schnell genug wegräumte. An die Großmutter erinnerte sich Bert gern. Sie war alles, wovon er träumte. Oft, als sie noch lebte, strich sie ihm über den Kopf, ließ ihn von der selbst gekochten Marmelade vor dem Großvater kosten, schnitt ihm heimlich Schinken ab und gab ihm Geld, dass er wenigstens mit den anderen aus der Klasse einmal im halben Jahr ins Kino gehen konnte. Aber die Großmutter bekam eine Blutvergiftung und starb. Da war Bert erst neun Jahre alt. Verbitterung, keine Liebe oder Fürsorge. Er hasste seinen Großvater und fühlte Verachtung für seine Mutter. In der Schule war er ein Durchschnittsschüler, eher noch darunter. Er machte nur etwas, wenn er aufgefordert wurde oder man ihm drohte, seine Mutter in die Schule einzuladen. Er wusste, dass der Großvater immer alles mitbekam. Die Schule besuchte er von 1975–1985.«

Emilia wusste immer noch nicht, was Jäger ihr mit dem Ganzen sagen wollte.

»Dann lernte er Abraham Weiner kennen. Fortan waren die beiden zusammen. Abraham war der Geschicktere, ein eleganter Lügner, der Bert aus vielen Situation herausboxte, beim Direktor, den Lehrern, sogar einmal bei seinem Großvater. Mehr schlecht als recht machte Bert seinen Realschulabschluss. Eine Lehre musste sein, dafür sorgte sein Großvater. Abraham Weiner wurde Schlosser. Bert Trojan Landmaschinentechniker.« Jäger schaute Emilia bedeutungsvoll an. »Sie starteten eine kriminelle Kariere. Kleine Einbrüche, in Frankreich und Süddeutschland. Abraham und Bert nutzten die Grenze und fühlten sich auf jeder Seite sicher. Sprachschwierigkeiten haben sie nicht. Sie hatten jeder ein Mädchen, das sie für Alibis nutzten und bei denen sie vorübergehend Diebesgut im Haus oder in deren Gärten versteckten. Sie verstanden sich immer besser auf Betrügereien, vorsätzliche und leichte Körperverletzung. Auch gefährliche und schwere Körperverletzung. Abraham verliebte sich in eine Motorradbraut. Sie selber sah es mit der gesellschaftlichen Norm auch nicht so genau. Ein Diebespärchen entstand. Und ein Kind. Nach der Geburt wandelte sich das Blatt, die Motorradbraut wurde eine Motorradlady. Sie wandte sich von Abraham ab. Bert war damit zufrieden, denn er hatte seinen einzigen Kumpel wieder für sich allein und brauchte keine Verlustangst zu haben. Die beiden drehten immer waghalsigere Aktionen. Doch die riefen die Polizei auf den Plan und erste Ermittlungen wurden aufgenommen. 1999 wurden sie von einer Sonderkommission hochgenommen. Schutzgeld, illegaler Waffenbesitz, Drogen, Körperverletzungen, Betrug. Das Maß war voll, übervoll. Der Chef war in der Sonderkommission.«

Emilia verschluckte sich. Es dauerte, bis sie wieder Luft holen konnte.

Jäger wartete einen Moment, bevor er weitersprach:

»Abraham Weiner ist wirklich nicht mehr mit dem Gesetz in Konflikt geraten. Der kam zwei Jahre eher als Trojan raus. Und die Kollegen vom BKA führen seit gestern Telefonate mit den Ermittlern der Sonderkommission und lassen sich die Unterlagen schicken. Auch Abraham Weiner wird noch einmal als Zeuge vernommen.«

Das Lachen auf dem Flur hörte sich für Emilia fremd an. Die Zwischentür von Jägers und Petersens Büro wurde geöffnet, Petersen kam herein und begrüßte Emilia.

Die Frau, die Petersen gefolgt war, gab Emilia die Hand.

»Elvira Bostner«, stellte sie sich vor. »LKA. Sonderkommission. Schön, Sie kennenzulernen. Ich habe schon viel von Ihnen gehört.«

Emilia Sander schaute die ihr unbekannte Frau an. Diese trug einen dunkelblauen Hosenanzug. Die kräftig orangefarbene Bluse passte perfekt zu ihrem Teint. Die dunklen Haare hatte sie streng nach oben gesteckt. Braune, mandelförmige Augen blickten Emilia Sander neugierig an. An ihrem Revers war ein Namensschild gesteckt, die Hände manikürt und gepflegt.

»Wirklich?«, meinte Emilia. Sie war erschöpft von den Tagen, die hinter ihr lagen. Sie warf noch einmal einen Blick auf das Namensschild. »Was haben Sie denn von mir gehört, Frau ...äh Bostner?«

»Dass Sie und Hauptkommissar Metz liiert sind und alle hier im Revierkommissariat Stein und Bein geschworen haben, dass Herrn Metz etwas passiert sein muss. Niemals wäre er aus dieser Stadt und von Ihnen weggegangen.«

Emilia wurde bis unter die Haarwurzeln rot. Sie räusperte sich und brachte doch kein Wort heraus. Langsam kam sie sich wie ein Stockfisch vor. Sie konnte doch sonst reden, hatte jeden Tag Kunden, war auf Weiterbildungen gewesen, hatte selbst Vorträge gehalten. Sie verstand sich nicht mehr.

»Wie weit hat dich denn Jäger auf den neuesten Stand gebracht?«, fragte Petersen. Er hatte sich einen Stuhl aus seinem Büro geholt und setzte sich.

»Er hat mir von zwei Männern erzählt. Ein Abraham und etwas, das wie Troja klang. Etwas aus ihrem Verbrecherleben.«

»Das wird dich jetzt alles überrollen.«

»Wenn du mir sagst, ihr habt Franck gefunden, dann überrollt mich nichts mehr«, entgegnete Emilia. Sie bemerkte den amüsierten Schatten, der über Elvira Bostners Gesicht huschte.

»Nein, das haben wir nicht. Aber du kannst mir glauben, dass die Kollegen und Kolleginnen der Sonderkommission alles tun, um Franck rechtzeitig zu finden. Bernd Trojan hat mit einem gewissen Carl Schäfer zusammengearbeitet. In letzter Zeit war Carl Schäfer anders. Wie und aus welchem Grund, das konnte uns der Chef nicht sagen, wir sollten die Kollegen näher befragen. Und genau das haben wir die letzten Tage getan. Telefonisch, da manche im Urlaub waren, andere wurden persönlich befragt.« Emilia ließ Petersen keinen Augenblick unbeobachtet. »Wir wissen, dass beide Männer in dem Auto saßen, das verunfallte. Wir haben es kriminaltechnisch untersuchen lassen. Und Emilia, wir wollen dir einige Fotos zeigen.«

Frau Bostner öffnete die schmale Collegemappe, die vor ihr lag, und schob Emilia zwei Fotos zu.

Sie zog sie näher zu sich heran.

»Ich bin mir sicher, dass das die Männer sind, die ich im Straßencafé gesehen habe.«

»Wir haben heute Morgen bereits Frau Reuben kontaktiert. Sie hat es uns ebenfalls bestätigt.«

Aber was hatte das alles mit Franck zu tun?

»Der Chef von Trojan hat uns erzählt, dass er den ehemaligen Straffälligen eingestellt hatte. Ein gutes Leumundszeugnis war ihm von seinem Bewährungshelfer ausgestellt worden. Auch diese Aussage haben wir. Und wir sind dabei zu recherchieren, was es für Verbindungen gegeben hat, als Franck der Sonderkommission zugeteilt war.«

Emilia warf einen Blick auf Jäger.

»Aber Trojan ist tot? Stimmt doch?«

»Ja, genau. Der eine ist tot und der andere, der im Auto saß, liegt im Koma und erzählt Kauderwelsch.«

»Wir müssen warten?« Emilias Stimme klang entmutigt.

»Ja, bis der Patient vernehmungs-, zumindest befragungsfähig ist. Wir haben eine Hausdurchsuchung veranlasst und durchgeführt. Bei beiden. Wir haben nichts gefunden. Wir gehen jetzt systematisch das Leben der zwei Personen durch. Wir werden auch den ehemaligen Komplizen Abraham Weiner befragen. Der scheint ein unauffälliges und sauberes Leben zu führen. Vielleicht gibt er einen Tipp. Die Kollegen der ehemaligen Sondereinheit sind auch noch zu befragen.«

»Das dauert.« Emilia sagte es mit schwacher Stimme.

»Na ja. Wir haben ein Ass im Ärmel.« Jäger klang zuversichtlich.

Frau Bostner legte Emilia weitere Fotos vor. Darauf waren Sohlen von Gummistiefeln abgebildet.

»Wir haben natürlich unsere Experten drangesetzt. Wir wissen, welche Pflanzenreste sich unter den Sohlen der beiden Insassen befunden haben. Wir wissen auch, dass der Chef der Friedhöfe uns mitteilte, dass die beiden dort arbeitsmäßig eingesetzt waren.«

Emilia betrachtete die Fotos eingehend. Sie wusste genau, um welche Pflanze es sich handelte. Es war das Knabenkraut, eine Orchideenart.

»Emilia, wir arbeiten fieberhaft. Wir haben einige Hinweise, dass ihr beobachtet worden seid. Wenn wir den Zeugen Schäfer befragen können ...«

Emilia Sander hörte nicht mehr zu. Ihr Interesse galt den Fotos. Das Knabenkraut war durchaus auffällig. Eine Augenweide, allein dadurch, dass es bis zu 60 cm hoch wachsen kann. Die Blüte erinnert an eine Ähre, ist violett und strahlt dem Publikum auf der Wiese entgegen. Mit einer Lupe betrachtet erinnern die Perigonblätter an ein Insekt, das sich gerade auf der Blüte niedergelassen hat, um damit Bienen anzulocken. Die langen, markant gefleckten Blätter werden nach oben schmaler. Wenn man ein Stück des getrockneten Blattes zwischen den Fingern zerreibt, erinnert der Geruch an den Waldmeister, der genau wie das Knabenkraut Cumarin enthält. Wegen dieser Besonderheit der Blätter könnte sie diese Pflanze mit geschlossenen Augen beschreiben.

Emilias Blick glitt über die vor ihr liegenden Fotos. Sie zeigten Schuhsohlen in Großaufnahmen. Deutlich sah Emilia die zertretenen Reste, die sich zwischen den Rillen verewigt hatten. Sie zog die Fotos noch ein Stück näher zu sich heran. Sollten die Polizeibeamten, die auf eine Äußerung von ihr warteten, doch annehmen, dass sie sich dafür interessierte. Emilia hatte sich das Wissen um diese heimischen Orchideen selber angeeignet. Mit Berichten aus der Apothekenzeitschrift, Treffen mit Apothekerkollegen und nicht zuletzt durch Harzwanderungen. Einmal sogar in Begleitung eines Orchideenexperten. Sie hörte den Experten, neben sich stehend, ihr ins Ohr flüstern, dass viele ihrer Standorte bereits erloschen waren, besonders die von West- bis Norddeutschland. Auch diese Orchideenart steht unter Naturschutz. Das Knabenkraut liebt feuchte Wiesen oder Waldlichtungen. Wegen der Wurzeln, aus denen man Salepschleim herstellte, wurden die Erdorchideenarten ausgegraben und gehandelt.

Emilia hatte später nach der Wanderung darüber gelesen, dass es in den Balkanländern und im vorderasiatischen Raum immer noch passierte. Zum größten Teil illegal und diese Ausgrabungen gefährdeten den Bestand dieser Wildorchideen ernsthaft.

Sie wusste, dass Orchideenknollen ungiftig waren und nur einen leicht verdaulichen, reizmildernden Schleim lieferten, was dem Inhaltsstoff Bassorin zu verdanken war. Das war alles. Mehr nicht. Nur wegen ihrer Form sagte man den runden bis ovalen Wurzelknollen der Erdorchideen aphrodisierende Kraft nach. Die Knollen wurden gesammelt, gereinigt und anschließend gekocht, um sie zu entbittern. Dann wurden sie zum Trocknen auf Schnüre gefädelt. Entweder kamen sie danach in den Handel oder wurden zu Pulver gerieben. Emilia hatte auf ihren Reisen verschiedene historische Apothekenmuseen besucht. Wenn sie es nicht durcheinanderbrachte, hatte sie ein Glasgefäß gesehen, in dem früher Salep-Pulver aufbewahrt wurde. Beschriftet: PULV: SALEP. Zusammen mit Wasser wurde aus diesem Pulver der Salepschleim gekocht, der als Kräftigungsmittel, bei Husten, Mund- und Rachenentzündung und bei Magen- und Darmbeschwerden verschrieben und auch bei Brechdurchfall oder als Klistier verabreicht wurde. Noch 1902 wurde es offiziell in Apotheken zubereitet. Salep ist als Heilmittel entbehrlich. Schleimhautschützende und aufbauende Eigenschaften besitzen auch weitere Pflanzen. Und es gibt längst für von Durchfall geschwächte Kinder und Erwachsene Medikamente aus der Apotheke. Es besteht kein Grund, Raubbau an den Wildorchideen zu betreiben.

All das wusste Emilia. Und noch einiges mehr. Doch dieses Wissen brachte ihr Franck nicht wieder. Sie schob die Bilder von sich und schaute Frau Bostner an.

»Ich weiß, dass Sie alle alles daransetzen. Aber mit jeder Minute, die verstreicht, verschwindet meine Hoffnung. Der eine Zeuge tot, der andere liegt im Koma. Vielleicht weiß der auch gar nichts. Und wenn die beiden die Entführung durchgezogen haben. Franck ist ...« Emilia stockte der Atem, sie konnte nicht mehr weitersprechen. »Er ist seit einer Woche ohne essen und trinken.« Emilia schämte sich für ihren eigenen Hunger.

»Frau Sander«, entgegnete Frau Bostner. »An so etwas dürfen Sie nicht einmal denken.« Sie ergriff Emilias Hand und drückte sie. »Wir beschäftigen uns tagein, tagaus mit Entführungen.«

Emilia sagte kein Wort mehr.

Samstag

Wie betäubt wachte Emilia aus einem Tiefschlaf auf. Ihr Wecker klingelte. Sie hatte sich an die Abmachung gehalten, nicht mehr in der Apotheke zu arbeiten, bis sie es sich wieder selber zutraute. Aber Emilia musste heute den Dienst übernehmen.

Frau Grünberger hatte bereits am Donnerstag eine Kriebelmücke gebissen. Tapfer hatte sie es verdrängt und sich selber verarztet. Doch am Freitagabend, kurz vor 18 Uhr, hatte Blanka bei Emilia Sander angerufen und sie gebeten, in die Apotheke zu kommen, weil Frau Grünberger Schüttelfrost und Fieber hatte.

Die Bissstelle war stark angeschwollen gewesen.

»Ich will nicht warten, bis Sie eine Blutvergiftung bekommen. Ich veranlasse, dass Sie ins Krankenhaus gefahren werden. Lassen Sie sich ein paar Tage krankschreiben.«

»Kein Krankenhaus«, hatte Frau Grünberger gestöhnt, doch es half ihr nicht.

Emilia Sander war unnachgiebig geblieben.

»Um diese Uhrzeit hat kein Arzt mehr Sprechstunde. Sie werden für ein paar Tage ausfallen und müssen den Fuß hochlegen. Sie dürfen ihn nicht belasten und müssen regelmäßig kühlen. Frau Grünberger«, hatte Emilia sanft argumentiert, »im Normalbetrieb ist das nicht möglich und das wissen Sie auch.«

Ohne auf die Widerworte zu hören, hatte die Chefin ein Taxi gerufen und Frau Grünberger wenige Minuten später ins Krankenhaus fahren lassen.

Emilia stand auf, duschte, räumte die Wohnung auf, saugte den Boden und stellte den Müllbeutel an die Tür, damit sie ihn nicht vergaß, mit hinauszunehmen. All diese Dinge gehörten zum Leben.

Sie kamen Emilia ungeheuer unwichtig vor und doch vermittelten ihr diese alltäglichen und notwendigen Tätigkeiten ein Stück Sicherheit.

In der Apotheke streifte sie sich den Arbeitskittel über und begann im Handverkauf. Die Arbeit fiel ihr leicht. Schnell stellte sich das vertraute Verhältnis ein, das sie die letzten Tage vermisst hatte. Am Samstag schloss die Apotheke um 12 Uhr. Die letzte Kundin saß dösend im Sessel, der am Fenster stand. Er lud praktisch zum Verweilen ein.

»Frau Rostock«, sprach Emilia sie vorsichtig an. Sie kannte die Kundin, die regelmäßig ein Schläfchen hielt.

»Ja, ja«, klang es eher nicht verschlafen.

»Wir schließen gleich.« Ein Taxi lehnte Frau Rostock jedes Mal ab. Mit ihren Einkaufstüten verließ sie die Apotheke. Emilia schaute ihr hinterher, wie sie schwerfällig in Richtung des Marktes ging. Nach wenigen Metern hatte die Menschenmenge sie verschluckt.

Nachdem die Computer heruntergefahren waren, alles weggeräumt und wegsortiert, jede Tür abgeschlossen und gesichert war, wünschten sich die Mitarbeiter gegenseitig ein erholsames Wochenende. Emilia blieb allein zurück. Vor ihr lagen einsame Stunden. Kein Notdienst, der sie aus ihrem tiefen Loch holen konnte. Emilia ging durch ihre Apotheke. Aufmerksam betrachtete sie, was ihr ans Herz gewachsen war. Die Offizin, die Regale, die großen Fenster mit den Rundbögen. Der Pfeiler, der den uneingeschränkten Blick durch die Apotheke behinderte. Es war ihr Wunsch, diesen irgendwann zu entfernen. Mit dem Zeigefinger fuhr sie die Reihe der Verpackungen entlang. Schob ein Medikament, das außerhalb der Reihe stand, wieder zurück. Prüfte nach, ob alle Wareneingänge verzeichnet waren. Dass das Lager aufgeräumt war. In der Rezeptur alles so stand, wie es sein sollte. Sie warf einen pharmazeutischen Blick auf das verschlossene Glasregal, in der die ganz großen Nummern der Pflanzenheilkunde, der Toxikologie und der Chemie standen. In diesem Jahr war die Pikrinsäure zum Glück nicht ausgeflockt, wie im letzten Jahr.

Schlagartig erinnerte sie sich an das Prozedere, die Gefahr und wie ihr Franck einmal erzählt hatte, dass er auch in der neugierigen Menschenmenge gestanden hatte.

»Warst du also auch so ein Gaffer?«, hatte sie ihm neckend auf den Kopf zugesagt.

»Ich?«, hatte er empört den nicht ernst gemeinten Vorwurf zurückgewiesen. »Ich hatte nur Augen für dich, Chèri.«

Als sie sich daran erinnerte, überfiel sie ein Zittern. Sie hatte Mühe zu atmen, und das Gefühl, ein Kloß säße ihr im Hals, ließ sich nicht wegdenken. Nein, nein, nein, das durfte nicht sein. Bitte nicht jetzt. Emilia nahm ihre ganze Kraft zusammen. Mit Mühe fokussierte sie einen Punkt im Wandregal. Ihr Herz schlug in ihrem Brustkorb, bis es schmerzte. Schweiß brach am ganzen Körper aus. Sie zitterte heftig. Aushalten, nicht dagegen ankämpfen. Ruhig. Ausatmen. Einatmen. Ausatmen. Emilia wusste nicht mehr, wie lange sie am Regal gestanden hatte. Nur langsam verschwand die Panikattacke.

Erst als sie sicher war, dass sie den Tisch loslassen konnte, ließ sie sich erschöpft auf den Boden sinken. Die schwarz-weißen Fliesen fühlten sich angenehm kühl an. Sie drückte ihre schmerzenden Fingerkuppen flach auf den Fußboden. Deutlich erinnerte sie sich an diesen Abend, an ihren ersten gemeinsamen Abend. Sie hatte sich im Supermarkt zu ihm vorgedrängelt und Käse und Obst in seinen Einkaufswagen fallen lassen. Sie konnte sich deutlich an Francks Blick erinnern. Immer noch. Viel zu sehr.

»Da müssen wir nur die Frage klären, ob zu dir oder zu mir«, hatte er gesagt und gelacht.

Emilia schmunzelte, als sie daran dachte. Ihr war egal gewesen, was die Leute um sie herum tuschelten. In ihrem Bauch hatte es rumort. Die Zeit hatte ihre Bedeutung verloren und auch der Raum um sie herum. Franck hatte bezahlt und auf das Wechselgeld verzichtet. Er hatte keinen Blick von ihr gelassen. Sie wusste, dass sie sich auf ihre Lippe gebissen hatte. Franck hatte die Einkaufstüte genommen und nach ihrer Hand gegriffen.

Emilia musste lächeln, als sie daran dachte, was dann geschehen war ...

Wie selbstverständlich gingen sie ins Hotel, in dem Franck wohnte. Franck zog sie mit ins Zimmer. Die Einkaufstüte blieb neben der Hoteltür stehen. Hinter Emilia schloss er die Tür.

Emilia zog tief die Luft ein. Franck stand dicht vor ihr. Sie konnte ihn riechen. Er roch gut. Sauber, nach einem teuren Duft. Sie sah in seine blauen Augen, die in sie drangen und jeden Winkel in ihr erforschten. Langsam neigte er den Kopf, öffnete seinen Mund. Francks Lippenform war vollkommen. Sein Bart kitzelte sie beim Näherkommen, für einen kurzen Moment sah sie zwei perfekte Zahnreihen. Leicht und warm berührten seine Lippen ihre und forderten zum Tanz auf.

Sie griff in Francks Haar und zog seinen Kopf zu sich herunter. Langsam begannen ihre Hände zu wandern, über seinen Kopf und Nacken, die Schulterblätter hinab, seinen Rücken entlang, streichend die Taille befühlend. An Francks Gesäß fanden sie ihren Halt. Er hatte sich auf den Kuss konzentriert und sich darin verloren. Schwer atmend ließ er von ihr ab. Mit einer Hand hob er ihr Kinn etwas nach oben. Tief und lange schaute er sie an. Dann knöpfte er sein Hemd auf und ließ es fallen, sein Unterhemd zog er über den Kopf. Er ließ sie nicht aus den Augen. Ihr Atem wurde schneller und lauter. Er öffnete seine Hose und ließ sie nach unten rutschen, stand in Unterhose vor ihr. Er zog die Socken und die Schuhe aus. Mit dem Fuß kickte er sie beiseite. Erst dann legte er Hand an das letzte Kleidungsstück und zog es aus.

Nackt stand er vor Emilia und ließ zu, dass sie ihn zentimeterweise betrachtete. Noch nie hatte sich ein Mann vor ihr ausgezogen und ihrem Blick standgehalten.

Er reichte ihr die Hand, die Emilia ergriff. Rückwärts bewegte er sich zum Bett und zog sie mit.

Vor dem Bett hielt es Emilia nicht mehr aus, sie trat einen Schritt auf Franck zu.

»Küsst du mich noch einmal, so wie eben?« Nicht dass sie nicht früher auch geküsst worden war, aber Franck küsste wundervoll. Ein anderes Wort fiel ihr schlicht nicht ein. Sie glaubte nicht, dass sie sich irrte oder dass es an der langen Zeit der Entbehrungen lag.

Franck nahm sie in die Arme und küsste sie lange. Dabei öffnete er ihr Kleid und ließ es von Emilias Körper gleiten. Er schob die Träger des BHs herunter, hakte diesen auf und ließ ihn sich zum Kleid gesellen. Zum Schluss war der schwarze Slip mit der breiten Spitze dran. Franck brauchte keine Hilfe.

Erst als Emilia so nackt wie er war, ließ er sich ins Bett fallen und zog sie mit sich.

Er drückte sie an sich und ließ seine Hände über ihren Rücken und ihren Po wandern. Sie spürte ihn und auch, dass sie nichts anderes wollte, als Franck endlich aufzunehmen.

Emilia stützte sich auf und setzte sich rittlings auf Franck. Seine blauen Augen ließen sie nicht los. Sein intensiver Blick ging ihr durch Mark und Bein und traf sie an ihrer empfindlichsten Stelle.

Behutsam kreisten ihre Fingerspitzen um Francks Brustwarzen. Sie zogen die schnurgerade Linie seiner Brustbehaarung nach. Franck stöhnte auf und zog sie zu sich herunter zu einem langen Kuss.

Bevor sie an diesem Tag endgültig eingeschlafen waren, hatten sie jeden Moment genossen und wiederholt. Nachdem sie sich das erste Mal geliebt hatten, stand Franck auf. Er entkorkte den Wein, goss zwei Gläser ein, stellte den Käse mit den gewaschenen Weintrauben auf ein Tablett. Emilia ließ ihn nicht aus den Augen. Sie betrachtete seinen nackten Körper. Die muskulösen Schultern, den flachen Bauch, die Wölbungen und Rundungen seines Brustkorbs, seine langen und behaarten Beine. Sein Körper war ausgesprochen proportioniert. Franck nahm das Tablett und kam zum Bett zurück. Emilia schmunzelte.

»Was ist, Chérie?«, fragte er ahnungslos.

»Es sieht gut aus, wie du nackt mit dem Tablett ans Bett kommst.« Emilia biss sich auf die Lippen.

Flugs stellte er das Tablett ab und drückte sie in die Kissen. Die blauen Augen blitzten amüsiert auf.

»Bei der nächsten Runde bist du dran.«

Emilia wusste nicht mehr genau, wann sie den Wein tatsächlich getrunken hatten. Sie ließen beide nicht eher voneinander ab, bis sie sich ausgiebig erforscht und geschmeckt hatten.

Eng aneinandergeschmiegt und von Francks Armen umfasst war Emilia an diesem Abend glücklich eingeschlafen. Ein funkelnder Diamant war in die Mitte ihres Herzens gewandert ...

Emilia erschauerte immer noch, dachte sie zurück an diese erste Nacht. Sie konnte einen Seufzer nicht unterdrücken. Wie sehr sie die körperliche Nähe zu Franck vermisste.

Irgendwann würde sie aufstehen müssen.

Was war, wenn die Polizei ihn nicht fand? Aushalten, ausatmen. Aushalten, ausatmen. Es sagte sich so leicht: Da muss man durch. Oder: Die Zeit heilt alle Wunden. Ja, vielleicht, aber wann sollte das bitte sein? Und sie war sicher, dass eine Narbe auf ihrer Seele bleiben würde. Mehr als das.

Sie sollte etwas essen und in ihre Wohnung gehen. Essen. Sie hatte die ganze Woche nicht eingekauft. Sie hatte nichts. Meistens kaufte Franck ein. Da war er wieder, der Dolch, der ihr aufs Neue ins Fleisch schnitt. Emilia schniefte und stellte fest, dass sie kein Taschentuch hatte. Mühevoll kam sie auf die Knie. Emilia hatte vor einigen Stunden einen frischen Kittel angezogen. Im Büro fand sie Papiertaschentücher. Sie nahm eine Packung und zog eins hinaus. Es klingelte am Hintereingang. Sie ging und öffnete.

»Sie haben vielleicht nichts eingekauft.« Signora Romano sagte es mit ihrem ausgeprägten italienischen Akzent. »Für Ihr Wochenende«, fügte sie hinzu. Sie deutete auf den Karton, den sie an der Haustür abgestellt hatte. Noch bevor Emilia ablehnen oder sich bedanken konnte, winkte Signora Romano ihr zu und entfernte sich.

Regungslos stand Emilia eine Weile im Hauseingang. Damit hatte sie nicht gerechnet. Alle, die sie kannte, dachten an sie und wollten ihr nur Gutes tun. Voller Neugier spähte sie in den Korb. Tomatensalat mit Rucola und Mozzarella, Melone und Erdbeeren. Außerdem eine Flasche. Sie merkte erst jetzt, dass sie bei dieser Hitze Durst hatte. Obwohl sie im Schatten stand, brannte die Sonne die Hitze in die Pflastersteine hinein. Die Hitze war allgegenwärtig. 35,9 Grad Celsius, hatte sie gehört. Aber was bedeuteten schon Zahlen?

Eine Katze schlich träge über den Hof. Sie hielt sich an den Schatten und strebte dem überdachten Teil des Hauses zu, den Emilia als Abstellplatz für ihren Audi nutzte. Sicherlich würde die Katze wieder den Weg über die Motorhaube nutzen, wie sie es oft genug tat. Jedes Mal, nachdem das Auto frisch gewaschen war.

Emilia beobachtete, ob sie sich auf das Autodach legte. Das Fahrzeug hatte sie seit einer Woche nicht mehr benutzt. Es stand ausschließlich im Schatten. Die Katze sprang auf die Haube, dann aufs Dach. Gelangweilt ließ sie sich, nachdem sie sich zweimal um ihre eigene Achse gedreht hatte, nieder und begann, sich zu strecken und zu gähnen. Von oben hatte die Mäusejägerin einen hervorragenden Schattenplatz.

Emilia schraubte interessiert die Flasche auf.

Zunächst roch sie daran, dann probierte sie. Es stellte sich als Trinkjoghurt heraus. Nachdem sie ausgetrunken hatte, wünschte sie sich mehr davon.

Sie schnappte sich den Korb und lief zu ihrer Wohnung. Im Briefkasten fand sie die Benachrichtigung des Paketzustellers. Als sie die Tür in der Essiggasse aufschloss, umfing sie absolute Ruhe. Erschöpft von ihrer Panikattacke und der brennenden Hitze, lehnte sich Emilia an die Wohnungstür. Sie streifte die Sommersandalen ab, ließ ihr Kleid fallen, zog ihre Unterwäsche aus und steuerte die Dusche an.

Abgekühlt und den Schweiß der Hitze von sich gewaschen, setzte sie sich mit nur einem Trägerkleid an den Küchentisch. Sie aß den Salat mit dem beigelegten frischen italienischen Brot, das Lorenzo selber buk. Für die Früchte fand sich kein Platz mehr in ihrem Magen. Sie stellte die Schale in den Kühlschrank. Petersen würde am Abend anrufen.

Doch das Telefon schrillte jetzt bereits. Atemlos meldete sie sich.

»Hallo Tess, wie geht es?« Die Enttäuschung konnte sie nicht vor ihrer Freundin verbergen.

»Danke, mir geht es gut. Nächste Woche habe ich zwei neue Klienten. Aber bis jetzt ist alles abgearbeitet.«

Ein wehmütiges Lächeln spiegelte sich auf Emilias Gesichtszügen. Sie war froh, dass Tess es nicht sah.

Das Leben ging einfach weiter. Einfach so, als ob es Franck nicht gegeben hätte. Aufatmen. Durchatmen.

»Was machst du das Wochenende? Es soll ja ein riesiges Gewitter geben. Zeit wird es ja.«

»Ich ...« Was sollte sie ihrer Freundin sagen? »Ich werde mich ausschlafen.«

Ein Augenblick zu lang herrschte Stille. »Du sagst mir Bescheid, wenn du es dir anders überlegst?«, fragte Tess sorgenvoll nach.

»Ich verspreche es dir.« Emilia wusste langsam nicht mehr, wem sie was versprochen hatte.

Sie ließ das Handy in ihren Schoß sinken. Sie vermisste die Unkompliziertheit ihres Lebens.

Der neben Emilia wohnende Nachbar hatte ein Paket für sie entgegengenommen. Sie holte es ab. Noch einmal erinnerte er sie freundlich, dass er doch mit Herrn Metz etwas zu besprechen hatte. Bis zu ihm hatte sich Francks Verschwinden wohl noch nicht herumgesprochen. Emilia nickte, versprach es und bekam das Paket ausgehändigt.

Sie widerstand der Versuchung, es vollständig auszupacken. Sie nahm das Geschenk nur aus dem Versandkarton. Sie suchte nach einer Schleife in ihrem Bastelkorb. Schnell fand sie, was sie suchte. Ein blaues Schleifenband. Das Blau seiner Augenfarbe.

Wenn Franck dich nicht aufmachen kann, dann bleibst du ungeöffnet.

Kraftlos setzte sie sich auf die Couch und starrte das Geschenk weiterhin an, so, als könne es ihr sagen, wo Franck steckte.

Die Hitze war nach wochenlangen hohen Temperaturen in jede Ritze ihrer Wohnung gedrungen. Schläfrig geworden, nippte sie am Wasserglas. Heute hatte sie keine Kraft, sich Limettenscheiben oder Früchte hineinzufüllen. Es war ihr auch egal. Emilia gähnte.

Sie legte sich auf die Couch und rückte ein Kissen zurecht. Sie fixierte die Uhrzeit. Erst kurz nach 16 Uhr. Ein Windhauch strich über ihren Körper. Überraschenderweise glitt sie hinüber in den Schlaf.

Abrupt und zitternd erwachte Emilia. Sie war schweißnass. Die Haare hingen ihr wirr ums Gesicht, doch sie bewegte sich nicht. Ganz ruhig blieb sie liegen. Sie hatte die Erfahrung gemacht, sich nicht mehr an den Traum zu erinnern, sobald sie aufgestanden war. Es war eine alte Geschichte. In der dritten oder gar vierten Klasse. Ihre Lehrerin hatte Sagen vom Harz vorgelesen.

Was, wenn der Mann im Krankenhaus den Ort Reißaus meinte? Als sie an diesen Punkt ihrer Überlegung kam, runzelte sie die Stirn. Stopp. Moment. Einen Augenblick der Besinnung. Krampfhaft versuchte sie, sich an die Sage zu erinnern. Wie ging die Sage denn? Jemand floh, weil verruchtes Raubgesindel nach dem Leben trachtete. Es gelang ihm. Das wusste sie noch, aber mehr ...?

Das Handy klingelte. Emilia sprang von der Couch auf der Suche nach dem Handy. In der Handtasche im Flur, am Boden.

»Ja«, meldete sie sich atemlos.

»Ich dachte schon, du hast ...«

»Du, ich habe eine Idee, wo Franck sein könnte ...« Sie ließ Petersen nicht ausreden, sondern erzählte es ihm kurz und knapp.

»Wie kommst du denn darauf?« Petersen klang leicht belustigt.

»Na, der Verletzte, der im Koma liegt, der hat doch das gesagt.«

»Das ist das, was wir gehört haben, ob er es meinte, ist laut der Mediziner anzuzweifeln. Fast jeder, der aus dem Koma erwacht, sagt etwas. Die können sich an nichts mehr erinnern, wenn sie erwachen. Emilia, ich muss deine Erwartungen da dämpfen.«

Emilia ließ sich nicht beirren. »Aber ihr habt doch nichts? Oder?« Sie lauschte und ihr Herz schlug ihr schmerzhaft bis in den Hals. »Und eine Chance gäbe es doch dabei.«

Petersen hüstelte gekünstelt. »Wie du dir das vorstellst. Ich kann doch keine Hausdurchsuchung wer weiß wo anordnen.« Zum Schluss senkte er die Stimme, das sollte Emilia zur Vernunft bringen. »Emilia, du verstehst das?«

»Ja«, flüsterte sie.

Petersen sollte nicht merken, dass sie mit den Tränen kämpfte.

»Was wolltest du mir sagen?«, fragte Emilia. »Dass ihr wieder nichts in der Hand habt?« Emilia bemühte sich, ihrer Stimme wieder Herr zu werden.

»Doch, ich wollte dir sagen, dass aufgrund der Zeugenaussage von Tess Reuben das Fahrzeug, in dem Carl Schäfer gesessen hat, forensisch untersucht wird.«

Emilia schaute auf die Küchenuhr. Es war kurz vor Mitternacht.

»Emilia, wir suchen ihn. Auf Höchstniveau.«

Petersen war sich im Klaren darüber, dass Laien keine Vorstellung von Polizeiarbeit hatten. Mit Unterstützung der Sonderkommission hatte sie eine größere Menge an Daten, die sie von den Datenbanken abfragten und bewerteten. Aber alles dauerte seine Zeit.

»Wir werten die Daten aus und wir haben wirklich gute Chancen. Vertrau uns bitte.«

»Es sind gestern zwei Wochen vergangen«. Emilia wollte es nicht anklagend klingen lassen. Doch es klang so.

Petersen versetzte es ein Stich ins Herz. Wusste er doch selber, dass es ehrlich gesagt kaum noch eine Chance gab, dass er seinen Freund lebend finden würde. Aber bevor er sich dies eingestehen wollte oder es vor Emilia laut aussprechen musste, gab er noch nicht auf.

»Ich«, Petersen suchte nach Worten, »... ich weiß nicht, was ich dir sagen kann, was hilft. Ich biete dir noch einmal an, dass du mit einem Polizeipsychologen den Verlust aufarbeiten kannst.«

»Später nehme ich mir dafür Zeit.«

Petersen verstand Emilia viel zu gut, um weiter in sie zu insistieren. Stattdessen machte er ihr erneut das Angebot, zu ihm und Adele zu kommen. Da wäre sie nicht allein. Eine Antwort erhielt er nicht. Er wusste, dass Emilia auch das ablehnte.

»Versuche, ein wenig zu schlafen«, bat Petersen sie abschließend.

Auch das versprach Emilia. Beide legten auf. Jeder mit einem unguten Gefühl dem anderen gegenüber.

Die Hitze in ihrer Wohnung war unerträglich. Eine weitere Schweißschicht lag auf ihrem Körper. Endlich gab sie sich einen Ruck und griff nach dem Wasserglas. Sie leerte es in einem Zug und füllte sich ein weiteres Glas voll. Sie blies eine Haarsträhne, die ihr immer wieder ins Gesicht fiel, nach oben. Ihr Blick fokussierte das Geschenk. Ihre Gedanken rasten.

Emilia stand auf und trat an ihr Bücherregal. Sie suchte nach den Büchern, die Franck in Quedlinburg gekauft hatte. Harzsagen. Das schmale Büchlein legte sie vor sich und fuhr mit dem Zeigefinger das Inhaltsverzeichnis entlang. Die Sage vom Reißaus. Emilia langte nach dem Fächer, der Kühlung verschaffte. Schnell vertiefte sie sich in die Geschichte. Sie las:

Auf der letzten Bergkuppe an der alten Harzstraße, welche vom Ramberg herab in das Harzvorland nach Quedlinburg führte, stand eine alte verräucherte Schenke. Fliegen und Qualm, Fuhrleute und Landsknechte füllten die Gaststube. Und mitten zwischen Gesindel und Schmutz saß ein Junker. Nicht mehr Kind und noch nicht Mann.

Er war Klosterschüler im Kloster zu Hagenrode. Ihm war eine schwere Erkrankung seiner Mutter zugetragen worden. Und er hatte sich auf die Reise gemacht, seine kranke Mutter zu besuchen. Ein Mönch hatte ihn begleitet, aber der war krank geworden und so musste der unerfahrene Klosterschüler allein seiner Wege ziehen.

Als er den Wald hinter sich gelassen hatte, begann sein Pferd zu lahmen. Was blieb ihm übrig, als an der Schenke zu rasten? Drinnen, in der Schenke, saß auch ein langbärtiger Jude mit fremdländischem Dialekt. Er kam mit dem Junker ins Gespräch und schon bald erkannte er, dass der Vater des jungen Reisenden ein geachteter Edelmann war, der ihm schon aus großer Not geholfen hatte.

Der Jude hatte schon mitbekommen, dass das Raubgesindel in der Schenke den jungen Edelmann ausrauben wollte. Und er wollte seine Schuld tilgen und dem Junker helfen und ihn begleiten. Aber der Junker stand auf und setzte sich an einen anderen Tisch, er wollte keine Hilfe von dem Juden. Der aber ließ nicht nach und bot dem Junker an, wenigstens ein frisches Ross anzunehmen und gleich weiterzureiten. Der junge Mann aber sagte:

»Warum? Wenn ich mit Dir Geschäfte machen will, werde ich Dich schon rufen, Jude. Jetzt trolle Dich!«

Da des Junkers Ross aber noch lahmte, konnte er an diesem Tage nicht mehr weiter. Er trank seinen Wein aus und rief den Wirt, um ein Nachtlager zu bekommen. Dann aber schaute er nochmals zu seinem Gaul und da war er wieder, der Jude, und bot ihm erneut ein Pferd an. Unwirsch fuhr ihn der Junker an, ein für alle Mal, er könne keine Juden leiden und er solle ihn endlich in Ruhe lassen. Da ging der Jude.

Der Junker betrat wieder die Gaststube und bemerkte, wie er abschätzend und feindselig von allerlei Volk angegafft wurde. Er wünschte sich das freundliche Gesicht des Juden zurück, aber der war und blieb verschwunden. Da kam die Magd, stellte einen Krug Wein vor den Junker auf den Tisch und flüsterte:

»Stellt Euch müde und stoßt den Wein um!«

Der Jüngling schaute in das ehrliche und freundliche Gesicht der Magd und tat, was ihm geheißen. Da geleitete ihn der Wirt zu seinem Nachtlager. Und er sagte:

»Es ist des Juden Bett, doch der ist fort. Er ist weg samt seiner Pferde. Legt Euch nur hinein.«

Kaum war der Wirt hinaus, stand plötzlich die Magd vor ihm.

»Schnell reißt aus, die Räubergesellen drunten haben es auf Eure Habe und Euer Leben abgesehen«, tuschelte sie, »hier zum Fenster hinaus.«

Und sie drängte den jungen Edelmann durchs Fenster, um vor dem Raubgesindel auszureißen. Aber wie sollte er fliehen, ohne Gaul? Da sah er, unten am Hange, den Juden. Und der hatte des Junkers Sattel und Zaumzeug auf einen seiner flinken Schimmel gelegt. Ohne ein Wort stieg der Junker aufs Pferd, ihm gleich, der Jude und die Pferde sausten dahin wie die fliegenden Schwalben.

Die Räuber fanden das Vögelchen ausgeflogen, als sie ihn berauben und den Hals umdrehen wollten. Sie hatten den Plan gehabt, den Jüngling zu ermorden und zu berauben, doch der Jude hatte alles mitgehört. Er versprach der Magd ein reiches Geschenk, wenn sie den Junker vor den Räubern warnt und zur Flucht animiert. Und so begleitete der Jude den Junker bis in seine Heimat. Seine Mutter war wieder genesen und der hilfsbereite Jude wurde herzlich aufgenommen und großzügig belohnt.

Später kam der junge Edelmann wieder an der Suderöder Waldschenke vorbei, aber der Wirt war nicht mehr da. Und als er den neuen Wirt nach der Magd fragte, da rief der sein Weib und siehe da – es war die Retterin des Junkers.

Die Schenke gibt es schon lange nicht mehr. Und auch das darauf folgende Ausflugslokal mit dem Namen Lindengarten, bei Bad Suderode, existiert nicht mehr. Der Höhenzug mit der prachtvollen Aussicht wird aber noch heute „Reißaus“ genannt.

Sie klappte das Büchlein zu. Das war die Sage, doch was brachte es ihr? Das letzte Mal, als sie den beschriebenen Ort besucht hatte, standen die Kirschen in voller Blüte, ein leichter Sommerwind strich über die Gräser. Wildblumen, die es zu bestimmen und zu bestaunen gab. Sie hatte selber gedacht, an diesem Ort eine Pflanzenwanderung zu gestalten. Sie erinnerte sich an vom Buschwerk besäumte Grasflächen. Das Purpur-Knabenkraut war mühelos zu erkennen gewesen, als das Gras noch nicht hoch gewachsen war. Weißes Fingerkraut versteckte sich auf der Wiese. Ein besonderer Höhepunkt, wenn man zur rechten Zeit unterwegs ist, sind Hunderte der blühenden Pflanzen des Purpur-Knabenkrauts. Sie besiedeln die gesamte Fläche.

Eine Schutzhütte mit einer ausführlichen Hinweistafel auf die Vegetation des Münchenbergs war angebracht. Heide-Günsel, dunkelblaue Scheinähren und duftender Weißdorn. Türkenbundlilien, Steinsame, Haselwurz und Adonisröschen. An alle Pflanzen konnte sich Emilia nicht erinnern. Sie war mit Ole unterwegs gewesen, das war also schon ein paar Jahre her. Er war begeistert gewesen und hatte gesagt, dass ihm eine Wanderung mit ihr gefehlt hatte. Auch das würde sie nachholen, versprach sie im Stillen. Ein weiteres Versprechen, das es einzulösen galt.

Kurz entschlossen klappte sie den Laptop auf. Sie suchte nach dem vorgegebenen Kartenabschnitt. Die gewaltige Grünausdehnung, die sie auf ihrem Laptop sah, verwunderte Emilia. Schaute sie genauer hin, gab es nur wenige Grundstücke auf dem Gebiet des Reißaus. Dazu schienen sie viel Grund und Boden zu umgeben. Petersen hatte recht, sie konnte nicht einfach zu den Häusern gehen und klingeln. Was sollte sie tun? Auf Petersen und Jäger hören und abwarten?

Sie erinnerte sich an den letzten Winter. Franck hatte zu dieser Zeit nicht aufgegeben und seinem Instinkt vertraut. Wenn er gewartet hätte, dann wäre sie nicht mehr am Leben. Emilia zog ihre Unterlippe durch die Zähne. Immer wieder starrte sie den Kartenabschnitt an.

Mittlerweile war es weit nach Mitternacht. Grübelnd ging sie in die Küche. Sie hatte Durst und Hunger, gestand sie sich ein. Im Kühlschrank standen noch die Früchte von Signora Romano. Eine Gabel, ein Glas Wasser und zusammen mit den Früchten setzte sie sich wieder. Sie aß mit großem Appetit. Am liebsten hätte sie noch mehr gegessen, aber außer einer Dose Fisch, auf die sie keine Lust hatte, und ungekochtem Blumenkohl, der viel zu lange schon im Kühlschrank lag, war nichts mehr im Haushalt. Genau genommen gab es noch Nudeln. Während ein paar Spaghetti im Salzwasser kochten, fand Emilia doch noch etwas Parmesan im Kühlschrank. Nach zwanzig Minuten fühlte sie sich rundherum gestärkt.

Ein Windstoß knallte die Balkontür zu. Zwischen ihr die Gardine. Emilia fuhr erschrocken herum. Mit pochendem Herzen stand sie auf und befreite die Gardine. Sie schob sie zur Seite und schloss die Balkontür. Das Fenster im Schlafzimmer ließ sie offen. Der Wind nahm zu. Die Wolken jagten sich am Himmel. Der Mond blitzte auf, wenn die Wolkendecke aufriss. Vermutlich gibt es ja doch das vielbeschworene Gewitter, dachte Emilia. Jedes Lebewesen würde aufatmen.

Sonntag

Emilia hatte sich den Wecker auf 6 Uhr gestellt. Nach kaum mehr als drei Stunden Schlaf stand sie auf. Heute hatte Franck Geburtstag. Das blauumwickelte Geschenk wartete auf ihn. Sie zog sich Jeans und einen Pullover an. Holte die wetterfesten Schuhe aus dem Schrank. Suchte nach der regenfesten Jacke. Sie steckte zwei Taschenlampen, Geld, Handy, zwei Flaschen mit Wasser in den Rucksack.

Sie fuhr mit dem Audi zum Bäcker in der Langenbergstraße, der jeden Tag früh geöffnet hatte.

Sie orderte sich ein stattliches Frühstück, das sie überhaupt nicht schaffte. Ihr Magen rebellierte nach wenigen Bissen. Emilia war der einzige Gast. Sie saß am Fenster, an einem der drei Tische, und schaute nach draußen. Es war ungewöhnlich windig und schwül zu dieser morgendlichen Stunde. Wenn man den Wetterberichten Glauben schenkte, merkte jede Faser ihres Körpers das Ungewöhnliche.

Sie schaute den jagenden Wolken nach. Windböen wehten durch die Straße und wirbelten eine Plastiktüte stetig auf. Ihr Schicksal endete vorerst am Laternenpfahl. Die Windböen hielten sie fest, sodass sie nicht auf die Erde sinken konnte.

»Das wird heute noch was Heftiges geben. Etwas Großes.« Emilia Sander kannte die Seniorchefin. Arznei brauchte schließlich jeder in der Stadt. Sie ließ sich vier belegte Brötchen, zwei Croissants, zwei Stück Apfelkuchen, zwei Flaschen Apfelsaft und zwei Becher Kaffee einpacken. »Reicht Ihnen das, junge Frau?« Die Bäckerin deutete auf den Proviant. »Heute ist es besser, man bleibt zu Hause. Da ist es sicherer.«

»Da haben Sie wohl recht.« Die Seniorchefin trat an den Bistrotisch und schaute besorgt durch eine der großen Scheiben. »Das wird auch nicht mehr lange dauern, bis es blitzt und donnert.«

Emilia hatte keine Zeit, sich um das Wetter zu sorgen, sie wollte Franck suchen. Je eher, desto besser.

Jägers Schlaf wurde durch das Handy beendet.

Schlaftrunken schob er den Kater, der es als seine Aufgabe ansah, ihm seit seiner Rückkehr nicht mehr von der Seite zu weichen, von seinem Kopfkissen herunter.

»Hm«, brummte er ins Handy.

»Robin, guten Morgen. Ich stehe vor Ihrer Tür.« Überrascht riss Jäger die Augen auf. »Bitte öffnen Sie, ich habe einen Plan.«

Das klang in Jägers Ohren überhaupt nicht gut.

»Gleich«, murmelte er.

Neben ihm lag Schwester Julia. Außer der Schlafbrille und den Ohrstöpseln trug sie nichts. Jäger drehte sich, küsste sie auf die nackte Schulter und schlüpfte aus dem Bett. Er griff nach der Hose und dem T-Shirt, das auf dem Boden lag. Im Flur zog er sich schnell an. Im Bad wuschelte er sich durch die Haare und zog sich einmal die Zahnbürste über die Zähne.

Der Kater saß erwartungsvoll vor der Wohnungstür. Kaum hatte er die Tür einen Spalt breit geöffnet, trat sie ein.

»Der Überfall tut mir wirklich sehr leid«, eröffnete Emilia Sander das Gespräch. Sie schob den jungen Mann zur Seite und nahm Kurs auf das Wohnzimmer. »Geben Sie mir fünf Minuten für die Erklärung.«

Kaum saß sie auf der Couch, sprang der Kater neben sie. Jäger setzte sich dazu. Emilia schob ihm einen Kaffeebecher und die Tüte mit den Croissants über den Tisch.

»Fünf Minuten?«, fragte er. Der Bäckertüte galt seine ganze Aufmerksamkeit. Emilia bejahte und begann, den Plan zu erläutern. Je länger er zuhörte, desto mehr verzog er sein Gesicht.

»Was sagt der große Chef dazu?«, wollte er kauend wissen, als Emilia Sander fertig war.

»Petersen?«

Jäger nickte, trank den Kaffee weiter und stopfte sich den Rest des Croissants in den Mund.

»Ich soll es mir aus dem Kopf schlagen.«

Jäger nickte kauend, bis er wieder antworten konnte.

»Das sage ich auch.«

»Robin, im Winter, als Sie Ole aus Leipzig abgeholt hatten ...«

»Das war etwas anderes«, wehrte Jäger ab. »Sie waren in Gefahr.«

»Und jetzt ist er es.« Sie blickte ihn an. »Wenn Sie nicht mitkommen, dann mache ich es allein.« Trotz schwang in der Stimme mit.

Eine Minute war nur das leise Schnurren des Katers zu hören.

»Dass mir dann der Chef die Ohren langzieht?« Jäger schüttelte den Kopf. »Vergessen Sie es, Emilia.«

»Wie?« Emilia war perplex. »Was soll ich vergessen?«

»Ich kann Sie doch nicht allein losziehen lassen.«

Die Apothekerin atmete hörbar aus. Hatte sie den jungen Mann doch nicht falsch eingeschätzt.

»Danke, Robin.«

»Da haben Sie Glück. Ich habe dienstfrei.« Zwei volle Tage. Jäger linste in die Bäckertüte. »Wie ich sehe, haben Sie an Proviant gedacht? Kann ich noch ein Croissant haben?«

Mit einem Krümel am Mundwinkel schrieb er für Julia einen Zettel mit rotem Herz und legte ihn zusammen mit dem Zweitschlüssel auf den Wohnzimmertisch. Er zog sich Jeans und ein kurzärmeliges frisches T-Shirt an, schlüpfte in Socken und dann in die Polizeischuhe. Er nahm seine Jacke vom Haken und war einsatzbereit.

Leise schloss Jäger die Tür hinter sich. Als er nach Emilia die Treppe nach unten lief, schlich sich das schlechte Gewissen ein. Er war nicht sicher, ob das, was er tat, richtig war. Hin und her gerissen zwischen Pflicht- und Ehrgefühl. Emilia konnte er nicht von der Suche nach seinem Chef abhalten. Die Kollegen taten alles in ihrer Macht Stehende. Wenn die Suche nicht erfolgreich war, dann hatten sie nichts unversucht gelassen. Es konnte nicht schaden. Gleichzeitig konnte er Emilia vor Schaden bewahren.

Emilias Herz schlug vor Aufregung bis zum Hals. Fast meinte sie, dass es ihr herausspringen wollte. Dauernd fuhr sie sich mit der Zunge über die trockenen Lippen. Sie schwitzte und öffnete das Autofenster. Ohne zu zögern, hatte sie Jäger die Autoschlüssel für den Audi zugeworfen. Der junge Mann stellte das Schutzschild dar, das sie brauchte. Auf ihn wollte sie hören, wenn sie zu weit gehen würde. Wann das Unterfangen sinnlos wurde, wann sie aufgegeben sollte.

Von der Süderstadt aus fuhr Jäger mit gemäßigtem Tempo bis zur Erwin-Bauer-Straße und schwenkte dann auf die Süderoder Chaussee ab. Eine Feuerwehr mit Sirene überholte sie und bog vor ihnen in Quarmbeck ein. Papierreste und Plastiktüten, die sorglose Autofahrer aus ihren Fenstern warfen und sonst für gewöhnlich im Straßengraben landeten, trieb der Wind über die Straße. Kleinere Äste und Zweige lagen abgebrochen auf dem Straßenbelag. Die stärker werdenden Winde fegten über die freien Flächen und ließen das Getreide auf den angrenzenden Feldern tanzen.

Mit gerunzelten Augenbrauen schaute Emilia zu, wie der dunkelblaue Himmel opulente weiß erscheinende Wolken aufbaute. Zweige und Äste der Bäume bewegten sich heftig. Sie hörte den Wind im Auto und schloss das Fenster wieder.

»Wo soll ich halten?«, fragte Jäger, der aufmerksam und konzentriert den Wagen lenkte.

Emilia wies auf eine geschützte Stelle auf der Wiese, die an ein kleines Wäldchen grenzte. Diese Stelle hatte sie bereits über den Laptop ausgesucht. Jäger parkte und sie stiegen aus.

Unweit des abgestellten Autos befand sich eine Kirschplantage. Keine einzige Kirsche hing mehr an den Zweigen der knorrigen Bäume. Eine kaum auszuhaltende Schwüle lag über dem Land. Auch vor den Toren der Stadt herrschte die drückende Hitze.

Emilia leckte sich abermals die Lippen und schmeckte das Salz. Dumpfes, noch fernes Donnergrollen – oder hatte sie sich verhört?

Emilia und Jäger schauten sich für einen kurzen Moment an. Blauer Himmel, weiße Kumuluswolken, ein verirrter Windhauch, mit der Verheißung auf mehr. Etwas war im Anzug.

Drei Mähdrescher befuhren auf der gegenüberliegenden Straßenseite ein Feld. Der stärker werdende Wind blies heftig in die Ähren, die sich vor ihm duckten, um wieder aufrecht zu stehen, wenn er Luft holte. Mehrere Lastkraftwagen standen am Rand. Sie warteten, bis die Mähdrescher ihnen die wertvolle Fracht anvertrauten. Einzelne Felder waren bereits abgeerntet. Sonst waren die Erntearbeiten ein beruhigender Anblick. Doch heute hatte Emilia keine Zeit, um nur einen Gedanken an etwas anderes als Franck zu verschwenden.

Jäger schulterte den Rucksack und warf einen kritischen Blick zurück zum Audi. Hoffentlich fiel kein Ast auf das Dach und demolierte es.

Es war kurz nach 9 Uhr. Emilia hielt es einfach nicht mehr aus. Sie hastete los und Jäger hatte zunächst Mühe, sie einzuholen.

Jäger war hin und her gerissen. Er durfte in seiner Funktion als Polizeibeamter keinen Alleingang, weder von einer Privatperson noch eines Beamten, dulden. Emilia allein zu lassen, dagegen sträubte sich sein Gewissen. Petersen teilte er per SMS mit, wo sie beide sich befanden. Als er aufblickte, sah er Frau Sander durch die Kirschplantage eilen. Sie hatte ein ganz schönes Tempo. Außer Puste holte er sie ein. Der Schweiß kam ihm aus allen Poren. Der geschulterte Rucksack nervte ihn.

»Stopp!«, rief er.

Er wollte Ruhe ins System bringen. Vielleicht gab es ja eine Chance. Aber die Suche war eben ein Tropfen auf dem heißen Stein. Jäger atmete laut aus. Im wahrsten Sinne des Wortes. Er brauchte etwas zu trinken. Den Rucksack absetzend, kramte er die Flasche heraus und trank mit glucksenden Schlucken.

»Sie auch?« Er hielt Emilia die Flasche hin.

Emilia schüttelte den Kopf. Sie hatte keinen Durst. Sie schaute besorgt zum Himmel hinauf, der sich zuzog. Wenigstens empfand sie sich nicht mehr wie unter einem Brennglas liegend.

»Wie ist der Plan?«

»Wir laufen zum Naturschutzgebiet Müncheberg«, legte sie fest. »Petersen hat mich wegen einer Orchideenart gefragt, die die Verunfallten unter ihren Gummistiefeln hatten. Die wachsen nur dort.« Sie sah Jäger nicken. Doch auch seinen fragenden Gesichtsausdruck. »Wir werden sehen, ob wir etwas finden, wo man jemanden verstecken kann.«

»Ah.« Mehr wusste er nicht zu sagen. Hanni und Nanni hatten also Spuren sichergestellt. Die Kollegen waren mit Auswerten beschäftigt und erstellten einen Plan. Doch Frau Sander konnte niemand aufhalten.

Es blieb drückend und schwül, sodass jeder Schritt zu einer Qual wurde. Nach der Plantage liefen sie einige Meter über ein abgeerntetes schmales Ende eines Feldes, bis sie den knochentrockenen Feldweg erreichten, der zum Naturlehrpfad führte. Diesem folgten sie bis zum Eingang des Naturschutzgebiets. Seit Ende der 60er-Jahre des letzten Jahrhunderts hatten die Behörden es unter Schutz gestellt.

Emilia ging voraus.

Unweit des Eingangs befand sich eine Waldhütte, in der Wanderer oder Besucher Schutz vor Regen finden konnten. Daneben stand eine Tafel, auf der die seltenen Pflanzen und Tiere kurz beschrieben waren, so wie sie es in Erinnerung hatte. Emilia betrat die Hütte. Jäger blieb draußen. Die Hütte war klein und überschaubar.

Wenige Augenblicke später kam Emilia mit starrem Gesichtsausdruck heraus. Jetzt umrundete sie die Hütte nach kurzem Zögern. Jäger ließ Emilia Sander nicht aus den Augen. Sie hatte nichts gefunden. Wie auch? Jetzt stand sie vor ihm. Die Hände in die Hüfte gestützt, schürzte sie die Lippen und kaute auf der Unterlippe. Jäger las es in ihrem Gesicht. Sie wusste nicht weiter. Die Sonnenbrille, die sie wieder aufsetzte, sollte nur ihren Gesichtsausdruck verbergen.

»Wir gehen jetzt zur Schäfereiche«, entschied sie.

Jäger kannte die Eiche. Sie stand einige Jahrhunderte. Innen war sie durch einen Blitz attackiert worden. Der daraus resultierende Brand hatte den Stamm tief ausgehöhlt. Aber irgendwie hielt sie sich aufrecht und war tief verwurzelt.

Sie liefen über die angrenzende Wiese. Emilia wollte sich davon überzeugen, dass die seltene Orchideenart auch in diesem Jahr hier wuchs.

»Kann man nicht auch von Pflanzen einen DNA-Abgleich durchführen?«, fragte sie laut und drehte sich zu Jäger herum. Ihr T-Shirt hatte sich aufgebläht. Aus den hochgesteckten Haaren befreiten sich immer mehr Haarsträhnen, die sich im stärker werdenden Wind hin und her bewegten.

Jäger, der abrupt stehen geblieben war und die Stirn voller Falten gezogen hatte, schaute besorgt zum Himmel.

»Ähm, was? Ja ... Kann man machen. Aber ehrlich, jetzt mache ich mir eher Sorgen um uns. Es kommt ein Gewitter. Und was für eins.«

Graublauer schmutziger Himmel wölbte sich über ihnen. Das ferne Donnergrollen hörte sich für Jägers Geschmack viel zu nah an. Der Wind nahm zu und schüttelte unnachgiebig die Blätter und Zweige der umliegenden Bäume.

Eine Schwalbe flog zappelig über die Wiese. Jäger schaute ihr nach. Es war merklich kühler geworden. Er sah die Gänsehaut auf Emilias Armen.

»Regenjacken an und dann auf den Heimweg.« Seine Stimme klang konsequent genug, um Emilia dazu zu bringen, dem Rat zu folgen.

Im aufkommenden Sturm liefen sie den Hügel hinauf, der Lämmertrift hieß und eine baumfreie Schneise war. Rechts und links flankiert von Bäumen, deren Äste sich immer bedrohlicher bewegten. Er heulte und jaulte und trieb sie den Hügel hinauf. Auf dem höchsten Punkt des Hügels blieben sie stehen. Hinter ihnen lag der Harz. Sie drehten sich um. Der Harz erweckte den Eindruck, als ob man ihn mit den Händen greifen konnte. Dunkle Wolken ragten über ihm auf. Es sah aus, als wollten sie den Harz erstürmen.

Vor ihnen lag ein Teil der Teufelsmauer, dahinter etwas weiter rechts befand sich Quedlinburg. Sie sahen, dass sich eine große Fläche schmutzigen Blaus über die Stadt schob. Es sah aus, als ließen Außerirdische ein Schiff zur Erde. Ein Blitz zerriss den Himmel. Die Luft roch nach Moder, Champignons, Schweiß und Elektrizität. Das Grollen nahm zu. Und auch der Wind gewann an Stärke.

Ein frischer Luftzug wehte über den Hügel, als habe er sich verlaufen. Die Form der Wolkenlücke verwandelte sich fortwährend. Kumuluswolken bauschten sich auf.

Ein ohrenbetäubender Knall zerriss die Luft. Jäger griff nach Emilias Hand und zog sie nach rechts. Er wollte auf dem Kammweg zurück bis zum Auto laufen. Im Wald waren sie geschützter als auf der freien Fläche. Hauptsache, ihnen fiel kein Ast auf den Kopf.

Er legte ein ordentliches Tempo vor. Gebremst wurde er nur durch Zweige, die ihm ins Gesicht schlugen, Wurzeln, denen er auswich oder sie übersprang. Emilia zählte während des Laufens die Sekunden, wenn ein Blitz aufzuckte. Zwanzig Sekunden bedeuteten, sieben bis acht Kilometer war das Gewitter entfernt. Noch konnten sie das Auto erreichen. Die Kleidung klebte am Körper. Vor ihr lief Jäger, der gerade über eine Wurzel sprang. Sie tat es ihm gleich.

Das Donnern nahm zu. Blitze zerrissen den dunklen Himmel. Emilia wusste nicht, wie spät es war. Es kam ihr vor, als sei sie mit Jäger seit Stunden unterwegs. In Wahrheit war es keine Stunde. Sie zählte die Sekunden nach dem Blitz. Zwölf Sekunden, die Entfernung zum Auto nahm ab.

»Schneller!«, schrie Jäger.

Sie stolperten über Baumstümpfe und Baumwurzeln. Regentropfen prasselten auf das Blätterdach und auf ihre Regenjacken. Endlich erreichten sie das Ende des kleinen Wäldchens. Vor ihnen lag ein abgemähtes Feld, das sie überqueren mussten, wenn sie das Auto erreichen wollten. Soweit das Auge reichte, schien das Ende der Welt nahe zu sein. Der starke Wind hatte sich zu einem Sturm erhoben. Bäume, deren Äste sich bis zur Erde neigten. Blitze, die den schwarzen Himmel zerrissen. In der Ferne hörten sie Martinshörner. Sie hatten eine beeindruckende Sicht auf die Straße, die sie nicht genießen konnten. Sie sahen vereinzelte Autos, die quer auf der Straße standen. Äste, die brachen und vom Sturm über die Ebene getrieben wurden.

Jäger fummelte am Handy rum. Er versteifte sich.

»Was ist los?«

Er drehte sich zu Emilia um und gestikulierte heftig auf das vor ihnen liegende grüne Eiland.

»Da unten!«, schrie er Emilia an. Seine Stimme richtete gegen den aufkommenden Sturm nichts aus. Er fuchtelte mit seinem Arm in die Richtung, die über das Feld führte.

Emilia riss die Augen auf. War das wahr, was Jäger ihr sagen wollte. Triumphierend hielt Jäger das Handy hoch. Der Sturm riss ihm den Arm nach hinten. Ein Blitz zerriss wieder die gespenstige Dunkelheit, obwohl es Vormittag war.

»Acht, neun, zehn.«

Jäger erkannte es an Emilias Lippenbewegung. Bei diesen Windgeräuschen und dem Regen konnte er sie nicht hören. Ein Donnern erschütterte die Erde. Schätzungsweise zweieinhalb Kilometer war das Gewitter von ihnen entfernt. Einen kleinen Hügel hinabrennen, geschätzte hundert Meter über ein freies Feld laufen und das grüne Eiland schützend erreichen. Sie konnten es schaffen, wenn sie jetzt losrannten.

Wie auf ein geheimes Zeichen rannten sie los.

Regentropfen prasselten auf Emilias Gesicht. Sie hatte die Kapuze nach hinten geschoben. So konnte sie besser sehen und fühlte sich nicht eingeengt. Jäger rutschte aus. Beim Festhalten griff er in eine Brennnessel und fluchte. Emilia blieb mit dem Oberschenkel in einer Brombeerranke hängen. Um sich zu befreien, riss sie sich die Hände blutig auf.

Sie waren über die Kuppe des Berges gelaufen. Waren den Grenzweg entlang gehastet und hatten den Kammweg passiert. Der Wald endete und sie standen auf einem Plateau, der zum Osthang hinabführte. Diesen schmalen Weg waren sie mehr schlecht als recht hinabgerutscht.

Jäger wischte sich die Regentropfen aus dem Gesicht und kniff die Augen zusammen. Sie standen auf einer Art Plateau. Mit der ausgestreckten Hand wies er Emilia auf einen grünen Flecken vor ihnen im Tal hin. Dort sollte es sein. Sie hatten ein abgeerntetes Feld zu durchqueren. In der Ferne hörten sie Polizeisirenen und fragten sich im Stillen, ob sie ihnen galten. Petersen hatte versprochen, den ersten verfügbaren Wagen loszuschicken.

Die Blitze ignorierend, die immer näher kamen, rannten sie los. Mit nur einem Fokus. Mit klopfendem Herzen und brennenden Lungen erreichten sie den grünen Flecken.

Sie liefen an der Umzäunung entlang.

»Das sind zwei Grundstücke!«, schrie Jäger und streckte mit der rechten Hand den Daumen und Zeigefinger aus. Emilia nickte.

»Was nun?«, rief sie gegen den ohrenbetäubenden Donner.

Jäger machte ihr ein Zeichen, dass sie nach links laufen sollte. Er folgte ihr. Es brachte nichts, sich jetzt zu verzetteln.

Emilia lief vorneweg und suchte nach einem Eingang. Das Grundstück sah wie ein großer Garten aus. Auf ihm standen viele Bäume und Büsche, die ein maroder Holzzaun einfasste. Jäger sprang drüber. Emilia wollte es ihm gleichtun, doch Jäger schickte sie mit einer entscheidenden Geste weiter an der Außenseite des unbewohnten Grundstücks entlang. Während er sich innen entlangkämpfte, lief sie an der Außenseite weiter. Der Holzzaun wich einem heruntergetretenen Maschendrahtzaun. Der Sturm tobte weiter und drückte Emilia dagegen.

Es sah aus, als wären sie nicht die Ersten, die in unbekanntes Gelände eindrangen. Jäger geriet in ihr Sichtfeld und half Emilia. Im Inneren des Gartens waren sie geschützter und sie vernahmen den brüllenden Sturm nicht mehr so stark. Emilia sah sich kurz um, bevor Jäger sie weiterschob. Die umgestürzten Bäume lagen seit Jahren in diesem Garten. Emilia berührte Moos, als sie über einige der Baumstämme stieg. Eine wild wuchernde Hecke umgab den verwilderten Garten. Emilia hatte den Eindruck eines unüberwindbaren Pflanzendickichts. Sie sah verkrüppelte und kleinwüchsige Bäume. Rohre mit großen Durchmessern, die noch nie eine Aufgabe übernommen hatten. Mit Gras überwachsene Erdhügel. Zerbrochene Fensterrahmen, die einfach weggeworfen worden waren. Vielleicht hatte jemand angefangen, etwas zu bauen und war nicht fertig geworden. Emilia hörte Jäger hinter sich fluchen. Sie warf keinen Blick zurück. Sie lief weiter. Das Grundstück nahm kein Ende.

Ein Blitz zuckte und zerteilte aufs Neue den tief hängenden, dunklen Himmel. Emilia zählte. Bis neun kam sie.

»Drei Kilometer!«, schrie sie.

Jäger brüllte gegen den Sturm, der ihm einen leeren Eimer vor die Füße rollte. »Weiter!«

Fast war Emilia vorn auf dem Weg, der zu einer Straße zu führen schien. Vor ihr stand ein Bungalow. Er sah verwaist und verwahrlost aus, wie der Rest des Grundstücks. Mit Holzlatten verschlossene Fenster. Aus der kaputten Regenrinne schoss ihr das Regenwasser entgegen. Emilia machte einen Fehltritt und schrie auf. Sie hatte nicht gesehen, dass früher einmal irgendwelche Beete angelegt worden waren. Jetzt waren diese eingesackt. Sie zog ihren Schuh aus dem Matsch und merkte, dass ihr der Fuß beim Auftreten schmerzte.

»So etwas Blödes!«, rief sie und lief humpelnd weiter.

»Franck!«, schrie sie.

Aber sie konnte wegen des lauten Gewitters nichts anderes als den brüllenden Sturm, die klatschenden Regentropfen und den dröhnenden Donner hören. Auch im vorderen Teil des Grundstücks sah Emilia verwilderte Bäume, die nur kahle Äste und Zweige hatten. Ein kaputter, farbloser Fußball lag vor ihr. Sie trat zornig gegen ihn, weil sie den Druck loswerden musste. Die Wut, die Angst, den Zorn. Schmerz durchzuckte sie.

Der vermeintliche Fußball entpuppte sich als ein Bovist, dessen Sporen sich nun trotz des Unwetters ausbreiteten.

Ein lauter Knall. Irgendwo schlug der Blitz in der Nähe ein. Emilia hörte Sirenen, die immer lauter wurden. Ob Feuerwehr oder Polizei, das hatte sie noch nie auseinanderhalten können. Sie stürzte mit Schmerz verzerrtem Ausdruck weiter, besser aufpassend, wohin sie trat. Jäger kam auf sie zu. Er war von der anderen Seite gekommen und zog Emilia mit sich. Sie umrundeten umgestürzte Ziegel, eine Spitzhacke, eine Kabeltrommel und einen Betonmischer, bis sie auf einer Terrasse standen, die keinesfalls den Namen verdiente. Jäger achtete darauf, dass Emilia hinter ihm stand, und trat gegen die Eingangstür. Die Sirenen kamen immer näher.

Die Tür blieb standhaft. Pitschnass und voller Sorge versuchten sie es mit den Fensterläden. Diese waren vernagelt und es dauerte. Ein Eisen, dass Jäger beim Überqueren des letzten Erdhügels gesehen hatte, brachte die nötige Technik. Wortlos schob er Emilia zur Seite. Diese hatte aus ihrer Hosentasche eine Nagelfeile geholt. Es war zwecklos, damit eine Schraube aufzudrehen. Aber Jäger sah in ihren Augen eine Verbissenheit, die ihn ängstigte.

Die Polizeisirenen waren vorbeigefahren. Sie waren immer leiser geworden, bis sie sie im Sturm und Regen nicht mehr hören konnten. Der Sturm fauchte und brüllte wie ein lebendiges Tier. Dicke Regentropfen klatschten ihnen ins Gesicht.

Emilia merkte nicht, wie sie ihr in den Nacken rannen. Über ihnen zuckte ein Blitz und gleich darauf krachte es gewaltig. Emilia und Jäger schauten sich an. Ein Blitz hatte ganz in der Nähe eingeschlagen.

»Schneller!« Emilia merkte nicht, dass sie Jäger anschrie. Ihr Schrei ging im Krachen des Fensterladens unter.

Jäger schlug das Fenster ein, wischte die Scherben mit der Stange weg und legte seine Regenjacke darüber. Er wusste, dass es keinen ausreichenden Schutz darstellte, aber für den Notfall sollte es gehen. Wieder hörten sie Sirenen.

»Feuerwehr«, presste Jäger aus zusammengebissenen Zähnen hervor. Das Fenster an der Seite war offen. »Das reicht, wir machen die Fenster von innen auf.« Jäger machte eine Räuberleiter. Emilia zögerte nicht, sie stieg auf und ließ sich in den Raum fallen. Jäger warf den Rucksack in den Raum und kletterte hinein. Emilia hatte sich bis zum Lichtschalter getastet. Sie griff danach. Ein Funke und die Dunkelheit blieb.

»Verflucht.« Jäger griff nach dem Rucksack und holte die Taschenlampen hervor.

Ein fast kahler Raum. Eine Couch und ein Schrank. Vielleicht ein Wohnzimmer. Ein großer Tisch mit einem Haufen technischen Schnickschnacks. Emilia wollte nach links gehen, doch Jäger zog sie wieder hinter sich.

»Ist hier jemand?« Kein Laut. »Hier ist die Polizei!«

»Franck!«, rief Emilia ungehalten. »Bist du hier? Gib einen Laut von dir!«

Jäger bemerkte Emilias Erregung. Wieder überzeugte er sich, dass sie hinter ihm war.

»Hier ist es dunkel wie im Bärenarsch. Wir sollten alle Fensterabdeckungen öffnen, bevor das Gewitter vollends zuschlägt.«

Jäger überprüfte den nächsten Raum, links vom Wohnzimmer. Eine Küche. Sparsam eingerichtet. Emilia war an ihm vorbeigehuscht und nestelte an den Verschraubungen. Sie stieß die Fensterläden auf und schloss das Fenster wieder. Der Wind warf die Fensterläden wieder zu.

»Sie bleiben hier«, sagte Jäger entschieden. Er lief nach draußen, um sie zu befestigen. Er sah, wie Emilia zwei weitere Fensterläden aufstieß. Jäger grollte. »Ich hab doch gesagt ...« Zu mehr kam er nicht.

»So geht es doch viel schneller. Hier ist kein Mensch. Schon längst hätte der sich bemerkbar gemacht.«

Jäger antwortete nicht, viel zu viel Enttäuschung lag in Emilias Stimme. Sie schien nahe am Abgrund zu stehen. Jäger schluckte eine Erwiderung hinunter.

Emilia hatte auch im angrenzenden Zimmer die zwei Fenster geöffnet. Etwas abgeteilt war eine Toilette. Hier gab es nur einen Luftabzug. Im Wohnzimmer kam ihr Jäger entgegen.

»Los, weiter. Wir nehmen die andere Seite.« Jäger war im Begriff, aus dem Wohnzimmer zu gehen, als er Emilias Gesichtsausdruck sah. Ihre Lippen zitterten und sie brachte kein Wort raus. »Wir geben jetzt nicht auf.« Jäger hielt Emilia an den Schultern von sich. »Die Koordinaten weisen ganz eindeutig auf dieses Grundstück.«

Emilia nickte und ihre nassen Haare begruben ihr Gesicht. Sie hatte keine Kraft mehr, Jäger zu widersprechen.

»Los jetzt. Draußen wird bald der Teufel los sein.«

Franck rührte sich nicht. Er atmete ganz flach. Hatte er sich geirrt oder doch etwas gehört? Er war wach geworden von dem Donner und dem jaulenden Sturm. Dunkel war es hier drinnen, weil es auch draußen dunkel war. Am Oberlicht konnte er es ausmachen. Ob es Tag oder Nacht war, war ihm völlig egal. Er hatte jegliches Zeitgefühl verloren. Er wusste nur, dass er Durst hatte. Durst, der ihn wahnsinnig zu machen drohte. Vielleicht fiel ein Ast auf den Ort, wo er war, machte das Oberlicht kaputt und er bekam ein paar Tropfen des Regens ab. Aber das war nur ein Wunsch und würde einer bleiben. Lieber versuchte er doch, an den Traum anzuknüpfen, der ihn die letzten Stunden oder Minuten von hier wegkatapultiert hatte. Doch wovon er geträumt hatte, wusste er nicht mehr. Er konnte sich nicht mehr konzentrieren.

Plötzlich ein Geräusch, was er nicht einordnen konnte. Vielleicht doch ein Ast, der auf diesen Ort gefallen war? Wieder trat Ruhe ein, dann ein Scharren, gedämpfte Worte. Ein Knallen von Donner. Langsam würde er verrückt werden, dachte er. Dann hörte er wirklich Worte. War das nicht Emilias Stimme?

Franck drehte sich mühsam auf die andere Seite und schaute zum Entlüfter. Kamen etwa Tiere durch? Er geriet in Panik. Doch dann sah er einen Lichtkegel aufblitzen. Er war nicht fähig, sich zu rühren oder zu antworten. Dann war der Lichtkegel weg und die Ruhe kehrte zurück. Die Ruhe, die endgültig zu sein schien.

»Ich verstehe das nicht«, meinte Emilia, als Jäger wieder im Bungalow war. »Wir haben alle Räume gesehen und Franck ist nicht hier.«

Jäger lief jetzt selber noch mal durch die Räume. Das Wohnzimmer mit der vielen Technik, die Küche, in der man sich Essen zubereiten konnte. Ein Schlafzimmer mit einem Bett. Auf jeden Fall hatte dort jemand geschlafen. Für die Spurensicherung genügend Material. Eine Toilette. Von beiden Seiten begehbar. Das Abflussrohr führte nach draußen. Jäger hatte es gesehen, als er die Fensterläden festmachte. Er lief wieder zurück. Durch die andere Tür des Wohnzimmers. Ein Wirtschaftsraum. Nach Jägers Einschätzung wurde der für nichts benutzt.

»Ein weiteres Zimmer«, meinte Emilia, die hinter Jäger den Raum betrat. Auch hier gab es die Möglichkeit, durch eine Tür in ein Bad zu kommen. Toilette und Dusche. »Und ein Luftfilter.«

Jäger nickte. Draußen hörten sie das Toben des Gewitters, Blitze zuckten. Sie sahen es, auch wenn sie nicht aus dem Fenster schauten. Ein höllisches Inferno. Wieder waren Sirenen zu hören.

»Sie kommen aus der falschen Richtung«, erklärte Jäger, als er Emilias Blick sah. Die Hoffnung sank auf einen neuen Tiefpunkt. Beide setzten sich in die Küche an den Tisch. Jäger zog sein Handy heraus und versuchte, Petersen zu erreichen. Hoffnungslos. Nach einigen Minuten gab er das Unterfangen auf.

»Wo kann Franck nur sein, wenn er hier sein muss?«

»Es gibt keinen Keller und keinen Dachboden.« Jäger ließ den Kopf hängen. Jeder war mit seinen Gedanken beschäftigt.

Aus Emilias Haarspitzen tropfte das Wasser. Ihr Zeigefinger zeichnete lustlos einige Kreise.

»Robin?« Jäger hob den Kopf. »Also wenn wir eine Karte machen, dann wissen wir vielleicht mehr.«

Gedankenverloren schaute er sie an.

»Ich spüre es«, sagte Emilias fest, ohne sich von Jäger abbringen zu lassen, der ihr nicht glaubte. Sie sah es ihm an. »Ich spüre ihn. Er muss hier sein.«

»Sie meinen, es gibt etwas, was wir noch nicht gesehen haben?«

Jäger zog seinen Stift aus der Tasche. Beide sahen sich nach etwas zum Aufschreiben um.

»Die Wand. Wir malen auf der Wand.«

Jäger durchmaß mit seinen Schritten die einzelnen Räume und Emilia zeichnete. Sie starrten auf die Zeichnung. Bis Emilia das Schweigen brach.

»Er ist hier.« Jäger schaute sie unverständlich an. »Hier.« Emilia wies auf die Mitte der Zeichnung hin. »Die Küche ergibt ein Maß von sechs Meter dreißig. Genau wie von dem Zimmer hier bis zur Toilette vor dem Schlafzimmer. Es ist draußen so lang wie hier drin. Aber«, sie nagte an ihrer Unterlippe und schob ihren langen Zeigefinger auf das Zentrum dieser Wandzeichnung, »dieser Wirtschaftsraum und das Schlafzimmer ergeben keine sechs Meter dreißig.«

Jäger starrte die Zeichnung an. Dann haute er sich seine Hand vor die Stirn.

»Das hätte mir gleich auffallen sollen. Wo ist der Eingang?«

Emilia und Jäger sahen sich an. Beide dachten das Gleiche: Hoffentlich kommen wir nicht zu spät.

»Lass uns systematisch vorgehen.«

»Nichts überstürzen.« Jäger pflichtete ihr bei. »Zusammen?«

»Ja.«

Jäger und Emilia befühlten und klopften die Wand im Gästezimmer ab. Keine Regung, auf die sie hofften. Ein ohrenbetäubender Knall ließ sie beide erschauern. Der Blitz hatte wieder ganz in ihrer Nähe eingeschlagen. Regentropfen prasselten auf das Dach des Bungalows. Jäger bemerkte Emilias Blick und entdeckte die Angst in ihren Augen.

Jäger nahm den Hocker, der im Gästezimmer stand, und zog Emilia mit sich in die benachbarte Dusche. Neben der Duschkabine versteckt war eine Belüftungsklappe. Jäger hatte sie bereits gesehen, aber nicht bis zu Ende gedacht. Er stellte den Hocker drunter und versuchte, den Belüftungsschacht herauszuziehen. Doch das klappte nicht. Er war fest einzementiert.

»Mist.«

»Kannst du durchsehen?«

Jäger schüttelte den Kopf.

»Nein. Dieses Zeug darin lässt sich schwer ...« Jäger schnaufte und kratzte in der Abdeckung. »Halt mir mal die Taschenlampe.« Emilia nahm sie aus Jägers Hand und leuchtete ihm, so gut es von ihrem Standpunkt aus ging. Sie waren zum Du übergegangen, was beide in dieser Situation als angebracht fanden.

Endlich löste sich das Zeug.

»Gib mal her.« Emilia übergab die Taschenlampe und Jäger leuchtete hinein.

»Sag was. Ist er da?«

Jäger nickte. Emilia konnte es kaum glauben. Sie musste sich selber überzeugen.

»Lebt er? Warum sagt er nichts?«

»Chef?« Keine Reaktion. »Chef?!«

»Wir müssen rein!« Emilia zog an Jägers Jeans, bis er vom Hocker runterkam. Jäger lief zusammen mit Emilia nach vorn zum Wohnzimmer. Im Schein der Taschenlampe sah Jäger, dass es dort eine Tür gab. Eine Feuerschutztür.

»Wir rücken ihn weg.« Er meinte damit den wuchtigen Schreibtisch, der davor stand.

Beide zogen den Tisch von der Wand ab. Jäger ließ den Strahl der Taschenlampe die Tür ableuchten. Es gab eine Klinke. Doch sie brauchten den Schlüssel dazu. Doch wo sollten sie den Schlüssel finden? Der konnte bei dem Toten oder dem Verletzten sein. Oder hier im Haus. Jäger verwarf alle Möglichkeiten. Das nahm zu viel Zeit in Anspruch.

»Liegt sicher wie in Abrahams Schoß«, meinte Jäger verbissen. So kurz vor dem Ziel gestoppt zu werden. Der Chef hatte sich nicht bewegt, obwohl ihm Jäger absichtlich ins Gesicht geblendet hatte.

»Wir können nicht warten!«, rief Emilia. »Wir können auch nicht zurück, um den Schlüssel zu holen, wo auch immer er ist.« Emilia sah nicht aus, als wenn sie aufgeben würde.

Jäger massierte seine Unterlippe mit zwei Fingern.

»Ich hab' 'ne Idee«, meinte er und lief nach draußen in den strömenden Regen. Emilia ging zur Toilette zurück und stellte sich auf den Hocker.

»Franck, hörst du mich? Bitte. Hör mich doch«, bat sie inständig. Wieder schlug ein Blitz ein und ließ den Bungalow erbeben. »Franck, hör mir zu, du kommst hier wieder raus. Bitte verlass mich nicht.« Täuschte sie sich oder hatte sie ein Klirren gehört. »Franck? Sag etwas, bitte.«

Emilia hörte Jägers Ruf. Sie stieg vom Hocker und fragte sich, ob sie seine Stimme gehört hatte oder sie sich es nur einbildete.

»Wir probieren es damit«. Jäger stand völlig durchnässt im Raum mit einer Spitzhacke in der Hand. »Aber ich brauche etwas zum Schutz gegen die Glassplitter«.

Emilia sah auf das Bett und zeigte auf die Bettdecke. Jäger nickte.

»Wir brauchen etwas zum Festmachen.«

Emilia nahm das Bettlaken vom Bett und riss es in Streifen. Mit diesen Streifen befestigte sie die Bettdecke um Jäger herum. Nur für die Arme hatte sie nichts weiter als ein weiteres Bettlaken aus dem zweiten Schlafzimmer.

Sie räumte die Wand vor den Glasbausteinen frei. Blumentöpfe, Gießkannen, Plastikgeschirr, Metallteile, Eimer. Auch eine ihr im Weg stehende Fußbank warf sie zum Fenster hinaus, um für Jäger Platz zu schaffen.

Jäger stand bereit für den ersten Schlag gegen die Glasbauwand. Er hob die Arme mit der Spitzhacke in der Hand, als Emilia ihn bremste.

»Stopp!«, rief sie und zerrte an Jägers Bettumhang. »Du brauchst noch einen Schutz für das Gesicht und die Augen.« Emilia gab Jäger ihre Sonnenbrille und zog aus ihrer Regenjacke ein Halstuch.

»Versuchen wir es jetzt?« Jäger verhielt sich wie ein tänzelndes Pferd. Er war unruhig und hochgradig nervös. Jedes Verzögern seiner Mission irritierte ihn. Er wollte endlich da rein und sich selber überzeugen.

Jäger hob den Arm mit der Spitzhacke und schlug zu. Nach den ersten Hieben verfluchte Jäger sich bereits. Warum hatte er nicht lieber versucht, mit der Hacke die Brandschutztür aus der Verankerung zu reißen? Auf keinen Fall hatte er es sich dermaßen schwer vorgestellt, diese Wand zu öffnen. Die Minuten vergingen. Mittlerweile hatte Jäger ein Loch in Hüfthöhe geschafft. Wieder und wieder vergrößerte er die Stelle. Jetzt hebelte er Glasbaustein für Glasbaustein hinaus.

Emilia hatte sich außerhalb der Reichweite der fliegenden Glassplitter geflüchtet. Sie saß auf der Erde und hielt sich die Ohren zu. Die Spitzhacke dröhnte, Glas klirrte und Jägers Atem war laut zu hören. Die letzte halbe Stunde hatte sie sich gefragt, ob es wirklich so lange dauerte, eine Glasbauwand aufzuhacken. Mehrmals hatte sie Jäger fluchen gehört.

Nun hörte sie nichts mehr. Emilia nahm die Hände von den Ohren und linste um die Ecke. Das Loch war groß genug, dass man in den dahinterliegenden Raum krabbeln konnte.

Jäger riss sich gerade die Brille und den improvisierten Mundschutz ab. In seinen Haaren hatten sich Glassplitter verfangen, doch es kümmerte ihn nicht. Emilia half ihm, das Bettzeug abzunehmen. In diesem Umfang war es unmöglich, durch das Loch zu kommen. Jäger ging durch den Eingang voran. Die Taschenlampe leuchtete auf. Emilia kroch nach ihm in den Raum. Der Lichtkegel blieb auf das Bett gerichtet, auf dem jemand lag. Sie schluckte.

»Franck?«, rief sie mit Panik in der Stimme. War er das oder ein Fremder?

»Chef, wir sind es!« Jägers Stimme klang fest und sicher. »Wir holen Sie hier raus.«

Emilia hockte vor dem Bett. Vorsichtig streckte sie eine Hand aus und strich Franck über sein Gesicht. Die Wangen waren eingefallen. Die Augen ohne Glanz. Sie berührte die trockenen und aufgesprungenen Lippen. Der Bart war ungezügelt gewachsen. Ungekämmt saß er auf dem Bett. Er war nur mit einem schmutzigen Unterhemd und seiner Unterhose bekleidet, die auch nicht besser aussah. Am linken Arm trug er die Kette, die bei jeder Bewegung rasselte. Emilia hörte es mit Schaudern. Er fasste sich so fremd an. Was hatten sie mit ihm gemacht?

Franck rutschte auf der Lagerstatt mühsam nach vorn, um aufzustehen. Es misslang. Jäger sprang vor und verhinderte, dass er fiel.

Wieder klirrte die Kette. Er bewegte sich und strich Emilia zaghaft über den Kopf.

»Trinken«, murmelte er.

Emilia holte aus dem Rucksack die Flasche Wasser und half Franck beim Trinken.

»Chef, ich versuche jetzt, die Kette aus der Verankerung zu lösen. Emilia, die Taschenlampe ...«, bat Jäger.

Sie richtete den Strahl auf die Verankerung im Boden. Jäger hakte die Spitzhacke in ein Kettenglied ein und verdrehte sie, bis die Kette nachgab. Metz zog die Kette langsam zu sich und legte sie neben sich. Noch war er mit der linken Hand an sie gefesselt.

Emilia war ganz dicht vor Franck, sie tastete ihm über sein Gesicht. Ihre vom Regen nassen Haare kitzelten ihn. Er fühlte ihre zerrissenen Jeans und ihre zerkratzten Hände.

»Bist du in Ordnung?«, fragte er sie. Seine Stimme klang rau, als habe er viel und lange geschrien.

Tränen liefen ihr übers Gesicht, sie musste schniefen.

»Sonst frag ich dich das doch, ob du gesund und ganz bist?« Emilia wollte lachen, doch es gelang ihr nicht.

Franck strich ihr wieder über ihr Gesicht. Er war frei. Egal, ob die Kette noch an ihm hing. Er lehnte den Kopf an Emilias Schulter.

»Welchen Tag haben wir heute?«, fragte er.

»Den elften Juli. Du hast heute Geburtstag.«

»Gib mir noch mal die Wasserflasche«, bat er sie. Gierig trank er mehrere Schlucke. Seit zwei Tagen hatte er nichts mehr zu trinken gehabt. Vergeblich hatte er versucht, aus den leeren Kanistern die letzten Wassertropfen zu bekommen. »Ja, ich habe heute Geburtstag. Ich habe ein zweites Leben bekommen.«

Emilia gab ihm vorsichtig Küsse auf die Stirn.

Jäger fühlte sich deplatziert. Er kratzte sich am Kopf. Eine Angewohnheit, die er immer dann ausführte, wenn es für ihn unbehaglich war.

»Chef?«

»Gehen Sie nur und leiten alles Nötige ein.« Metz konnte sich eines Grinsens nicht erwehren. »Und ... Jäger.«

»Ja?«

»Ganz ordentliche Leistung. Vielen Dank.«

Jäger nickte. Metz hatte sich in Emilias Schoß gelegt und sie strich ihm zärtlich über das Gesicht. Jäger ging und überließ die beiden sich selbst.

»Ich geh dann und mach Meldung«, murmelte er vor sich hin und kroch aus dem Verlies. »Mal sehen, was Dienstgruppenleiter Petersen von unserem unrechtmäßigen Eindringen hält.«

Franck und Emilia hörten ihm nicht zu.

Petersen betrachtete den Himmel mit Sorge. Dieses Unwetter war gewaltig. Seit einem Monat hatte es nicht mehr geregnet. Die Abkühlung war wie ein Spuk verschwunden. Die Straßen hatten für eine kurze Zeit gedampft, Regentropfen waren von den Blättern geperlt, doch die Schwüle war geblieben. Es war die letzten Wochen unerträglich heiß gewesen. Ein Jahrhundertsommer. So hatte man wieder vorausgesagt.

Die letzte große Hitzewelle in Europa war 2003 gewesen. Petersen erinnerte sich daran.

Es klopfte, er drehte sich um und sah Polizeihauptkommissar Reeh im Türrahmen stehen. Er war außer Atem.

»Wir haben ihn.«

Petersen riss die Augenbrauen hoch.

»Sag an?«

»Jäger hat angerufen. Das gesuchte Objekt soll neben der Landstraße stehen. Kurz vor Bad Suderode.«

Petersen kannte Quedlinburg und Umgebung wie seine Westentasche. Er kniff die Augen zusammen.

»Da sind doch nur zwei Grundstücke.«

»Das sagte Jäger auch. Sie sind schon mal vorgegangen.«

»Wer sie? Und was heißt vorgegangen?«

Reeh wand sich. Er hasste es, Überbringer schlechter Nachrichten zu sein.

»Polizeiobermeister Jäger und Emilia Sander sind bereits auf dem Weg dorthin.« Egal, was jetzt passierte, Reeh konnte es nicht mehr rückgängig machen.

»Donnerwetter noch mal. Das kann doch nicht wahr sein.« Petersen atmete tief ein. »Ich informiere jetzt den Staatsanwalt ...«

»Ist bereits passiert«, warf Reeh ein. »Polizeihauptkommissar Rükken hat das bereits übernommen.«

Petersen war fassungslos. Er griff sich an den Hals, als wenn er seine Krawatte öffnen wollte. Doch an den letzten heißen Tagen trug er ein farbiges Polohemd. Er wollte zu einer Erwiderung ansetzen, als das Telefon klingelte.

»Petersen«, knurrte er in den Hörer. Er hörte eine Weile zu, dann sagte er: »Alles klar.« Er legte auf und befahl: »Auf gehts, wollen wir, dass Jäger mal nicht allein die Lorbeeren erntet. Unser Wagen?« Fehlte noch, dass sie keinen hatten.

»Steht unten. Rükken wartet auf uns.«

Rükken startete sofort, als Reeh und Petersen die Autotüren zuwarfen. Er fuhr so schnell, wie es bei dem Wetter angemessen war.

Die Äste der Bäume neigten sich fast zur Erde. Es sah aus, als fegten ihre Zweige die wenigen Vorgärten und Rasenflächen auf der Kaiser-Otto-Straße. Die Straßen waren menschenleer. Rükken fuhr über den Kreisverkehr am Schiffblek vorbei. Die seit Jahren leerstehende Villa aus dem vorletzten Jahrhundert hatte wieder ein Baugerüst davor stehen. Mal sehen, ob auch dieser Investor aufgab. Der böige Wind zerrte am Plakat des Bauherrn und versuchte es loszureißen. Sie bogen in den Harzweg ein und überquerten die Bode. Nach links in den Gernröder Weg. Die knatternden Fahnen, die am Mettehof hingen, ließen sie hinter sich.

Rükken fuhr hochkonzentriert. Ein Ast trieb über die Suderöder Chaussee. Auf der Gegenfahrbahn fuhren zwei Pkw im Schritttempo in Richtung Quedlinburg.

Petersens Handy klingelte. Er holte es heraus und warf einen Blick auf das Display.

»Jäger?« Noch bevor er ein einziges Wort sagen konnte, brach die Verbindung ab. »Verflucht noch mal!«, wetterte er. »Wenn etwas nicht klappt, bleibt es auch so.«

Sein Handy warf er neben sich. Jäger war nicht allein auf diese Idee gekommen. Und vorstellen, wer dahintersteckte, konnte er sich auch. Er ahnte, dass Jäger eher die Sicherheitsleine war. Darüber war er im Grunde froh. Er starrte durch die Frontscheibe. Er war heilfroh, dass sie ihn gefunden hatten.

Der Sturm ließ das Auto erbeben. Ein weiterer Ast lag auf der Straße. Rükken umrundete ihn. Es blitzte und donnerte. Der Regen wurde stärker. Die Scheibenwischer hatten ihre Not. Ein Einsatzwagen der Feuerwehr überholte sie mit Sirene und bog nach links ab. Offensichtlich gab es in Quarmbeck einen Notfall. Rükken fuhr weiter die Straße entlang.

Wenn die Strecke nach Bad Suderode bereits ausgebaut wäre, kämen sie schneller voran. Doch noch musste Rükken auf der schmalen Straße bleiben, den Quarmbach überqueren und weiter in Richtung Bad Suderode fahren.

Der Regen prasselte auf die Scheiben. Alle drei Männer schauten wie gebannt auf die Straße. Rükken fuhr noch langsamer. Blitze zuckten am Himmel. Gleich darauf krachte es gewaltig.

Da passierte es. Schlingernd und mit knirschenden Reifen brachte Rükken das Polizeifahrzeug zum Stehen. Mit den Fäusten hieb er auf das Lenkrad.

Ein Baum lag quer über der gesamten Straße und versperrte die Weiterfahrt.

»Unmöglich, da vorbeizukommen«, stellte Reeh nüchtern fest.

»So kurz vor dem Ziel«, meinte Rükken.

Beide sahen Petersen auffordernd an.

»Wir gehen zu Fuß«, entschied Petersen und blickte auf Reeh. Er versuchte nochmals, Jäger anzurufen, doch es kam keine Verbindung zustande. Wahrscheinlich hatten ein Baum oder ein Blitz oder die Verkettung besonderer Umstände dafür gesorgt. »Weit ist es ja nicht.«

Rükken löste bereits den Sicherheitsgurt.

»Einer muss hierbleiben und die Kollegen einweisen. Rufen Sie die Kräfte zusammen und koordinieren Sie. Sie haben freie Hand.«

Rükken zeigte einen gequälten Gesichtsausdruck. Reeh hob die Schultern. Befehl war Befehl. Auch wenn Reeh und Rükken eine eingeschworene Einheit bildeten, mussten sie diesmal an verschiedenen Fronten kämpfen.

Petersen und Hauptkommissar Reeh liefen die Straße entlang. Der Regen setzte ihnen auf der Distanz von einem Kilometer zu. Er rann ihnen am Nacken hinab. Regentropfen zerplatzten auf ihren Gesichtern und machten das Sehen schwierig. Nach wenigen Minuten erreichten sie völlig durchnässt das Grundstück. Bemüht, sich tiefer als auf der freien Fläche zu bewegen, nutzten sie den Graben neben der Hauptstraße. Der war nass und rutschig. Wasserlachen standen ihn ihm. Hinter sich hörte Petersen ein Geräusch. Als er stehen blieb und zurückkommen wollte, machte Reeh unwirsch ein Zeichen, dass alles okay mit ihm sei. Reeh rappelte sich wieder auf. Nach dem Sturz sah er wie ein nasser Hamster in Uniform aus. Beide erreichten die Grundstücke. Petersen atemloser als Reeh.

Hauptkommissar Reeh machte ihn auf das hintere Grundstück aufmerksam.

»Wenn, dann ist er da.«

»Wie kommen Sie darauf?«

»Das hier ist gepflegter. Sehen Sie den Kerzenschein durch die Jalousien?« Reeh wischte sich den Regen aus dem Gesicht.

Es krachte dermaßen laut, dass beide den Kopf einzogen.

Petersen gab dem jungen Kollegen recht. Sie hatten beide Entführer. Der eine tot, der andere gerade aus dem Koma erwacht. Wer hätte denn eine Kerze angezündet? Petersens rechter Daumen wies anerkennend nach oben.

»Dann los.«

Das hölzerne Tor war stabiler als es aussah und verschlossen. Sie gingen am Zaun entlang, bis sie eine geeignete Stelle fanden. Petersen drang als Erster auf das Grundstück. Ein Blitz zuckte grell und ein ohrenbetäubender Donner war fast zeitgleich zu hören.

Reeh blieb mit einem Fuß in einem verbeulten Eimer stecken und fluchte wie ein Kesselflicker.

»Hier sind wir!« Jäger steckte seinen Kopf durch eines der Fenster und gab Handzeichen, dass sie zur Terrasse gehen sollten.

»Lebt er?«, wollte Petersen wissen.

Jäger nickte und konnte sich eines Lächelns nicht erwehren.

»Frau Sander ist bei ihm.«

»Gott sei Dank.« Petersen hob den Zeigefinger und sagte mit gespieltem Ernst: »Polizeiobermeister Jäger, Ihr Alleingang wird ein Nachspiel haben.«

Jäger hörte die Erleichterung und den nicht ernstgemeinten Verweis, den er, sollte er wirklich kommen, gern hinnahm.

Hauptkommissar Reeh fand den Eingang. Er schüttelte sich wie ein Hund und rubbelte sich über die Haare.

»Wo ist er?«, fragte Petersen. Jäger wies hinter sich. »Übrigens, Hanni und Nanni werden sich freuen, wenn alle Spuren so versaut werden.«

Reeh und Jäger schauten sich vielsagend an.

»Wenn ich eines weiß, dann schert sich der Dienstgruppenleiter einen Scheiß um irgendwelche Spuren.« Dabei kniff er ein Auge zu. Jäger sah das ebenso.

Petersen bückte sich und kroch auf allen vieren durch das Loch in der Glasbauwand.

Die einzige Lichtquelle stammte von Jägers Taschenlampe, die neben Emilia lag. Sie saß auf dem Bett, auf ihrem Schoß lag Franck. Er war mit einer Jacke zugedeckt.

Petersen hörte, dass Emilia beruhigende Wort murmelte. Die beiden waren so verschmolzen, dass er nicht stören wollte. Er kniete sich hin und fasste Francks Schulter.

»Wie geht es dir, mein Freund?«

»Ich hatte dich eher erwartet«, antwortete ihm Franck.

Petersen atmete auf. Das waren genau die Worte, die sie bei ihren Aktionen benutzt hatten.

»Dann lass dich gesundpflegen. Für mich gibt es hier eine Menge zu tun. Danke, Emilia.«

Sie quittierte nur mit einem Nicken. Sie schien zu mehr nicht in der Lage.

Sirenen erklangen.

»Sie kommen.« Jäger sprach aus, was jeder von ihnen wusste. »Es ist vorbei.«

Epilog

Wochen später stand Franck Metz vor dem Gebäude des Revierkommissariats und betrachtete es mit gemischten Gefühlen. Ein wolkenverhangener und kühler Tag. Die Sommerhitze war vorbei. Franck sah Autos, die an ihm vorüberfuhren. Er hörte das Klingeln von Fahrradfahrern. Eine Mutter zog ihr greinendes Kind hinter sich her, das offenbar andere Absichten hegte.

Er war gesund, sagten die Ärzte. Im Krankenhaus hatten sie ihn durchgecheckt. Nach einigen Tagen hatte man ihn entlassen. Seine Nieren waren durch den Flüssigkeitsverlust glücklicherweise nicht in Mitleidenschaft gezogen worden. Die vier Kilo, die er in der zweiten Woche der Entführung verloren hatte, hatte er ausgeglichen. Körperlich war er wiederhergestellt. Im Krankenhaus hatte er sich rasiert. Emilia war überrascht gewesen, als sie sein Kinn ohne Bart sah. Sie hatte über sein Kinngrübchen gestrichen, das erst jetzt zum Vorschein gekommen war.

»Was ich noch alles an dir entdecken kann«, hatte sie mit ihrem warmen Lächeln gesagt, das er so an ihr liebte. Er hatte einen Yogakurs absolviert und lief täglich zehn Kilometer über das Gelände am Ochsenkopf.

In den Tagen seiner Entführung hatte er den Entschluss gefasst, dass er sein Leben, sollte er noch einmal eine Chance bekommen, umgestalten wollte. Nach dem Krankenhausaufenthalt hatte er mit Emilia über seinen Plan gesprochen. Rückhaltlos stand Emilia hinter der Änderung in Francks und somit ihrem Leben.

Die Polizeiärztin hielt es für notwendig, ihn weiter krankzuschreiben. Heute wollte Franck seine Entlassung aus dem Polizeidienst aus eigenem Willen beantragen.

Er fasste die dünne Aktenmappe, die unter dem linken Arm klemmte, fester. Er hatte es sich gründlich überlegt und nachgedacht. Wenn er diesen Schritt gegangen war, gab es kein Zurück mehr. Franck atmete tief ein. Zwanzig Jahre, die er mit einem Blatt Papier beendete. Doch es war seine Entscheidung. Vor ihm lag ein Weg, der keine vorgefertigten Abläufe hatte. Es war, wie Neuland zu betreten. Und er bejahte das Leben. Das Leben gab ihm mehr, als er je gedacht hatte, wieder.

Unter dem hellen Staubmantel trug er einen Anzug mit weißem Hemd und einer schlichten Krawatte. Seine sonst längeren und welligen Haare hatte er beim Friseur kürzen lassen. Den Duft eines teuren Eau de Cologne hatte er sparsam angelegt. Emilia hatte ihm dieses teure Geschenk gemacht. An dem Tag, nachdem er ihr seine Entscheidung mitgeteilt hatte. Die strahlend blauen Augen hatten einen dunkleren Schein. An den Füßen trug er seine blauen Lieblingsschuhe.

Franck zupfte an der Krawatte und ging mit steifem Schritt auf die schwere Tür des Revierkommissariats zu. Er schob die Holztür auf. Keiler drückte den Summer und ließ Hauptkommissar Metz durch, nicht ohne aufzustehen und ihn militärisch zu grüßen.

Franck Metz nickte und lief leichtfüßig die Treppe zum Büro 202 hoch. Nach kurzem Klopfen betrat er den Raum.

Jäger saß an seinem Schreibtisch und bearbeitete die Tastatur des Computers. Auf Metz' Eintreten hob er den Kopf. Ein freudiger Gesichtsausdruck breitete sich aus. Er stand auf und kam Metz entgegen. Er streckte ihm die Hand zur Begrüßung hin.

Metz zog den jungen Mann an sich und klopfte ihm kurz auf den Rücken. Metz bemerkte, dass Jäger unsicher an der Unterlippe nagte.

»Machen Sie uns einen Kaffee?«, löste Franck Metz die emotionale Situation auf.

Jäger, froh, wieder etwas zu tun zu haben, werkelte gleich darauf am Kaffeeautomaten. Erst seit Kurzem befand sich auch im Büro 202 ein Kaffeeautomat.

Metz setzte sich aus Gewohnheit an seinen Schreibtisch und sah Jäger zu, wie dieser gekonnt und geübt hantierte. Franck legte seinen Mantel auf dem Schreibtisch ab und öffnete das Fenster. Er schaute auf die Rückseite des Gebäudes. Noch immer standen die zwei Bänke gegenüber. Dass der Grill häufig benutzt wurde, hatte ihm Petersen bei einem seiner Krankenbesuche erzählt.

Dem Duft von frisch gemahlenen Bohnen konnte man sich nicht entziehen. Er nahm Jäger die Tasse ab und beide setzten sich wie früher an ihre Tische. Jeder mit seinen Gedanken beschäftigt und den Kaffee genießend.

In die Stille hinein öffnete Petersen die Zwischentür. Überrascht schaute er auf Franck.

»Morgen, Männer«, wünschte er. »Bist du wieder gesund?« Petersen musterte ihn unumwunden. »Erzähl«, forderte er ihn auf.

»Setz du dich erst einmal«, bat Franck ihn mit einer einladenden Handbewegung. »Haben wir für den Dienstgruppenleiter auch einen Kaffee?«, wandte er sich an Jäger.

Dieser drückte die entsprechenden Knöpfe und stellte eine Espressotasse unter den Auslauf. Irgendetwas lag in der Luft. Jäger registrierte es.

Nervös trommelte Petersen mit den Fingerkuppen auf die Tischplatte. Sein Freund Franck saß ihm gegenüber und ließ sich nicht aus der Ruhe bringen. Das war typisch für ihn, während er, Petersen, wie auf Kohlen saß. Warum war Franck heute hier? Seine Krankschreibung ging noch bis zum 5. September. Und warum hatte er sich dermaßen in Schale geworfen?

Petersen nahm die Tasse mit dem Espresso entgegen. Das Trommeln der Finger hörte auf. Metz nahm es mit einem Schmunzeln zur Kenntnis. Er konnte sich denken, dass Petersen unter Druck stand.

Jäger beförderte aus der Schublade seines ewig unaufgeräumten Schreibtisches eine Rolle Giottos ans Tageslicht. Er öffnete die Verpackung und schob sie Petersen zu. Die Vorsicht, die Jäger dabei walten ließ, ließ denken, dass er sich an ein wildes Tier heranpirschte.

Mit einem einzigen Schluck stürzte Petersen den kleinen Schwarzen hinunter. Das Gebäck ignorierte er vollständig.

»Lass hören«, verlangte Petersen direkt eine Antwort von Metz.

Franck stellte seine Tasse auf der Schreibtischplatte ab. Bedeutungsvoll schaute er erst Jäger an. Sein Blick blieb an seinem Freund hängen.

»Das, was ich jetzt sage, trage ich seit der Entführung in meiner Seele.« Er schaute beiden abwechselnd in die Augen. »Ihr wisst, dass ich mich vor fast genau einem Jahr nach Quedlinburg versetzen ließ. In der nicht ganz unberechtigten Hoffnung, wieder Fuß zu fassen bei der Kriminalpolizei. Ich habe wahre Freunde wiedergetroffen.« Sein Blick galt Petersen. »Ich habe junge Menschen kennengelernt, wo es mir nicht Angst wird, dass sie unseren Berufsstand nicht verteidigen können.« Sein Blick schwenkte zu Jäger. »Wenn ich an das gesamte Team denke, Hanni und Nanni, wie ihr sie liebevoll nennt. Es ist etwas Wunderbares, seine Arbeit in diesem Team, in dieser Stadt und deren

Umgebung machen zu dürfen. Doch wenn ich ehrlich bin, kehre ich dem Ganzen den Rücken und fange etwas anderes an.«

»Nein!«, rief Petersen aus und fuhr sich durch die Haare.

Jäger verschluckte sich und wischte verstohlen den Kaffeefleck von der Jeans. Für eine Minute wurde es still im Büro. Jäger dachte, dass es zusammenschrumpfte.

»Bist du sicher?«, wagte Petersen zu fragen. Eigentlich hatte er es in seinem Innersten bereits gewusst, als er Franck in der Nacht der Befreiung auf Emilias Schoß liegen sah. Die beiden waren eine Einheit. Nichts würde sie wieder trennen.

»Ich bin mir sehr sicher. Schon an dem Tag, an dem ihr mich gefunden habt, wusste ich es. Ich hatte es mir versprochen. In der Woche, als ich nicht wusste, ob ihr mich rechtzeitig finden würdet.« Francks Blick wirkte trüb. »Polizeiobermeister Jäger empfehle ich für den Aufstieg. In einigen Jahren kann er diesen Platz einnehmen, solange wachst du über die Stadt. Und die Kollegen der Diebstahlabteilung können auch eine Menge mehr, als du ihnen zutraust.«

»Übrigens bist du nicht der Einzige, der in Polizeiobermeister Jäger Potenzial sieht. Wie ich gehört habe, hat er dem Dieb eine Falle gestellt.«

Jäger wand sich etwas. Er mochte es nicht sonderlich, wenn er gelobt wurde.

»Es war ja alles vorbereitet. Die Kollegen mussten ihn nur noch verhaften, als er die Deckwohnung betreten hat. Das war Teamarbeit«, wehrte er ab.

»Dadurch haben wir eine Diebesbande festnehmen können, die im ganzen Bundesland ihr Unwesen trieb«, ergänzte Petersen mit Stolz in der Stimme. »Polizeiobermeister Jäger ist bereits für das Studium zugelassen. Dieser Monat ist sein letzter hier«, Petersen räusperte sich, »natürlich nur, bis er wiederkommt.«

»Ist Carl Schäfer mittlerweile so weit gesundheitlich in der Lage, dass ihr ihn vernehmen konntet?«, wollte Franck Metz wissen. Sein Blick wechselte von Petersen zu Jäger.

»Er ist vernehmungsfähig und auch voll geständig. Anklage wird erhoben. Gesundheitlich wird er nach einer längeren Rehamaßnahme wiederhergestellt werden. Nach Auskunft der Ärzte wird er nur ein versteiftes Bein zurückbehalten.«

Jäger schaute Metz an.

»Und Sie, was wollen Sie machen?«

»Die Apothekerin braucht mich«, sagte Metz mit einem glücklichen Lächeln.

»Das habe ich mir fast gedacht«, meinte Petersen. »Bin ja froh, dass du hier bleibst!«

»Ich freue mich auch, dass Sie nicht wieder zurückgehen«, meinte Jäger und wurde etwas rot. »Dann kann ich Sie ja fragen, wenn ich mit dem Studium nicht klarkomme.«

»Nicht klarkommen? Was soll denn das heißen?« Petersen drohte Jäger mit dem Zeigefinger. »Außerdem bin ich Ihr Vorgesetzter.« Seine Betonung lag auf dem Wort *ich*. Petersens fröhlicher Gesichtsausdruck milderte die harschen Worte. »Dann hört endlich das dauernde Kaffeetrinken aus diesen großen Pötten auf«, spöttelte er.

Metz war aufgestanden. Die beiden Männer taten es ihm gleich.

»Sie können das. Besser als so manch ein grüner Anfänger. Davon bin ich überzeugt.« Mit diesen Worten zog er den jungen Mann an sich und umarmte ihn freundschaftlich. »Wir sehen uns.« Metz hob grüßend die Hand. »Ich werde mich von jedem verabschieden. Und mein Entlassungsschreiben in die Personalabteilung schicken. Wenn ich aus dem Urlaub zurück bin, machen wir eine fête.« Unbeabsichtigt war Metz ins Französische abgeschweift.

Franck schloss die Tür. Jäger merkte, wie sich der Raum klein und leer anfühlte. Als wenn die Luft aus ihm gewichen wäre.

»Meinen Sie, er hält sein Versprechen?«, stellte Jäger die Frage. Ob er das Fest meinte oder auch die Zusage zur Hilfe, blieb dahin gestellt.

»Er hält immer seine Versprechen«, betonte Petersen. Melancholie lag auf seinem Gesicht. »Ich habe immer gern mit ihm gearbeitet«, schloss Petersen. »Machen wir uns an die Arbeit. Was liegt an, Jäger? Auch wenn Sie erst in drei Tagen zum Studieren gehen, kann ich Sie bis dahin nicht ohne Arbeit lassen.« Petersen kniff ein Auge zusammen.

Jäger suchte auf dem Schreibtisch nach der entsprechenden Anzeige.

»Eine Frau hat mit Fahrrad und Kleinkind einen Räuber so lange verfolgt, bis der das von einer alten Frau gestohlene Portemonnaie fallen ließ.« Jäger fuhr fast stolz fort: »Bewundernswerte Zivilcourage.« Er grinste. Solche Aktionen fanden seinen Geschmack. »Seit einer Stunde arbeite ich daran.«

»Außerordentlich gefährlich, kann man auch dazu sagen«, meinte Petersen, »und dazu noch mit Kind. Sie werden das alles beim Studium erfahren, wo genau der schmale Grat zwischen Heldentum und Dummheit liegt. Und lassen Sie sich gesagt sein, der Unterschied liegt nicht immer auf der Hand«, schloss er seine Belehrung. »Wie ist Ihre Vorgehensweise?«

Hinter Franck fiel nach drei Stunden Verabschiedungsworten, Umarmungen und guten Wünschen die schwere Tür des Revierkommissariats zu.

Die Wolkendecke riss auf. Den Sommermantel hatte er sich salopp über die linke Schulter geworfen. Ohne Dienstwaffe, ohne Polizeiausweis fühlte er sich unbeschwert. Bummelnd lief er die Schillerstraße hinunter, ließ den Stauffenbergplatz hinter sich und ging die Steinholzstraße entlang. Unvermittelt bog er nach links ab. Seit er in Quedlinburg war, wollte er sich den Schreckensturm anschauen. Niemals hatte sich die Gelegenheit ergeben. Nach all den Schrecken, die er hinter sich hatte, war es für ihn zwingend, sich diesem Turm zu nähern.

Der Turm befindet sich im westlichen Teil der alten Stadtbefestigung und ist einer der stärksten Türme der Quedlinburger Wehranlagen. Metz schätzte seine Höhe auf dreißig bis vierzig Meter. Ursprünglich wurde der Turm auch als Lochgefängnis und als Folterkammer genutzt. Durch ein Loch in der Decke des Tonnengewölbes wurden Gefangene an einem Seil in den lichtlosen Raum hinabgelassen. Voller Schauern betrachtete Metz den gewaltigen Turm, der über ihm aufragte. Behutsam strich er über die Sandsteine. Die Kerben und Rillen, die vom Henker hineingeritzt worden waren, um sein Werkzeug zu schärfen, konnte man sehen und fühlen. Mitfühlend dachte Franck an die Menschen, die zu Recht oder Unrecht in diesem fensterlosen Verlies aushalten mussten. Endlich wandte er sich ab. Franck war mit Emilia verabredet. Vor ihrer Abreise wollten sie gemeinsam zu Abend essen.

Zügigen Schrittes lief er durch die Goldgasse, bog in die Schmale Gasse nach rechts ab und gleich darauf nach links in die Essiggasse.

Emilia wartete bereits auf ihn. Sie trug heute ein eher schlichtes schwarzes Kleid, das am Ausschnitt einen breiten Perlenbesatz zierte. Sie begrüßten sich und Franck küsste Emilia leicht auf die Halsbeuge. Sie sah in diesem Kleid umwerfend aus.

»Wie war es?«, fragte sie und ließ Franck nicht aus den Augen. Er hatte sich allein entschlossen, diesen Weg zu gehen. Sie wollte ihn in jeder Hinsicht unterstützen und sicher sein, dass er es nicht bereute, bei ihr als Angestellter arbeiten zu dürfen. Doch Franck hatte es sich genau überlegt.

»Ich fühle mich frei.«

»Jäger, Petersen und die anderen?«, fragte sie und schaute ihn an.

»Sie werden mich schmerzlich vermissen. Das haben mir alle versichert.« Ein scheues Lächeln schmückte Francks Gesicht. »Das ist der Lauf der Dinge. Veränderung heißt das Leben. Jäger wird zur Kripo gehen. Er ist nur noch wenige Tage hier. Und Petersen, den können wir jederzeit besuchen.«

Emilia stimmte ihm zu.

»Sollte es dir zu langweilig werden, nur Medikamente auszuliefern, dann kannst du als Privatdetektiv arbeiten.«

»Mit dir wird mir nicht zu langweilig.«

»Gut so. Ich habe uns einen Tisch im *Weinberg* bestellt.« Emilia blickte erschrocken auf die Küchenuhr. »Ole wartet sicher schon auf uns. Lass uns den Tag feiern.«

Im *Weinberg* herrschte eine angenehme Atmosphäre. Auf den Tischen brannten Kerzen. Bis auf einen Tisch an der Fensterseite waren alle besetzt. Emilia und Franck betraten das Restaurant. Signore Romano erspähte sie sofort und geleitete sie ohne viele Worte an ihren Tisch.

Emilia nickte ihm dankbar zu. Sie wollten beide kein Aufheben machen. Ole saß bereits. Er erhob sich, begrüßte seine Mutter mit einem Kuss und Franck mit Handschlag. Die beiden Männer trafen sich seit Francks Entlassung aus dem Krankenhaus nicht zum ersten Mal. Heute wollten sie feiern, bevor sie sich in den längeren Urlaub verabschiedeten. Ole, der die Semesterprüfungen mit Bravour bestanden hatte, arbeitete im Supermarkt. Er hatte einen weiteren Job ergattert und gab in der Musikschule Nachhilfestunden für Klarinette. Zusätzlich fuhr er Medikamente aus. Studenten brauchten immer Geld, das kannte Emilia noch aus ihrer Studienzeit.

»Und«, fragte Ole gerade heraus, als sie einen Aperitif serviert bekommen hatten, »was machen eure Pläne?«

Franck und Emilia schauten sich kurz an. Selbst Ole sah, dass sie genau wussten, was sie wollten.

»Zwei kleine Reisetaschen sind gepackt und stehen bereit. Morgen fahren wir los.«

»Wie lange bleibt ihr?«

Wieder sahen sie sich an.

»Ich habe eine Apothekerin eingestellt. Daher kann ich mir Zeit lassen«, übernahm Emilia das Antworten.

»Das wird wohl ein längerer Urlaub?«

»Ja«, sagten beide gleichzeitig.

Ole schüttelte ungläubig den Kopf. Mit ernstem Blick schaute er von seiner Mutter zu Franck.

»Denkt ihr, dass ihr klarkommt?« Ole spielte auf den Mordversuch und auf die Entführung an.

Ein befreiendes Lachen aus Francks Kehle war das Signal für Signore Romano, die bestellten Gerichte zu servieren.

»Darf ich Wein nachschenken?«

Ein allgemeines Nicken war ihm Antwort und Freude zugleich.

Der Abend nahm lange kein Ende. Sie aßen in Ruhe und redeten über vieles. Sie waren die letzten Gäste im *Weinberg*. Beim Verabschieden kamen auch Lorenzo und Signora Romano aus der Küche, die mit Aufräumarbeiten beschäftigt gewesen waren.

Die Frauen umarmten sich und die Männer schüttelten sich kräftig die Hände. Auch Ole verabschiedete sich von Franck und drückte seine Mutter herzlich. Er schlief wieder bei Antonia, bei der er im Winter gewohnt hatte. Signore Romano schloss die Tür hinter ihnen ab.

Hand in Hand schlenderten Franck und Emilia über den Marktplatz. Sie wollten sich vor dem Schlafengehen die Beine vertreten. Die Mondsichel prangte unübersehbar zwischen dem Sternenhimmel.

»Bist du glücklich mit deiner Entscheidung?«, fragte Emilia und blieb stehen.

Franck drehte sich zu ihr. Sekunden schaute er in Emilias blaugrün gemusterte Augen. Er griff unter ihr Kinn und hob es etwas an. In Emilias Augen spiegelten sich der Mond und die Sterne des Nachthimmels.

Sein Kopf senkte sich. Ihre Lippen trafen sich auf halbem Weg. Weich und warm. Seine Zunge schmeckte nach Rotwein und Schokolade. Sie erforschte Emilias Mund wie beim ersten Kuss, den sie sich gegeben hatten. Francks Hände ergriffen Emilias Taille. Ganz dicht zog er sie an sich heran.

Wie lange dieser Kuss gedauert hatte, konnten sie nicht einschätzen. Sie hatten Raum und Zeit verlassen. Vorsichtig löste sich Franck von ihr. In seinen Augen lagen grenzenloses Vertrauen und Liebe. Er sagte:

»Die Dosis stimmt.«

Ende

Liebe Leserinnen und Leser,

dieser Band schließt meine Apotheken-Krimi-Reihe um die Fälle des Hauptkommissars Franck Metz ab.

Zur Buchreihe gehören:

Band 1: »Verwelkt«
Band 2: »Mord ohne Rezept«
Band 3: »Das Skelett vom Ochsenkopf«
Band 4: »Die Spur der Orchideen«

Wenn Ihnen meine Krimis gefallen, freue ich mich, wenn Sie mir eine Rezension auf Amazon hinterlassen.

Ihre *Ellys Meller*
ellysmeller@web.de

Dactylorhiza maculata
Geflecktes Knabenkraut